Schwarzer Neckar

Thilo Scheurer, Jahrgang 1964, lebt und schreibt in einer Kleinstadt am Rande des Schwarzwalds. Nach seinem betriebswirtschaftlichen Studium folgten Tätigkeiten in den Bereichen Marketing und Verkauf. Mit Dokumentationen und Werbetexten entdeckte er seine Liebe zum Schreiben. Seit zehn Jahren ist er Geschäftsführer und Gesellschafter eines kleinen Softwareunternehmens. Er ist verheiratet und hat zwei Kinder. »Schwarzer Neckar« ist sein erster Kriminalroman.

THILO SCHEURER

Schwarzer Neckar

KRIMINALROMAN

emons:

Bibliografische Information der Deutschen Nationalbibliothek
Die Deutsche Nationalbibliothek verzeichnet diese Publikation in der Deutschen Nationalbibliografie; detaillierte bibliografische Daten sind im Internet über http://dnb.d-nb.de abrufbar.

FSC
www.fsc.org
MIX
Papier aus verantwortungsvollen Quellen
FSC® C083411

Umschlagfoto: photocase.de/qXp
Umschlaggestaltung: Tobias Doetsch
Druck und Bindung: CPI – Clausen & Bosse, Leck
Printed in Germany 2012
ISBN 978-3-89705-998-6
Originalausgabe

Dieses Buch wurde vermittelt durch die Agentur EDITIO DIALOG, Dr. Michael Wenzel, Lille, Frankreich (www.editio-dialog.com).

Für Laura, Luca
und Sabine

Prolog

Wie von selbst suchten sich seine riesigen Schritte einen Weg über den endlosen Laubteppich. Felsbrocken und Gestrüpp erschwerten den steilen Abstieg hinunter zum Bach. Jetzt hinzufallen, sich zu verletzen oder gar den Fuß zu brechen, wäre verhängnisvoll. Unter dem Dreck war das jugendliche, fast knabenhafte Antlitz des Mannes zu erkennen. Er schien kaum älter als zwanzig Jahre.

Das Knacken eines Zweiges ganz in der Nähe ließ ihn aufschrecken. Es klang zu laut, zu kräftig, als dass es von einem Tier hätte stammen können. Panische Angst trat auf sein Gesicht. Er riss die Augen auf, warf den Kopf in den Nacken. Wo waren sie? Schon einen Moment später bestätigte sich seine Vorahnung.

»Bleib stehen, du elender Verräter!«, hallte es aus dem Wald.

Die Stimme trieb ihn weiter vorwärts. Schneller, immer schneller ging es bergab. Endlich – die Böschung! Er rutschte mehr hinunter, als dass er rannte. Das Ufer auf der anderen Seite stieg nicht allzu steil an. Rasch brachte er den Hang hinter sich. Da spürte er plötzlich einen Schlag. Sein linkes Bein durchzog ein Gefühl der Lähmung.

Einen Wimpernschlag später ein Knall. Schon beim nächsten Schritt vermochte er sein Körpergewicht nicht mehr zu tragen. Der junge Mann knickte um, stürzte, und noch bevor er auf dem Boden aufschlug, wusste er, was geschehen war. Und mit dieser Erkenntnis kam schlagartig der Schmerz. Schwindel setzte ein, und die Konturen der Umgebung begannen zu verschwimmen. Doch er durfte jetzt nicht ohnmächtig werden. Unter gar keinen Umständen. Kaum zehn Schritte entfernt entdeckte er eine Baumgruppe. Er nahm seine letzten Kräfte zusammen und schob sich rückwärts darauf zu. Die Zweige peitschten in sein Gesicht, auf den Oberkörper und das verletzte Knie.

»Du blutest wie eine abgestochene Sau, Merkle!« Die Stimme klang amüsiert.

Sie wussten seinen Namen. Ein eisiger Schauer lief ihm über

den Rücken. Er versuchte sich noch enger an einen Baum zu pressen.

»Was ist los? Ich gebe dir zehn Sekunden, um rauszukommen. Danach lasse ich meine Männer schießen.«

Es dauerte eine Weile, bis er den Mut für eine Antwort fand. »Warum lasst ihr mich nicht gehen? In ein paar Stunden sind die Franzosen hier, und der Krieg ist vorbei.«

»Jetzt krieg ich es aber wirklich mit der Angst zu tun – die Franzosen …«, erwiderte die Stimme.

»Nicht schießen, nicht. Bitte nicht …«, stammelte Merkle. Langsam rutschte er aus seinem Versteck.

Er zählte vier Männer. Drei von ihnen trugen schwarze SS-Uniformen und der Älteste, ein dicklicher Blonder, einen langen, dunklen Ledermantel. Der Mann blickte ihn eisig an. »Steh auf!«

»Ich kann nicht«, sagte Merkle. »Ihr habt mir das Knie zerschossen.«

Ein kurzes Zeichen des Blonden mit dem Kopf, und zwei der Schergen traten neben Merkle. Sie hakten sich unter seinen Armen ein und rissen ihn hoch. Er schrie auf. Es schien, als ob sein ganzer Körper nur aus Schmerz bestehen würde. Doch die beiden zogen ihn weiter, schleiften ihn hinter sich her, über den Bach und den Hang hinauf. Hart trafen Steine und Wurzeln das verletzte Knie. Taubheit breitete sich aus, und bald verschwanden der Schmerz, die Männer und die Landschaft hinter einem dichten schwarzen Vorhang.

Als er wieder zu sich kam, spürte er die raue Oberfläche eines Seiles um den Hals. Dann bemerkte er das Pappschild, das vor seinem Bauch baumelte. Die Zeit reichte nicht, um die Worte zu entziffern. Seine Füße verloren ihren Halt, das Seil spannte sich. Er fiel.

EINS

Montag, 19. Dezember

Im Lichtschein der erwachenden Stadt glitzerten die Schneekristalle wie winzige Diamantsplitter. Seit dem gestrigen Abend schneite es dicke Flocken. Eine geschlossene Schneedecke breitete sich aus und wuchs stetig an. Die ersten Fahrzeuge zogen gleich schwerfälligen Rostschnecken ihre Spuren durch das endlose Weiß.

John Lennons »Happy Xmas« drang aus den altersschwachen Lautsprechern. »So this is Christmas – And what have you done – Another year over – And a new one just begun.« Das Lied erfüllte den Raum mit einer Melancholie, wie sie nur zu dieser Jahreszeit entstehen konnte.

Noch eine Woche bis Weihnachten. Tränen rollten Kommissar Wolfgang Treidler die Wangen herunter. Das Einzige, das diesen einsamen Augenblick störte, war das kalte Metall in seinem Mund. Ansonsten fühlte sich Treidler wohler denn je. Freilich roch er das Öl der Waffe, doch in seinen zweiundzwanzig Dienstjahren gehörte das zu seinem Beruf wie das Verbrechen und der Abschaum, der es verübte. Tagtäglich. Woche für Woche. Jahraus, jahrein.

Jetzt hast du es fast geschafft, redete er sich Mut zu und spannte den Hahn der Pistole. Diesmal war er entschlossen, es endlich hinter sich zu bringen. Nach Dutzenden Versuchen in den letzten Monaten fehlte jetzt nur noch eine winzige Krümmung mit dem Finger, und diese Leere, die zermürbende Hoffnungslosigkeit gehörten der Vergangenheit an.

Er schielte zum Abzugsbügel. Nur leicht berührte sein Zeigefinger das Metall. Seine feuchte Haut hatte die mattschwarze, satinierte Oberfläche mittlerweile zum Glänzen gebracht. Treidler versuchte, das erste Fingerglied anzuspannen. Seine Muskeln und Sehnen gehorchten nur zaghaft. Jeder Millimeter kostete Kraft – Kraft, die ihn plötzlich zu verlassen drohte. Schweiß perlte auf seiner Stirn. Wie im Krampf begann seine Hand zu zittern, und der Pistolenlauf schlug zwischen seinen Zähnen hin und her.

Treidler hielt die Luft an, bis ihm die Lungen zu bersten drohten. Durch flaches Ein- und Ausatmen versuchte er, seine Hand mit der Waffe unter Kontrolle zu bringen. Es gelang ihm nicht. Das Klacken der Zähne am Pistolenlauf hörte nicht auf, und je länger das Zittern andauerte, desto mehr baute sich in ihm ein Gefühl auf, das er gut kannte: Hass. Wenn es noch etwas gab, das ihm geblieben war, dann der Hass auf sich selbst, auf sein Versagen. Rasender denn je erfüllte diese eine Empfindung sein Bewusstsein und würde existieren, bis er den Mörder seiner Frau gefunden hatte.

Lass das, du Feigling! Der Gedanke durchfuhr ihn wie ein Schlag. Fast von selbst ließ sein Zeigefinger den Abzugsbügel los. Denk nach, verdammt! Wenn du nicht weitermachst, gibst du nur den anderen recht. All denjenigen, die davon überzeugt sind, dass du es getan hast. Und dann werden sie glauben, dass dein Freispruch ein Fehlurteil war. Oder dass man dich hat gehen lassen, weil du bei der Kriminalpolizei bist. Du musst deine Unschuld beweisen.

Beweisen – das Wort hämmerte in seinem Kopf. Er hatte Hunderte Fälle gelöst: Mord, Totschlag, Drogen- und Einbruchsdelikte; das ganze Programm eines Kriminalpolizisten. Nur bei diesem Fall, der seinen Namen trug, versagte er völlig. Jetzt war er schon wieder ein paar Monate bei diesem Scheißverein. Und was hatte er herausgefunden? Nichts, überhaupt nichts! Es gab keine Beweise für seine Unschuld und erst recht keine für die Schuld eines anderen.

Plötzlich nahm Treidler ein Geräusch wahr, eine Art Summen. Er schluckte. Schmerzhaft kratzte der Pistolenlauf an seinem Gaumen. Erst jetzt bemerkte er, dass die Außentasche seiner Jacke am Stuhl vibrierte, als ob ein kleines Tier darin herumtollte. Dieses verfluchte Mobiltelefon, er hatte es noch nie leiden können. Früher war es auch ohne gegangen: ohne Internet, ohne Computer und vor allem ohne diesen Schnickschnack voll unnützer Elektronik. Wieso gab es bei den Dingern überhaupt eine Stummstellung, wenn sie trotzdem weiter Geräusche verursachten? Die

Trivialität dieser Frage überraschte ihn. Mit dem Pistolenlauf im Rachen, einen Augenblick, bevor er abdrücken wollte, fiel ihm nichts Besseres ein, als über die Funktion seines Mobiltelefons nachzudenken.

Er zog den Lauf aus dem Mund, sicherte die Pistole und legte sie neben die halb volle Wodkaflasche auf den einzig freien Platz, den der Wohnzimmertisch noch bot: einen verschmierten Pizzakarton. Den Rest der Tischplatte nahmen leere Flaschen, Konservendosen sowie anderes Gerümpel ein. Und die abgegriffene rote Aktenmappe mit einem dicken Stapel Unterlagen. Einige der Papiere lagen nahezu rechtwinklig ausgerichtet auf dem Fußboden vor dem Wohnzimmerregal. Meist handelte es sich um Bilder, die alle dasselbe grausame Motiv zeigten: eine tote Frau. Darunter oder daneben klebten vereinzelt gelbe Notizzettel.

Treidler wischte sich mit beiden Handballen die Tränen aus den Augen und kramte in der Jackentasche nach dem Quälgeist. Mit zusammengekniffenen Lidern entzifferte er die Nummer seiner Dienststelle auf dem Display. Er runzelte die Stirn und schaute auf seine Armbanduhr: kurz vor halb acht. Sollte er den Anruf einfach ignorieren? Normalerweise schlief er um diese Uhrzeit, denn der Alkohol forderte seinen Tribut. Besonders, seit er die vierzig überschritten hatte. Er konnte einen Suff nicht mehr so leicht wegstecken wie früher. Und in letzter Zeit soff er gewiss viel zu viel.

»Was gibt's?«, blaffte Treidler grußlos in das altertümlich anmutende Gerät.

»Eine Leiche, einen Mord …«, erwiderte eine ihm unbekannte Stimme. Der Mann am anderen Ende der Leitung klang aufgeregt.

»Verarscht euch doch selbst«, knurrte er und drückte den roten Knopf, um das Gespräch zu beenden. Ungerührt warf er das Mobiltelefon auf den Tisch, wo es direkt neben seiner Pistole liegen blieb.

Nach genau der Zeit, die das System in der Dienststelle benötigte, um eine zwölfstellige Nummer zu wählen, vibrierte das Telefon abermals und schob sich dabei wie ein dicker Käfer über den Pizzakarton. Gleichgültig schaute Treidler dem Handy zu, während es sich auf die Wodkaflasche zubewegte. Erst kurz bevor es die angetrocknete Tomaten-Käse-Pampe erreichte, nahm er das Gerät vom Tisch und drückte erneut den Knopf, um das Gespräch entgegenzunehmen.

»Habt ihr immer noch nicht genug?«, grollte er.

»Es stimmt wirklich, Herr Hauptkommissar«, sagte die Stimme scheppernd. Sie klang noch eine Spur aufgeregter als zuvor.

Treidler spürte, dass es dem Kollegen am anderen Ende bitterernst war. »Wo?«

»In Florheim. Das ist ein kleines Dorf. Es liegt in der Nähe von …«

»Ich weiß, wo Florheim liegt«, unterbrach Treidler ihn barsch. »Wo genau, will ich wissen.«

»Die Leiche wurde in einem Wartehäuschen an der Bushaltestelle im Ortszentrum gefunden. Sie können es nicht verfehlen, dort gibt's nur eine.«

»Gut.« Treidler dachte einen Moment darüber nach, ob er selbst fahren oder sich abholen lassen sollte. »Ich komme direkt hin«, sagte er schließlich – trotz des zweifellos viel zu hohen Alkoholgehaltes in seinem Blut. Er wollte auflegen, entschloss sich jedoch im letzten Augenblick dagegen und nahm das Telefon erneut ans Ohr. »Ist die Neue schon da?«

Nach einer kurzen Pause – die Verwirrung am anderen Ende war nahezu greifbar – erwiderte die Stimme: »Ähm … wer, Herr Hauptkommissar?«

»Vergiss es.« Er legte auf.

Treidler blieb sitzen. Seine Gedanken kreisten zwischen dem Toten im Wartehäuschen, dem nahenden Weihnachtsfest und der roten Mappe auf dem Tisch. Und mit einem Mal klang die Musik aus den Lautsprechern so unpassend wie aus einer anderen Welt.

Eine Leiche. Womöglich ein Mord? Trotz der vielen Verbrechen, die ohne Wissen der Öffentlichkeit auch in einer Kleinstadt wie Rottweil geschahen, gab es einen Mord nur ein paarmal im Jahr.

Ursprünglich hatte Treidler gehofft, in seinem Urlaub mehr Zeit für den Fall zu finden, der seinen Namen trug. Denn nur deswegen nahm er die ganzen Anstrengungen und Demütigungen auf sich. Doch seit einigen Wochen spürte er auch eine Art Beklemmung. Dieses ungreifbare Gefühl der Ohnmacht sickerte wie feiner Sand langsam, aber stetig in seine Gedanken und übernahm die Kontrolle. Meist spülte er es mit Alkohol hinunter, das half immer. So wie gestern Abend. Übrig blieben zwei leere Flaschen billigen Rotweins und eine halb volle Flasche noch billigeren Wodkas, die jetzt mit einigen anderen das Leergutlager auf dem Wohnzimmertisch vergrößerten.

Angewidert schloss Treidler die Augen und rieb sich die Lider. Dieses verfluchte Datum warf ihn vollkommen aus der Bahn. Heute, am 19. Dezember, jährte es sich zum zweiten Mal. Wie zum Teufel sollte er diesen Tag durchstehen? Mit tiefen Atemzügen versuchte er, die qualvollen Bilder aus seinem Kopf zu vertreiben. Nicht der Sauerstoff, sondern der faulige Gestank des Alkohols nahm ihm schließlich eine Entscheidung ab. Stöhnend hievte er sich vom Sessel hoch und wäre beinahe vornübergekippt. Säuerlicher Mageninhalt stieg ätzend seine Speiseröhre hoch. Es dauerte eine ganze Weile, bis sein Gleichgewichtssinn den Körper so weit auszubalancieren vermochte, dass er sich mit wackeligen Schritten ins Badezimmer wagen konnte.

Treidler vermied es, in den Spiegel zu schauen, während er den Hahn bis zum Anschlag aufdrehte. Das Wasser spritzte über den Beckenrand und verströmte eine frostige Kälte. Er blickte dem Strahl eine Zeit lang nach, wie er im Ablauf verschwand, und hielt dann ruckartig seinen Kopf darunter. Sekundenlang ließ er das eisige Nass über Gesicht und Haare laufen. Sein Herzschlag erhöhte sich, und schmerzhaft kamen die Lebensgeister zurück. Die fettige Pizza und der exzessive Alkoholgenuss der letzten Nacht forderten ihren Tribut: Er erbrach sich.

Schließlich rappelte sich Treidler wieder auf und schaute nun doch in den Spiegel. Der Mann, der ihn daraus anblickte, sah noch entsetzlicher aus, als er befürchtet hatte. Immer noch besaß das kantige, fast knochige Gesicht mit dem markanten Kinn und den hohen Wangen etwas Energisches. Doch die dunklen Ränder um seine Augen und tiefe Falten an Mund und Wangen erinnerten eher an einen alten Mann als an einen Vierzigjährigen. Die ehemals dichten dunkelblonden Haare wurden von Jahr zu Jahr weniger und gaben immer mehr von seiner Stirn preis. Einen nicht unerheblichen Teil seines blassen Gesichts überzog eine Mischung aus gräulichen und schwarzen Bartstoppeln.

Zum Rasieren oder Duschen blieb keine Zeit. Mit einem frischen T-Shirt unter dem Wollmantel und einer dunkelblauen Dockarbeitermütze auf dem Kopf trat Treidler kaum zehn Minuten später vor das triste Mehrfamilienhaus.

Seine kurzfristige Tatkraft verflog sofort. Am liebsten wäre er gleich wieder umgekehrt. Daran hatte er nicht gedacht, als er vorhin die Fahrbereitschaft ausschlug: Sein Auto war von einer gut zehn Zentimeter dicken Schneeschicht bedeckt. Und natürlich verfügte er weder über einen Besen, um den Schnee von seinem 190er-Mercedes abzukehren, noch nannte er einen Eiskratzer sein Eigen. Fluchend machte er sich daran, die Schneemassen mit dem Arm vom Dach zu schieben. Bereits beim dritten Mal spürte er eine eisige Masse, die sich im Ärmel des Mantels ausbreitete. Kurze Zeit später, die Kälte ließ die Hände schon steif werden, konnte er zwar die Scheiben rundum erkennen, doch eine dicke Eisschicht machte es unmöglich loszufahren. So dauerte es nochmals einige Minuten, in denen Treidler bei laufendem Motor ausharrte. Erst danach hatte es das Heizgebläse des Mercedes geschafft, ein zwanzig Zentimeter großes Guckloch in das Eis auf der Frontscheibe zu tauen.

Der allmorgendliche Berufsverkehr in der Stadt strebte seinem Höhepunkt entgegen. Lastwagen, Busse und Autos quälten sich auf der eisglatten Fahrbahn im Schritttempo in eine Richtung – dummerweise genau in die, in die auch Treidler wollte. Er verwünschte all die Rentner, die jetzt schon die Straße verstopften, obwohl sie den ganzen Tag für ihre Besorgungen Zeit gehabt hätten. Vor allen Dingen verfluchte er die Eltern, die bei diesen Verkehrsverhältnissen ihre Kinder – anscheinend jedes einzeln – in die Schule brachten. Und dass er mit seiner Vermutung richtiglag, bestätigte der Blick in die meisten Fahrzeuge: ein Erwachsener vorn und ein Kind auf der Rücksitzbank. Erst weit nach dem Schulzentrum ging es entspannter voran. Allerdings nicht wirklich flott. Die Schneemassen überforderten den Räumdienst der

Straßenwacht seit Wochen. Am Straßenrand türmte sich der Schnee zwischen den parkenden Autos und reichte oft bis in die Fahrbahn hinein. Dieses Jahr hatte es schon Ende Oktober zu schneien begonnen. Die tiefen Temperaturen sorgten dafür, dass es nicht taute. Wo blieb eigentlich diese Klimaerwärmung, die sämtliche Medien seit Jahrzehnten verkündeten? Es klang für ihn wie der endlose Sprechgesang von Klostermönchen. Für die letzten fünf Winter traf eher das Gegenteil zu. Die sollten alle nach Süddeutschland kommen. Denn hier gab es tonnenweise Eis und Schnee. Und gegen ein paar Grad mehr hatte er nichts einzuwenden.

Nach einer Viertelstunde Fahrt durch die tief verschneite Landschaft bog Treidler auf die Kreisstraße nach Florheim ein. Schon vor dem Ortseingang bemerkte er die Besonderheit dieses Tages. Jeder Fremde fände problemlos den Weg zur Bushaltestelle, denn er musste nur den anderen Autos folgen, die sich wie in einer Karawane vorwärtsschoben. Offenbar funktionierten die Buschtrommeln hier besonders gut.

Treidler ließ sich ebenfalls Richtung Ortsmitte spülen, wo er Haltestelle und Tatort vermutete. Er wechselte auf die linke Spur und fuhr im Schritttempo an der Fahrzeugschlange vorbei. Giftige Blicke begleiteten sein Überholmanöver. Auch hier ging es bald nicht mehr weiter. Ein Pulk von Menschen versperrte den Weg. Einigen sah er an, dass sie keine Zeit gefunden hatten, sich etwas Vernünftiges anzuziehen. Sie lümmelten in Jogginghosen und Hausschuhen in der Gegend herum. Es mussten Dutzende sein, die sich die Beine in den Bauch standen.

Glücklicherweise hatten die Kollegen der Streifenpolizei den Bereich mit einem rot-weißen Plastikband abgesperrt. Treidler fackelte nicht lange, stellte sein Auto direkt davor ab und stieg aus. Ein uniformierter Beamter kam auf ihn zu und wollte mit erhobener Hand und grimmigem Gesichtsausdruck seinem Vorankommen Einhalt gebieten. Plötzlich stoppte der junge Mann. Treidler wusste warum: Jeder kannte sein Gesicht. Schließlich war es monatelang durch die Presse gegangen, und seither war er bekannt wie der sprichwörtliche bunte Hund. Nicht nur in Rottweil, sondern im gesamten Kreisgebiet und weit darüber hinaus.

»Du bist neu hier, oder?«, rief Treidler dem Mann entgegen, bevor dieser etwas sagen konnte.

Der Angesprochene nickte vorsichtig und ließ ihn nicht aus den Augen.

Ohne ihn eines weiteren Blickes zu würdigen, stapfte Treidler in Richtung des Bushaltehäuschens davon.

Eine Handvoll Halogenstrahler, die nahezu kreisförmig den Platz umgaben, drängte den letzten Rest der Morgendämmerung zurück. Im gleißenden, schattenlosen Licht hantierte eine Gruppe von Menschen in weißen Einweg-Overalls und grünlichen Überziehern an den Schuhen.

Bei dem Wartehäuschen handelte es sich um eines jener verwahrlosten Exemplare, die im Grunde schon lange abgerissen gehörten.

Halb verfallen und übersät mit Graffitis, bot es kaum Schutz vor dem Wetter. Allenthalben hatte die Witterung das Holz derart verformt, dass sich daumendicke Spalten zwischen den Brettern auftaten. Unter dem löcherigen Vordach verband eine Sitzfläche aus roten Kunststoffsparren die Seitenwände. Auf der linken Seite, dort, wo die Sparren schon die Wand berührten, lehnte ein Körper.

»Morgen«, grüßte ihn einer der Männer und kam auf ihn zu. Die auffallend hagere Gestalt in dem weißen Overall sah aus wie ein überlanger Zahnstocher, der noch in der Papiertüte steckte. Die Kapuze über dem Kopf sparte von seinem Gesicht gerade mal einen handtellergroßen Bereich aus. Alles oberhalb der feinen Augenbrauen und unterhalb des Kinns schimmerte nur leicht unter dem halb durchsichtigen Material hervor. Lediglich seine braunen Augen ließen auf dunkle Haare schließen.

»Und, habt ihr was für mich, Ernie?«, brummte Treidler.

»Mal wieder gute Laune, Wolfes?« Berthold »Ernie« Amstetter, Leiter der Kriminaltechnik Rottweil und ein wahres Genie in Sachen Computer, gehörte zu den wenigen Menschen, die Treidler auch nach dem Prozess mit seinem Spitznamen ansprachen.

»Lass mich mit deinen Bemerkungen in Ruhe«, gab Treidler zurück und vergrub seine Hände in den Manteltaschen.

Amstetter schüttelte den Kopf und sagte in sachlichem Tonfall:

»Einschuss aus nächster Nähe, vermutlich aufgesetzt. Der war sofort tot.«

»Wie lang ist das her?« Treidler blieb stehen, ignorierte aber Amstetter. Stattdessen ließ er seinen Blick über die Menschenmenge schweifen. Zahllose Schulkinder mit dicken Taschen oder Rucksäcken schienen sich über den Ausfall einiger Unterrichtsstunden zu freuen. Einige warfen Schneebälle und tobten lachend umher. Daneben standen Hausfrauen und Bauern, die der Fund des Toten an der Bushaltestelle von ihrem Tagesablauf abhielt. Jeder tat seine Meinung kund, und erregtes Stimmengewirr lag in der eisigen Luft.

»Vor ein paar Stunden.«

»Geht das auch ein wenig genauer, oder soll ich raten?« Treidlers Worte klangen schroff.

Amstetter zuckte mit den Schultern. »Ja – so zwischen zwei und drei. Genauer geht's gerade nicht – die Temperatur war heute Nacht ziemlich niedrig.«

Treidler ließ die Rechtfertigung unkommentiert. »Name?«

»Keine Ahnung.« Amstetter schüttelte ein weiteres Mal den Kopf. »Er trägt keinerlei Papiere bei sich. Nichts – rein gar nichts. Noch nicht mal eine Geldbörse.«

Treidler betrachtete die Leiche genauer. Auf den ersten Blick gab es keinen Anhaltspunkt, dass der Mann nicht mehr lebte. Die Augen waren geschlossen, und der Kopf hing nur leicht zur Seite. Das ausdruckslose, von Falten zerfurchte Antlitz wies auf ein hohes Alter hin. Er schätzte den Mann auf jenseits der achtzig. Die Gestalt in dem Anzug aus dunkelblauem, filzartigem Stoff und weißem Hemd mit himbeerfarbener Krawatte saß zusammengekauert da, fast so, als ob sie schliefe. Ein kleines, hässliches Loch links oberhalb der buschigen Augenbrauen zeugte vom Eintritt der Kugel in den Schädel. Und in der Tat, die Wunde sah nach einem aufgesetzten Schuss aus: Scharf grenzte ein dunkler Ring die Haut ab.

Treidler trat einen Schritt auf den Toten zu und setzte sich direkt neben ihn auf die Bank. An der rückwärtigen Wand, in Höhe des Hinterkopfes, fand er dünne Blutspritzer. Offensichtlich war an dieser Stelle die Kugel wieder ausgetreten.

»Das war bestimmt ein Killer«, mutmaßte Amstetter, der Treidler beobachtete.

»Ein Killer?« Treidler schob die Hand unter seine Mütze und kratzte sich an der Stirn. »Meinst du allen Ernstes, dass wir es mit einem Auftragsmord zu tun haben?« Zum ersten Mal schaute er Amstetter in die Augen.

Der nickte automatisch, wirkte aber nicht mehr so sicher.

Ein bezahlter Mörder hier in Florheim? Treidler wollte überhaupt nicht darüber nachdenken. Das konnte er nicht glauben. In diesem kleinen Kaff lauerte kein Killer einem alten Mann auf, um ihm in einem beschissenen Wartehäuschen den Garaus zu machen. Außerdem war da noch etwas anderes, das nicht zur Theorie des Auftragsmordes passte. Er wusste noch nicht, was es war, doch bald würde er es erkennen.

»Der Bengel da vorne hat ihn gefunden.« Amstetter deutete mit dem Kinn zu einem dicklichen Jungen in einer dunkelblauen Jacke und einer ebenso dunkelblauen Mütze. Offensichtlich fühlte er sich nicht wohl in seiner Haut, denn er trat von einem Fuß auf den anderen und blickte abwechselnd auf den alten Mann im Bushaltehäuschen und in die Menschenmenge. Seine Nervosität machte eine vernünftige Aussage unmöglich. Und ohne seine Eltern ließ sich sowieso nichts unternehmen.

»Habt ihr seinen Namen und die Adresse?«

»Ja.« Amstetter nickte. »Der Junge heißt Sebastian Flaig und wohnt gleich um die Ecke. Er war heute Morgen der Erste, der zur Bushaltestelle kam. Es hätte auch jeder andere Schüler sein können. Von hier fahren sie alle mit dem Bus in die Schulen nach Rottweil.«

Außer die, die vorhin die Straßen verstopften, wollte Treidler anmerken, besann sich jedoch eines Besseren. »Gut. Jemand muss ihn nach Hause bringen. Die Eltern sollen den Jungen so schnell wie möglich auf die Polizeidirektion begleiten. Ich will mit ihm reden.«

»Ich denke, das ist nicht nötig. Sein Vater gehört zu den Gaffern da vorne. Der mit der braunen Wolljacke und den gelben Gummistiefeln.«

Treidler ließ seinen müden Blick erneut über die Menschenmenge schweifen, um den Mann zu lokalisieren. Bevor er ihn ausfindig machen konnte, zog eine Frau seine Aufmerksamkeit auf sich. Sie gehörte nicht hierher. Das lag nicht unbedingt an ihrer halblangen Lederjacke und der leichten Bluse, die sie darunter trug. Freilich wirkte ihre Kleidung im Vergleich zu der der anderen Menschen unzweckmäßig und bei solch niedrigen Temperaturen auch völlig unpassend. Sie steuerte mit energischen Schritten auf die Bushaltestelle zu.

Direkt vor ihm blieb sie stehen und streckte die Hand aus. Und in diesem Moment wurde Treidler klar, dass an der Theorie mit dem Auftragsmord zumindest ein Indiz nicht stimmen konnte: der aufgesetzte Schuss, während der Alte auf der Bank gesessen hatte. Der Mörder konnte kaum größer gewesen sein als ein Jugendlicher. Etwa gerade mal so groß wie die schlanke, fast zierliche Frau vor ihm. Und wer würde schon Jugendliche oder Frauen als Killer nach Florheim schicken?

Wie durch einen dicken Nebel hörte er die Stimme der Frau. »... Carina Melchior ... Treidler ...«

»Hm?« Er sollte aufstehen und die angebotene Hand ergreifen.

»Hauptkommissarin Carina Melchior. Sind Sie Hauptkommissar Wolfgang Treidler?«, wiederholte die Frau.

Das Wort »Hauptkommissarin« elektrisierte ihn. Er schaute auf und blickte in das schmale, hochwangige Gesicht einer Frau Mitte dreißig. Mit einer Mischung aus Neugier und Verwirrung fixierten ihn zwei dunkle, fast schwarze Augen unter fein geschwungenen Brauen. Ein Knoten am Hinterkopf hielt die dunkelbraunen Haare zusammen. Nur an den Seiten hingen ein paar Strähnen bis hinunter zum Kinn. Die Frisur verlieh ihrem Gesicht einen mädchenhaften Ausdruck. Mit dem braun getönten Teint wirkte sie, als hätte sie gerade drei Wochen am Strand verbracht. Wären da nicht die energischen Züge um ihren Mund gewesen, die verrieten, dass sich die Frau keineswegs zur Erholung eingefunden hatte. Und auch nicht mehr lange auf eine Antwort warten würde.

»Wie war der Urlaub?«, fragte Treidler.

»Urlaub? Welcher Urlaub?«

»Nun ja ... Sie sind so braun gebrannt. Mitten im Winter. Das ist schon ungewöhnlich.«

Sie hielt einen kurzen Moment inne, dann funkelten ihre Augen angriffslustig.

»Stellen Sie sich vor, Herr Hauptkommissar Treidler, bei uns in der Stadt gibt es Menschen, die für einen dunklen Teint nicht in den Urlaub fahren müssen.«

»So, so, Sie sind also aus der Stadt«, fuhr Treidler ungerührt fort und betonte jedes einzelne Wort. »Aus welcher denn?«

»Berlin.«

»Das ist ja interessant – Berlin ...«

Beide starrten sich einen Moment an.

»Ich nehme Ihnen Ihre Fragen ab«, sagte Melchior dann. »Meine Mutter stammt aus Armenien.« Ihre Stimme klang spöttisch. »Und der Stadtteil von Berlin ist Pankow. Das liegt im Osten. Ich hoffe, Sie haben damit kein Problem.«

»Ich?«, rief Treidler mit gespielter Entrüstung und stand gemächlich auf. Gerade noch konnte er mit dem Handrücken ein Aufstoßen zurückhalten. Er streckte ihr die Hand entgegen und versuchte zu lächeln. »Nie im Leben. Ich bin ein friedliebender Mensch – ganz bestimmt.«

Sie verharrte einen Augenblick, ergriff die angebotene Hand und lächelte vorsichtig zurück. Wieder beäugten sie sich.

»Ziemlich kalt«, sagte Melchior schließlich schlotternd und wandte sich dem Toten auf der Bank zu. »Wer hat ihn denn gefunden?«

»Der Junge da vorne.« Treidler schob die Hände zurück in die Manteltaschen.

»Ein Schüler?«, fragte sie.

»Wie eine Einkaufstasche sieht der Schulranzen auf seinem Rücken wohl nicht aus.«

Melchior zögerte kurz. »Verdammt, ist es hier immer so eisig?«

»Ja.« Treidler starrte mit gespielter Verwunderung gen Himmel. »Besonders im Winter.«

»Also, was wissen wir?«

»Das kann Ihnen der Amstetter sicherlich besser erzählen. Ich bin gerade erst gekommen.«

»Das ist nicht zu übersehen.« Ihr Gesicht zeigte keine Regung, während sie ihn von oben bis unten musterte.

Treidler zog die Augenbrauen hoch und strich sich über seine Bartstoppeln am Kinn. Verflucht noch mal. Warum musste er ausgerechnet an solch eine Giftschleuder geraten? Noch dazu an eine aus dem Osten, die schneller redete, als er zuhören konnte.

»Er wurde hier erschossen …«, fuhr Melchior fort, anstatt sich an Amstetter zu wenden.

»Ich weiß.«

»… vor ein paar Stunden.«

»Ich weiß.«

»Ein aufgesetzter Schuss.«

»Ich weiß. Erzählen Sie mir endlich irgendwas, das ich nicht weiß.«

»Das dürfte nicht allzu schwer sein«, gab Melchior zurück. Verbissen hielt sie mit einer Hand den Kragen zu, um sich vor der Kälte zu schützen.

»Na, dann lassen Sie mal hören, Frau …«

»Wir haben es mit einem Russen zu tun«, unterbrach Melchior ihn.

»Was?«, stieß Treidler aus und schaute verdutzt drein. »Woher stammt denn diese Eingebung? Haben Sie das heute Nacht geträumt?«

»Er trägt russische Schuhe.« Sie verzog den Mund zu einem schwachen Lächeln und deutete mit dem Kinn auf die rotbraunen Stiefel des alten Mannes. »Ich kenne dieses Schuhmodell.«

»Ist Ihr Vater Schuhmacher?« Treidler betrachtete die unförmigen Schuhe genauer. In der Tat, sie sahen ungewöhnlich aus. Symmetrische Muster verzierten das Material, das nach billigem Kunststoff aussah, und um den dick gefütterten Schaft verlief ein breiter Besatz aus hellem Fell. Fast wie die Moonboots, die ihn seine Mutter früher immer gezwungen hatte anzuziehen, sobald etwas mehr als ein paar Zentimeter Schnee auf der Straße lagen. Nur hatten die hier einen Reißverschluss an der Innenseite – und sahen noch weitaus hässlicher aus.

Melchior erklärte: »Mein Großvater trug genau die gleichen.«

Treidler tat ihre Bemerkung mit einem Achselzucken ab. »Das bringt uns kaum weiter. Drüben in der Stadt wohnen viele russische Spätaussiedler.«

Melchior schüttelte vehement den Kopf. »Das meinte ich nicht, Treidler.«

»Was dann?«

»Das ist kein Spätaussiedler. Der Mann hat nicht in Deutschland gewohnt – zumindest nicht lange.« Sie ließ ihre Worte einen Augenblick wirken. »Ich denke, er ist erst vor Kurzem aus Russland hierhergekommen.«

»Wie kommen Sie darauf?« Treidler wusste nicht, was er von der Frau halten sollte.

»Nur wenige Russen in Deutschland ziehen heutzutage solche Stiefel an. Das sind die Schuhe der armen Leute. Auch drüben muss man ziemlich weit nach Osten gehen, um noch jemanden mit diesem Schuhwerk anzutreffen.«

Treidler hörte schon nicht mehr richtig hin. In Gedanken war er bei Amstetters Vermutung mit dem Killer. Hatten sie es doch mit einer Hinrichtung zu tun? Einer Art Mafiamord?

»Zieht ihm den linken Schuh aus«, vernahm er plötzlich Melchiors fordernde Stimme.

»Was?« Treidler schaute die neue Kollegin in ihrer dünnen Lederjacke verwirrt an. »Wollen Sie jetzt auch noch seine Socken begutachten? Vermutlich behaupten Sie gleich, dass Sie die Nationalität durch den Geruch bestimmen können? Und lassen Sie mich raten: Es sind russische Socken …«

»Müssen Sie zu jeder meiner Anweisungen einen dämlichen Kommentar abgeben?«

Das war nun eindeutig zu viel. Treidler quittierte ihren Vorwurf mit einem geringschätzigen Gesichtsausdruck. »Wissen Sie was?«, polterte er dann los.

»Nein«, gab Melchior zurück. Sie trat direkt vor ihn und schaute ihn von unten herauf an. »Aber ich habe die Befürchtung, dass ich Sie nicht daran hindern kann, es mir zu sagen.«

Ohne mit der Wimper zu zucken hielt er ihrem Blick stand. »Darauf können Sie einen lassen. Denn Sie … Sie geben mir garantiert keine Anweisungen.«

»Wissen Sie was?«, konterte Melchior unbeeindruckt. »Sie riechen nach Alkohol. Vielleicht sind Sie sogar betrunken. Und möglicherweise ist es Ihnen deshalb nicht aufgefallen, dass ich im

Plural gesprochen habe. Die Anweisung galt der Spurensicherung.«

Treidler überraschte die Entschlossenheit, die ihm aus den dunkelbraunen Augen entgegenschlug. Trotz aller Vorbehalte, die er schon jetzt gegen die Frau hegte, nickte er langsam. »Ihr habt sie gehört«, rief er zu den Männer hinüber. »Zieht ihm den linken Schuh aus.«

Amstetter und einer der anderen Beamten im weißen Overall machten sich sofort am Fuß des Toten zu schaffen. Treidlers Gedanken kreisten weiter um die Theorie des Auftragsmords. Aufgrund der Sachlage musste er sich eingestehen, dass einige Fakten dafür sprachen. Wenngleich ihm der Tote viel zu alt erschien, um das Opfer eines professionellen Killers zu sein.

»Wolfes«, drang Amstetters Stimme auf ihn ein.

»Was ist los, verflucht …« Treidler konnte es nicht leiden, wenn ihn jemand beim Nachdenken störte. Und Amstetter hatte eine wahre Begabung dafür entwickelt, ihm auf die Nerven zu gehen.

»Wir haben da etwas gefunden.« Ein fast erstaunter Unterton schwang in Amstetters Feststellung mit.

»Ja und?«

»Das hier …« Er präsentierte einen flachen rötlichen Gegenstand, etwa halb so groß wie eine Ansichtskarte. »Es hat in seinem linken Schuh unter der Sohle gesteckt.«

»Und, was ist es?«, knurrte Treidler und betrachtete das dünne Büchlein genauer, das Amstetter zwischen Daumen und Zeigefinger seiner Gummihandschuhe hielt.

»Ich vermute, dass es sich um seinen Pass handelt.«

»Ich vermute«, äffte Treidler ihn nach, »dass es sich um seinen Pass handelt. Was soll das, Ernie? Sag mir einfach, wie er heißt.«

Er musste ein paar Augenblicke auf eine Antwort warten, die recht kleinlaut ausfiel. »Woher soll ich das wissen?«

»Vielleicht aus seinem Pass …?«

Amstetter schaute kurz auf seinen Fund. »Das ist nicht so einfach, wie du glaubst.«

»Ernie …« Treidler atmete aus und bedachte ihn mit einem vorwurfsvollen Blick. »Ich habe die halbe Nacht nicht geschlafen.

Außerdem hatte ich bis vorhin Wichtigeres zu tun. Und dieser ganze Scheiß hier geht mir jetzt schon auf den Sack. Also, Ernie: Ich habe heute Morgen keine Lust auf deine Spielchen.«

»Aber das sind keine Spielchen! Ich weiß es wirklich nicht. Da stehen nur kyrillische Buchstaben drin.«

ZWEI

Treidler schielte zu Melchior, die äußerlich regungslos die Szene beobachtete. Neidlos musste er anerkennen, dass sie es innerhalb kürzester Zeit geschafft hatte, die Theorie des Auftragsmordes zu untermauern. Und er? Er hegte lediglich Zweifel an der Tatsache, dass sich jemand der Gefahr einer Mordanklage aussetzte, um diesen alten Mann zu töten. Der Mörder hätte sein Problem mit dem Alten genauso gut aussitzen können.

»Treidler«, unterbrach Melchior seine Gedanken. »Ich will mit den Leuten reden, die in der näheren Umgebung wohnen. Womöglich haben die etwas mitbekommen.«

»Das macht bereits die Schutzpolizei. Die Jungs klingeln an jeder Haustür im Umkreis von ein paar hundert Metern.«

»Ich muss jetzt aber was tun.«

»Warum? Sie tun doch schon was.«

»Ich stehe nicht gern im Freien.«

»Besonders im Winter …« Treidler konnte sich die Bemerkung nicht verkneifen.

»Für solche Winter bin ich wohl zu leicht gekleidet.«

Sein Blick wanderte langsam hinunter zu ihren Schuhen. »Sicher – das ist nicht zu übersehen«, entgegnete er und versuchte dabei, Melchiors spöttischen Tonfall von vorhin nachzuahmen.

»Sind Sie fertig?« Ihre Stimme klang angriffslustig, fast gefährlich.

»Klar.« Treidler sah sich um. »Lassen Sie uns da drüben in das Wirtshaus gehen. Vielleicht gibt es jemanden, den die Schupos noch nicht befragt haben.« Mit einem schadenfrohen Lächeln fügte er hinzu: »Sie können sich ja derweil an einem Kaffee aufwärmen. Der ist dort bestimmt lecker.«

Melchior schaute in die Richtung, die Treidler andeutete, und nickte. Hinter einer halbhohen Schneemauer, kaum fünfzig Meter entfernt, lag ein kleineres Bauernhaus. Die dunkelbraune Inschrift auf der Fassade des Wirtshauses verkündete: »Zum Löwen«.

Nach einem kurzen Fußmarsch erreichten die beiden Kommissare eine Treppe, die über ein paar ausgetretene Stufen hinauf zur überdachten Eingangstür führte. Die Ähnlichkeit zu einem Holzverschlag mit nachträglich eingebautem Fenster drängte sich unweigerlich auf.

»Bitte, nach Ihnen.« Treidler machte eine auffordernde Handbewegung.

Melchior presste die Lippen zusammen und stapfte an ihm vorbei. Treidler schaute ihr nach und für einen Augenblick blieb sein Blick an ihrem Po hängen. Nach den ersten beiden Treppenstufen sagte sie plötzlich in scharfem Tonfall: »Lassen Sie das!«

»Was soll ich lassen?«

»Sie starren mich an.«

»Tue ich nicht!«

»Natürlich – Sie glotzen auf meinen Hintern.«

»Und was ist so schlimm daran?«

»Dass Sie es sind.«

»Verflucht noch mal, sind Sie eine eingebildete Zicke. Machen Sie endlich die Tür auf, oder wollen Sie hier draußen warten, bis uns jemand aufmacht?«

Melchior drückte auf die Klinke, aber die Tür bewegte sich keinen Millimeter. »Sie klemmt.«

»Ich mach das!« Treidler drängte sich an ihr vorbei. Er betätigte ebenfalls die Klinke, zog und schob. Melchior hatte recht: Die Tür klemmte. Das dunkelgrüne Flaschenglas erschwerte die Sicht nach innen. Er hielt beide Hände an die Augen und versuchte hineinzuschauen. Schemenhaft erkannte er eine Gestalt und hörte eine gedämpfte Stimme aus dem Innenraum: »Anheben!«

Treidler tat, wie ihm geheißen, und in der Tat, die schwere Holztür machte einen Ruck und sprang auf. Mit einem Krachen schlug sie an der Garderobe an. Die beiden Kommissare traten ein und fanden sich im schummrigen Gastraum wieder. In der Luft hing abgestandener Rauch, der sicher schon seit Dutzenden von Jahren auch als gelbliche Schicht auf den Tapeten klebte. Selbst auf der dunklen Holzdecke konnte Treidler die Nikotinspuren erkennen. Die gesamte Einrichtung der Gaststube hatte schon bessere Tage gesehen: Tische, Stühle und Bänke aus Nussbaumholz stammten aus den sechziger Jahren. Sein Blick fiel auf den speckigen Linoleumboden, in dem sich ein Rautenmuster scheinbar willkürlich wiederholte. Vielleicht lag die seltsame Maserung jedoch nur an den zahllosen Schmutzflecken, die kaum oberflächlich entfernt worden waren. An einigen Stellen konnte er den puren Betonestrich ausmachen.

Direkt vor ihm baute sich eine mächtige Theke auf. Auch sie glänzte in speckigem, dunklem Holz. Ein gut fünfzigjähriger, fast kahlköpfiger Mann drückte sein Ungetüm von Bauch an das metallene Waschbecken. Er hielt den Kopf gesenkt und schielte über den Rand seiner Hornbrille in Richtung der Ankömmlinge. Parallel dazu tat er das, was Wirte für gewöhnlich taten: Bier zapfen – und zwar eine Menge. Zehn bis zwölf halb volle Gläser reihten sich auf der Theke hintereinander. Und das, obwohl die hässliche kupferfarbene Uhr an der Garderobe gerade mal Viertel nach neun anzeigte und das Wirtshaus keinen gut besuchten Eindruck vermittelte.

Bei Treidler erzeugte der Geruch des Raumes in Verbindung mit dem Bier vor seinen Augen einen Sinnesreiz, auf den er gern verzichtet hätte. Das elende Gefühl vom Morgen kam zurück. Er schluckte ein paarmal trocken und versuchte, gegen die aufkommende Übelkeit anzukämpfen. Er riss seinen Blick von den Biergläsern los und schaute in die Runde. Neben dem Wirt befanden sich lediglich vier weitere Personen im Gastraum. An einem der Tische, zweifellos der Stammtisch, saßen drei Männer mittleren Alters, die ihren Kopf senkten, als Treidler sie fixierte. Fast zu schnell widmeten sie sich den Spielkarten, die jeder von ihnen in der Hand hielt. An einem kleineren Fenstertisch saß eine ältere Frau, die einen hellen Hut mit breiter Krempe trug. Sie löffelte teilnahmslos eine Suppe. Bei genauerer Betrachtung fand Treidler, dass sie etwas Eigenartiges umgab. Allerdings konnte er im Moment dieses Gefühl nicht genauer beschreiben.

»Guten Tag«, hörte er Melchiors Stimme neben sich. »Kriminalpolizei Rottweil. Ich bin Hauptkommissarin Carina Melchior und das ist Hauptkommissar Wolfgang Treidler.« Seine Kollegin blickte in die Runde. »Sie können sich sicherlich vorstellen, warum wir hier sind.«

Statt einer Antwort senkte der Wirt seinen Kopf noch tiefer, verengte dabei die Augen zu schmalen Schlitzen und beäugte die Kommissarin mit einem Gesichtsausdruck, den Treidler nicht deuten konnte. Hinter seinem Ohr wackelte ein Bleistift im Takt seiner fortwährenden Kaubewegungen. Schließlich nickte er kaum merklich, ohne das Glas in seiner Hand vom Hahn abzusetzen.

»Und? Haben Sie etwas gehört oder gesehen?« Melchior blickte den Wirt an.

Wieder keine Antwort. Sein wortloses Nicken änderte sich in eine Kreisbewegung, die allmählich in ein Kopfschütteln überging. Währenddessen lief immer noch das Bier aus dem Zapfhahn. Augenblicke später strömte der Schaum über den Rand und die Hand des Wirtes. Laut fluchend stellte er den Hahn ab, starrte auf das Glas, dann zu Melchior und wieder auf das Glas. Schließlich führte er das Bierglas kurzerhand zum Mund und trank es in einem Zug aus.

»Des war doch heut Nacht«, erwiderte der Wirt hinter der Theke, nachdem er das Glas vollständig geleert und seine nasse Hand an der Hosentasche abgewischt hatte.

Melchior und Treidler nickten.

Der Wirt stellte das leere Glas auf den Tresen und gab sich nicht viel Mühe, ein Rülpsen zu unterdrücken. »Ich han dia Nacht Bier g'macht. Do kann ich nix höra. D'Maschina sind so laut.« Noch einmal plagte ihn die Kohlensäure. Diesmal hielt er sich immerhin oberflächlich die Hand vor den Mund. »Au a kleins Bierle? S'isch ganz frisch und nit g'filtert. Ich lad Sie ein.«

»Was hat er gesagt?«, raunte Melchior ihm zu.

»Dass er nichts gehört hat«, fasste Treidler die Antwort des Wirtes zusammen und nahm die Mütze ab. Er verstaute sie in der Manteltasche und presste ein »Danke, nein« in Richtung des Wirtes hervor. Bei dem Gedanken, ein Bier zu trinken, begann die Übelkeit erneut. Schon aus Eigeninteresse versuchte er, das Gespräch so schnell wie möglich auf das ursprüngliche Thema zu lenken. »Und die letzten Tage? Haben Sie da etwas Auffälliges bemerkt? Autos mit fremden Kennzeichen oder unbekannte Menschen?«

»Autos … mit fremda Menscha?«, stotterte der Wirt, als ob er die Bedeutung der Worte nicht verstand.

»Ja, so ähnlich.« Treidler bereute schon, dass er zwei Fragen auf einmal gestellt hatte.

»Nein.« Der Wirt schüttelte vehement den Kopf. Die Frage schien endlich bei ihm angekommen zu sein. »Des wär mir auf-g'falla. Die hond ja auswärtige Kennzeicha.«

Treidler hob die Augenbrauen und wandte sich von dem Mann ab. Mit vier, fünf großen Schritten trat er an den Tisch mit den Kartenspielern. Vor allen dreien dampfte ein kupferfarbener Wasserbehälter, der ein angetrunkenes Bierglas warm hielt. Erst jetzt sah Treidler das Gewehr auf dem Tisch. Niemand schien sich für die Waffe zu interessieren. Es war, als ob sie immer dort lag. Schlagartig beschlich ihn ein ungutes Gefühl, und er tastete nach seiner Pistole. Hatte er sie überhaupt mitgenommen, oder lag sie noch zu Hause auf dem Wohnzimmertisch? Das Holster war leer. Sein Herzschlag beschleunigte sich. Erneut blieb sein Blick an der Waffe auf dem Tisch hängen. Diesmal musterte er das Gewehr genauer und erkannte, dass es sich um eine Jagdflinte handelte. Er schaute in die Runde und spürte im gleichen Augenblick, dass von den Männern keine Gefahr ausging. Seine Anspannung fiel ab. Einer der drei musste ein Jäger sein, der seine Waffe lediglich auf dem Tisch abgelegt hatte.

Treidler atmete tief durch und versuchte, sich zur Ruhe zu zwingen. Niemand konnte sein leeres Holster bemerkt haben. Weder die Männer noch die neue Kollegin, die inzwischen neben ihm stand.

»Wie sieht es mit Ihnen aus, meine Herren? Haben Sie etwas mitbekommen?«, fragte Melchior in die Runde.

Keine Antwort.

»Hallo? Hört mich jemand?« Sie wurde ungeduldig.

»Die drei hören Sie vermutlich schon. Nur glaube ich nicht, dass sie mit einer fremden Frau reden«, warf Treidler in einem Anflug von Zynismus ein.

»Wo leben die? Im neunzehnten Jahrhundert?«

»Was schauen Sie mich an? Ich weiß es nicht.«

»Gut. Wenn das hier auf dem Dorf so üblich ist, bitte – ich

überlasse Ihnen gern den Vortritt.« Sie zog eine abfällige Grimasse.

»Und ihr seid nicht draußen?«, wandte sich Treidler an die Kartenspieler und versuchte dabei, seinen schwäbischen Akzent stärker als üblich durchklingen zu lassen.

»Nein«, lautete die knappe, aber eindeutige Erwiderung aus der Runde. Er konnte nicht erkennen, von wem die Antwort stammte.

»Warum?«

»Mir wared scho«, murmelte einer.

Immer noch schaute keiner von seinen Karten auf. Treidler ließ den Blick über die Köpfe schweifen und lokalisierte die Person rechts von ihm als Wortführer. Der Mann trug auf seinem weißen Kittel eine Schürze aus halb durchsichtigem Kunststoff. Seinen Beruf konnte er nicht leugnen. Auf der Arbeitstracht zeugten zahlreiche Blutspuren von seiner morgendlichen Tätigkeit. Im Gegensatz zum landläufigen Bild des dicklichen, pausbäckigen Metzgers zeichnete er sich durch eine hagere Gestalt aus. Seine Wangenknochen traten fast so deutlich hervor wie der mächtige Adamsapfel am dürren und überlangen Hals. Überhaupt nicht zu ihm passen wollten jedoch seine Finger. Dick und unförmig wie kleine Würstchen klammerten sie sich an den Karten fest.

»Gut – dann seid ihr schon im Bilde, was passiert ist.« Treidler schaute erwartungsvoll in die Runde und rechnete mit einem Wortschwall, der gleich über ihn hereinbrechen würde. Doch nichts geschah. Seelenruhig sortierten die Männer ihre Karten. Er konnte zuerst nicht glauben, was sich vor seinen Augen abspielte und benötigte einige Zeit, um zu realisieren, dass die drei seine Fragen vollkommen ignorierten.

Bei den Befragungen von unwilligen Zeugen bemühte sich Treidler in der Regel, ruhig zu bleiben. Es brauchte lange, um ihn so weit zu bringen, dass der Ärger aus ihm hervorbrach. Aber diese Männer schafften es mit gerade mal zwei Halbsätzen. Er trat näher an den Tisch heran und schlug mit der flachen Hand auf die Tischplatte. Die Biergläser in den Kupferbehältern wackelten, und das Wasser schwappte heraus. »Seid ihr noch ganz bei Trost?«, schrie er in die Runde. »Da draußen liegt ein Toter, und ihr spielt hier seelenruhig Karten?«

»Binokel«, verbesserte der Mann an der linken Tischseite. Er schaute dabei nicht Treidler an, sondern schielte zu Melchior.

»Hundertachtz'g«, rief ihm der Metzger zu.

»Zweihundert«, antwortete er und begutachtete wieder sein Blatt auf der Hand.

»Jetzt reicht's. Entweder ihr legt sofort diese verdammten Karten auf den Tisch …«

»Od'r?«, unterbrach der Metzger barsch. Immer noch ließ er nicht von den Karten ab.

»Oder ich lass euch alle drei auf die Polizeidirektion nach Rottweil bringen.«

»Geht nit!« Der Einwand kam erneut von dem Mann auf Treidlers linker Seite. Seinem ölverschmierten Arbeitskittel zufolge handelte es sich um einen Handwerker, vielleicht einen Flaschner. Die völlig verdreckten Finger hielten die Karten fest, während seine Augen den Metzger fixierten.

»Was?« Treidler schrie fast.

»Auf mi wartet an Rohrbruch.«

»Zweihundertzwanz'g«, ließ der Metzger verlauten.

»Ich muass dem Has no s' Fell abzieha«, meldete sich der dritte Mann, der Jäger, zu Wort. Er deutete mit seinem Kopf hinter sich auf einen Korb, aus dem ein Fellbündel ragte. Auch auf seinem Hemd befanden sich einige Blutspritzer.

Treidler glaubte, seinen Ohren nicht zu trauen. Er hatte bestimmt schon viel erlebt, so etwas allerdings war ihm bisher nicht untergekommen.

»Zweihundertvierz'g«, konterte der Handwerker.

»I bin raus!«, rief der Metzger.

»Erfolgreiche Befragung«, raunte Melchior Treidler zu und lächelte schief. »Soll ich nicht doch wieder?«

»Häsch du me?«, wandte sich indessen der Handwerker an den Jäger und erntete ein Kopfschütteln.

Treidler musterte erneut die drei Männer, die immer noch so taten, als ob sie sich allein im Wirtshaus befanden. Der Handwerker nahm den Stapel Karten vom Tisch auf und sortierte sie zwischen die anderen auf seiner Hand. Treidler kommentierte die Szene mit einem verächtlichen Knurren. »Das ist sinnlos. Diese verbohrten Holzköpfe reden nicht. Schon gar nicht mit jemandem, der so offensichtlich wie Sie nicht von hier stammt. Wir lassen uns vom Wirt ihre Namen geben und befragen sie später. So kommen die mir nicht davon.« Er deutete zum Fenster. »Vielleicht ist die alte Dame dort drüben gesprächiger.«

»Das übernehme ich jetzt besser.«

»Nur zu …«, entgegnete Treidler und musterte die Frau. Und plötzlich wusste er, was ihn an ihr störte. Mitten im Winter trug sie ein dünnes buntes Kleid, und den Hut auf ihrem Kopf identifizierte er als eine Art Strohhut, den man üblicherweise nur im Sommer trug. Sie hatte sich geschminkt wie eine junge Frau, die auf ihren Geliebten wartete. In der Tat – wäre sie jünger und nicht allein, würde ihn die Szene an ein sommerliches Rendezvous erinnern, wie es sich hier im Dorf vor fünfzig Jahren zugetragen haben könnte.

Melchior stellte sich hinter den freien Stuhl gegenüber der Frau und blickte sie fragend an. Die Alte nickte ihr zu, ohne jedoch mit dem Essen aufzuhören.

»Mein Name ist Carina Melchior. Ich bin von der Kriminalpolizei in Rottweil.«

Wieder nickte die Alte. »Ich bin Edda.«

»Gut … Edda. Sie wissen, was drüben an der Bushaltestelle geschehen ist?«

Die Frau nickte erneut, und Melchior fuhr fort: »Haben Sie letzte Nacht etwas bemerkt?«

»Ich kann jetzt nicht mit Ihnen reden, junge Frau.«

»Warum?«

Edda beförderte mit dem Finger einen kleineren Fleischbrocken aus ihrer Nudelsuppe auf den Löffel und schob ihn in den Mund. Genüsslich kaute sie darauf herum. »Ich habe schon Salz in die Suppe getan.«

Melchior klappte die Kinnlade herunter. Sie setzte an, schluckte, erst dann brachte sie ein heiseres »Warum?« über die Lippen.

»Salz ist viel zu teuer, um es mit der Suppe kalt werden zu lassen.«

Melchior rang sichtlich um Fassung.

»Des isch die alt' Edda«, hörte Treidler die Stimme des Wirtes hinter sich.

Er kämpfte innerlich gegen den Biergeruch an, den der Mann verströmte. Es dauerte einen Augenblick, bis er seine Frage formulieren konnte. »Was ist mit ihr?«

»Die Edda gibt's, seit ich denka kann. Früher isch sie mit ihrem Mann g'komma. Seit der g'storba isch, kommt sie alle vierzehn Tage alloi hierher. Immer wenn g'schlachtet wird. Dann setzt sie sich, Sommer wie Winter, mit dem gleicha Kleid dort ans Fenster.«

Treidler linste auf die blutverschmierte Metzgerschürze drüben am Stammtisch.

»Und heute ist wohl geschlachtet worden.«

Der Wirt nickte. »Punkt acht steht die Alt' vor da Tür und wartet, bis mei Frau d'Kesselsupp fertig hätt.« Er zuckte mit den Schultern. »So isch sie halt, d'Edda. Die kennt jeden im Dorf und woiss älles, was bei uns bassiert isch. Sie isch sozusagen d'wandelnde Dorfchronik von Florheim.«

»So, so – sie weiß alles, was in Florheim passiert ist«, wiederholte Treidler. »Und die drei Männer da drüben, sind das auch Stammgäste?«

»Klar. Die sitzed jeden Morga do und mached Veschper mit Brezla, Bier und Binokel.«

»Können Sie mir die Namen nennen?«

»Ja, natürlich – ich schreib's Ihnen auf.« Er verschwand hinter seiner Theke und kramte in einer Schublade nach einem Block.

In der Zwischenzeit kam Melchior mit einem zerknirschten Gesichtsausdruck zurück.

»Und – Erfolg gehabt bei Edda?«

Sie machte eine geringschätzige Handbewegung. »Am besten wir fahren zurück in die Polizeidirektion und überlassen die Frau den Kollegen der Schutzpolizei.«

»Doch keinen Kaffee?« Treidler blickte seine Kollegin mit einem ironischen Lächeln an.

Melchior antwortete nicht, sondern trottete mit einem missmutigen Gesichtsausdruck in Richtung der Eingangstür.

Der Wirt überreichte Treidler einen biergetränkten Zettel mit den drei Namen. »Was isch mit der?«

»Ich habe nicht die leiseste Ahnung.« Treidler zuckte mit den Achseln und vermied es, dem alkoholgeschwängerten Atem zu nahe zu kommen. »Danke für die Namen. Und einen schönen Tag noch.«

»Tja, so send sie halt – Weiber ebba«, entgegnete der Wirt mit todernster Miene und kratzte sich an seinem gewaltigen Bauch.

DREI

Im Büro von Kriminalrat Petersen roch es nach Fisch. Nicht nur ein wenig, sondern penetrant. Treidler konnte nicht verstehen, wieso sein Vorgesetzter jedes Vorurteil bestätigen musste, das man sich hier, im Süden der Republik, über Fischköpfe erzählte. Der gebürtige Hamburger brachte es tatsächlich fertig, zum zweiten Frühstück ein Fischbrötchen zu verschlingen. Treidler wusste nicht einmal, wo in Rottweil es um diese Uhrzeit Brötchen mit derlei stinkendem Belag zu kaufen gab.

Und Petersen bediente bereitwillig auch jedes andere Klischee. Zum Beispiel seine Aussprache. Obwohl er bald acht Jahre hier Dienst tat, brachte er es immer noch nicht fertig, einen vernünftigen Zischlaut auszusprechen. Und bereits bei einfachen Nasallauten versagte sein Sprachzentrum völlig. Er redete, als ob seine Zunge an die Zähne stieß, und im Gespräch wirkte er kühl und distanziert. Petersen verzog kaum eine Miene, wenn er sich mit den Kollegen unterhielt.

Fast schon amüsant dagegen fand Treidler Petersens gelbe Regenjacke, seinen Ostfriesennerz, wie er das Ölzeug liebevoll nannte. Vom Herbst bis ins späte Frühjahr schleppte er sie täglich mit zum Dienst und hängte sie fein säuberlich über einen Kleiderbügel an die Garderobe. Doch er trug die Jacke nie – jedenfalls hatte Treidler ihn noch nie damit gesehen. Nicht einmal wenn es regnete, was herunterkommen konnte, schlüpfte er in das gelbe Ding. »Die zieht unsereins erst an, wenn der Regen parallel zum Boden kommt«, pflegte er zu sagen. Da er dabei wie immer keinerlei Regung zeigte, wusste niemand so genau, ob er es ernst meinte oder nur Spaß machte.

In der ganzen Dienststelle wurde Petersen ehrfürchtig als »Der Graue« bezeichnet, was neben seiner Verschlossenheit vor allem seinem Äußeren geschuldet sein dürfte. Der Mann wirkte ebenso gepflegt wie kühl. Grundsätzlich trug er einen dunkelblauen Anzug und ein hellblaues Hemd. Er musste einen ganzen Schrank davon besitzen. Über seinen eisblauen Augen hingen daumendicke hellgraue Brauen, die wie angeklebt wirkten. Ein akkurat getrimmter Bart führte von der Oberlippe um den Mund herum bis hinunter zum Kinn und schimmerte im gleichen hellen Grau wie seine kurzen, dichten Bürstenhaare. Im Grunde fehlten Treidlers Vorgesetzten nur drei goldene Streifen an den Ärmeln sowie eine dunkelblaue Schirmmütze, und er könnte als einer der Kapitäne aus der Fernsehserie »Traumschiff« durchgehen.

Auch in seinem Büro herrschte hanseatische Kühle. Es glich mehr dem Ausstellungszimmer eines Möbelhauses als dem Arbeitsplatz eines Kommissariatsleiters. Aktenordner und Bücher standen in Reih und Glied in den Regalen. Zu gern hätte Treidler einmal nachgeschaut, ob es sich nicht um Attrappen handelte. Abgesehen von dem Fischbrötchen auf der Serviette erweckte der wuchtige Schreibtisch inmitten des Zimmers den Eindruck, als ob er nie benutzt würde. Selbst der Füllfederhalter lag parallel neben den Unterlagen, die ebenfalls akkurat aufeinanderlagen. Es gab keinerlei Schnickschnack wie bei den anderen Kollegen – nicht einmal die derzeit obligatorische Weihnachtsdekoration. Nur ein Bild hing an der Wand hinter dem Schreibtisch. Das Gemälde einer einsamen alten Jacht auf dem Meer schien der einzige private Gegenstand in Petersens Büro zu sein. Fast schon neidisch dachte Treidler daran, dass sein Arbeitszimmer bereits wenige Stunden, nachdem er seine Stelle wieder angetreten hatte, unaufgeräumter aussah. Manche der Kartons standen noch jetzt, Monate später, unausgepackt auf dem Boden.

»Hauptkommissar Treidler«, riss ihn Petersens raue und unterkühlte Stimme aus den Gedanken. »Wie sieht es aus in Florheim, kommen Sie klar?«

Treidler nickte und fasste kurz die neusten Ereignisse in dem kleinen Dorf zusammen. Er vergaß weder, die Theorie vom Auftragsmord anzusprechen, noch die Hinweise, die nach Russland zeigten. Melchior jedoch erwähnte er mit keinem Wort.

»Ich will, dass Sie diese grauenvolle Angelegenheit vor Weihnachten aus der Welt schaffen. Kriegen Sie das hin?«

»Vielleicht …« Treidler hob die Schultern und schaute gleichgültig zu Petersen. Dessen willkürlicher Zeitplan interessierte ihn ohnehin nicht.

Petersen erwiderte nichts, doch sein eisiger Blick verriet, dass er etwas zurückhielt.

Treidler ahnte schon, was kommen würde. Die halbe Polizeidirektion tuschelte darüber, dass man ihn nicht allein auf die Menschheit loslassen konnte. Sogar drüben, in der Einsatzzentrale und den Räumen der Schutzpolizei, sprachen sie über ihn, den Psycho, um den man am besten einen großen Bogen machen sollte.

Petersen hüstelte kurz. Treidler weidete sich an der ungewohnten Ratlosigkeit, die der Kriminalrat in dieser Angelegenheit offenbarte. Aber den Gefallen, die Farce abzukürzen, wollte er ihm nicht tun.

Schließlich erklärte Petersen: »Angesichts der Schwere des Verbrechens ist Ihr Urlaub gestrichen und … und Sie arbeiten ab jetzt zu zweit. Bestimmt haben Sie Hauptkommissarin Carina Melchior schon drüben in Florheim kennengelernt.«

»Bestimmt«, wiederholte Treidler.

Petersen suchte immer noch nach der richtigen Einleitung für seine Worte. Schneller, als Treidler erwartet hatte, erklärte er: »Gut, Treidler. Das ist Ihre neue Kollegin. Sie arbeiten ab heute mit ihr zusammen.«

Rums – jetzt war es offiziell. Und obwohl er es im Grunde schon seit Wochen wusste, klang die Ankündigung in diesem Augenblick ernüchternd. Eine neue Partnerin. Auch das noch. Als ob er nicht genug um die Ohren hatte. Vermutlich stand sie ihm bei den Ermittlungen nur im Weg – ein richtig dicker Klotz am Bein.

»Ich kann ganz gut allein arbeiten, denke ich …« Einen letzten Versuch war es wert, sich Melchior vom Leib zu halten. Obwohl der Graue seine einmal getroffene Entscheidung sicher nicht mehr ändern würde.

»Treidler …« Petersens Stimme klang weniger distanziert, eher missbilligend. »Es geht nicht darum, was Sie denken, sondern was die Ermittlungen weiterbringt.« Er blickte ihn vorwurfsvoll an.

»Aber …«, warf Treidler ein.

»Und ich nehme es gleich vorneweg«, unterbrach Petersen seinen Einwand mit erhobenem Zeigefinger. »Das ist keine Bitte, sondern eine Anweisung von ganz oben. Auch wenn ich wollte, könnte ich es nicht ändern.«

»Was soll das heißen?«, fragte Treidler ärgerlich.

Petersen wiegte seinen Kopf hin und her und erklärte dann: »Entweder Sie arbeiten mit Frau Melchior zusammen, oder –«

»Oder was?«, unterbrach Treidler ihn.

»Oder das RP in Freiburg sorgt dafür, dass Sie in ganz Deutschland nur noch Idioten-Posten bekommen.«

Treidler schnaubte grimmig. Mit einer derart deutlichen Drohung hatte er nicht gerechnet. »Warum nehmen Sie mir nicht gleich Dienstausweis und Pistole ab?«

Petersen schüttelte den Kopf. »Was ist bloß los mit Ihnen, Treidler?«

»Ich habe manchmal ein paar schlechte Tage.«

»Das ist mir scheißegal«, gab Petersen in einem Tonfall zurück, der seine hanseatische Kühle ganz und gar missen ließ. »Sie sind *so* kurz davor, diesen Job wieder zu verlieren.« Er hielt Daumen und Zeigefinger etwas auseinander, um klarzumachen, was er unter »kurz« verstand. »Glauben Sie mir, ich hätte auch gern jemanden von uns an Ihrer Seite gesehen. Aber in unserer Dienststelle gibt es schlicht niemanden, der mit Ihnen zusammenarbeiten will.«

»Und genau das – das ist *mir* scheißegal«, entfuhr es Treidler. Noch im gleichen Atemzug bereute er seine Unbeherrschtheit.

»Ihre Klage auf Wiedereinstellung hat bei uns in der Polizeidirektion so manches verändert«, erklärte Petersen in sachlichem Tonfall. »Und leider muss ich feststellen, dass es nicht besser geworden ist, seit Sie tatsächlich wieder bei uns sind. Vielleicht wäre es für alle erfreulicher, wenn Sie das bald selbst einsehen.«

Treidler verspürte keinerlei Interesse, sich mit Petersens Vorwürfen auseinanderzusetzen. Schon der Gedanke daran machte ihm Angst – richtig Angst. In seinem Leben gab es nur noch ein Ziel: Er musste den Mörder seiner Frau finden. Und dazu brauchte er diesen Job.

»Treidler, haben Sie mich eigentlich verstanden?«

Wenngleich er Petersens Stimme hörte, kostete es ihn Mühe, sich darauf zu konzentrieren. Es dauerte einige Zeit, die düsteren Gedanken vollständig abzuschütteln. Er verzog das Gesicht zu einem gequälten Lächeln. »Ich versuche, nett zu ihr zu sein.«

»Treidler – verflucht noch mal. Das reicht mir nicht. Sie sollen mit KHK Melchior zusammenarbeiten. Ist das so schwer zu verstehen?«

»Kann ich jetzt gehen?«, erwiderte Treidler statt einer Antwort und versuchte, möglichst lässig zu klingen.

»Ja.« Mit verbissenem Gesichtsausdruck blickte Petersen ihm nach, wie er den Raum verließ.

Treidler stapfte wütend den Gang entlang und schaute erst wieder auf, als er sein Büro auf der gegenüberliegenden Seite des Gebäudes erreichte.

»Ein Dr. Karchenberg hat angerufen«, begrüßte ihn Melchior. Sie saß mit verschränkten Beinen auf einem der Besucherstühle aus schwarzem Kunstleder und blätterte gelangweilt in den Papieren auf seinem Schreibtisch.

»Wer hat Ihnen erlaubt, mein Telefon abzunehmen?«, entgegnete Treidler barsch und nahm ihr die Unterlagen aus der Hand. Außer Reichweite ihrer Arme legte er sie auf die Tischplatte. »Und das geht Sie auch nichts an.«

»Ist ja schon gut«, gab sie ebenso gereizt zurück. »Ich fasse nichts mehr an. Und außerdem hab ich Ihr blödes Telefon nicht einmal berührt. Jemand vom Sekretariat war gerade eben hier und hat gesagt, ich soll Ihnen das ausrichten.«

»Was will Karchenberg?« Seine Stimmung befand sich seit dem Gespräch mit Petersen auf dem absoluten Tiefpunkt.

»Wissen Sie was?« Melchior strich eine Strähne hinter ihr Ohr und funkelte ihn aus ihren dunklen Augen angriffslustig an. »Fragen Sie ihn doch selbst. Ich für meinen Teil gehe jetzt einen Kaffee trinken. Sobald Sie in der Lage sind, sich ohne Gewaltausbrüche zu artikulieren, können Sie mir ja Gesellschaft leisten.« Sie stand auf und wandte sich der Tür zu.

»Halt, ähm – warten Sie doch mal …«

Melchior zögerte.

»Ich habe eine ziemlich beschissene Nacht hinter mir«, sagte Treidler.

Sie drehte sich um und musterte ihn. »Er fängt um elf mit der äußeren Leichenschau an.«

»Gut.«

»Und damit Sie es gleich wissen: Ich begleite Sie.«

Treidler nickte ergeben. Zugleich spürte er, wie sich sein Körper gegen das zu wehren begann, was jetzt unweigerlich kommen würde.

Nach einer kurzen Fahrt durch die immer noch nicht ganz vom Schnee geräumten Straßen erreichten Treidler und Melchior das Kreiskrankenhaus Rottweil. Aufgrund der baufälligen Substanz des früheren Gebäudes hatte sich dort vor mehr als zehn Jahren die Pathologie als eigenständige Abteilung einquartiert. Die Verantwortlichen hatten damals den Übergangscharakter der Situation betont. Bis heute hatte sich allerdings nichts daran geändert.

Treidler klingelte an der Tür im Kellergeschoss, die zu den Räumen der Rechtsmedizin führte. Eine Mitarbeiterin von Dr. Karchenberg erkundigte sich nach ihren Namen und ließ sie eintreten.

Unansehnliche hellgraue Fliesen an Boden und Wänden bekleideten den Flur. Hinter den Türen auf beiden Seiten befanden sich Büros, zwei große Kühlräume sowie mehrere Aufbewahrungszimmer für die Leichen. Treidler blickte stur geradeaus zu den zwei Obduktionssälen, die ganz am Ende lagen. Durch die Milchglasscheiben des Saales auf der rechten Seite drang fahles Neonlicht, das ein scharfes Rechteck auf die Fliesen zeichnete. Wie in einem Tunnel versuchte er, alles rechts und links von sich zu ignorieren. Trotzdem durchfuhr ihn ein eisiger Schauer, als er die dritte Tür auf der rechten Seite passierte. Obwohl er nicht hinsah, wusste er um die Nummer und den Schriftzug auf dem Schild, das an der Wand daneben hing. »Null-Null-Vier« und »Aufbewahrung IV« lautete die nüchterne Beschriftung. Niemals würde er den Anblick von Lisas Leiche vergessen. Ihr Körper hatte auf einem Stahltisch gelegen, bis zum Hals nur mit einem dünnen Tuch bedeckt. Damals hatte er sie nur zudecken wollen, damit sie nicht fror.

»Ist Ihnen nicht wohl?«, brachte ihn Melchiors Stimme wieder in die Gegenwart zurück.

Treidler schüttelte den Kopf und beschleunigte seinen Schritt. Noch bevor er die Pendeltür zum Obduktionssaal erreichte, schlug ihm der Geruch des Todes entgegen. Trotz seiner langen Dienstzeit gehörte die Leichenschau für ihn immer noch zu den unangenehmsten Aufgaben, die es in seinem Beruf gab. Glücklicherweise reichte die Zeit heute Morgen nur für eine äußere Leichenschau. Wenn die eigentliche Obduktion begann, würde er längst fort sein.

Dr. Karchenberg schaute nicht auf, als die beiden eintraten. Er hantierte weiter an dem nackten Leichnam herum, der vor ihm auf dem metallenen Tisch, ähnlich einem riesigen flachen Waschbecken, lag. Dabei nickte er im Takt mit dem Kopf. Durch seinen Mundschutz konnte man hören, dass er das Lied mitsummte, das im Radio hinter ihm dudelte.

Seine kauzige Erscheinung bescherte dem Doktor jederzeit Aufmerksamkeit. Mitten auf seinem Kopf machte sich eine handtellergroße kahle Stelle breit. Doch das hinderte ihn nicht, den Rest seiner silbergrauen Haare zu einem Zopf im Nacken zusammenzubinden. Auf Höhe der Ohren markierte eine scharfe Linie den Haaransatz und teilte den Kopf in einen unbehaarten und einen behaarten Teil. Fast hatte es den Anschein, dass er die Haare, die auf dem Schädel nicht mehr nachwuchsen, am Hinterkopf nachzüchtete, um dieses Fehlen auszugleichen.

Auch sonst glich der Mann in Kleidung und Auftreten mehr einem waschechten Spät-Achtundsechziger als dem üblichen Arztbild. Er liebte seinen Beruf, über den andere Menschen teils aus Ehrfurcht, teils aus Ekel nicht reden wollten. Karchenberg selbst erwartete, dass man ihn weder als Doktor noch als Pathologen bezeichnete. Pedantisch, wie er immer auftrat, legte er großen Wert auf die Bezeichnung *Rechtsmediziner*, obwohl auch Pathologen Obduktionen vornahmen. Er wurde nicht müde zu betonen, dass diese Kollegen Leichenöffnungen nur zur Abklärung der Todesursache von Patienten durchführten, die im Krankenhaus gestorben waren, oder wenn eine nicht natürliche Todesursache ausgeschlossen werden konnte. Rechtsmediziner wie er hingegen wurden nur im Auftrag der Staatsanwaltschaft tätig. Und schon aufgrund dieser Stellung verstand sich Dr. Karchenberg als die Institution schlechthin, die im Kreis Rottweil bei keiner Verbrechensaufklärung fehlen durfte.

Der Körper auf dem Metalltisch war zweifellos der des alten

Mannes von heute Morgen. Dennoch zuckte Treidler zusammen, als er den Leichnam näher betrachtete. Jedoch nicht nur wegen der Verletzung an seinem Kopf und der Hässlichkeit, die ein toter, nackter Körper stets aufwies. Es lag vielmehr an der schieren Menge von Tätowierungen, die sich auf der faltigen grauen Haut des Mannes ausbreiteten. Außer Gesicht, Füßen und Händen gab es kaum eine Körperstelle ohne Tattoo. Sie stellten kyrillische Buchstaben und großflächige Figuren dar – die meisten größer als eine Handfläche.

»Na, was sagen Sie zu unserem wandelnden Gemälde?«, begrüßte sie Karchenberg.

»Ziemlich ungewöhnlich«, erwiderte Treidler knapp.

»Auf seinem Rücken sieht es nicht anders aus. Dort gibt's sogar eine komplette Kirche in der Größe eines Geschirrhandtuches zu bestaunen.« Er schaute auf und warf einen überraschten Blick auf Melchior. »Oh, Sie haben eine neue Kollegin.«

»Das ist Hauptkommissarin Carina Melchior«, beeilte sich Treidler zu sagen.

Karchenberg musterte Melchior kurz und nickte anerkennend. »Hübsch. Ab und an wäre es von Vorteil, noch mal zwanzig Jahre jünger zu sein.« Er lächelte ihr zu und erntete einen Blick, der jede weitere Schmeichelei im Keim erstickte. In einem Anflug von Schwermut seufzte er und wandte sich wieder an Treidler: »Wie immer? Todesursache und Todeszeitpunkt?«

Treidler nickte.

»Die Todesursache ist schnell geklärt. Tod durch Kopfschuss. Schaut euch das hässliche Loch oberhalb der linken Augenbraue an. Die Haut dort weist Schmauchspuren auf. Das war ein aufgesetzter Schuss. Die Kugel ist oberhalb der Augenhöhle eingedrungen, dann weiter durch das Gehirn.« Er hob den Kopf der Leiche an und drehte ihn so weit nach rechts, dass die beiden Kommissare den Hinterkopf sehen konnten. »Schließlich trat sie etwas oberhalb des ersten Nackenwirbels wieder aus.« Karchenberg ließ den Kopf fallen. »Glatt den Schädel durchschlagen. Der war sofort tot.« Er nickte, wohl um seinen Ausführungen mehr Gewicht zu verleihen.

»Noch was?«

»Ja, der Schusskanal – er verläuft nahezu horizontal. Ich habe Totenflecken am Gesäß gefunden. Das heißt, der Körper ist kurz nach dem Mord am Fundort abgelegt worden, oder der Mann wurde im Sitzen erschossen. Und in diesem Fall muss der Mörder, während er den Schuss abgab, in die Knie gegangen sein. Aber vielleicht suchen wir auch eine kleinere Person, womöglich eine Frau.«

»Er ist im Wartehäuschen erschossen worden. Das haben wir inzwischen geklärt.«

»Hat die Spurensicherung schon das Geschoss gefunden?«

»Ja, Projektil und Hülse – beides ist bei der ballistischen Untersuchung.« Aus den Augenwinkeln sah Treidler, wie Melchior die Tätowierungen neugierig betrachtete.

»Zum Todeszeitpunkt kann ich im Moment nicht viel sagen«, fuhr Karchenberg mit einer seiner berühmten Standardaussagen fort. Freilich wusste Treidler genau, dass dies wie immer eine maßlose Untertreibung darstellte und sogleich ein längerer Monolog über ihn hereinbrechen würde. Warum konnte der Mann nicht einfach nur die Uhrzeit nennen? Und es kam, wie Treidler befürchte. »Er liegt gerade mal zehn Minuten auf meinem Tisch. Ich kann nicht hexen.« Karchenberg atmete einmal tief durch. »Neben den Totenflecken am Gesäß gibt es welche an den Oberschenkeln. Alle sind reversibel – man kann sie also noch wegdrücken.« Er befand sich in seinem Element und redete ohne Punkt und Komma weiter: »Das passt auch zur Totenstarre, ziemlich weit fortgeschritten. Sie wissen sicherlich, wie es zur Totenstarre kommt, oder?«

Treidler nickte, erkannte jedoch im gleichen Augenblick, dass sein Gegenüber sich nicht für die Antwort interessierte.

Karchenberg war nicht mehr zu bremsen. »Für das Auftreten der Totenstarre sind im Grunde zwei Prozesse verantwortlich. Zum einen liegt es am Erliegen der Sauerstoffversorgung und zum Zweiten am Zerfall der biochemischen Substanz Adenosintriphosphat. Beide Faktoren zusammen bewirken eine Versteifung des Körpers, die nach zwei bis vier Stunden beginnt. Nur innerhalb der ersten acht Stunden kann man die Totenstarre noch durch kraftvolles Bewegen der Gliedmaßen lösen. So wie hier.« Karchenberg hob den rechten Arm des toten Mannes an, beugte den Unterarm mehrmals hin und her und ließ ihn zurückfallen.

»Die Uhrzeit …«, beeilte sich Treidler zu sagen, um den Doktor an die ursprüngliche Frage zu erinnern.

Karchenberg schaute Treidler mit einer Mischung aus Missbilligung und Unverständnis an. »Die Körperkerntemperatur betrug zehn Komma fünf Grad, als sie ihn vorhin herbrachten. Das war kurz nach zehn …«

»Bei zwei Grad Temperaturverlust pro Stunde starb er vor etwa acht Stunden«, mischte sich Melchior unvermittelt ein.

Wie eine dunkle Wolke huschte ein unwilliger Zug über Karchenbergs Gesicht. Er warf Melchior einen kritischen Blick zu und redete stockend weiter: »Eher später … es war … es war ziemlich kalt heute Nacht – so minus acht Grad …«

»Können wir uns auf etwa drei Uhr verständigen?«, fragte Melchior und lächelte gespielt liebenswürdig.

Karchenberg nickte und sagte zum ersten Mal nichts.

Melchior beugte sich über den Oberkörper. »Ich kenne diese Tätowierungen.«

»Darf ich raten? Bestimmt etwas Russisches«, mutmaßte Treidler.

»Vory«, gab sie in einem kehligen Laut zurück. Ihre Stimme klang dunkel, fast geheimnisvoll.

»Wer?«

»Die Frage sollte wohl eher ›Was?‹ lauten.«

»Na dann klären Sie mich mal auf, Frau Kollegin.«

»*Vory* – eigentlich *Vory v zakone* – heißt übersetzt etwa so viel wie ›Diebe, die dem Kodex folgen‹. Bei uns bezeichnet man diese Gruppierung als russische Mafia oder schlicht Russenmafia.«

»Russenmafia?«, echote Karchenberg und blickte vielsagend zu Treidler.

»Ja«, fuhr Melchior mit einem Kopfnicken fort. »Organisierter Waffen- und Drogenhandel, Schmuggel, Prostitution – die ganze Latte der Schwerverbrechen. Und das schon seit über einem halben Jahrhundert. Die Vory führt ihre Geschichte auf die Berufskriminellen der Stalin-Ära zurück. Sobald man die Männer damals erwischte, wurden sie in Gulags deportiert – nach Sibirien oder in den Kaukasus. Diese Arbeitslager überlebten nur die Hartgesottenen unter ihnen. Nach Flucht oder Entlassung gelangten sie meist rasch an die Spitze ihrer Organisation.«

»Stalin? Was hat Stalin mit diesem Kaff zu tun?«, warf Treidler zweifelnd ein.

»Das weiß ich nicht. Aber die Vory sind in Westeuropa schon vor etwa zwanzig Jahren aktiv geworden, als in den Achtzigern dank Glasnost und Perestroika der Eiserne Vorhang durchlässig wurde und schließlich fiel.«

»Wollen Sie damit andeuten, dass wir vor uns ein in Würde gealtertes Mitglied der russischen Mafia liegen haben? Ein Überbleibsel der Stalin-Ära sozusagen, das seinen Lebensabend in der Metropole Florheim verbringen wollte, es allerdings nicht ganz geschafft hat, hier eines natürlichen Todes zu sterben? Erschossen von einer kleinen Frau oder einem … einem Zwerg?«

Melchior ging nicht auf Treidlers zynische Bemerkungen ein, sondern zuckte nur mit den Achseln. »Er trägt zumindest ihre Tätowierungen.«

»Und dann? Diese lächerlichen Bildchen und Verstümmelungen haben bestimmt keine tiefere Bedeutung.«

»Doch«, widersprach Melchior.

»Ich bin ganz Ohr.« Treidler blickte wieder zur Leiche. »Diesen kyrillischen Scheiß kann ich eh nicht lesen.«

»Aber die Mitglieder der Vory können sich untereinander lesen wie Bücher. Die Bilder stellen im Grunde die Biografie der Person dar, die sie trägt. Schauen Sie hier, das große Kreuz auf der Brust. Es bedeutet, dass er ein angesehener Dieb ist – in seinen Kreisen natürlich.«

»Natürlich«, wiederholte Treidler wie selbstverständlich und atmete scharf aus.

»Herr Dr. Karchenberg, Sie sagten vorhin, dass auf seinem Rücken eine Kirche abgebildet ist. Wissen Sie, mit wie vielen Türmen?«

Der Angesprochene hob nur die Schultern und schaute zerstreut drein. Die Verknüpfung des Adjektivs »russisch« mit dem Substantiv »Mafia« machte ihn offenbar immer noch sprachlos.

Vermutlich lag zum ersten Mal ein ehemaliges Mitglied der Russenmafia auf seinem Seziertisch.

Melchior wartete seine Antwort nicht ab. »Egal – mit jedem Gefängnisaufenthalt kommt ein weiterer Turm hinzu.«

»Und die beiden Sterne auf seinen Knien?«, fragte Treidler, wenngleich er im Nachhinein gern auf die Antwort verzichtet hätte.

Melchior stieß einen Laut der Resignation aus. »Die bedeuten, dass er sich vor niemandem verbeugt.«

VIER

Die Schreibarbeiten und sonstigen Aufgaben einer Dienststelle, die im Kriminalkommissariat 1 in Rottweil anfielen, teilten sich zwei Halbtagskräfte. Die beiden Frauen im Sekretariat wechselten wöchentlich zur Mittagszeit, wobei Anita Schober an den ungeraden Wochen vormittags die Stellung an Telefon und Computer hielt. Sie war das absolute Gegenteil ihrer schlaksigen Kollegin Ursula Lohrmann, die in etwa einer Stunde ihren Dienst antreten würde.

Anita Schober gehörte zu der Art von Frauen, die wohl ihr ganzes Leben lang mit ihrem Körpergewicht kämpften. Es verging kaum ein Monat, in dem sie nicht irgendeine aussichtslose Diät ausprobierte. Derzeit absolvierte die beleibte Frau mit dem maskulinen Kurzhaarschnitt eine Kohlsuppendiät aus der »Brigitte« des vergangenen Frühjahrs. Alle Welt wusste von ihrer Hungerkur. Dafür sorgte sie schon selbst. Jeden, der das Sekretariat betrat, informierte sie über die Vorteile der Kohlsuppendiät gegenüber anderen Diäten. Freilich wussten alle, dass sich spätestens nach den Weihnachtsfeiertagen die abgehungerten Kilos zuzüglich zwei oder drei Extrakilos wieder auf ihren Hüften breitmachen würden. Dennoch stellte sie sich diesem aussichtslosen Kampf, der zuweilen kuriose Auswüchse annahm. Einmal hatte sie damit geprahlt, dass sie achtzehn Kilogramm abgenommen habe, nur um sich ihren jetzigen Mann »zu angeln«.

Entgegen der landläufigen Meinung, dass hungernde Menschen mürrisch und in Unterhaltungen schnell reizbar reagierten, musste Schober sich ihren Frust regelrecht von der Seele reden. Dabei machte sie keinen Unterschied, ob es sich um persönliche oder geschäftliche Dinge handelte. Auch Informationen, die nicht für jeden bestimmt waren, flocht sie in ihren Redeschwall ein, um sie bei möglichst vielen Menschen loszuwerden. Und sie interessierte sich selten dafür, ob ihr jeweiliger Gesprächspartner das alles hören wollte oder nicht. Oft konnte man sich nur mit einem Vorwand vor ihr in Sicherheit bringen.

Als Treidler mit seiner neuen Kollegin gegen Mittag aus der Pathologie zurückkehrte, neigte sich Anita Schobers Dienst dem Ende.

Schon beim Anblick ihres Gesichtsausdrucks bedauerte Treidler, dass dieser Montag nicht in einer geraden Woche lag und Ursula Lohrmann im Sessel hinter dem Computer saß. Schober platzte fast vor Ungeduld.

»Das ist gut, dass Sie kommen, Herr Hauptkommissar«, beeilte sie sich zu sagen und zwängte ihren Körper aus dem Schreibtischstuhl. Dabei stieß sie mit der Hüfte an und brachte ein gutes Dutzend knallroter Weihnachtssterne zum Erzittern, die in vier Blumentöpfen auf ihrer Tischplatte blühten. Während sie auf Treidler zuging, warf sie Melchior einen neugierigen Blick zu. »Ich dachte schon, dass ich es der Frau Lohrmann erklären muss. Sie wissen ja, bei ihr kann immer etwas verloren gehen. Weil – sie ist ja so schrecklich dünn. Aber es ist so wichtig.«

»Was ist denn so wichtig, Frau Schober?«, entgegnete Treidler, obwohl er genau wusste, dass es sich um nichts Bedeutsames handeln konnte. Niemand würde der Schober Entscheidendes anvertrauen. Es sei denn, er wollte, dass es sich schnellstmöglich in der gesamten Polizeidirektion verbreitete.

»Der Herr Amstetter, Sie wissen schon, der Herr Amstetter von der Kriminaltechnik«, fuhr Schober in einem verschwörerischen Tonfall fort und blickte sich um, als wolle sie sichergehen, dass sie nicht belauscht wurden.

»Ja und?«

»Ja, der Herr Amstetter …«

»Das sagten Sie schon. Und weiter …?«

»Jetzt lassen Sie mich ausreden, Herr Hauptkommissar. Sie bringen mich ganz durcheinander …«

Treidler hob ergeben die Augenbrauen.

»… hat angerufen«, fügte sie mit gedämpfter Stimme hinzu und bedachte Melchior mit einem argwöhnischen Seitenblick.

»Gut, Frau Schober, Amstetter hat angerufen. Dann haben wir das ja geklärt. Was hat er denn gesagt?«

»Der Herr Hauptkommissar Treidler soll bei ihm vorbeischauen. Es sei wichtig.« Diesmal kam die Antwort wie aus der Pistole geschossen. Offensichtlich erzählte sie diesen Teil nicht zum ersten Mal.

»Wann?«

Sie schob ihren Kopf nach vorne, sodass sich das Doppelkinn über den Hals verteilte. Auf ihre Stirn traten zwei tiefe, senkrechte Falten, und Treidler konnte deutlich erkennen, dass es dahinter zu arbeiten begann. Es dauerte zwei oder drei Atemzüge, bis sie schließlich mit einem bedächtigen Kopfschütteln eingestand: »Das – das hat er nicht gesagt.«

Treidler schaute auf seine Armbanduhr. Kurz vor halb eins. Amstetter würde in der Mittagspause sein. Mit einem Mal machte sich auch sein Magen bemerkbar. Ein unbändiges Hungergefühl überkam ihn. Kein Wunder, seit der Pizza am gestrigen Abend hatte er nichts mehr zu sich genommen. Jedenfalls keine feste Nahrung. »Haben Sie Hunger?«, wandte er sich an Melchior.

»Ja, ein wenig schon«, entgegnete sie.

»Gut, dann gehen wir jetzt etwas essen. Wie ich Amstetter kenne, kommt er vor eins, halb zwei nicht zurück.«

Einige Zeit später saßen sich die beiden Kommissare am letzten freien Tisch im nahen McDonalds gegenüber. Das Schnellrestaurant platzte aus allen Nähten. Am Nebentisch grölte eine Horde Kinder, die sich um die Spielzeuge in den Tüten stritten. Auch Handwerker, Schüler und ganze Familien waren auf die gleiche Idee gekommen und nahmen ihr Mittagessen dort ein. Treidler hatte sein Tablett mit dem Menu des Tages vollgeladen, während Melchior versuchte, die Balsamico-Soße möglichst gleichmäßig über dem Salat zu verteilen.

»Wenn ich gewusst hätte, wohin Sie mich zum Essen schleppen, wäre mir der Hunger vergangen«, sagte sie.

»Warum?«

»Ich achte stets darauf, mich gesund zu ernähren.«

»Dazu gehören Cheeseburger und Pommes bestimmt nicht, oder?«, erwiderte Treidler mit vollgestopften Backen.

»Das«, Melchior machte eine abfällige Grimasse, »das ist Schrott, was Sie da in sich hineinstopfen. Nur minderwertige Kohlenhydrate und jede Menge Fett.«

»Eigentlich habe ich mir das schon so gedacht.«

»Was? Dass dieses Essen schlecht ist für Ihre Gesundheit?«

»Nein.« Treidler schüttelte den Kopf. »Dass es vermutlich angenehmer ist, ohne Sie zum Essen zu gehen.«

»Trotzdem sollten Sie mehr auf Ihre Ernährung achten«, gab sie ungerührt zurück.

»Jetzt mal langsam, Frau Kollegin. Um neunzig Kilo am Leben zu erhalten, reicht dieser beschissene Salat mit winzigen Hähnchenstücken nun mal nicht aus.« Er stopfte sich den Rest seines Cheeseburgers auf einmal in den Mund und kaute betont genüsslich darauf herum.

Melchior wandte sich dem Plastikbesteck zu, das in einer durchsichtigen Tüte steckte. Mit spitzen Fingern versuchte sie die Packung zu öffnen, was ihr erst einige Zeit später gelang. Schließlich stach sie die Gabel in die Plastikschüssel, als ob sie den Salat damit erdolchen wollte. Sie ergatterte eines der größeren Salatblätter, hielt es hoch und betrachtete es von allen Seiten. Mit jeder Drehung wirkte ihr Gesichtsausdruck unwilliger, bis sie die Gabel zurücksinken ließ und die Salatschüssel von sich wegschob.

»Und? Keinen Hunger?«, fragte Treidler.

»Auf das Zeugs hier? Bestimmt nicht. Wollen Sie vielleicht?«

»Klar.« Er zog die Plastikschüssel zu sich und griff nach der Gabel, die noch im Salat steckte. Mit vier, fünf schnellen Bewegungen pickte er die Fleischstückchen heraus und stopfte sie auf einmal in den Mund. Er kaute und erklärte mit vollem Mund: »Ich habe mich wohl getäuscht. So schlecht schmeckt das nun auch wieder nicht. Vielleicht versuche ich das beim nächsten Mal.« Mit einem breiten Grinsen schob Treidler ihr die Plastikschüssel zurück.

Melchior blickte ungläubig in die Salatschüssel. Kein einziges Stückchen Fleisch hatte Treidler zurückgelassen. Dafür fehlte weder eines der Salatblätter noch eine Tomate.

»Ist ja gut, Melchior.« Treidler kaute weiter, während er sprach. »Wenn ich das nächste Mal mit Ihnen essen gehe …«, er machte eine kleine Pause, um zu schlucken, »… versuche ich mich zu benehmen. Ich verspreche es.« Er konnte sich ein spöttisches Lächeln nicht verkneifen, als er erneut in die Tüte mit den Pommes griff und eine Handvoll herauszog. »Allerdings nicht heute.«

Nach der Rückfahrt machten sich die beiden Kommissare auf den Weg zur »Rumpelkammer«, wie Amstetter einen der Arbeitsräume der Kriminaltechnik gern bezeichnete. Immer wenn Treidler das überraschend kleine Zimmer betrat, wunderte er sich über die Unmengen von Apparaturen, die darin Platz fanden. An den Fenstern reihte sich ein Tisch an den anderen. Jeder schien für eine bestimmte Untersuchung reserviert zu sein. Meist lagerten darauf Schachteln, Zettel und Dutzende durchsichtiger Plastiktüten in allen Größen. Letztere oft mit undefinierbarem, ekelhaftem Inhalt, von dem er gar nicht wissen wollte, was es einmal gewesen sein könnte.

Treidler hatte richtig vermutet. Auch Amstetter war soeben erst von seiner Mittagspause zurückgekehrt und gönnte sich noch einen Kaffee in der Pappbecher-Variante aus dem Automaten auf dem Flur. In seinem ehemals hellgrauen Arbeitskittel, der mittlerweile eine Reihe von Flecken in allen Formen und Farben aufwies, stand er vor einem der Tische. Im Gegensatz zu heute Morgen, als fast sein ganzer Kopf unter einer weißen Kapuze steckte, war jetzt sein jugendliches Gesicht vollständig zu sehen. Trotz seiner mehr als dreißig Lebensjahre zeigten sich keinerlei Falten. Lediglich wenn er nachdachte, durchzogen tiefe Furchen seine Stirn. Und das tat er offensichtlich, als er die drei Gegenstände in den Plastiktüten vor sich betrachtete. Treidler erkannte den Pass, den ihm Amstetter schon am Morgen in Florheim gezeigt hatte. Außerdem lagen dort eine große Tüte mit zwei daumendicken, länglichen Schachteln sowie eine kleinere, in der sich nichts befand als ein aufgefalteter Zettel von der Größe einer Spielkarte. Auf den beiden Schachteln und dem Papier prangten kyrillische Buchstaben.

»Das ist alles«, sagte Amstetter, als Treidler mit Melchior an den Tisch trat. »Hier fehlt nur das Geschoss. Patrone und Projektil sind schon drüben in der Ballistik.« Er schaute in die Runde und ergänzte mit einem Achselzucken: »Ansonsten haben wir da draußen nichts gefunden.«

Melchior nahm die Tüte mit den Packungen zur Hand und betrachtete sie. »Medikamente?«

Amstetter nickte. »Derzeit wissen wir allerdings noch nicht gegen was. Die beiden Schachteln lagen ganz in der Nähe der Bushaltestelle. Der Alte hat sie wohl kurz vor dem Mord verloren.« Er griff nach der Tüte mit dem Zettel und hielt sie Treidler vor die Nase. »Das Einzige, das mir interessant erscheint, ist dieses kleine Stück Papier hier. Für mich sieht das aus wie eine Adresse.«

»Mensch, Ernie – ich kann diesen verfluchten kyrillischen Scheiß nicht lesen. Auch wenn du mir den Fetzen Papier noch dichter vor die Nase hältst«, blaffte Treidler.

»Geben Sie mal her.« Melchior zupfte Amstetter die Tüte aus der Hand.

»Sie können kyrillische Buchstaben lesen?«, fragte er und blickte Melchior mit großen Augen an.

»Was glauben Sie, welche Fremdsprache man bei uns in der DDR auf den Schulen gelernt hat? Englisch vielleicht?«

Amstetter nickte Treidler zu, während Melchior den Zettel näher untersuchte.

»Das ist eine Adresse in Stuttgart. Das hier ist der russische Vorname Aleksander, und das sind die kyrillischen Buchstaben für das Wort ›Stuttgart‹. Darunter steht die Straße. Mozartstraße dürfte wohl die richtige Übersetzung dafür sein. Hausnummer 18.«

»Dann können Sie sicher auch den Namen in seinen Ausweispapieren identifizieren?«, fragte Amstetter.

»Ich denke schon. Aber das können Sie genauso gut. In den russischen Pässen werden alle Angaben sowohl in kyrillischen als auch in lateinischen Buchstaben gemacht.«

»In diesem hier nicht.« Er warf Melchior ein Paar Gummihandschuhe zu und reichte ihr die Tüte mit dem lädierten Büchlein, das einem dünnen Schulheftchen für Vokabeln glich. Nur der dunkelrote, leinenartige Umschlag mit einer vergilbten Prägung und diversen kyrillischen Buchstaben vermittelte einen halbwegs amtlichen Eindruck.

»Fingerspuren?«, fragte sie.

»Keine verwertbaren auf dem Deckel. Weiter sind wir momentan nicht.«

»Das ist ein alter sowjetischer Inlandspass«, stellte Melchior mit einem verdutzten Gesichtsausdruck fest, nachdem sie den Pass von der Tüte befreit und ein paarmal hin und her gedreht hatte. »Eine Art Personalausweis. Ich dachte, die gibt es schon lange nicht mehr.« Sie schlug die erste Seite auf und fuhr fort: »Tadschikischer Stempel, hm … Das ist merkwürdig …«

»Was ist daran so merkwürdig?«, fragte Treidler.

»Nun ja, das ist kein Auslandspass, und er ist seit über zehn Jahren abgelaufen. Entweder haben unsere Zollbeamten ihn nicht kontrolliert, oder der Mann hat andere Einreisedokumente benutzt.«

»Und? Wie heißt er?«, fragte Treidler ungeduldig.

»Nowak, Johann Nowak.«

»Johann Nowak? Das hört sich recht deutsch an«, gab er überrascht zurück. Der Fall entwickelte sich allmählich zu einer Aneinanderreihung von Seltsamkeiten. Ein bestimmt achtzigjähriger Mann mit sowjetischem Inlandspass, einem tadschikischen Wohnort und deutschem Namen lag kaltblütig ermordet im Bushaltehäuschen eines völlig bedeutungslosen Kaffs im äußersten Südwesten Deutschlands.

»So jedenfalls steht es hier. Geboren am 12. Dezember 1923 in … nein, das ist verwischt – den Geburtsort kann ich nicht mehr lesen. Hat wohl schon einiges mitgemacht, der Pass. Als Wohnsitz ist Duschanbe angegeben. Das ist die Hauptstadt von Tadschikistan.«

»Noch was?«

»Die Nummer seiner Propiska ist noch zu entziffern.«

»Die Nummer seiner was?«

»Seiner Propiska. Im Grunde war das früher das Recht eines Sowjetbürgers, sich in einer bestimmten Stadt niederzulassen. Ohne diese Registrierung gab es keine Wohnung, keine Arbeit und was weiß ich. Die zugehörige Nummer stempelte die Miliz in die Inlandspässe.«

»Und was bringt uns seine Nummer?«

»Zumindest einen relativ schnellen Zugriff auf seine Eintragung im Melderegister von Duschanbe. Die Behörden in den ehemaligen Sowjetrepubliken brauchen lange, sehr lange, um Anfragen aus dem Ausland zu bearbeiten. Mit seiner Propiska könnten wir das beschleunigen.«

»Und, auf was warten wir?«

Melchior ließ das kleine Büchlein aufgeschlagen und verstaute es wieder in der Tüte. Nachdem sie die Gummihandschuhe ausgezogen hatte, nickte sie Treidler kurz zu, und die beiden Kommissare machten sich auf den Weg zurück zu ihrem Büro.

»Ich brauche den Pass noch einmal. Die Fingerspuren auf den Innenseiten sind nicht gesichert«, rief ihnen Amstetter nach.

»Frau Schober«, Treidler redete schon, bevor er die offen stehende Tür zum Sekretariat erreicht hatte, »ich möchte, dass Sie ein Amtshilfeersuchen für Tadschikistan fertig machen.« Erst jetzt bemerkte er, dass hinter dem Schreibtisch nicht mehr Anita Schober saß, sondern Ursula Lohrmann. Sie trug ein dunkelblaues, enges Oberteil mit langen Ärmeln, was ihre schlaksige Figur noch mehr hervorhob.

»Ich kann kein Russisch«, erwiderte sie mit einem vorsichtigen Kopfschütteln.

»Tadschikisch«, verbesserte Melchior und warf ihr ein Lächeln zu. »Ich denke, Englisch reicht für ein Fax oder eine E-Mail an die tadschikische Botschaft.«

»Und was genau soll ich dort anfragen?« Lohrmann strich ihren geflochtenen Zopf nach vorne.

»Auskunftsersuchen über Johann Nowak, gemeldet in Duschanbe.« Melchior blickte in das aufgeschlagene Büchlein in der Plastiktüte und las vor: »Propiska Nummer eins-fünf-vier-sieben-vier-vier. Und lassen Sie den Pass in der Tüte, es sind noch nicht alle Fingerspuren gesichert.« Sie reichte Lohrmann den Pass und wandte sich an Treidler. »Ich hoffe, das genügt, damit die Tadschiken uns eine Fotokopie seiner Registereintragung überlassen.«

Ursula Lohrmann warf ihren Zopf wieder auf den Rücken und drehte den Bürostuhl zum Computerbildschirm. »Bin schon dabei, Chef.« Augenblicke später flogen ihre schlanken Finger gekonnt über die Tastatur. Nur einmal setzte sie kurz ab, um die Nummer der Propiska abzulesen.

Den Rest des Tages verbrachte Treidler damit, etwas über die Adresse in der Stuttgarter Mozartstraße in Erfahrung zu bringen. Unter normalen Umständen hätte er für die wenigen Telefonate kaum länger als eine halbe Stunde benötigt. Heute jedoch verging mehr als die dreifache Zeit. Und das lag keinesfalls an seiner Unfähigkeit, kurzfristig die richtigen Gesprächspartner zu finden.

Melchior kam auf die Idee, den Rest des Nachmittags zu nutzen, um den Schreibtisch auf der gegenüberliegenden Büroseite in Besitz zu nehmen. Dutzende Kartons und anderes Gerümpel, das seit vielen Wochen einen Platz dort fand, musste Treidler beiseiteräumen.

Weitaus unangenehmer empfand er allerdings, dass Melchior ihn beständig mit Fragen nervte, auf die er selbst keine Antwort wusste. Es begann mit den Schlüsseln zum Schreibtisch. Die Schubladen konnten geöffnet, aber nicht abgeschlossen werden. Woher, verdammt, sollte er wissen, wo sich diese winzigen Schlüssel befanden? Seit Monaten stand der Schreibtisch wie verwaist in seinem Büro. Niemand interessierte sich dafür. Bis die Männer der Haustechnik vor einer Woche den Computer angeschlossen hatten. Doch sie hätten zuvor besser Melchior gefragt. Bildschirm, Tastatur, Drucker: Alles platzierte sie um. Bald ging die Stellfläche aus, und die Längen der verlegten Kabel reichten nicht annähernd.

Nein, er wusste nicht, wo im Raum sich Steckplätze für das Netzwerk befanden. Auch nicht, wo die Verlängerungskabel und Mehrfachsteckdosen lagerten. Womöglich wollte sie als Nächstes wissen, wo die Toiletten lagen.

Wenig später begann das Drama mit dem Anmeldenamen und Passwort für das System. Er selbst konnte sich nur mit Mühe seine Zugangsdaten merken. Was interessierte ihn schon dieser verfluchte Computer? Er benutzte ihn eh kaum. Wozu gab es schließlich das Sekretariat? Die beiden Damen meisterten solche Aufgaben ohnehin schneller als er. Schon bald ging Treidler die andauernde Fragerei gehörig auf die Nerven, und er wünschte sich die ruhigen Tage der vergangenen Monate zurück, als das ganze Büro ihm und dem Gerümpel gehörte.

Neben dem Kopfschmerz und der bleiernen Müdigkeit, die ihn plötzlich übermannte, trugen die Ergebnisse der Telefonaktion kaum zur Verbesserung seiner Laune bei. Im Grunde war er danach genau so schlau wie zuvor. Weder konnte er einen Namen aus den Stuttgarter Melderegistern noch eine Telefonnummer zur Adresse ermitteln. Er erfuhr nur, dass die Mozartstraße in der Nähe der Stadtbahnstation »Österreichischer Platz« im Stuttgarter Süden lag. Und dass das Wohngebiet ein sozialer Brennpunkt der Stadt sei, wie es der Kollege aus Stuttgart diplomatisch ausdrückte. Die spärlichen Informationen boten nicht unbedingt die besten Aussichten für den kommenden Tag.

FÜNF

Nur wenige Lichter brannten auf den Fluren und in den Büros der Polizeidirektion. Lediglich der Bereitschaftsdienst und ein paar unverbesserliche Arbeitstiere hielten um diese Zeit noch die Stellung in dem neuen Gebäude aus Glas und Beton. Die allermeisten Beamten und Angestellten der Rottweiler Polizei waren entweder schon zu Hause und genossen das Abendessen im Kreise ihrer Familien. Oder sie gingen einer Freizeitbeschäftigung nach.

Genauso wie Treidler früher, als er zweimal die Woche mit seinen Kollegen draußen vor der Stadt Squash gespielt hatte. Das gehörte der Vergangenheit an. Schlagartig, endgültig vorbei – als ob es nie existiert hätte. Und seit seiner Rückkehr zur Kriminalpolizei machten die meisten um ihn einen Bogen. Niemand fragte, ob er wieder mitspielen wollte. Nicht, dass er sich sofort darauf eingelassen hätte. Auch von seiner Seite saß das Misstrauen tief. Aber die Tatsache, dass sie ihn schlicht missachteten, schmerzte.

Auch Melchior hatte sich vor einer Weile verabschiedet. Sie murmelte etwas von Besichtigung. Treidler vermochte weder zu sagen, was sie sich anschauen wollte, noch, wann der Termin stattfand. In Wahrheit interessierte er sich nicht für ihre Belange. Nach diesem Tag freute er sich vielmehr, dass es niemanden mehr gab, der auf ihn einredete.

Kaum gehörte ihm das Büro wieder allein, öffnete Treidler die unterste Schreibtischschublade. Wie zu Hause, so bewahrte er auch hier Kopien der Untersuchungsberichte zum Mordfall Treidler auf. Fotos, Vernehmungsprotokolle und Aktennotizen der Kollegen, die den Fall vor zwei Jahren bearbeitet hatten. Ein ausgetauschter Schließzylinder im Schloss der Schublade sorgte dafür, dass sie nicht zufällig jemand anderem in die Hände fielen. Denn eigentlich dürfte er überhaupt nicht im Besitz dieser Unterlagen sein.

Für einen Augenblick dachte er darüber nach, einen Schluck aus der halb vollen Wodkaflasche zu nehmen. Statt sie zu öffnen, schob er zwei weitere leere Flaschen beiseite und zog die Mappe mit den Kopien der Untersuchungsberichte hervor. So wie er es abends immer tat, wenn er aus Angst vor der verlassenen Wohnung im Büro blieb. Heute wollte er sich die Tatortbeschreibung der beiden ermittelnden Kommissare Bernhard Winkler und Friedhelm Kleinert vornehmen. Nicht zum ersten Mal, denn er hatte das Dokument schon Dutzende Male gelesen. Vermutlich kannte er jedes Wort darin auswendig. Gleichwohl hoffte er immer noch auf diesen einen Hinweis, der ihn zum Mörder seiner Frau führte.

Lisa war jetzt seit zwei Jahren tot. Ermordet von einem Mann. Mit dem Geschlecht des Täters erschöpften sich damals die gemeinsamen Schlussfolgerungen der beiden leitenden Ermittler. Während Winkler sich schnell auf Treidler als Täter einschoss, blieb Kleinert bei der Theorie eines sexuell motivierten Tötungsdeliktes – obwohl es keinerlei Spuren einer Vergewaltigung gab. Dies ging aus den Aktennotizen der beiden hervor.

Treidler schloss die Lider und verfluchte die kommenden Weihnachtstage. Gedanken, Gerüche oder winzige Details sorgten dafür, dass plötzlich eine Art Film vor seinem geistigen Auge ablief. Meist konnte er sofort den Wochentag, das Datum und oft auch die Uhrzeit zu der Erinnerung nennen. Diesmal löste das simple Wort »Wohnung« die Bilder aus. Sie stammten vom Freitag, dem 28. November – drei Wochen vor dem Mord, als er sich gegen sechs auf den Heimweg gemacht hatte. Entgegen ihrer Gewohnheit hatte Lisa schon nachmittags im Büro angerufen und ihn gebeten, gleich nach dem Dienst nach Hause zu kommen.

Zu Hause, als sie ihn mit diesem vielsagenden Lächeln anstrahlte, ahnte er, dass dieser Abend etwas Besonderes werden würde. Und er wurde etwas Besonderes – etwas ganz Besonderes. Sie hatte gekocht, den Esszimmertisch gedeckt und den ganzen Raum mit Kerzen dekoriert. Er fühlte sich zurückversetzt in die Tage, als sie sich kennengelernt hatten. Zu ihrer ersten Verabredung zum Essen in der winzigen Zweizimmerwohnung. Schon damals strahlte sie diese Souveränität und Ruhe aus, was er als äußerst angenehm empfand. Und vielleicht war es gerade diese Art gewesen, die er an ihr mochte und nach der er bisher gesucht hatte: einen ruhenden Pol in seinem bisher so unorganisierten Leben.

Treidler dachte an den Augenblick, als er ihr den Rotwein zum Essen einschenken wollte und sie ablehnte. Er fand nicht sofort eine Erklärung für ihr Verhalten. Dennoch spürte er, dass etwas in der Luft lag. Etwas Neues, von dem er sehr bald mehr erfahren sollte. An seine Vermutung schloss sich zuerst eine belanglose Unterhaltung über italienisches Essen an. Bis, ja bis er nach dem Verlauf ihres Tages fragte. Und statt auf seine triviale Frage zu antworten, lächelte sie noch eine Spur geheimnisvoller.

Als er schließlich die Serviette benutzen wollte, fiel ein dünnes Stück Papier mit schwarzen und grauen Klecksen heraus, die scheinbar willkürlich darauf verteilt waren. Es dauerte ein paar Sekunden, bis er realisierte, was er vor sich hatte: die Ultraschallaufnahme eines ungeborenen Kindes – seines Kindes. Im nächsten Augenblick stockte ihm der Atem. Sein Herz schlug schneller, immer schneller und plötzlich begann sich alles zu drehen. Er blickte zu Lisa, die ihn erwartungsvoll anstrahlte, und er lächelte zurück. Bevor er etwas sagen konnte, offenbarte sie ihm, dass sie bald zu dritt sein würden. Daran schloss sich ein wahrer Redeschwall an. Sie war in der neunten Woche, das Kind sollte Anfang Juli nächsten Jahres zur Welt kommen. Und es würde deswegen Juli werden, weil es eigentlich zehn Monate dauerte und nicht neun Monate, wie man sich landläufig erzählte. Auch über die Einrichtung des Kinderzimmers hatte sie sich Gedanken gemacht und die Termine für die Schwangerschaftsgymnastik gebucht. Und natürlich musste er daran teilnehmen, weil heutzutage alle Männer teilnahmen. Er fand nicht ein einziges Mal die Möglichkeit, mehr als ein Kopfnicken einzuwerfen. Er genoss diesen Augenblick, und am meisten freute er sich über den Enthusiasmus, den sie bei ihren wirr vorgetragenen Erklärungen an den Tag legte. Sie strahlte wie ein kleines Kind vorm Gabentisch.

»He – Wolfes …«, mischte sich eine vertraute Stimme in seine Erinnerungen.

Treidler schaute auf.

Amstetter stand mit hinter dem Rücken verschränkten Armen

vor seinem Schreibtisch und lächelte. »… schläfst du jetzt schon im Sitzen?«

»Was ist, Ernie, hast du dich verlaufen?«

Der Kriminaltechniker überging die Frage und verkündete: »Ich hab's endlich geschafft.«

»Du sprichst wie immer in Rätseln. Was hast du endlich geschafft?«

»Die Protokolle.« Er zog seine Hände hervor und präsentierte eine aufgerollte durchsichtige Hülle mit weißen Blättern.

Sofort wusste Treidler, von welchen Protokollen Amstetter sprach. Immer noch fehlten ihm zwei Aussagen zu einem kompletten Satz Untersuchungsberichte im Fall Lisa Treidler. Die Protokolle der beiden Beamten, die als Erste am Tatort eingetroffen waren, gab es in seiner Mappe nicht.

»Vor ein paar Wochen hast du mir erst erklärt, dass man an die nicht so einfach rankommt – separater Speicherplatz oder so etwas Ähnliches.« In der Tat standen Aussagen von Mitarbeitern derselben Dienststelle unter besonderem Datenschutz.

»Ja – das war vor ein paar Wochen«, gab Amstetter nicht ohne Stolz zurück.

»Gilt das jetzt nicht mehr, das mit dem separaten Speicherplatz?«

»Doch, gewiss, aber siehst du meine Hände?« Er zwinkerte. »Das sind magische Hände …«

Treidler konnte ein Lachen nur schwer unterdrücken, als die hagere Gestalt vor ihm merkwürdig anmutende Fingerübungen vollführte, die an einen Klaviervirtuosen vor seinem Auftritt erinnerten.

»Soll ich dir erzählen, wie ich das hinbekommen habe?« Amstetter reichte Treidler die Mappe über den Schreibtisch.

»Lass mich mit den Details in Ruhe. Ich verstehe eh nicht so viel davon wie du.« Er setzte kurz ab und fragte dann: »Hast du sie gelesen?«

Sofort wurde Amstetter wieder ernst. »Du weißt doch, ich mach so was nicht.«

Treidler nickte. »He – Ernie.«

»Was, Wolfes?«

»Warum tust du das für mich? Das kann dich deine Stelle hier kosten.«

»Ich weiß nicht. Vielleicht, weil du der Einzige bist, der über meine Witze lacht.«

»Nur manchmal«, entgegnete Treidler. »Meist sind sie so grottenschlecht, dass man sie nur mit ein paar Bier im Kopf lustig findet.«

Amstetter lachte auf. »Außerdem bin ich viel zu gut. Die werden nie draufkommen, dass ich auf den Servern rumgeschnüffelt habe.«

»Jetzt fehlt noch die Tonaufzeichnung des Notrufes. Dann habe ich die kompletten Unterlagen zusammen.«

»Bist du wirklich schon so weit?« Amstetter klang beinahe vorwurfsvoll.

Treidler zuckte mit den Achseln. »Vor Gericht haben sie die Aufzeichnung auch abgespielt – bestimmt drei Mal. Dann werde ich es wohl jetzt ebenfalls ertragen.«

»Klar, wie du meinst.«

»Hast du sie?«

Amstetter nickte knapp und zog eine kleine Silberscheibe in einem durchsichtigen Kunststoffumschlag aus der Hosentasche. Er reichte sie Treidler.

»Was ist das?«, wollte der mit einem skeptischen Gesichtsausdruck wissen.

»Eine Mini-CD.«

»Ist da die Aufzeichnung drauf?« Treidler wog die silberne Scheibe in der Hand und schaute Amstetter mit einer Mischung aus Zweifel und Ratlosigkeit an.

»Ja.« Amstetter nickte. »Für Leute ohne eigenen Computer. Kannst du dir auf jedem herkömmlichen CD-Spieler anhören …«

Treidler ließ die Mini CD in seiner Jackentasche verschwinden. »Und die Zeit?«

»Der Notruf kam um dreiundzwanzig Uhr fünf und dreizehn Sekunden rein. So jedenfalls hat es die Telefonanlage im Header der Originaldatei gespeichert.«

Treidler wusste zwar nicht, was das Wort »Header« in diesem Zusammenhang bedeutete, dennoch wiederholte er Amstetters

Zeitangabe und betonte dabei jede einzelne Ziffer, als ob sie einen Geheimcode darstellte: »Dreiundzwanzig Uhr fünf und dreizehn Sekunden.« Etwas stimmte nicht. »Bist du sicher mit der Zeit?«

»Klar, und zwar auf die Sekunde.«

»Im Protokoll steht dreiundzwanzig Uhr neunzehn – vierzehn Minuten später. Hmm ...« Treidler rieb sich mit dem Handrücken über sein unrasiertes Kinn. »Kann es sein, dass die Telefonanlage eine falsche Zeit gespeichert hat?«

Amstetter schüttelte den Kopf. »Nein. Die Zeitangabe wird aus dem Telefonnetz abgerufen. Das würde bedeuten, dass deutschlandweit das gesamte Netz der Telekom die falsche Zeit ausgegeben hätte.« Er hielt kurz inne. »Meinst du, das bedeutet überhaupt was, diese vierzehn Minuten?«

»Das kann ich im Moment nicht sagen.« Vierzehn Minuten konnten bei einem Verbrechen den Unterschied zwischen absoluter Undenkbarkeit und einer zumindest hypothetischen Gelegenheit ausmachen.

»Bestimmt macht es diesen Fall nicht einfacher.«

»Ja.« Treidler nickte und ließ seinen Blick nach draußen in das Dunkel der Nacht schweifen. »So wie die Tatsache, dass sie mich in der Küche bewusstlos auf dem Boden gefunden haben. Und dass es keine Einbruchspuren oder fremden Fingerabdrücke gab – auch keine Fremd-DNS. Überhaupt nichts. Als ob der Mörder ganz genau wusste, auf was er achtgeben muss, um keinerlei Spuren zu hinterlassen.«

»Das ist nichts Besonderes. Dazu reichen Handschuhe.«

Treidler lachte auf und schaute wieder zu Amstetter. »Wer hätte gedacht, dass fehlende Fingerabdrücke einmal das erste Indiz in einem Mordprozess gegen mich darstellen würden.«

»Das war doch Winkler, der diesen Standpunkt während der Ermittlungen vertreten hat?«

»Winkler, Winkler, der blöde Arsch. Kleinerts Herzinfarkt kam ihm vermutlich nicht ungelegen. Deshalb hat er die Morduntersuchung eine Weile allein leiten können. Genügend Zeit, um das eine oder andere Ergebnis so zurechtzubiegen, dass es ihm in den Kram gepasst hat.«

»Glaubst du wirklich?«

»Ich konnte Winkler nie ausstehen. Außerdem hat er es schon lange auf Petersens Nachfolge als Kommissariatsleiter abgesehen. Nicht, dass ich diese Position überhaupt gewollt hätte. Trotzdem bin ich ihm als dienstältester Kommissar im Weg gestanden.«

»Tust du ihm da nicht unrecht? Kleinerts Nachfolger hat vor Gericht die gleiche Auffassung wie Winkler vertreten.«

»Borchert? Dieser junge Pisser von der Polizeihochschule?« Treidler knurrte abfällig. »Der hat noch nie ein Verbrechen gesehen, außer im Fernsehen.«

Amstetter nickte langsam.

»Außerdem fehlt ihm der Mumm, um sich eine eigene Meinung zu bilden. Der quatscht Winkler alles nach, nur, um so schnell wie möglich befördert zu werden. So kann er zurück in seine beschissene Großstadt und den großen Maxe heraushängen.« Treidler ließ den Kopf hängen. »Der Richter hat im Prozess nicht einmal Kleinerts Aktennotizen zugelassen. Nur wegen Winklers Aussage, dass ich jahrelang mit ihm Squash gespielt habe.« Er machte eine abfällige Handbewegung. »›Freigesprochen mangels Beweisen‹. Das hört sich an wie: Du bist schuldig, nur kann man es dir nicht nachweisen.«

»Dazu hast du wohl einen gehörigen Teil selbst beigetragen.«

»Wie meinst du das?« Treidler blickte überrascht auf und runzelte die Stirn.

»Nun ja …«, druckste Amstetter herum.

»Sag schon!«

»Wie soll ich das am besten formulieren?« Amstetter rieb sich über das Kinn. »Vielleicht hat dein Auftritt damals vor Gericht nicht unbedingt Licht in die Sache gebracht. Du hast ausgesagt, du könntest dich an die Stunden, auf die es an diesem Abend ankam, nicht mehr erinnern. Es ist verflucht schwer, das so einfach zu glauben.«

»Sagt wer?«

»Das weißt du genau – alle hier.«

»Pah – alle.« Treidler spuckte das Wort fast aus. »Was wissen die schon? Ich würde viel dafür geben, wenn ich mich daran erinnern könnte. Aber das Letzte, was ich von diesem Abend weiß, ist, dass ich bei Birgit war. Für die Zeit danach ist alles nur schwarz.«

»Und warum hast du das damals nicht genau so ausgesagt, als du noch die Chance dazu hattest? Warum musste der Richter von deiner Exfreundin erfahren, dass du bei ihr warst?«

»Warum, warum, warum? Alle fragen immer nach dem Warum. Scheiße, Ernie – vielleicht, weil es außer mir auf der ganzen Welt niemanden gibt, der den Abend bei einer Exfreundin verbringt, während zu Hause seine schwangere Frau getötet wird. Reicht das als Begründung?«

Amstetter sog die Luft ein. Eine Zeit lang schwiegen sich die beiden an. »Wolfes, was ist an diesem Abend wirklich geschehen?«, fragte er schließlich.

Treidlers Gedanken verfinsterten sich schlagartig. Allein die Vorstellung, was an diesem Abend geschehen war, erfüllte ihn mit lähmender Furcht. »Verdammt noch mal – ich weiß es nicht mehr.«

»Genau das ist es, was dir jeder vorhält. Gewiss, es gibt keine Gesetzmäßigkeit, wie eine partielle Amnesie verläuft. Manches aus deinem Gedächtnis bleibt ganz oder teilweise verloren. Doch die meisten Erinnerungen kehren zurück, obwohl es unwahrscheinlich ist, dass du dich jemals vollständig an den Abend erinnern wirst. Aber du solltest es versuchen – immer wieder.«

»Ich tue seit zwei Jahren nichts anderes.« Treidler spürte das Misstrauen in Amstetters Worten. Warum zum Teufel wollte er das plötzlich wissen? Bisher hatte er ihn nie auf den Abend des Mordes angesprochen. »Und ich dachte, du bist auf meiner Seite.«

»Bin ich auch.« Amstetter machte eine abwehrende Handbewegung. »Aber deine Ex … wie heißt sie noch mal?«

»Birgit, Birgit Mohrmann.«

»Ja, diese Birgit Mohrmann. Sie hat ausgesagt, dass du Lisa verlassen wolltest.«

»Diese verfluchte Hexe hat gelogen! Merkt denn das niemand?« Treidler schrie jetzt fast. »Sie hat es schon damals nicht überwunden, als ich sie wegen Lisa verlassen habe.« Er rang um Fassung und atmete ein paarmal tief durch. Er wollte heute nicht über den Abend des Mordes reden. Aber er konnte Amstetters unausgesprochenen Vorwurf nicht so stehen lassen. Und da platzten die Worte regelrecht aus ihm heraus: »Der Prozess – ich habe etwas verschwiegen.«

»Das denken alle.«

»Ich habe Lisa an diesem Tag angelogen und gesagt, dass wir die Nacht über eine Observation hätten, drüben im Industriegebiet. In Wahrheit hatte Birgit mich eingeladen. Ein Abendessen geht schon, dann haust du wieder ab, habe ich gedacht. Doch an diesem Abend war zu viel Alkohol im Spiel.« Er schluckte trocken. Das Weiterreden fiel ihm schwerer. »Ja, ich habe an diesem Abend mit Birgit geschlafen. Ich weiß nicht, welcher Teufel mich geritten hat. Später hat sie dann mit mir rumgestritten wegen meiner Ehe mit Lisa, und ich bin dann einfach gegangen.«

»Wohin?«

»Raus, einfach nur raus. Weiter weiß ich nicht mehr. Es ist alles wie ausgelöscht.«

»Bist du sicher?«

»Ja, verdammt. Warum sollte ich dich anlügen?«

Die Frage stand im Raum. Das laute Ticken der riesigen Wanduhr von nebenan ließ die Stille noch unerträglicher erscheinen. Amstetter antwortete nicht.

Treidler wandte sein Gesicht erneut dem Fenster zu und fuhr mit erstickter Stimme fort: »Weißt du, wie es sich anfühlt, wenn man glaubt, dass man wahnsinnig wird?«

Noch immer erwiderte Amstetter nichts.

»Es war meine Schuld – meine allein.«

»Ich weiß.« Amstetters Stimme klang mechanisch.

»Das war kein beschissenes Schicksal. Ich bin Polizist – ihr Mann. Ich hätte für sie da sein müssen.« Treidler hob die Achseln und schaute wieder zu der hageren Gestalt vor seinem Schreibtisch. »Du wolltest wissen, was an diesem Abend geschehen ist. Das ist alles, was ich weiß. Nicht mehr und nicht weniger.« Er ließ seine Worte kurz wirken. »Eines musst du mir glauben, Ernie. Ich habe sie geliebt, wirklich geliebt – Lisa war meine Traumfrau. Und ich würde alles dafür geben, wenn ich diesen Abend ungeschehen machen könnte.«

***

Mit acht Jahren klingt deine Stimme wie die eines Engels. Sie ist so rein und klar, dass sich deine Lehrerin in der zweiten Grundschulklasse dafür einsetzt, dich bei den Sängerknaben der Benthaler Klosterschule unterzubringen. Nach wenigen Stunden in der Vorschola darfst du im Konzertchor der Klosterspatzen mitsingen. Ein Privileg, das anderen erst nach einigen Jahren zuteilwird. Wenn überhaupt. Denn gewöhnlich pauken die Kinder zuerst Noten. Und falls dies nicht schnell genug geschieht, schickt sie der Chorleiter einfach nach Hause. Dich hingegen nicht. Noch Jahre später kannst du weder Noten lesen noch die Tonleiter in die fünf Notenlinien deines Musikheftes eintragen. Gleichwohl bekräftigt der Chorleiter immer wieder, dass es nur einmal im Jahrzehnt solch ein Talent, solch eine Engelsstimme wie die deine gibt.

Kleiner Engel, so ruft dich auch deine Mutter. Sie ist sehr stolz auf dich und verfolgt jeden Auftritt der Benthaler Klosterspatzen. Und das sind nicht wenige. Bald schon hörst du auf, die Städte und Konzerthallen zu zählen. Und die vielen Stunden, die ihr deshalb durch die Gegend kutschiert. Ohne den Vater – denn der bleibt stets zu Hause. Auch ohne ihn gehört diese Zeit zu den schönsten in deinem noch kurzen Leben. Und du kannst sie mit deiner Mutter teilen – ganz allein.

In jenem Jahr überträgt ein Radiosender das Weihnachtssingen der Klosterspatzen. Und über Nacht kennen dich plötzlich so viele Menschen, dass du dir ihre bloße Anzahl nicht vorstellen kannst. Zu jedem neuen Auftritt kommen immer mehr Zuschauer und bald sind die Konzerte für Monate ausverkauft. Sie klatschen, sobald der Chor auf die Bühne tritt, und oft dauert der Applaus noch Minuten, nachdem du dein Solo beendet hast. Nach dem Auftritt machen sie Fotos mit dir, und manchmal kommt es dir vor, dass die Leute nur wegen dir, dem kleinen Jungen mit der Engelsstimme, zugeschaut haben. Seit diesen Tagen bist du auch davon überzeugt, dass etwas Besonderes, etwas Großes aus dir werden wird.

Das alles ändert sich, als der Bauch deiner Mutter immer dicker wird. Jede Woche ein Stückchen mehr. Irgendwann erklärt sie dir, dass ein kleiner Mensch darin heranwächst und du bald ein kleines Brüderchen oder Schwesterchen bekommen wirst. Deine Mutter freut sich darauf. Auch du freust dich – weil sie sich freut. Doch nicht der Vater. Er sagt, dass für einen weiteren Balg kein Geld da ist. Und nur weil die Mutter nicht aufgepasst hat, muss er jetzt mehr arbeiten. Auch das mit den Klosterspatzen müsste bald aufhören, da er für solch einen Firlefanz kein Geld übrig habe.

Zu jener Zeit verstehst du nicht, was das Wort Alkohol bedeutet, geschweige denn, was zu viel davon anrichten kann. Vermutlich kannst du das Wort noch nicht einmal fehlerfrei schreiben. Erst viel später erkennst du, dass du damals die Auswirkungen des Alkohols Tag für Tag gespürt hast. Es hat mit lauten Wortwechseln begonnen, dann hat der Vater geschrien und die Mutter geweint. Meist am Abend, wenn sie gedacht haben, dass du schläfst. Doch du hast nicht geschlafen, sondern mit der Taschenlampe unter der Decke die handtellergroßen Kinderlexika angeschaut, die deine Oma bei ihren Besuchen immer mitgebracht hat. Bunt sind sie, und es gibt darin viele lustige Zeichnungen. Inzwischen besitzt du alle Bücher bis zum Buchstaben »V«. Es ist eine ansehnliche Reihe auf deinem Bücherregal, die noch für zahlreiche Streitereien reichen wird.

Doch irgendwann schreien sich deine Eltern nicht nur abends, sondern auch tagsüber an. Beim Abendessen oder am Wochenende. Es ist mehr ein Dauerzustand als die Ausnahme. Immer lauter, immer unerträglicher wird es. Eines Tages beginnt dann deine Engelsstimme wie von selbst zu singen. So rein, so klar und so laut, dass das Geschrei schlagartig aufhört. Wenigstens die erste Zeit.

SECHS

Dienstag, 20. Dezember

Das Mobiltelefon in Melchiors Hand machte sich mit einem leisen Rufton bemerkbar. Mit jedem weiteren Klingeln steigerte sich die Lautstärke. Sie reagierte nicht. Sie stand vollkommen nackt am Fenster und schaute den Schneeflocken zu, die im ersten Licht des Tages zu Boden rieselten. Erst nachdem das Telefon gewiss ein Dutzend Mal geklingelt hatte, drückte sie den Knopf, um das Gespräch entgegenzunehmen.

»Was soll das?«, schlug ihr eine ärgerliche Stimme entgegen, bevor sie sich melden konnte.

»Wieso habe ich plötzlich das Gefühl, dass der schönste Teil dieses Morgens schon vorüber ist?«, entgegnete sie.

Der Mann am anderen Ende der Leitung lachte. »Ich wollte nur wissen, ob an Ihrem ersten Tag alles glattging.«

Sie ließ einen Augenblick verstreichen, bevor sie antwortete: »Ja, natürlich.«

»Und, warum so zaghaft?«

Erneut zögerte Melchior. Sie umklammerte das Mobiltelefon, als ob sie sich daran festhalten wollte. »Das war das letzte Mal.«

Diesmal blieb es am anderen Ende der Leitung für einige Sekunden ruhig. Nur das Rauschen der Verbindung drang an ihr Ohr. »Das entscheiden nicht Sie – das sollte Ihnen klar sein«, sagte der Mann.

»Wie lange soll das noch so weitergehen? Alle paar Monate eine neue Stelle, eine neue Wohnung – ein neues Leben.«

»Dafür können wir nun wirklich nichts. Das haben Sie sich selbst eingebrockt.«

»Das ist über zwanzig Jahre her.«

»Frau Melchior, wie ich schon sagte, das entscheiden andere. Am besten Sie tun jetzt genau das, zu was Sie beauftragt wurden. Schließlich wollen wir alle beschauliche Weihnachten feiern.«

»Klar. Mach ich doch immer«, erwiderte sie.

»Gut, dann sind wir ja d'accord.«

Sie drückte auf den Knopf, um das Gespräch zu beenden und murmelte: »Nein, Arschloch, wir sind nicht d'accord.«

***

Der Morgen begann für Treidler mit einem schmerzfreien Kopf und unerwartet positiver Stimmung. Die Vorteile vom weniger Alkohol Trinken und früher ins Bett Gehen überwogen eindeutig. Er schwor zum tausendsten Mal, sich zukünftig daran zu halten. Seine gute Laune hielt über das Duschen hinweg bis zum Frühstück. Zwei Toastbrote mit Streichkäse und ein paar Tassen Espresso. Zufrieden nahm er zur Kenntnis, dass sich der kleine Kaffeelöffel nur zäh durch das Gebräu ziehen ließ. Er machte den Fehler, nach draußen zu schauen. Der nächste Bissen blieb ihm im Halse stecken. Es hatte die ganze Nacht geschneit. Außer dem Weiß des Schnees schien es auf der Welt keine andere Farbe mehr zu geben. Straßen, Dächer, Bäume: Fast alles verschwand unter einer dicken Flockenschicht. Die weiter angewachsene Schneedecke würde zu einem weitaus größeren Verkehrschaos führen als am Tag zuvor. Und immer noch besaß er weder einen Eiskratzer noch eine Schneeschaufel.

Treidler benötigte fast eine Viertelstunde, um sein Auto von den Schneemassen zu befreien und nochmals genauso lange, um Melchior in der Rottweiler Innenstadt abzuholen. Sie hatte sich dort in einer Frühstückspension einquartiert, bis sie eine Mietwohnung finden würde.

Da es in der Nähe der Pension keinen Parkplatz gab, und er keinerlei Lust verspürte, durch den tiefen Schnee zu stapfen, blieb er mit laufendem Motor kurzerhand auf der Straße stehen. Es interessierte sowieso niemanden. Bei diesen widrigen Verkehrsverhältnissen schlichen gerade mal zwei oder drei Autos an ihm vorbei.

Er drückte auf die Hupe und hoffte, dass Melchior ihn hörte. Kurze Zeit später stapfte dann auch eine tief vermummte Gestalt aus dem Haus und steuerte direkt auf seinen Wagen zu. Durch die fast ganz zugefrorene Seitenscheibe konnte er erkennen, dass Melchior um die Schulter einen Beutel von der Größe einer mittleren Reisetasche trug.

Sie drückte die Klinke und versuchte, die Tür zu öffnen. Nichts. Noch einmal. Die Tür bewegte sich keinen Millimeter. Sie klopfte an die Scheibe. »Treidler, schließen Sie doch auf.«

»Die Tür ist offen!«

»Nein, ist sie nicht. Sie geht nicht auf.«

»Dann ist sie halt zugefroren. Das gibt es bei uns im Winter. Rütteln Sie stärker daran.«

Melchior tat wie ihr geheißen und rüttelte an der Tür. Ohne Erfolg. Mit einem ergebenen Seufzer schaltete Treidler den Motor aus. Er hob die Beine und drehte sich auf dem Sitz nach rechts, bis seine Füße zur Beifahrertür zeigten. »Ziehen Sie jetzt!«, rief er und presste seine Beine mit aller Macht gegen die Seitenverkleidung.

Schlagartig sprang die Tür auf. Melchior konnte sich gerade noch festhalten, um nicht rücklings in den Schnee zu fallen. Nach einem Augenblick des Schreckens fasste sie sich wieder und beugte sich in das Fahrzeug.

»Morgen«, brummte sie und musterte den Innenraum, bis ihr Blick an Treidlers nassen Schuhen auf dem Beifahrersitz hängen blieb. »Ich hoffe, Sie haben saubere Schuhe.«

»Weiß nicht«, gab er zurück und schob seine Beine unter das Lenkrad zurück.

Melchior deutete auf den Beutel über ihrer Schulter. »Wo soll ich das hinlegen? In den Kofferraum?«

»Das Schloss ist vermutlich auch zugefroren.« Er wies mit dem Daumen nach hinten. »Auf die Sitzbank.«

Sie warf einen kurzen Blick in den Fond, allerdings nur, um gleich darauf wieder Treidler anzuschauen. »Da war gestern schon kein Platz.«

Er ließ einen Laut des Unmuts folgen. »Geben Sie her«, entgegnete er und nahm ihr die Tasche aus der Hand. Das Gewicht überraschte ihn. Ihr Gepäck wog schwerer, als es aussah. »Was, in Gottes Namen, haben Sie da alles reingepackt? Wollten Sie sich nicht Zeit lassen mit dem Umziehen?«

»Meine Handtasche.«

»Wieso verstauen Sie Ihre Handtasche in einer Reisetasche? Das ist doch völlig unlogisch.« Unsanft landete die Tasche auf der Rücksitzbank zwischen Papierstapeln, fettverschmierten Pizzaverpackungen und halb leeren Plastikflaschen, deren undefinierbarer Inhalt sich in gefrorenem Zustand befand.

»Da gibt es noch einige andere Dinge«, gab sie nach ein paar Augenblicken zu.

»Was, zum Beispiel?«

»Na, was man so braucht bei diesem Wetter.«

»Und, was braucht man so bei diesem Wetter … in Berlin?«

»Schal, Fleecepulli, Ersatzschuhe.«

»Ersatzschuhe? Sie gehen mit zwei Paar Schuhen aus dem Haus? Was soll das?«

»Warum? Haben Sie nur ein einziges Paar Schuhe?«

»Zur gleichen Zeit? Ja, natürlich.«

»So, wie Ihr Schuhwerk aussieht, bestimmt nicht nur zur gleichen Zeit, sondern überhaupt.«

Abermals stieß Treidler einen Laut des Unmuts aus und drehte den Schlüssel im Zündschloss. Aber außer dem gleichförmigen Orgeln des Anlassers geschah nichts.

»Was ist jetzt schon wieder? Auch zugefroren?«, fragte Melchior süffisant.

»Anlasser frieren nicht zu.«

»Trotzdem scheint der Motor nicht starten zu wollen.«

»Ich bewundere Ihren Scharfsinn. Doch wenn Sie endlich mit Reden aufhörten, wär's einfacher.« Sie brachte es tatsächlich fertig, ihm schon nach einer Minute den letzten Nerv zu rauben. Und vermutlich würde es den Rest des Tages nicht besser werden. Er versuchte, ruhig zu bleiben. »Wenn der Wagen nur eine kurze Strecke gefahren ist und dann abgestellt wird, braucht der Motor eine Weile, bis er anspringt.«

»Warum denn das?«

Es gab Fragen, da konnte Treidler explodieren. Besonders, wenn sie jemand so daherschwatzte und er schon im Voraus wusste, dass der Fragesteller jedes Verständnis für die Antwort missen lassen würde.

Manchmal waren die Dinge einfach so, weil sie eben so waren.

Es gab schlicht keine Notwendigkeit, darüber zu diskutieren. Er knurrte: »Sie sind schuld.«

»Warum soll ich schuld daran sein, wenn Ihre alte Karre nicht anspringt?«, empörte sich Melchior.

»Hätten Sie die beschissene Tür allein aufbekommen, hätte ich den Motor nicht ausschalten müssen.«

»Wissen Sie was, Treidler? Sie können mich mal.« Melchior presste die Lippen aufeinander und wandte sich dem Seitenfenster zu.

Er ignorierte ihren Wutausbruch und konzentrierte sich auf ein gefühlvolles Gasgeben. Inzwischen drehte sich der Motor immer wieder ein paarmal mit dem Anlasser mit. Dann begann er zu stottern und startete mit einem heftigen Zittern. Treidler atmete aus, legte den Gang ein und fuhr los.

Schweigend lenkte er das Fahrzeug durch die verschneiten Straßen Rottweils. Trotz der Lage im oberen Neckartal, zwischen Schwarzwald und Schwäbischer Alb, reichten die Bürgerhäuser der alten Reichsstadt bis hoch auf sechshundert Meter Meereshöhe. Ein Umstand, der neben angenehmen Sommertemperaturen auch für recht kühle Winter sorgte. In einer um diese Jahreszeit typischen Nordweströmung bestimmte feuchtkalte und wolkenreiche Luft das Wetter. Ausgiebige Schneefälle im Stau der umliegenden Mittelgebirge waren die Folge. Besonders im spätmittelalterlichen Stadtkern, den schmale Gassen und bunte Fassaden mit Erkern und Stechschildern prägten, herrschte dann eine drangvolle Enge. Oft blieb der Stadtverwaltung nichts anderes übrig, als die Schneemassen mit Schaufelladern auf Lastwagen zu packen und vor die Stadt zu kippen.

»Dieses schwäbische Laugengebäck ist wirklich lecker«, sagte Melchior. Sie versuchte offenbar, so belanglos wie möglich zu klingen.

Treidler sah kurz zu Melchior, die in einer Papiertüte herumkramte. Er wünschte sich den Tag herbei, an dem er wieder allein arbeiten konnte. Schließlich seufzte er: »Brezel.«

»Bitte?«

»Das nennt sich Brezel, nicht Laugengebäck.«

»Ich weiß. So was gibt's bei uns auch …«

»Lassen Sie das.«

»Was lassen?«

»Essen.«

»Warum?«

»Sie krümeln mir den Sitz voll.«

Melchior schnaubte belustigt. »Als ob es darauf wirklich noch ankommt.«

»Kommt es. Und außerdem ist essen im Auto verboten.«

»Seit wann?«

»Seit gerade eben.«

Treidler registrierte, wie Melchior zu ihm herüberschielte. Vermutlich wollte sie in Erfahrung bringen, ob er seine Worte scherzhaft gemeint hatte. Doch er stierte weiter regungslos durch die Windschutzscheibe. Statt etwas zu sagen, schob sie die Brezel betont geräuschvoll in die Papiertüte zurück und verstaute sie mit einem mürrischen Gesichtsausdruck in ihrer Manteltasche.

Wenig später passierten sie die Steinemühlebrücke. Im Flussbett wirbelte das eisige schwarze Wasser des Neckars um die winterlichen Felsen. Die Niederschläge und die Kälte der letzten Tage hatten bizarre Eisgebilde entstehen lassen. Nach einem weiteren, zehnminütigen Kampf mit der schlecht geräumten Fahrbahn erreichten sie schließlich die Autobahn nach Stuttgart. Immerhin hatte die Autobahnmeisterei hier den Schnee so weit zur Seite geschoben, dass der alte Mercedes auf der geschlossenen Schneedecke mit gut achtzig Stundenkilometer vorankam.

Mit jedem Kilometer, den sie sich ihrem Ziel näherten, besserte sich der Zustand der Straße. Diese zwei- bis dreihundert Meter Höhendifferenz seit Rottweil reichten aus, dass an manchen Stellen die geschlossene Schneedecke aufbrach und der schmutzige Untergrund zum Vorschein kam. Ab Rottenburg war die Autobahn nahezu frei von Schnee. Trotzdem ging es nicht schneller voran. Kaum hatte sich die Verkehrssituation verbessert, trauten sich mehr Autofahrer auf die Straße. Und fanden sich wieder im unvermeidlichen Stau zwischen Herrenberg und dem Stuttgarter Kreuz. Und dieser Stau dauerte lange – sehr lange. Bis weit nach zehn ging es nur noch stockend vorwärts. Erst nachdem sie den Schönbuchtunnel passiert hatten, löste sich die Blechlawine allmählich auf, und Treidlers Mercedes schob sich langsam auf die baden-württembergische Landeshauptstadt zu.

Stuttgart gehörte zu den Städten, die man entweder lieben oder hassen konnte. Dazwischen gab es nichts. Treidler hatte sich für hassen entschieden. Darüber half auch nicht der Tunnel hinweg, der seit bald zwei Dekaden unter den Außenbezirken hindurch in die Innenstadt führte. Die Betonröhre verbarg lediglich für kurze Zeit die Hässlichkeit der riesigen Wohnblöcke aus der Wirtschaftswunderzeit. Seine Abneigung war schon vor Jahren durch die schier unglaubliche Masse von Fahrzeugen entstanden, die jeden Morgen auf die Stadt zurollten und die Straßen für den Rest des Tages verstopften. Erst am Abend gaben sie die Stadt für die Dauer der Nacht frei. Und er war damals regelmäßig mittendrin gestanden, als er im Zuge eines zweiwöchigen Lehrgangs täglich zwei Stunden hin und zwei Stunden zurück für die Fahrten zwischen der Stuttgarter Innenstadt und Rottweil benötigte.

Auch heute wälzte sich eine wahre Lawine von Autos die Leonberger Straße hinunter auf den Tunnel Richtung Stadtmitte zu. Von dort aus dauerte es nochmals eine ganze Weile, bis Treidler am Österreichischen Platz die Abzweigung nach Degerloch und anschließend die Mozartstraße fand. Graubraune, riesige Wohnblöcke aus den zwanziger Jahren des letzten Jahrhunderts verdunkelten auf beiden Seiten der Straße den Himmel. Und eines dieser hässlichen Gebäude trug die Nummer 18: die Adresse auf dem Stück Papier, das sie im Pass des Opfers gefunden hatten.

Im Gegensatz zu den anderen Häusern zeigte dieser Wohnblock jedoch neben der obligatorischen dunklen Bemalung auch eine unerwartete Andeutung von Individualität. Mit hell abgesetzten Steinen an den Ecken und Fensterrahmen in einer ähnlich hell getönten Farbe hob sich das Gebäude mit der Nummer 18 von den anderen ab.

Treidler steuerte den Wagen langsam die Straße entlang. Am Straßenrand gab es kaum genügend Platz, um ein Zweirad zu parken. An der nächsten Kreuzung drehte er um und stellte den Mercedes kurzerhand auf dem Gehweg ab, der vor der Eingangstür des Gebäudes mit der Nummer 18 knapp drei Meter breit war. Die beiden Kommissare stiegen aus und überprüften die Klingeln.

Treidler zählte dreizehn Parteien im Haus. Doch falls überhaupt etwas Lesbares auf den Schildern stand, entdeckte er nirgends den Namen Aleksander. Er warf Melchior einen fragenden Blick zu.

Die deutete auf einen der Briefkästen. »A. Oleskow« entzifferte Treidler das ausgebleichte Gekritzel auf dem Schildchen. Auch wenn dieser Oleskow nicht sofort gefunden werden wollte, so wünschte er immerhin, Post zu bekommen.

Sofern Treidler die Anordnung der Briefkästen richtig interpretierte, befand sich Oleskows Wohnung im dritten Stock. Mangels passender Klingel drückte er wahllos irgendwelche Knöpfe, bis der Türsummer ertönte. Er schob die Tür auf und erklärte zufrieden: »Funktioniert immer.«

Drinnen empfing sie der modrige Geruch des alten Gebäudes. Eine Mischung aus Kohl, schalem Rauch und Heizöl lag in der Luft. Es schnürte Treidler fast den Atem ab. Der Gang im Parterre führte an zwei Wohnungstüren mit Oberlicht vorbei zu einer ausgetretenen Steintreppe, die sich um das Gitter eines Aufzugsschachtes herum nach oben schlängelte. Bis dorthin bedeckte ein speckiger mintgrüner Belag die Wände. Die dutzendfache Bemalung im Laufe der Jahrzehnte vermittelte den Eindruck von Emaille und stammte vermutlich aus den frühen Siebzigern. Nur die Strom- und Wasserleitungen, die über dem Putz zu den Wohnungen führten, unterbrachen allenthalben die dicke Schicht.

Treidler blickte durch das Metallgitter. Die Aufzugskabine im Schacht befand sich ganz oben. Er erkannte fünf Stockwerke mit jeweils zwei Türen, die genau gegenüberliegend rechts und links vom Treppenabsatz in die Wohnungen führten. Er ging voran die Treppe hoch. Die Türschilder im ersten Geschoss deuteten auf deutsche Familien hin. Auch auf dem folgenden Treppenabsatz wohnte kein A. Oleskow. Die Namen lauteten »Pfleiderer« und »de Luca«. Doch schon im nächsten Stockwerk wusste Treidler instinktiv, dass sie richtig waren – und zwar noch bevor er das Schild an der Klingel las. Die linke Wohnungstür stand einen schmalen Spalt offen. Frische Einbruchsspuren am Rahmen zeigten, dass der oder die Bewohner nicht nur vergessen hatten, die Tür zu schließen – sie war eingetreten worden.

Nur eine einfache Befragung wollten sie durchführen, fuhr es

Treidler durch den Kopf. Stattdessen standen sie vor einer aufgebrochenen Tür.

»Vielleicht ist es nicht das, wonach es aussieht«, flüsterte Melchior hinter ihm.

»Es ist immer das, wonach es aussieht.« Treidler tastete nach seiner Waffe. Glücklicherweise befand sie sich heute genau dort, wo sie hingehörte: im Holster unter der linken Achsel. Mit einem flauen Gefühl im Magen näherte er sich dem Türspalt und lauschte. Nichts. Er zog den Kopf zurück und drückte die Tür vorsichtig mit der Fußspitze auf. Leise quietschend schwang sie etwas nach innen, bis das Türblatt abrupt stoppte. Irgendetwas lag direkt dahinter. Treidler entdeckte münzgroße dunkle Stellen auf dem Parkettboden. Sie führten unter der Tür hindurch, weiter in die Wohnung hinein. Im nächsten Moment bemerkte er die Schuhe und Füße einer Person. Sie ragten in den Flur. Und jetzt wusste er auch, um was es sich bei den bräunlichen Stellen auf dem Fußboden handelte: Blut.

Hinter der Tür lag jemand, vermutlich verletzt oder gar tot. Die Erkenntnis beschleunigte Treidlers Herzschlag. Er warf Melchior einen beschwörenden Blick zu und zog langsam seine Pistole aus dem Holster. Er hebelte eine Patrone in den Lauf und drückte den Sicherungsbügel nach unten. Ein helles Klicken ertönte. Verflucht noch mal – zu laut! Spätestens jetzt wusste jeder in der Wohnung, dass jemand mit einer geladenen Waffe vor der Tür hantierte. Mit einem Kopfnicken deutete er Melchior an, es ihm gleich zu tun. Wortlos zog auch sie ihre Dienstwaffe und entsicherte sie.

Als sie ihre Pistole schussbereit in den Händen hielt, trat Treidler auf die halb offene Wohnungstür zu. Er schlich mehr, denn er ging, immer darauf bedacht, durch die Gewichtsverlagerung kein Geräusch auf dem abgewetzten Parkettboden zu verursachen. Zudem wollte er nicht in das Blut auf dem Boden treten. Nach drei, vier kleinen Schritten befand er sich nahe genug an der Tür, um vorsichtig in die Wohnung zu spähen.

Bei dem Anblick, der sich hinter der Tür bot, blieb ihm fast das Herz stehen. Er hatte bisher gedacht, in seinen Beruf schon alles gesehen zu haben. Vermutlich kam dies der Wahrheit ziemlich nahe. Zwanzig Dienstjahre bei der Mordkommission bedeuteten, dass er die körperlichen Auswirkungen der allermeisten Todesursachen zur Genüge kannte. Auch wusste er, dass meist nicht der Anblick des Grauens das Entsetzen beim Menschen hervorrief, sondern vielmehr die Abwesenheit der Normalität. Und dennoch ließ der Schock nur langsam nach. Auf dem Boden, in einer riesigen Blutlache, lag eine männliche Gestalt unbestimmbaren Alters. Lediglich ein heller Hochflor-Läufer verhinderte, dass das Blut unter der Tür hindurch auf den Treppenabsatz floss. Das Schrecklichste jedoch war die Verletzung des Mannes. An seinem Hals, vielleicht zwei fingerbreit unterhalb des Kinns, klaffte ein Schnitt, der von einem Ohr zum anderen führte. Immer noch sickerte Blut aus der tiefen Wunde und färbte die Kleidung rot. Treidler musste nicht länger hinsehen, um zu erkennen, dass der Mann nicht mehr lebte. Und erst mit dem Wegsehen beruhigte sich sein Puls ein wenig.

Er sah zu Melchior und deutete ihr mit dem Finger auf dem Mund an, ruhig zu sein. Sein Blick fiel auf die beiden Türen links von ihm. Die vordere stand einen Spalt offen. Im nächsten Moment erregte ein leises Knarren von Holz seine Aufmerksamkeit. Er fuhr herum. Nichts. Das Knarren war aus dem Zimmer direkt gegenüber der Wohnungstür gekommen – kaum fünf Meter entfernt. Sofort stieg seine Anspannung wieder an. Ein weiteres Mal überprüfte er, ob der Sicherungshebel der Pistole nach unten zeigte, und hielt sie vor das Gesicht. Schritt für Schritt tastete er sich an der Wand entlang, auf den Raum am anderen Ende des Ganges zu. Nicht einen winzigen Moment ließ er den Durchgang aus den Augen. Kein Geräusch drang aus dem Raum, offenbar hielt sich niemand darin auf. Nur hinter sich hörte er Melchior leise und regelmäßig atmen. Ein beruhigendes Gefühl, fand er auf einmal.

Noch etwa vier Meter bis zum Durchgang. Nach einem weiteren Schritt erschwerten zwei dicke Wintermäntel an der Wandgarderobe die Sicht nach vorne. Treidlers Blick fiel auf den Boden. Zwei Paar Schuhe – nichts Außergewöhnliches, dachte er im ersten Moment. Dann erkannte er aus den Augenwinkeln den hellen Fellbesatz um den Schaft und die seltsamen Muster. Diese

Art von Stiefeln hatte er schon einmal gesehen: an den Füßen des toten Mannes im Wartehäuschen von Florheim.

Wortlos deutete er auf die Stiefel und wandte sich aufs Neue dem Raum am Ende des Ganges zu. Die schwarz-weißen Fliesen an Boden und Wänden ließen vermuten, dass es sich um die Küche handelte. Faustgroße Plastiktütchen standen auf einem Küchentisch. Einkäufe? Nein, dagegen sprach das dunkle Klebeband, das sie umhüllte. Jäh begriff Treidler, was auf dem Tisch lag: Dutzende von Päckchen, gewiss mit illegalem Inhalt. Es musste sich um Drogen handeln.

Fatalerweise hatten sie für ihre Befragung keinen besseren Zeitpunkt gefunden, als mitten in ein Drogengeschäft zu platzen. Welch beschissener Zufall! Plötzlich das Poltern eines schweren Gegenstandes. Er wusste instinktiv, dass etwas passiert sein musste. Und schon beim nächsten Herzschlag ahnte er die Ursache des Geräusches: Melchiors Pistole. Zeitgleich mit dieser Erkenntnis fuhr es ihm eiskalt über den Rücken. Dann folgte ein Schrei. Immer noch mit der Waffe im Anschlag fuhr er herum. Ein wahrer Koloss von Mann umklammerte Melchior von hinten. Er presste die zierliche Frau so fest an seinen Körper, dass sie nur mit den Zehenspitzen den Fußboden erreichte. Es sah aus, als ob er sie mit seinem mächtigen Arm zerquetschte. Mit der anderen Hand drückte er ihr ein Teppichmesser an den Hals. Direkt vor der Vertiefung, die sich durch den Druck des Messers auf der Haut bildete, pochte ihre Schlagader. Und an der Klinge klebte Blut – Blut, das fraglos von dem Toten an der Wohnungstür stammte.

SIEBEN

Der Lauf von Treidlers Waffe zielte direkt auf den quadratischen Schädel des Riesen. Der Mann überragte ihn bestimmt um einen Kopf und wog vermutlich erheblich mehr. Doch trotz dieser Masse verdeckte Melchior mit ihrer kleinen Statur einen Großteil des Körpers. Außer seinen Unterschenkeln schauten lediglich die breiten Schultern und ein Teil des Kopfes hervor. Wie dünne Fäden klebten blonde Haare auf seiner Stirn. Weit hervorstehende Glupschaugen unter hellen, fast weißen Brauen verliehen dem Gesicht etwas Abstoßendes. Seine Pupillen huschten unentwegt hin und her und musterten Treidler feindselig. Der Mann sah gehetzt aus.

Bisher jedoch hielt Treidler dem Blick stand. Er durfte jetzt keine Schwäche zeigen oder gar zurückweichen. Dennoch machten seine Gedanken sich selbstständig. War es das wirklich wert? Sollte er die Pistole nicht weglegen und den Mann davonkommen lassen? Er schob die Bedenken beiseite und forderte in scharfem Tonfall: »Kriminalpolizei Rottweil. Legen Sie die Waffe weg, aber ganz langsam.«

Keine Reaktion.

Eine angespannte Stille legte sich über den Flur, während beide einander argwöhnisch beäugten. Verstand der Mann ihn überhaupt? Etwas stimmte mit ihm nicht. Er bemerkte den fiebrigen Glanz in seinen Augen und wusste mit einem Mal, wen er vor sich hatte: einen Junkie auf Entzug, der keinerlei Angst zeigte und zu allem entschlossen schien.

»Tun Sie doch etwas …«, drang unversehens Melchiors Stimme auf ihn ein.

Was meinte sie? Was sollte er tun? Schießen? Unsinn – schon eine Handbewegung würde ausreichen und das Teppichmesser hätte ihre Halsschlagader durchtrennt. Es gab nur eine Stelle im Schultergelenk, die er genau treffen musste, damit der Mann augenblicklich seine Waffe fallen ließ: den knöchernen Ursprung der Bizepssehne am Schulterblatt. Der Versuch, die Hand zu bewegen, führte bei einer durchtrennten Sehne zum sofortigen Versagen der Muskeln. Treidler überschlug die Entfernung: weniger als zwei Meter, aber gerade mal ein Ziel von der Größe einer Walnuss. War er nahe genug, um zu treffen? Früher jedenfalls hätte es gereicht. Doch er hatte seit zwei Jahren nicht mehr geschossen.

»Leg deine Waffe auf den Boden, wenn du die Kleine in einem Stück zurückhaben willst.« Der Riese sprach mit unverkennbar russischem Akzent. Um seiner Forderung Nachdruck zu verleihen, drückte er die Klinge fester auf Melchiors Hals. Sogleich trat etwas Blut aus einer kleinen Schnittwunde und rann über ihre Haut. »Ich bin gut bewaffnet.«

»Ich auch«, gab Treidler ungerührt zurück. Es überraschte ihn selbst, wie ruhig er die Pistole in diesem Augenblick ausrichten konnte.

»Verflucht noch mal, schießen Sie endlich, Treidler!«

»Das wagt er nicht«, höhnte der Russe. »Pah! Ein deutscher Bulle lässt sich zuerst anschießen, bevor er selbst schießt.«

Treidler ließ ihn reden. Solange der Mann redete, machte er nichts anderes. Er versuchte, im Gesicht Melchiors eine Regung, einen Hinweis zu erkennen. Doch außer ihren angsterfüllten Augen entdeckte er nicht das Geringste. Da hörte er nur noch sich selbst, seinen Atem und den schnellen Herzschlag, der in seinen Ohren rauschte und das Blut durch seinen Körper pumpte.

»Hau ab, sonst …«, schrie der Riese unvermittelt los. Er klang mit einem Mal nervös – zu nervös. Bald könnte die Situation unkontrollierbar werden.

»Sonst was? Du kommst hier nicht mehr raus!«, brüllte Treidler noch lauter zurück.

»Das werden wir schon sehen, Bulle. Ich hab nichts zu verlieren.«

Treidler schaute in Melchiors Augen, und für einen Moment trafen sich ihre Blicke. Die Zeit reichte für ein kaum merkliches Nicken. In diesem Moment fiel seine Entscheidung. Er drückte ab.

Der Knall hallte in seinen Ohren nach. Ein kehliger Aufschrei, er musste den Russen getroffen haben: Es war eine männliche

Stimme. Melchior blickte fassungslos, aber offensichtlich unverletzt an sich herunter, und Treidler fiel ein Stein vom Herzen.

Einen Schritt hinter ihr kniete der Riese auf dem Boden. Er hielt sich die rechte Schulter und stieß ununterbrochen russische Flüche aus. Ein gutes Stück entfernt lag außerhalb seiner Reichweite das Teppichmesser. Obwohl sich dem Mann nicht der Hauch einer Chance bot, schnell genug an seine Waffe zu kommen, hielt Treidler den Lauf seiner Pistole weiter auf ihn gerichtet. Doch einen Augenblick später fiel der Russe wie ein Sack Kartoffeln nach vorne und schlug hart mit dem Kopf am Boden auf. Erleichtert atmete Treidler aus und ließ die Waffe sinken.

»Sie haben wirklich geschossen …«, sagte Melchior. Entsetzen schwang in ihrer Stimme. »Ich kann es einfach nicht glauben. Sie haben tatsächlich auf mich geschossen …«

»Natürlich, Sie sagten doch, ich soll schießen.« Er ging auf sie zu.

»Das war nicht so gemeint.« Sie hob beide Unterarme vor ihr Gesicht, als ob sie ihn abwehren wollte.

Treidler hielt inne. »Warum sagen Sie dann, dass ich schießen soll?«

»Ich … ich …«, stotterte Melchior. »Waren Sie sich wenigstens sicher?«

Treidler zuckte mit den Achseln. »Irgendwie schon …«

»Nur irgendwie?« Fassungslosigkeit trat auf ihr Gesicht. Ihre Lippen bebten, als sie losschrie: »Sie Idiot, Sie verfluchter, eingebildeter Idiot …« Melchior formte ihre Hände zu Fäusten und hämmerte auf ihn ein. Mit jedem Mal wurden ihre Schläge kraftloser und endeten bald ganz. Erschöpft ließ sie ihren Kopf auf seine Brust fallen und hielt sich an ihm fest.

Treidler war so überrascht von ihrer plötzlichen Nähe, dass er nicht wusste, wie er reagieren sollte, und ließ es einfach geschehen. Er spürte das Zittern des schlanken Körpers und legte zuerst zögernd, dann entschlossener seine Arme um sie. Wortlos verharrten die beiden, bis Melchior sich von ihm löste. Auch er lockerte seine Umarmung, hielt sie jedoch weiter an den Schultern fest und beäugte sie kritisch.

Mit ihrer kreidebleichen Haut sah Melchior aus, als würde sie kurz vor einer Ohnmacht stehen. Er schüttelte sie leicht. »Geht's wieder?«

Melchior nickte zögernd. Allmählich nahm ihr Gesicht wieder den energischen Ausdruck an, der ihm am gestrigen Morgen schon aufgefallen war. Ihre Tatkraft schien schneller zurückzukehren, als er erwartet hatte.

»Gut, Frau Kollegin.« Treidler lächelte schwach. »Ich hoffe, Sie haben genug Spannung abgebaut, oder wollen Sie erneut auf mich einprügeln?«

Statt einer Antwort nahm Melchior ihr Mobiltelefon zur Hand und wählte den Notruf. Sie gab Namen und Dienstgrad durch und meldete mit zwei, drei kurzen Sätzen den Vorfall. Sie sicherte dem Beamten in der Einsatzzentrale zu, nichts in der Wohnung anzufassen, bis die Stuttgarter Kollegen vor Ort wären, und legte dann auf.

Melchior verstaute das Teppichmesser in einem durchsichtigen Tütchen, während Treidler den Russen in Augenschein nahm. Der Mann lag mit angewinkelten Beinen halb auf der Seite. Die Schusswunde an seiner Schulter zeigte zur Decke. Er hatte Blut verloren und atmete flach, aber regelmäßig. Vom Gesicht selbst konnte Treidler nur die rechte Hälfte erkennen. An dem Hals des Riesen prangte eine Tätowierung, die offenbar ein Spinnennetz darstellen sollte. Vory – russische Mafia, kamen ihm sofort Melchiors Worte in den Sinn. Wahrscheinlich würden sich auf der Haut des Mannes noch Dutzende weiterer Bildchen dieser Art finden.

Im Gegensatz zum bedrohlichen Auftreten von vorhin, wirkte der Riese in dieser Position fast verletzlich wie ein kleines Kind. Treidler blieb vorsichtig. Der Mann konnte jeden Augenblick sein Bewusstsein wiedererlangen. Sicherheitshalber drehte er den massigen Körper auf den Bauch und fesselte die Hände mit Handschellen. Erst dann durchsuchte er die Kleidung des Riesen. Nichts. Der Mann trug keinerlei Papiere bei sich. Nur ein billiges Plastikfeuerzeug und zwei Päckchen russischer Jin-Ling-Zigaretten förderte Treidler aus einer der Jackentaschen zutage.

Enttäuscht wandte er sich dem Toten an der Wohnungstür zu. Der Mann bot jetzt einen noch grässlicheren Anblick als vorhin.

Von Nahem betrachtet veranschlagte Treidler sein Alter auf über sechzig Jahre, sofern das scheußlich zugerichtete Antlitz überhaupt eine Schätzung zuließ. Weit aufgerissene, leere Augen starrten ihn aus dem vollkommen weißen Gesicht an. Nur an seinem Schädel klebte kein Blut. Die Wunde am Hals war nicht sehr tief. Gleichwohl hatte der Schnitt ausgereicht, um die Halsschlagader zu durchtrennen, sodass der Mann verblutete. Keine Risse und keine Ausfransungen an der Haut. Nur ein einziger glatter Schnitt. Der Mörder hatte nicht zum ersten Mal auf solch entsetzliche Weise getötet.

»Was glauben Sie, Treidler, ist das unser Aleksander?«, fragte Melchior.

Er zuckte mit den Achseln.

»Schauen Sie sich seine Schuhe an. Der wohnt hier.«

Er nickte. Der Tote trug lediglich Hausschuhe sowie eine dünne Strickjacke. Bei solch niedrigen Außentemperaturen ging niemand ohne vernünftige Kleidung außer Haus. »Kann schon sein, dass das unser Mann ist«, gab er nüchtern zurück. Sofern Melchior mit ihrer Vermutung richtiglag, gab es nun eine Spur weniger. Und viel mehr Spuren offenbarte dieser Fall bisher nicht.

Die Diele und die beiden kleineren Zimmer, die rechts und links davon abgingen, boten keine weiteren Anhaltspunkte, die die Identität des Toten klären könnten. Es handelte sich um das Schlafzimmer, in dem noch der muffige Geruch der vergangenen Nacht hing, und eine Art Arbeitszimmer, das als Abstellkammer genutzt wurde. In Dutzenden von Schachteln und Kisten lagerte allerhand Gerümpel. Treidler entdeckte Gemälde in wulstigen Bilderrahmen, Heiligenstatuen aus Holz, abgetragene Kleidungsstücke und einiges mehr, das er auch nach einem weiteren Blick nicht einordnen konnte. Zu zweit bräuchten sie vermutlich Tage, um den Inhalt zu sichten.

Die Küche am anderen Ende der Diele wies eine ähnliche Unordnung auf wie das Arbeitszimmer. Im fleckigen Fenster flimmerte stumm ein billiger Weihnachtsstern. Dreckiges Geschirr stapelte sich auf dem Spültisch, die Essensreste schimmelten vor sich hin. Offensichtlich sorgte seit Tagen niemand für Ordnung. Die beiden mussten sich überwinden, etwas anzufassen. Allerdings versprach eine genauere Untersuchung des Raumes angesichts der Päckchen auf dem Tisch interessant zu werden.

»Kokain – es sind zweiundzwanzig«, erklärte Treidler.

»Und hier sind nochmals acht.« Melchior deutete auf eine dunkle Lederreisetasche auf einem der Stühle. »Ich glaube, wir haben unser Riesenbaby dabei gestört, sich mit dem Zeugs aus dem Staub zu machen.«

Treidler nickte und versuchte, das Gewicht ihres Fundes zu überschlagen. Er vermutete, dass auch Rauschgifthändler ihre Verpackungen exakt abwogen. »Ich schätze, das sind jeweils zweihundert Gramm.«

»Macht insgesamt sechs Kilo«, ergänzte sie mit einem anerkennenden Kopfnicken.

»Falls es sich um reines Kokain handelt, liegt der Marktwert dieser dreißig Päckchen bei mehr als einer Million Euro.«

Melchior pfiff durch die Zähne. »Kein Wunder, dass sich der Russe dieses Vermögen nicht abnehmen lassen wollte.«

Draußen ertönten die ersten Sirenen der nahenden Polizeikräfte. Rasch erreichten die Fahrzeuge die Mozartstraße und vollführten vor dem Haus ein quälendes Konzert. Es dauerte eine ganze Weile, bis das letzte Martinshorn verstummte. Ihre Warnlichter drehten sich weiter und schickten blassblaue Blitze über die Fassaden bis hoch in die Wohnung. Autotüren schlugen zu, und Befehle hallten durch die Häuserschlucht. Von überall drangen Stimmen.

Der gewaltige Aufmarsch der Polizei mit einem halben Dutzend Einsatzwagen weckte die Neugier der Anwohner. Innerhalb kürzester Zeit umlagerte eine Menschentraube den Eingang des Gebäudes mit der Nummer 18. Die Menge der Schaulustigen wuchs schnell an und verstopfte bald die gesamte Straße. Kein Fahrzeug konnte passieren. Nicht mehr lange, und der unabwendbare Stau würde für ein Verkehrschaos in der näheren Umgebung sorgen.

Wenig später wimmelte es in der kleinen Wohnung von Polizeibeamten. Bestimmt zwanzig Uniformierte besetzten Hauseingang und Wohnungstür oder durchsuchten die anderen Stockwerke.

Es sah aus, als ob das Revier im Stuttgarter Süden eine Außenstelle in der Mozartstraße eröffnet hätte. Hinzu kamen zahlreiche Kriminaltechniker in den obligatorischen Overalls und eine Handvoll zivile Beamte der Mordkommission Stuttgart Süd.

Ein recht beleibter Mann, zweifellos in den letzten Jahren seiner Dienstzeit, schälte sich aus dem Gewirr von Personen und strebte mit energischen Schritten auf Treidler und Melchior in der Küche zu. Das viel zu kleine Jackett seines graubraunen Anzugs stand offen und entblößte bei jedem Schritt den massigen Bauch. Vermutlich dauerte es nicht mehr allzu lange, bis die enorme Wölbung die Knopfleiste des hellblauen Jerseyhemdes darunter sprengte. Trotz seiner Leibesfülle und den kurzen Beinen ging er auffallend leichtfüßig. Ihm folgte ein jüngerer Mann mit athletischer Statur, der sich ungelenk, fast hölzern bewegte. Womöglich lag es jedoch nur an seinem breitbeinigen Gang. Er trug eine ausgewaschene, enge Jeanshose und eine noch engere Lederjacke. Darunter, etwa auf Höhe der Achseln, tat sich eine verräterische Beule hervor, die nur von seiner Dienstwaffe stammen konnte. Der grimmige Gesichtsausdruck, mit dem er ununterbrochen versuchte, Eindruck zu schinden, wirkte weniger Respekt einflößend, sondern eher unbeholfen.

»Sind Sie die beiden Kommissare aus Rottweil, die diese Riesensauerei hier angerichtet haben?«, fragte der ältere und nahm Treidler und Melchior fest in den Blick.

Treidler konnte nicht einschätzen, ob der Mann seine Frage scherzhaft meinte oder nicht. »Und Sie müssen Hauptkommissar Berger sein, mit dem ich gestern telefoniert habe«, sagte er.

Für einen Augenblick schaute der Alte verdutzt drein. »Haben Sie in meiner Frage etwa Ironie herausgehört?«, polterte er dann los. Dabei schnaufte er entrüstet, während sein Gesicht allmählich eine rötliche Färbung annahm. Seine buschigen Brauen bogen sich über den grauen, strengen Augen. »Sie kommen nach Stuttgart, und kurze Zeit später haben wir zwei Tote herumliegen. Das kann beim besten Willen nicht sein!«

Sein junger Begleiter nickte und versuchte, ein strenges Gesicht zu ziehen.

»Der an der Tür war schon tot, als wir kamen«, sagte Melchior.

»Und das Riesenbaby hier hat lediglich einen Schuss in die Schulter abbekommen. Der ist nur bewusstlos.«

Bergers Blick wanderte zwischen dem Russen und Melchior hin und her, bis seine Augen wieder an Treidler hängen blieben.

»Am besten, Sie erzählen mir haarklein, was hier geschehen ist.« Er hatte seine Lautstärke auf ein erträgliches Maß gesenkt. Dabei wirkte er jedoch keinesfalls weniger fordernd als zuvor.

»Sie kommen jetzt zuerst mal runter«, entgegnete Treidler scharf. »Meine Kollegin hat Ihnen klargemacht, dass wir keinerlei Einfluss auf die Geschehnisse hier hatten. Es ist also völlig unnötig, uns so anzumachen.« Er atmete kurz durch. »Einverstanden?«

Berger nickte knapp, und sein jüngerer Kollege machte es ihm einen Sekundenbruchteil später nach.

»Das sollte lediglich eine Befragung werden«, begann Treidler und informierte Berger über die Ereignisse, nachdem sie die Wohnung betreten hatten. Er hörte stillschweigend zu, während zwei Beamte in Zivil das Kokain auf dem Küchentisch in gelbe Plastikboxen packten. Mit jedem Satz ließ der Ärger bei dem älteren Kollegen aus Stuttgart nach.

»Da hätte ich Ihnen wohl besser meinen Mitarbeiter Heinze zur Seite gestellt.« Berger deutete mit dem Kinn auf den jungen Mann neben ihm, der sich mit breiter Brust über die Erwähnung seines Namens freute. »Er kennt die Gegend hier gut.«

Wieder nickte Heinze und sagte mit einer hohen Stimmlage, die so gar nicht zu seinem Auftreten passen wollte: »Ich bin zwei Straßen weiter aufgewachsen.«

»Ist recht, Heinze.« Berger hob kaum merklich die Augenbrauen, und Treidler meinte einen spöttischen Zug um seine Mundwinkel zu erkennen.

Plötzlich ertönte ein Stöhnen, dann ein Jammern und anschließend ein paar russische Flüche. Der Russe kam wieder zu sich.

»Ich denke, Sie wollen mit ihm reden, oder?«, fragte Berger. So unfreundlich er vorhin aufgetreten war, desto zuvorkommender gab er sich jetzt.

Treidler nickte.

»Nur zu.« Berger drehte seine gut drei Zentner um hundertachtzig Grad und stapfte zurück zu den Männern in den Overalls.

Entgegen Treidlers Vermutung blieb Heinze stehen und musterte ihn mit neugierigen Augen. »Ich weiß, wer Sie sind«, begann er.

Treidler reagierte nicht. Er wusste genau, was jetzt geschehen würde. Und es kam, wie es kommen musste.

»Halbes Jahr Untersuchungshaft …«

Er reagierte immer noch nicht.

»Dann Freispruch mangels Beweisen, richtig?«

Treidler atmete tief durch und blickte ihn mit einem durchdringenden Blick an.

Heinze trat nervös von einem Fuß auf den andern.

»Du siehst nicht gerade helle aus, Kollege«, sagte Treidler und hielt inne, um seine Worte wirken zu lassen. »Das ist mir vorhin schon aufgefallen. Na ja, jede Dienststelle hat ihre Idioten.« Er presste die Lippen aufeinander und musterte sein Gegenüber. »Aber wenn man schwer von Begriff ist, hält man zuerst mal den Ball flach.«

Er ließ Heinze stehen und trat mit zwei, drei großen Schritten zu dem Russen.

Melchior, die sich inzwischen ein Pflaster auf die Wunde am Hals hatte kleben lassen, folgte ihm.

Der Mann am Boden blinzelte Melchior und Treidler an und stöhnte: »Ich bin verletzt.«

»Wie ist dein Name?«, fragte Treidler.

Keine Antwort.

»Mach endlich dein Maul auf, Ivan«, forderte Heinze, der plötzlich neben ihm stand.

»Ich heiße nicht Ivan, Bulle«, gab der Russe zurück und stöhnte erneut.

»Er heißt nicht Ivan. Haben Sie das gehört, Kollegen?« Er schaute zu Treidler und Melchior, dann wieder zu dem Mann am Boden. »Wie heißt du denn dann, Russe?«

Schweigen.

»Hey, Cowboy«, wandte sich Treidler an Heinze. »Wie wär's, wenn Sie uns das hier machen lassen? Ihr habt die nächsten Tage genug Zeit, ihn zu verhören. Sie dürfen den Mann auch nachher abführen.«

Heinze zögerte einen Moment und trottete dann mit beleidigtem Gesichtsausdruck davon.

»Ich will aber meine Handschellen zurück«, rief Treidler ihm nach und wandte sich erneut dem Mann am Boden zu. »Also, wie heißt du?«

»Nicht Ivan … Igor vielleicht …«, presste der Russe mit einem schmerzverzerrtem Gesicht hervor.

»Igor?« Treidler stieß einen Laut der Resignation aus. »Wie weiter?«

Schweigen.

»Sag mir deinen Nachnamen.«

»Poschjol k tschjortu.«

»Was hat er gesagt?«

»Sie sollen zum Teufel gehen«, übersetzte Melchior mit einem schwachen Lächeln.

»Der Tote da vorne, ist das Aleksander Oleskow? Sag's mir, und ich sorge dafür, dass sich ein Arzt um dich kümmert.«

»Pah, ich hab schon mehr ausgehalten als du, Bulle. Du weißt doch gar nicht, was Schmerzen sind.«

»Da wäre ich mir nicht so sicher, Großmaul.« Fluchend ließ Treidler von ihm ab. Es war sinnlos. Der Russe würde weder seine Identität preisgeben noch irgendetwas anderes aussagen. Und schon gar nicht, ob und warum er den Mann an der Tür getötet hatte. Nicht einmal den Namen des Opfers würde er ihnen verraten.

Es war weit nach Mittag, als sich die beiden Kommissare auf den Rückweg nach Rottweil machten. Als sie auf die Autobahn auffuhren, klingelte Melchiors Mobiltelefon. Sie nahm das Gespräch entgegen und beendete es bereits nach wenigen Sekunden wieder.

»Das war Berger«, erklärte sie, nachdem das Telefon in der Manteltasche steckte. »Wir lagen mit unserer Vermutung richtig. Bei dem Toten an der Tür handelt es sich um Aleksander Oleskow. Sie haben seinen Führerschein in der Wohnung gefunden.«

»Und unser Riesenbaby?«, wollte Treidler wissen. »Gibt's da was Neues?«

Melchior schüttelte den Kopf.

Treidlers Gedanken begannen wieder um das Drogengeschäft

in der Stuttgarter Mozartstraße zu kreisen. Was hatte der Alte damit zu tun? Dass er zur russischen Mafia gehört hatte, zeigten seine Tätowierungen. Aber welche Rolle spielte er? Ohne eine Aussage des Russen, den sie in der Wohnung angetroffen hatten, würde die Spur in einer Sackgasse enden.

Sie brachten nur wenige Kilometer auf der Autobahn hinter sich, bis sie ein weiteres Mal im Stau standen. Tausende Autos wälzten sich auf den Schönbuchtunnel zu. Nur diesmal aus der anderen Richtung.

»Woher wissen Sie das alles eigentlich?«, wandte sich Treidler an Melchior, als es nach einer Weile überhaupt nicht mehr vorwärtsging.

»Was alles?« Sie runzelte die Stirn.

»Das über die Russenmafia.«

»Ach, Sie meinen die *Vory v zakone*?«

Treidler nickte.

»Mein Vater hat früher im Ministerium für Staatssicherheit gearbeitet.«

»Was?«, entfuhr es Treidler. »Bei der Stasi?« Er taxierte Melchior auf dem Beifahrersitz, um sich zu versichern, dass sie ihre Antwort nicht scherzhaft gemeint hatte.

»Ja.« Sie blickte mit gleichgültiger Miene geradeaus.

»Ich dachte immer, die haben nur ihre eigenen Landsleute bespitzelt.«

Melchior reagierte nicht, und Treidler beließ es vorerst dabei. Denn die zahlreichen Espressos vom vergangenen Frühstück forderten ihren Tribut. Er benötigte dringend eine Toilette und hoffte, bald die nahe Raststätte zu erreichen. Im Moment sah es allerdings nicht danach aus. Die Blechlawine löste sich auch am Horizont nicht auf. Kurzerhand lenkte Treidler seinen Mercedes auf den Standstreifen und steuerte an den anderen Fahrzeugen vorbei. Lange würde seine Blase diese unerträgliche Warterei nicht mehr aushalten. Und zur Einfahrt der Autobahnraststätte waren es lediglich noch ein paar Hundert Meter.

»Was machen Sie da?«, rief Melchior erschrocken aus, als ein wütendes Hupkonzert aus der Kolonne erklang.

»Ich muss aufs Klo.«

»Und dazu nehmen Sie den Standstreifen?«

Abermals ertönte lautes Hupen, als Treidler einem Wagen gefährlich nahe kam.

»Passen Sie doch auf!« Melchior bedachte Treidler mit einem vorwurfsvollen Blick.

»Regen Sie sich ab. Ich habe alles im Griff.« Ungerührt steuerte Treidler sein Fahrzeug dem einzigen Gebäude auf dem Rastplatz entgegen.

»Ich kenne diesen Scheißblick. Die meisten Leute glotzen so, weil sie sich nicht vorstellen können, dass so viele für die Staatssicherheit gearbeitet haben.« Melchior zog ihre Augenbrauen gefährlich zusammen.

»Derzeit habe ich höchstens den Ich-muss-pinkeln-Blick, Frau Kollegin. Doch es liegt bestimmt noch eine halbe Stunde Fahrt vor uns. Genügend Zeit, mich über die wahren Absichten dieser Behörde aufzuklären.« Er lächelte knapp und fügte hinzu: »Aber jetzt muss ich wirklich und echt dringend, falls es Ihnen nichts ausmacht.«

Treidler stieg aus und hastete dem Eingangsbereich des Gebäudes entgegen. Zwischen den Pendeltüren, die zu den beiden Toilettenräumen führten, wachte eine ältere Frau darüber, dass jeder die Gebühr für deren Benutzung entrichtete. Treidler bemerkte erst jetzt, dass ihm Melchior gefolgt war.

»Das ist eine Männertoilette«, protestierte er und drückte die Tür auf.

»Und?«

»Das ist nur für Männer. Deswegen der Name.«

Die Toilettenfrau schaute zwischen den beiden hin und her und nickte. Dennoch ließ Melchior nicht von Treidler ab und folgte ihm.

»Warten Sie wenigstens da vorne.«

Sie blieb im Vorraum stehen und blickte widerwillig um sich. »Sie hören mir jetzt zu!«, begann sie in angriffslustigem Tonfall. »Sicher, das MfS bestand zumeist aus einem Haufen Spione, die sich gegen die eigene Bevölkerung gestellt haben.«

»Das ist nichts Neues, Frau Kollegin.« Treidler suchte sich eines der hinteren Pissoirs aus.

»Daneben gab es aber auch Abteilungen, die für andere Aufgaben zuständig waren.« Ihre Worte hallten zwischen den gefliesten Wänden.

Er konnte es nicht glauben. Sie folgte ihm doch tatsächlich bis auf die Männertoilette, um ihn über die Arbeit der Stasi aufzuklären.

Schon allein wegen ihrer Anwesenheit im Vorraum dauerte es eine Weile, bis er sich endlich erleichtern konnte. Schließlich klappte es doch.

»Für was zum Beispiel?«, fragte Treidler, als der Druck auf seine Blase nachließ. Er interessierte sich nicht wirklich für ihre Antwort, sondern starrte auf die weißen Wandfliesen, auf der sich ein paar Scherzbolde mit bunten Filzstiften verewigt hatten.

»Zum Beispiel für die Zusammenarbeit zwischen den Sicherheitsorganen und der Volkspolizei«, hörte er ihre angriffslustige Stimme.

Treidler stieß einen Laut des Unmutes aus. »Lassen Sie mich raten. Dort hat Ihr Vater gearbeitet.« Da schwang mehr Zynismus in seiner Feststellung mit, als er durchscheinen lassen wollte.

»Vergessen Sie es, okay?« Inzwischen klang sie geradezu feindselig. »Sie wollen gar nicht verstehen.«

Treidler verkniff sich die Antwort darauf. Vermutlich war er eh schon zu weit gegangen, und Melchior würde ihn den Rest des Tages mit Missachtung strafen. Warum auch nicht? Sollte sie doch. So hatte er wenigstens den restlichen Tag Ruhe.

Als er den Vorraum der Toilette wieder betrat, lehnte Melchior mit verschränkten Armen an der Tür und versperrte den Ausgang. Es sah nicht so aus, als ob sie ihn vorbeilassen würde, ohne dass er sich erneut dieser überflüssigen Diskussion stellte.

»Wussten Sie eigentlich, dass Pandabären Handstand machen, wenn sie pinkeln?« Es sollte ein Scherz sein.

Ohne mit der Wimper zu zucken entgegnete Melchior: »Nein, wusste ich nicht, Treidler.«

»Sehen Sie, aber ich …« Er grinste zurück.

Melchior seufzte. »Okay, Kollege. Vergessen wir unsere Streitereien. Die von gerade eben und am besten auch die von heute Morgen, einverstanden?«

Er zögerte, dann hielt er ihr die Hand entgegen. »Einverstanden.«

Melchior schaute Treidler kurz in die Augen und ließ ihren Blick auf der angebotenen Hand ruhen.

»Was ist?«, fragte er, nun ehrlich verwirrt.

»Waschen Sie sich zuerst die Hände.«

»Hab ich.«

»Nein, haben Sie nicht.«

»Wie kommen Sie darauf?«

»Ich hab's gesehen. Die Waschbecken sind auf dieser Seite.«

ACHT

Als sich deine Eltern scheiden lassen, bist du neun Jahre alt. Deine kleine Schwester kann seit ein paar Wochen krabbeln. Von einem Augenblick auf den anderen bricht deine junge Welt zusammen. Obwohl dein Vater schon zuvor nie für dich da war, existiert plötzlich keine Familie mehr. Nie hast du darüber nachgedacht, dass es ganz ohne ihn noch schlimmer sein könnte als mit ihm. Jetzt erst bemerkst du, wie sich dein Leben verändert. Schnell und unbarmherzig. Die Mutter hat kaum noch Geld, und bald bezieht ihr eine andere Wohnung. Viel kleiner und heruntergekommener als die alte. Heute weißt du, dass der Wohnblock im schäbigsten Viertel der Stadt liegt. Die Wohnung im achten Stock verfügt über lediglich zwei Zimmer. Während das Wohnzimmer zugleich deiner Mutter als Schlafzimmer dient, werden du und deine Schwester im anderen Raum untergebracht. Dort gibt es kaum genug Fläche, um die beiden Betten zu stellen, und so findet das Gitterbett deiner Schwester nur noch direkt unter dem Fenster Platz.

Du bist viel mit dem krabbelnden Quälgeist allein. Nachmittags, wenn deine Mutter arbeiten geht. Meist kommt sie dann erst spät abends nach Hause, wenn du schon eingeschlafen bist. Und falls sie doch Zeit hat, musst du erkennen, dass sie Unterschiede bei ihren Kindern macht. Der Junge mit der Engelsstimme, der noch immer mit den Klosterspatzen die Menschen verzückt, ist plötzlich weniger wert als das kleine Mädchen, das nicht einmal richtig laufen kann. Du denkst oft darüber nach, warum das so ist. Doch eine Erklärung findest du nicht.

Bald bist du wütend auf deine Mutter, weil sie diesen Quälgeist mitgebracht hat. Viel stärker als das ist nur noch der Hass auf deine Schwester, die dir die Mutter genommen hat. Der Gedanke, wie es wohl wieder ohne den Quälgeist wäre, ist zuerst nur eine Laune. Eine Laune, geboren aus einem Streit, weil du dich eines Nachmittags nicht mehr um sie kümmern willst. Dennoch keimt aus diesem Gedanken schnell die Sehnsucht nach den glücklichen Zeiten, als es nichts gab außer dir und die Liebe deiner Mutter.

Es geht viel einfacher, als du gedacht hast. Lediglich das Fenster musst du offen stehen lassen. Alles andere erledigt sich von selbst.

Sie schreit nicht, als sie aus zwanzig Metern zu Boden stürzt, auch nicht, als ihr Körper auf den Pflastersteinen vor dem Wohnblock aufschlägt. Doch die schönen Zeiten, bevor es deine Schwester gab, kommen nicht zurück. Jetzt hasst dich deine Mutter für das, was du getan hast. Es war schon zu spät. Du hättest es viel früher tun sollen.

***

Mittwoch, 21. Dezember

Treidler versuchte zum dritten Mal, Anita Schober klarzumachen, dass er nichts weiter als den Bericht der Rechtsmedizin in Papierform haben wollte. Stattdessen fiel andauernd das Wort »Account«, dessen Bedeutung sich ihm nur langsam erschloss. Im Grunde wollte er überhaupt nichts von einem Account wissen. Aber offensichtlich gab es genau damit ein größeres Problem.

Anita Schober nahm einen neuen Anlauf. »Herr Hauptkommissar, bitte verstehen Sie doch. Das hat der Doktor an Ihren Account gesendet, nicht an meinen. Ich komme da beim besten Willen nicht ran.« Sie hüpfte von einem Fuß auf den anderen, sodass das grün-weiße Dirndl um ihre massigen Hüften schaukelte wie ein Kreisel.

»Account, Account«, echote Treidler. »Scheiß-Account. Kann denn hier niemand mehr Deutsch?«

»Ein Account, damit ist in diesem Fall Ihr elektronischer Briefkasten gemeint«, mischte sich Melchior ein, die hinter ihm auftauchte. »Stimmt doch, Frau Schober?«

Die beeilte sich zu nicken.

Treidler fuhr herum. »Das passt ja prima, dass Sie kommen. Sorgen Sie einfach dafür, dass ich den verfluchten Bericht der Rechtsmedizin lesen kann.«

»Morgen, Treidler«, entgegnete Melchior betont fröhlich. »Mal wieder gute Laune, was?«

»Gute Laune, gute Laune. Scheiße! Warum wollen eigentlich immer alle über meine Laune reden? Ich hab heute Morgen überhaupt keine –«

»Das ist nicht zu übersehen. Aber möglicherweise liegt das ja an Ihnen«, unterbrach ihn Melchior und stapfte davon.

Treidler diskutierte noch eine Zeit lang mit Schober über Sinn und Zuverlässigkeit von E-Mails, als plötzlich der Drucker im Sekretariat anfing, Blätter auszuspucken.

Fast im gleichen Moment tauchte Melchior wieder neben ihm auf. »Da ist Ihr Bericht.«

»Was, so schnell?«

Melchior verzog ihr Gesicht zu einem breiten Grinsen. »Das war nicht unbedingt eine große Herausforderung.«

»Und? Wie haben Sie das angestellt?«

»Ich habe Karchenberg angerufen.«

»Ja und?«

Wieder lächelte sie. »Dann habe ich ihn gebeten, die E-Mail auch an meinen *Account* zu senden.« Natürlich konnte sich Melchior nicht verkneifen, das Unwort des Morgens so weit wie möglich in die Länge zu ziehen. »Und dann habe ich den angehängten Bericht auf dem Drucker hier ausgedruckt. So macht man das bei uns in der Stadt.«

Treidler hob die Augenbrauen, verkniff sich jedoch einen Kommentar. Kurzerhand zog er den dünnen Papierstapel aus dem Ausgabeschacht des Druckers und verschwand in sein Büro. Er ließ sich auf seinen Bürostuhl fallen. Vielleicht verstand er tatsächlich zu wenig von Computern. Er beschloss, die Antwort darauf zu verschieben und sortierte stattdessen die Blätter.

Der Bericht umfasste insgesamt zwölf Seiten. Treidler überflog die Einführung mit dem üblichen Blabla und blätterte weiter. Sogleich fielen ihm die zwei Fotos ins Auge. Von beiden Seiten zeigten sie eine silberne Münze von der Größe eines alten Fünfmarkstückes. Allerdings handelte es sich nicht um ein Fünfmarkstück. Er betrachtete die Fotos genauer und erkannte eine Art Wappenvogel, vermutlich einen Adler, der auf einem Kreis aus stilisierten Blättern thronte. Er stutzte. In diesem Kranz gab es ein weiteres Symbol: ein Hakenkreuz. Demnach stammte die Münze aus dem Dritten Reich. Der Fall um den Toten im Florheimer Bushaltehäuschen wurde immer mysteriöser.

Die andere Seite der Münze zeigte eine Kirche. In die große, freie Fläche um das Gebäude herum hatte jemand etwas eingeritzt. Ein paar krakelige Buchstaben, womöglich ein ganzes Wort. Doch auf dem kleinen Foto konnte er nicht erkennen, wie es lautete. Treidlers Blick blieb an der Bildunterschrift hängen: *Fünf-Reichsmark-Münze in Oesophagus.* Mit der Herkunft lag er schon mal richtig. Aber was zum Teufel bedeutete »Oesophagus«? Er kannte den Begriff, doch im Moment verband er nichts Konkretes damit.

Treidler las weiter und stolperte über das Wort »Gliom«. Und im Gegensatz zu vorhin wusste er, dass er diesen Ausdruck noch nie gehört hatte. Falls es eine Petition geben sollte, in der sämtliche Gerichtsmediziner gezwungen wurden, nur deutsche Wörter zu verwenden, würde er diese sofort unterschreiben. Er hatte genug von diesen lateinischen Fachbegriffen. Warum sollte er sich mit diesem ganzen Scheiß abmühen, wenn er es einfacher haben könnte? Er beschloss, wie immer vorzugehen: Bericht überfliegen und dann erklären lassen.

Treidler nahm den Telefonhörer zur Hand und wählte Karchenbergs Nummer. Der Doktor würde ihm sicherlich eine kurze Zusammenfassung geben – so gern, wie er sich selbst reden hörte.

Am anderen Ende der Leitung klingelte es, und nach dem dritten Rufzeichen nahm seine Sekretärin das Gespräch entgegen. Sie vermittelte ihn weiter.

»Warum ruft mich heute Morgen andauernd die Kriminalpolizei an?«, polterte Karchenberg los. »Zuerst Ihre neue Kollegin und dann Sie. Ich habe anderes zu tun, als euch ständig Händchen zu halten.«

»Mir liegt im Moment Ihr Bericht vor«, begann Treidler.

»Ja und?« Karchenbergs Tonfall signalisierte deutlichen Unwillen, das Gespräch fortzuführen. »Haben Sie ihn wenigstens bis zum Schluss gelesen?«

»Natürlich habe ich alles gelesen«, log Treidler, um die Stimmung seines Gesprächspartners anzuheben.

»Wissen Sie, Treidler, Sie sind einer der wenigen, die sich die Zeit dafür nehmen. Die meisten Ihrer Kollegen lesen meine Berichte doch gar nicht. Keine Ahnung, warum.« Er seufzte. »Trotzdem muss ich die Dinger immer schreiben.«

Treidler pflichtete ihm bei, wenngleich er sehr wohl ahnte, weshalb niemand die Berichte las. »Es gibt da noch ein paar Unklarheiten.«

»Welcher Art?«

»Was ist ein …«, Treidler blätterte zu der betreffenden Stelle zurück, »… ein Oesophagus?«

Bevor er das Wort ganz ausgesprochen hatte, hörte er einen weiteren Seufzer am anderen Ende der Leitung. Doch diesmal klang der Laut anders als zuvor. Es hörte sich an, als wollte Karchenberg sein Unverständnis über Treidlers mangelnde Kenntnis der menschlichen Anatomie ausdrücken. »Das ist der Teil des Verdauungstraktes, der dem Transport der Nahrung vom Rachenraum in den Magen dient.« Er lachte kurz auf. »Man kann auch Speiseröhre dazu sagen.«

Treidler glaubte, sich verhört zu haben. »Wollen Sie damit andeuten, dass sich dieses Geldstück in der Speiseröhre des Toten befand?«

»Glauben Sie vielleicht, dass ich es sonst geschrieben hätte? Und um Ihre nächste Frage gleich mit zu beantworten: Der Mann hat die Münze nicht freiwillig gegessen. Sie wurde ihm nach dem Tod in den Mund gelegt und ist vermutlich durch den Transport des Körpers weiter nach hinten gerutscht. Ansonsten hätte ich das Geldstück schon bei der äußeren Leichenschau gefunden.«

Treidler atmete aus. Wer richtete einen alten Mann aus Tadschikistan mit einem aufgesetzten Kopfschuss hin und stopfte ihm anschließend eine alte Fünf-Reichsmark-Münze in den Mund? Dazu in einem Kaff, das niemand kannte, der weiter als zehn Kilometer entfernt wohnte.

»Wo ist die Münze jetzt?«, fragte er.

»Die habe ich schon rübergeben lassen. Sollen sich eure Kriminaltechniker damit auseinandersetzen. Sonst noch was?«

»Ja, weiter hinten ...« Treidler blätterte in dem Bericht, bis er die gewünschte Stelle fand. »Hier schreiben Sie von einem Glioblastom. Was genau ist das ... ein Glioblastom?«

»Ein Glioblastom ist ein Gliom. Und bei unserem Kunden handelt es sich um ein malignes Gliom, wie Sie sicherlich meinem Bericht entnommen haben.«

»Ja, natürlich«, log Treidler ein weiteres Mal. Er hatte keine Ahnung, was malignes Gliom bedeutete. Irgendetwas Bösartiges, so viel konnte er sich zusammenreimen. Fieberhaft suchte er nach einer unverfänglichen Gegenfrage, um noch mehr aus Karchenberg herauszuholen. »Welche Auswirkungen hat das auf unseren Fall?«

»Welche Auswirkungen, welche Auswirkungen ...« Karchenberg seufzte erneut auf. Treidler rechnete jeden Augenblick mit einer handfesten Zurechtweisung. Stattdessen gab sein Gesprächspartner bereitwillig Auskunft: »Unter dem Wort Gliom versteht man alle benignen – das sind die gutartigen – und alle malignen – die bösartigen – Neubildungen, die im zentralen Nervensystem entstehen. Dazu gehört das Gehirn beziehungsweise die Rückenmarksubstanz und die umgebenden Hirnhäute.«

Treidler hatte zwar Mühe, die Fachbegriffe so schnell aufzunehmen, wie Karchenberg sie von sich gab, doch allmählich kristallisierte sich heraus, dass der Alte schwer krank war.

»Im Vergleich zu anderen Krebserkrankungen«, fuhr Karchenberg unbeirrt fort, »wie zum Beispiel Lungen-, Brust-, Darm- oder Vorsteherdrüsenkrebs, sind primäre Gliome des Gehirns und Rückenmarks deutlich seltener. Sie machen vielleicht zwei Prozent aller Krebserkrankungen aus. Was sie allerdings nicht weniger gefährlich macht, wenn ich das noch hinzufügen darf.«

»Gut«, warf Treidler ein. »Krebs – habe ich verstanden.«

»Das ist nicht einfach nur Krebs, Treidler, sondern ein bösartiger Hirntumor – absolut inoperabel. Der Mann hatte höchstens noch zwei oder drei Monate zu leben.« Karchenberg hielt kurz inne. »Haben Sie das verstanden? Lediglich ein paar Monate.«

Auch das noch: ein alter Mann, der innerhalb kurzer Zeit von selbst gestorben wäre. Vor seinem geistigen Auge tauchte der tote Körper im Florheimer Wartehäuschen auf. Schon beim ersten

Anblick der Leiche war ihm der Mord seltsam vorgekommen. »Seit wann wusste er das?«

Zum ersten Mal herrschte am anderen Ende der Leitung Schweigen. »Woher soll ich das wissen?«, brummte Karchenberg dann. »Ich bin Rechtsmediziner und kein Hellseher. Das ist Ihr Job.«

Natürlich hatte Karchenberg recht. Das gehörte zu seinen Aufgaben. Jedoch bei einem war sich Treidler sicher: Der Tote hatte es gewusst.

Mit einem Dank beendete er das Gespräch und legte auf. Gehirntumor – inoperabel. Bei diesem Fall wollte nichts zusammenpassen. Nicht das kleinste Detail. Je mehr Spuren sie fanden, desto verzwickter erschien das Verbrechen. Nachdenklich strich er sich mit dem Handrücken über das unrasierte Kinn und stierte nach draußen in die Schneeflocken, als ob dort die Lösung läge. Immerhin wussten sie jetzt, warum das Opfer die Medikamente bei sich getragen hatte. Erschöpft schloss er die Augen und legte den Kopf zurück.

»Ziemlich ermüdend, so ein Bericht der Rechtsmedizin. Sind Sie damit durch?«, sagte da plötzlich Melchior.

Treidler fuhr erschrocken auf. Mit verschränkten Armen stand sie vor seinem Schreibtisch und lächelte vielsagend.

»Ja, Sie können ihn haben.« Er nahm die Papiere vom Tisch und reichte ihr den Stapel.

»Nein, danke«, erwiderte sie. »Hab's eben gelesen.« Ihr Lächeln wurde zu einem breiten Grinsen, als sie fortfuhr: »Ich hab den Bericht zweimal ausgedruckt. Die Schober aus dem Sekretariat legt die Kopie schon bei den Akten ab.«

Treidler nickte müde und rieb sich die Augenlider. Die Ermittlungen beanspruchten inzwischen seine gesamte Zeit. Vor zwei Tagen hatte er nicht damit gerechnet, dass ihn dieser Fall so sehr einnehmen würde. Es gab Wichtigeres zu tun, als den Tod dieses alten Mannes aufzuklären. Er schielte auf die unterste Schublade seines Schreibtisches. Dort warteten immer noch die Vernehmungsprotokolle der Beamten, die als Erste am Tatort eingetroffen waren. Doch mit Melchior gegenüber war es nicht mehr so einfach wie in den Monaten zuvor, an ›seinem‹ Fall weiterzumachen. Er verfluchte Petersens Entscheidung, sie im selben Büro unterzubringen.

»Treidler …« Melchiors Stimme hatte eine nervöse Färbung angenommen. Fast so, als sei sie unsicher über das, was sie sagen wollte.

»Ja?«

»Danke.«

»Für was?« Treidler blickte auf.

»Für gestern. Möglicherweise haben Sie mir das Leben gerettet.«

Er hob die Achseln. »Möglicherweise.«

»Trotzdem. Danke.«

»War doch selbstverständlich.« Treidler erschrak selbst ob der Direktheit, mit der die Worte über seine Lippen kamen. Er konnte sich nur schwer von ihrem Blick losreißen. Sie war hübsch, verflucht hübsch sogar, und erst jetzt fiel ihm der Glanz ihrer dunklen Augen auf. Am meisten überraschte ihn allerdings ihr Gesichtsausdruck: Sie strahlte ihn mit einer Wärme an, die er kaum zu beschreiben vermochte.

»Was ist, Treidler?«

Er antworte nicht. Das, was er in diesem Moment für seine Kollegin empfand, gehörte nicht hierher.

»Wie machen wir weiter?«, fragte er schließlich. Erneut wurde ihm die Sackgasse bewusst, in der sich die Ermittlungen befanden.

»Gibt es schon etwas Neues aus der Ballistik?« Auch Melchior versuchte offenbar, das Gespräch, das so ungewohnt persönlich geworden war, wieder auf ihren Fall zu lenken.

»Nein.«

»Wir sollten systematisch vorgehen. Ich zähle einfach mal auf, was wir haben.« Sie öffnete die Mappe mit den Tatortbildern, fischte zwei heraus und trat an die Pinnwand. Auf die linke Seite, ganz nach oben, heftete sie das Foto des Opfers und darunter eines, auf dem im Hintergrund das Wirtshaus zu erkennen war. Mit einem Filzstift schrieb sie auf ein Stück Papier das Wort »Nowak« und auf ein anderes »Florheim«. Beide heftete sie neben die entsprechenden Fotos und beschrieb vier weitere Blätter. Als sie fertig war, hingen auf beiden Seiten der Pinnwand jeweils drei Blätter untereinander. Links die Zettel mit den Worten »Nowak«, »Florheim« und »Russland« und auf der rechten Seite »Drogen«, »Auftragsmord« und »Russenmafia«.

Sie betrachtete eine Weile ihr Werk, schien damit aber nicht zufrieden. »Vielleicht ist die Lösung viel simpler, als wir annehmen: Die Vory hat den Alten nach Florheim geschickt, um die Drogen zu verticken. Er ist die Unauffälligkeit in Person. Es kam zu einem Streit, und er wurde dabei getötet.«

»Klar, dann ist der ›Löwen‹ der Umschlagplatz, und der dicke Wirt gibt nach dem Bierbrauen den Dealer.« Treidler schüttelte den Kopf. »Drogen in Florheim – das ist Blödsinn. Ich bin mir nicht sicher, ob in dem Kaff überhaupt Leute wohnen, die wissen, dass es außer Alkohol noch etwas anderes gibt, mit dem man sich die Birne vollhauen kann.«

»Sie haben recht. Drogen in Florheim ist wirklich wenig wahrscheinlich. Andere Vorschläge?«

Treidler antwortete nicht, sondern betrachtete Melchiors Zettel. »Da fehlt etwas.« Er nahm ebenfalls ein Stück Papier in die Hand und heftete das leere Blatt genau mittig zwischen die anderen. Mit einem roten Filzstift malte er darauf einen Kreis und in dessen Zentrum ein Hakenkreuz. Er machte einen Schritt zurück und betrachtete sein Werk. »Das Ganze reicht viel weiter in die Vergangenheit zurück, als wir denken.«

»Wie weit? Bis in die Nazizeit, meinen Sie? Wegen der Münze in der Speiseröhre des Toten?«

Treidler zuckte mit den Achseln und ließ seinen Blick zwischen den Zetteln auf der Pinnwand hin- und herwandern.

»Wo ist die Verbindung zwischen dem Toten und der Russenmafia auf der einen Seite sowie Florheim und dem Dritten Reich auf der anderen Seite?«, fragte Melchior leise, als spräche sie zu sich selbst.

»Das ist eine gute Frage, Frau Kollegin.«

Sie verzog das Gesicht zu einem schiefen Lächeln. »Deswegen habe ich sie gestellt.«

»Dann muss es wohl eine richtig gute Frage sein.« Kurz erwiderte er ihr Lächeln. »Wenn wir diese Verbindung gefunden haben, sind wir der Lösung einen gewaltigen Schritt näher.«

»Vielleicht halte ich genau diese Verbindung in meinen Händen?« Treidler fuhr herum und blickte Amstetter erstaunt an. Er stand in der Tür und wedelte mit einem Tütchen in der Hand.

»Ernie, bitte!«, rief er ihm zu.

»Was ist denn jetzt schon wieder? Ich wollte euch nur die Münze zeigen, die Karchenberg dem Alten aus dem Rachen geholt hat.«

»Lassen Sie mal sehen«, bat Melchior.

Amstetter legte das Tütchen auf den Tisch. Sofort beugten sich Treidler und Melchior darüber. In der Tat, es handelte sich um die Münze auf dem Foto – obwohl sie ihm jetzt in natura viel größer vorkam. Der Adler, der mit ausgebreiteten Schwingen auf dem Hakenkreuz thronte, war eindeutig wiederzuerkennen.

»Das ist eine alte Fünf-Reichsmark-Münze, geprägt nach 1934. Erst ab diesem Jahr gab es Hakenkreuze auf den Münzen«, erklärte Amstetter in einem Anflug von Stolz. »Dreht sie um. Auf der anderen Seite ist die Garnisonskirche von Potsdam abgebildet. Und dort hat jemand etwas eingeritzt.«

»Schlaumeier, das steht schon im Bericht der Rechtsmedizin. Aber was bedeutet das Gekritzel?«, entgegnete Treidler.

Amstetter schaute ein paarmal zwischen den beiden hin und her, bevor er antwortete: »Obwohl die Buchstaben auf der leeren Fläche neben der Kirche ziemlich groß sind, ist es schwierig, sie zu entziffern. Das ist dermaßen krakelig geschrieben, dass ich so einige Mühe damit hatte …«

»Ernie, bitte die Kurzform«, unterbrach Treidler ihn. »Was genau steht auf der Münze?«

»›Mörder‹ – einfach nur das Wort ›Mörder‹, und zwar in Großbuchstaben.« Er blickte zufrieden in die Runde. »Ich hab vorhin ein wenig im Internet recherchiert und etwas gefunden, das euch vermutlich viel mehr interess–«

»Und das wäre?«

»Wenn du mich nicht immer unterbrechen würdest …« Amstetter bedachte Treidler mit einem strengen Blick. »Also gut. Die großen freien Flächen neben dem Kirchturm benutzten Gegner des Faschismus für Sprüche wie ›Hitler verrecke‹, ›Nazi‹ oder eben ›Mörder‹. Die Reichsbank lehnte den Umtausch solcher Münzen ab, da laut Gesetz keine Pflicht zur Einlösung für veränderte Zahlungsmittel bestand. Zwar hat die Gestapo den Umtausch irgendwann erzwungen, wohl um zu verhindern, dass regimefeindliche Propaganda immer weitere Verbreitung fand. Trotz allem, viele der Münzen blieben über Jahre im Umlauf.« Er stieß einen kurzen Laut der Belustigung aus. »Das hat damals sicherlich nicht allen gefallen.«

»Ja und?«, fragte Treidler und machte aus seiner Enttäuschung keinen Hehl. »Das bringt uns nicht weiter, Ernie. Oder hast du noch was anderes?«

»Mensch, Treidler, lassen Sie den Mann weiterreden«, sagte Melchior mit einem vorwurfsvollen Blick.

Amstetter dankte ihr mit einem Kopfnicken. »Während des Dritten Reiches verwendeten die Widerständler beim Einkaufen oder beim Bezahlen von Rechnungen oft solche Münzen, wenn sie bewusst jemanden als Nazi oder Mörder denunzieren wollten. Man konnte sie dafür nicht belangen. Es handelte sich schließlich um ein offizielles Zahlungsmittel. Damals erhielten solche Geldstücke auch einen anderen Namen.«

»Welchen denn?«, fragte Melchior.

Amstetter kostete seinen Wissensvorsprung einen kurzen Augenblick aus und räusperte sich, als wolle er zum Höhepunkt einer Rede ansetzten. »›Silberling‹. Sie wissen schon, wie der Judaslohn aus der Bibel.«

»… und nach wie vor das Sinnbild für einen Verräter«, ergänzte Melchior.

NEUN

»Was treibst du so nach der Schule? Fußballspielen?«, fragte Treidler so unverfänglich wie möglich.

Sebastian Flaig rutschte auf dem weiß lackierten Holzstuhl hin und her. Die Ärmel seiner dunkelblauen Winterjacke über der Stuhllehne schoben sich dabei jedes Mal ein Stück weiter Richtung Boden. Ständig pendelte der Blick des Jungen zwischen der Mutter auf der linken Seite und dem Vater rechts von ihm. Zwischendurch schob er immer wieder seine Brille die Nase hoch. Anschließend schaute er abermals nach links, um gleich darauf seinen Kopf wieder nach rechts zu richten. In dem pausbackigen Gesicht spiegelte sich die Unruhe seines ängstlichen Gemüts. Treidler schätzte sein Alter auf dreizehn Jahre oder etwas jünger. Er selbst hatte neben Melchior auf der anderen Seite des kleinen Tisches im Besprechungszimmer Platz genommen.

Martin Flaig, der Vater des Jungen, saß ihm direkt gegenüber. Außer einem unverständlichen Gruß hatte der Mann noch nichts von sich gegeben. Seither presste er die Lippen aufeinander, als ob sie zusammengewachsen wären. Überhaupt zeigte sich in seinem faltigen Gesicht keinerlei Regung. Lediglich die eisblauen Augen huschten hin und her. Offensichtlich verfolgte er jede Geste der beiden Kommissare. Über seinem grün-weiß karierten Flanellhemd, das er bis zum Kragen zugeknöpft hatte, trug er eine beige, abgewetzte Cordjacke mit dunkelbraunen Lederflicken an den Ellenbogen.

Am anderen Ende des Tisches saß Elvira Flaig. Sie schien das völlige Gegenteil ihres Mannes. Selbst nach einem nur flüchtigen Blick auf die beiden würde jeder Außenstehende der Aussage beipflichten, dass Unterschiede sich umso mehr anziehen, je größer sie waren. In der kurzen Zeit, die sie sich im Raum befand, hatte Elvira Flaig garantiert mehr gesprochen als ihr Mann an einem ganzen Tag. Die beiden Kommissare mussten sie überhaupt nicht zum Reden auffordern. Es reichte eine Frage an ihren Sohn oder eine kurze Bemerkung, und schon begann sie zu reden. Es funktionierte fast wie auf Knopfdruck, nur gab es keine Taste zum Vorspulen. Auch mit ihrem Äußeren versuchte Elvira Flaig sich offenbar von ihrem Mann abzuheben. Sie trug ein für die Jahreszeit zu dünnes weißes Kleid mit roten Punkten, und ihr Gesicht war stark geschminkt. Sie sah aus, als ob sie in einer lauen Sommernacht ausgehen wollte.

Treidler erwartete nichts Neues durch die Vernehmung des Jungen. Schließlich hätte jedes der Schulkinder den Toten an der Bushaltestelle entdecken können. Sebastian Flaig hatte nur das Pech gehabt, dass er an jenem Morgen den Tatort als Erster erreicht hatte.

»Wissen Sie, Herr Kommissar«, sagte Elvira Flaig, obwohl Treidlers Frage nicht ihr gegolten hatte, sondern ihrem Sohn. »Der Sebastian, der hat viele Freunde.«

»Kannst du uns auch ein paar Namen von deinen Freunden nennen?« Treidler schaute den Jungen an.

»Jetzt, Sebastian, sag doch was.« Sie stieß ihrem Sohn den Ellenbogen in die Rippen, wartete allerdings nicht auf seine Reaktion. In noch schnellerem Tempo fuhr sie fort: »Mit dem Jungen vom Schuldirektor Lenzing ist er befreundet und mit der Tochter vom Hausarzt Mahler.« Sie schaute zu ihrem Sohn. »Gell, Sebastian. Und der Paul vom Nachbarn Schanz – das sind alles deine Freunde.«

Treidler hob ergeben die Augenbrauen. »Danke, Frau Flaig, wirklich sehr nett von Ihnen. Aber ich wollte das eigentlich von Sebastian hören.«

Erneut wandte Elvira Flaig sich an ihren Sohn und erklärte mit gespieltem Ärger: »Hast du gehört, Sebastian, was der Kommissar gesagt hat?«

»Hauptkommissar«, verbesserte Treidler nun schon zum dritten Mal.

»Wegen mir … der *Haupt*kommissar«, echote Elvira Flaig, nicht ohne die Vorsilbe »Haupt« unnötig zu betonen. »Der Sebastian ist kein Taugenichts.« Sie wiegte ihren Kopf hin und her. »Er treibt sich nicht im Dorf herum wie all die anderen Faulenzer. Jeden Mittag lernt er. Er ist nämlich in Rottweil, im Gymnasium …«

»Hat der alte Mann schlimme Schmerzen gehabt?«, unterbrach Sebastian jäh den Redeschwall seiner Mutter.

Sie war darüber so erschrocken, dass sie ihn mit offenem Mund anstarrte. Selbst Martin Flaig zeigte zum ersten Mal eine – wenn auch kaum wahrnehmbare – Regung: Er drehte kurz den Kopf zu seinem Sohn, jedoch nur, um sogleich wieder geradeaus zu stieren. Dabei änderte sich sein Gesichtsausdruck nicht im Geringsten.

»Nein, Sebastian.« Melchior blickte den Jungen freundlich an. »Er war vermutlich sofort tot.«

Sebastian nickte, während seine kleinen, wachen Knopfaugen Melchior von oben nach unten musterten. Treidler konnte nicht erkennen, ob er auf eine ausführlichere Antwort hoffte oder sie nur anstarrte, um ihre Brüste zu begutachten.

»Des macht dem Bua überhaupt nix«, mischte sich nun Martin Flaig ein. »Dahoam schlachted mir au selber.« Sein Tonfall klang abgehackt. Fast so, als ob es ihn Mühe kostete, die Worte auszusprechen.

»Aber Martin«, ermahnte ihn seine Frau schnell. »Die Kommissare wollen sicherlich nichts über unser Schlachtvieh wissen.« Sie lächelte verlegen.

Damit hatte Elvira Flaig zum ersten Mal an diesem Morgen recht. Nein, über die Schlachtgewohnheiten im Hause Flaig wollte Treidler gewiss nichts wissen. Er atmete durch. »Gut, Sebastian, kürzen wir das ab. Ist dir an diesem Morgen irgendetwas auf dem Weg zur Bushaltestelle aufgefallen?«

Elvira Flaig sog schon die Luft ein, um erneut draufloszuplappern. Bevor sie den Mund öffnen konnte, bedachte Treidler sie mit einem scharfen Blick. Es half – sie senkte ihre Augen und blieb ruhig.

Laut wiederholte Treidler seine Frage. »Sebastian, also noch mal. Ist dir was aufgefallen an diesem Morgen? Egal was – und egal wie unwichtig es dir im Augenblick erscheint. Alles kann wichtig sein.«

Simultan drehten sich die Köpfe seiner Eltern zur Tischmitte. Beide stierten Sebastian erwartungsvoll an. Dem wurde es unter den Blicken sichtlich unwohl. Trotzdem konnte Treidler an den zwei senkrechten Falten auf seiner Stirn erkennen, dass er innerlich den Morgen vor zwei Tagen Revue passieren ließ.

»Los, antworte dem Kommissar«, forderte Elvira Flaig mit strenger Stimme.

Treidler verzichtete darauf, seinen Dienstgrad ein weiteres Mal richtigzustellen. Sie würde es sich auch nach einem Dutzend Wiederholungen nicht merken können oder wollen.

»Die alte Edda«, sagte Sebastian plötzlich mit vorsichtiger Stimme.

»Was war mit der alten Edda? Hast du sie gesehen?«, fragte Melchior.

»Sie ist mir entgegengekommen.«

»Wie, entgegen?«, fragte Treidler ehrlich verwirrt.

»Na, aus Richtung der Bushaltestelle.«

»Und? Ist dir an Edda etwas aufgefallen?«

»Hm …«, druckste Sebastian herum.

»Was ›hm‹?« Treidler hatte die Faxen jetzt endgültig satt. Zuerst die Mutter, die beständig und ungefragt dazwischenquatschte, und schließlich dieser verzogene Balg, der den Mund nicht aufbekam. Warum machte er den ganzen Scheiß überhaupt mit? Es gab Wichtigeres zu tun. Diese Befragung war reine Zeitverschwendung und würde sie keinen Deut weiterbringen.

»Nichts Besonderes«, erwiderte Sebastian mit einem knappen Schulterzucken und blickte auf die Tischplatte.

»Dir ist an ihr etwas aufgefallen, richtig?«, vermutete Melchior.

Sebastian rutschte einmal auf dem Stuhl bis nach vorn und anschließend wieder zurück, bis sein Rücken an der Lehne anschlug. Schließlich sagte er mit leiser Stimme: »Ja, Sie haben recht, Frau Kommissarin.« Er schaute hoch zu Melchior. Für einen Moment blieben seine Augen an ihren Brüsten hängen.

»Und was ist dir aufgefallen, Sebastian?«, fragte Treidler laut. »Lass dir doch nicht alles aus der Nase ziehen.«

Statt einer Antwort rutschte Sebastian erneut auf seinem Stuhl hin und her.

»Bua!« Die dunkle Stimme von Martin Flaig traf den Jungen wie ein Schlag. Im breitesten Schwäbisch schimpfte er: »Mach jetzt. Ich han nit da ganz Tag Zeit, do rumz'sitzed.«

Während es Treidler einige Mühe kostete, den Mann zu verstehen, zuckte Sebastian zusammen und erklärte mit stockender Stimme: »Es ist nur …«

»Nur was?« Melchior seufzte. Auch ihre Geduld schien sich allmählich dem Ende zu neigen.

»Sonst sagt Edda immer ›Grüß Gott, Sebastian‹. Aber an dem Morgen hat sie überhaupt nichts gesagt. Sie ist einfach an mir vorbei, obwohl ich sie gegrüßt habe.«

»Begegnest du ihr jeden Morgen, Sebastian?«, fragte Melchior.

Er nickte. »Ja, jeden Morgen um die gleiche Zeit. Aber nie so weit draußen, bei der Bushaltestelle.«

»Wann hast du sie diesen Montag getroffen?«

»Um halb sieben.«

»Und die letzten beiden Tage?«

»Auch um halb sieben. Und sie hat mich auch wieder gegrüßt. Nur nicht am Montag.«

»Was tut sie denn jeden Tag, so früh morgens?«

»Was sie jeden Tag tut?« Sebastian grinste mit einem Mal. Offenbar konnte er sich nicht vorstellen, dass es Menschen gab, die nicht wussten, was Edda morgens um halb sieben tat. »Na das, was sie immer tut.«

»Und was ist das?«

»Milch holen beim Josefsbauer. Das tun all die alten Weiber bei uns. Obwohl es in der Stadt viel billiger ist.«

Melchior hob belustigt die Augenbrauen und schaute zu Treidler. Ihr Gesichtsausdruck verriet, dass auch sie sich spätestens jetzt von der Fortsetzung der Befragung nichts mehr erhoffte.

Treidler stand auf.

»Was ist?«, fragte Elvira Flaig, die offenbar von Treidlers Aufbruch völlig überrascht wurde. Sie schien die einzige Person im Raum zu sein, die das Gespräch gern fortgeführt hätte. »Sind wir schon fertig?«

»Ja, Frau Flaig. Das ist alles. Sie können gehen«, gab Treidler knapp zurück.

Sie und Sebastian erhoben sich von ihren Stühlen, während Martin Flaig sitzen blieb und etwas Unverständliches vor sich hin brummte. Erst nachdem sie ihm einen tadelnden Blick zugeworfen hatte, stand er ebenfalls auf und wandte sich noch immer murrend Richtung Tür.

»Sebastian, warte«, rief Melchior plötzlich. »Was hat sie angehabt?«

»Wer?«

»Edda. Was hat Edda an diesem Morgen angehabt?«

»So einen schwarzen, dicken Filzmantel, wie immer.« Er machte ein verwundertes Gesicht.

»Und darunter?«

»Wie, darunter?« Sebastian musterte Melchior unverhohlen.

»Na, unter ihrem Mantel.«

»Ja, so etwas Buntes hat hervorgeschaut. Vielleicht eine Kittelschürze oder ein Kleid. Aber ich hab's nicht genau sehen können.«

Melchior nickte nachdenklich. Als sie nichts hinzufügte, löste der Junge widerwillig den Blick und folgte seinen Eltern.

»Das Sommerkleid«, mutmaßte Treidler, nachdem die drei das Zimmer verlassen hatten. »Es ist Ihnen ebenfalls aufgefallen, an diesem Morgen im Wirtshaus.«

Melchior nickte. »Aber sind wir deshalb schlauer?«

»Vielleicht. Immerhin wissen wir jetzt, dass sich Edda am Montag in der Nähe des Tatorts aufgehalten hat. Vier Stunden nach dem Mord.«

Zurück in seinem Büro fand Treidler am Computermonitor eine Notiz von Ursula Lohrmann. Sie hatte lediglich zwei Worte auf dem gelben Klebezettel hinterlassen: »Ballistik anrufen«. Eigentlich hätte sie auch »Kriminaltechnik anrufen« oder gleich »Amstetter anrufen« schreiben können. Denn er war mit seiner Abteilung nicht nur der Herr aller Spuren, sondern zugleich die letzte Instanz der Ballistik, die deren Untersuchung bewertete, um sie danach den entsprechenden Ermittlern weiterzuleiten. Die schlichten Worte versprachen neue Anhaltspunkte in diesem verzwickten Fall.

Treidler nahm den Telefonhörer zur Hand und wählte.

»Wusste ich doch, dass du dich gleich meldest, Wolfes«, begrüßte ihn Amstetter nach dem zweiten Klingeln. »Ich hab da ein paar interessante Informationen zum Projektil. Es ist besser, wenn du sofort vorbeikommst.«

»Gibt's keinen Bericht?«

»Wenn du zwei Tage warten willst, dann hab ich es auch in gedruckter Form, sogar auf Papier.« Treidler konnte die Ironie in seiner Stimme hören. »Per E-Mail geht ja schlecht. Nach allem, was ich gehört habe, arbeitest du ja noch mit Brieftauben.« Er ließ seinen Worten ein unterdrücktes Lachen folgen.

»Du bist wie immer umwerfend komisch, Ernie«, erwiderte Treidler ebenso spöttisch. »Also, wie wäre es mit einer kurzen Zusammenfassung am Telefon?«

»Nein, das musst du dir anschauen. Vorab kann ich dir allerdings schon sagen: Alles, was die Jungs über das Projektil herausbekommen haben, passt perfekt zu dem Nazischeiß von heute Morgen.«

Damit waren die letzten Zweifel an der Bedeutung der Untersuchungsergebnisse ausgeräumt. Treidler winkte Melchior, ihm zu folgen. Inzwischen verstärkte sich bei ihm der Verdacht, dass sie in die völlig falsche Richtung ermittelten.

Kurze Zeit später standen er, Melchior und Amstetter um einen der zahllosen Tische in der »Rumpelkammer« der Kriminaltechnik. Sie starrten auf zwei Plastiktütchen. Fast den gesamten Rest der Tischplatte nahmen Fotos ein. Sie zeigten Munition, Waffen und – stark vergrößert – einen Reichsadler mit Hakenkreuz auf einem Pistolenschaft.

»Das hier ist das Geschoss, das wir im Wartehäuschen auf dem Boden gefunden haben.« Amstetter hielt eines der beiden Tütchen hoch. Auf den ersten Blick war es leer. Treidler schaute genauer hin. Am Boden erkannte er einen deformierten Metallklumpen von der Größe einer Erdnuss.

»Als ich es das erste Mal in Händen hielt«, fuhr Amstetter fort, »fand ich etwas ziemlich merkwürdig daran.«

»Was denn?«, fragte Melchior, ohne die Augen von dem Metallklumpen zu nehmen.

»Das Gewicht.«

»Wie bitte?« Melchior hob irritiert die Brauen.

»Sie haben richtig verstanden, Frau Melchior: das Gewicht des Geschosses.«

»Was ist denn daran so merkwürdig?«

»Es ist zu leicht.«

»Zu leicht? Wieso das denn? Hat das etwas zu bedeuten?«

»Zum Tod führt das Geschoss auch bei geringem Gewicht.« Amstetter grinste und streckte den Kopf nach vorne, als ob man ihn so besser verstehen könnte. »Aber das haben Sie sicherlich nicht gemeint, oder?«

Melchior schüttelte den Kopf.

»Es gab nur eine Zeit in Deutschland, in der man bei Pistolenmunition am Material gespart hat. Und zwar während des Krieges. Bis auf einen geringen Teil, nämlich dort, wo das Geschoss Berührung mit dem Lauf hatte, wurde damals teures Blei durch Eisen ersetzt. Das Geschossgewicht reduzierte sich dadurch erheblich, aber die ballistischen Eigenschaften blieben einigermaßen gleich.«

»Und das hier ist so eine Kugel?« Treidler beäugte immer noch den winzigen Metallklumpen.

Amstetter nickte. »Ich hab's geprüft. Die Munition stammt aus dem Zweiten Weltkrieg. Und zwar aus den ersten Jahren. Davor gab es Messinghülsen, und im späteren Verlauf des Krieges bestanden die Geschosse aus Sinter-Eisen. Das Zeugs war ebenfalls billig herzustellen, weil es ein homogenes Gefüge aus Eisenspänen ist, das unter Zuführung von Temperatur und Druck gepresst wurde.«

»Und die Tatwaffe? Ist das so eine Nazipistole wie die?« Treidler deutete auf das Foto der Waffe mit dem Hakenkreuz.

Abermals nickte Amstetter. »Ja, die Kugel stammt aus einer alten Armeepistole der deutschen Wehrmacht. So wie die hier: eine P-Null-Acht-Parabellum-Pistole. Auch bekannt unter dem Namen Luger und hergestellt bei der Firma Mauser. Drüben in Oberndorf.«

»Zweifel ausgeschlossen?« Treidler musste sich versichern, obwohl er genau wusste, dass Amstetter in solchen Fällen nie irrte.

»Garantiert. Später verwendete die Wehrmacht nur noch Walther-P-Achtunddreißiger. Aber die Waffe, die wir in diesem Fall suchen, ist eine Luger, Kaliber neun Millimeter.« Er tippte mit dem

Zeigefinger auf das Foto mit der Pistole. »Die Standardwaffe der deutschen Wehrmacht bis Anfang der vierziger Jahre …«

»Hab ich's doch gewusst«, stieß Treidler aus und blickte in die Runde.

»Was haben Sie gewusst?« Melchior legte ihre Stirn in Falten.

»Der Alte war nur zufällig ein Angehöriger der Russenmafia. Das war kein Auftragsmord. Es passt nichts zusammen. Der Tote im Wartehäuschen, dann in Stuttgart der Russe mit den Drogen und auch der ganze Nazischeiß hier nicht.«

»Und was vermutest du stattdessen?«, kam Amstetter Melchior zuvor.

»Das Motiv für diesen Mord liegt weit in der Vergangenheit. Wir müssen tief graben – sehr tief.«

***

Das Einzige, das dir bleibt, ist deine helle, klare Stimme. Schließlich kannst du singen wie ein Engel. Die Klosterschule hat dich sofort aufgenommen, als deine Mutter sagte, sie könne sich nicht mehr um dich kümmern. Denn deine Engelsstimme gehört immer noch zu den größten Erfolgen des Benthaler Klosters. Und bis heute weiß nur sie, dass du es gewesen bist, der das Fenster hat offen stehen lassen.

Als Kinderstar in der Klosterschule achten dich alle. Der Chor feiert große Erfolge mit dir. Und wenn du nicht allein bist, denkst du kaum noch an deine Mutter. Jeder möchte dein Freund sein, dich in der Gruppe haben oder Zeit mit dir verbringen. Im Unterricht kannst du dir alles erlauben. Nicht, dass du es nötig hättest. Aber viele Sachen langweilen dich, weil du nicht so schwer von Begriff bist wie die anderen. Und außerdem kennst du das meiste aus den bunten, handtellergroßen Kinderlexika deiner Oma, die jetzt dein Bücherbord im Zimmer schmücken. Allerdings nur die ersten neunzehn Bücher bis zum Buchstaben »V«. Das zwanzigste fehlt. Denn seit du im Klosterinternat bist, hat deine Oma dich nicht mehr besucht. Aber »V« bedeutet schließlich, fast alles zu wissen. Was gibt es schon Spannendes im letzten Buch, mit den letzten vier Buchstaben des Alphabets?

Abermals verändert sich alles in deinem Leben. Schneller, als du es wahrhaben willst. Etwas geschieht mit deiner Stimme. Von einem Tag auf den anderen hört sie sich fremd an. Viel tiefer und rauer, als ob jemand anderes aus dir sprechen würde. Zuerst denkst du, es sei eine Erkältung. Doch als es nach ein paar Tagen nicht besser wird, versuchst du es zu verbergen, verstellst deine Stimme. Der Chorprobe bleibst du ohnehin fern. Die Erkältung wird bald nachlassen, lügst du dich und den Chorleiter weiter an. Doch niemand nimmt dir das Märchen mit der mehrwöchigen Erkältung mitten im Sommer ab. Der Chorleiter sowieso nicht. Schon beim ersten Mal, als du dich nicht drücken kannst, weiß er Bescheid. Jeder weiß es: Stimmbruch. Ein einfaches Wort, das dennoch sämtliche Illusionen in dir zerstört. Kein Kinderstar, du bist nichts Besonderes mehr. Nur einer unter vielen. Ein Schüler in der Benthaler Klosterschule.

Nach dem Verlust deiner Engelsstimme gilt plötzlich dein Wissen aus neunzehn Kinderlexika nichts mehr. Außer einigen Lehrern interessiert sich niemand dafür. Es zählt nur noch die körperliche Kraft. Sie ist das Maß aller Dinge. Wie schnell bist du? Wie stark kannst du zuschlagen? Du brauchst Kraft, um dich gegen die anderen Jungs durchzusetzen. Doch davon hast du viel zu wenig. Deine Arme und Beine sind so dünn wie bei einem Mädchen, und beim Sport kommst du meist als Letzter an.

Schon nach wenigen Monaten möchte dich niemand mehr in seiner Mannschaft haben. Du bist derjenige, den man links liegen lässt, wenn man gewinnen will. Dauernd musst du an deine Mutter denken. Ihre blonden Haare, ihren Geruch und die weiche Haut. Sie fehlt dir mehr als alles andere auf der Welt. Wenn du allein bist, kommen dir die Tränen, und dann gibt es nur noch die bunten Kinderlexika, um dich abzulenken.

ZEHN

Ihre Stimme raubte ihm fast den Verstand. Aus den Lautsprechern klang Lisa so nah und gleichzeitig so unerreichbar, so vertraut und doch so fremd. Direkt vom Ohr drangen ihre Worte unter seine Haut und führten ihn wieder zurück zu jenem Freitagmorgen vor Weihnachten. Zu dem Tag, an dem er sie zuletzt gesehen hatte: dem 19. Dezember vor zwei Jahren.

Im Grunde war es ein Tag wie jeder andere gewesen. Fast. Wäre da nicht die Verabredung mit Birgit dazwischen gekommen. Er hatte sie Tage zuvor zufällig während der Mittagspause in der Stadt getroffen. Nach einer mehr als halbstündigen Unterhaltung verabredeten sie sich zum Abendessen beim Italiener. Da Treidler genau wusste, wie Lisa auf seine Exfreundin reagierte – besonders jetzt, nachdem sie ein Kind erwartete –, legte er die Verabredung kurzerhand auf den darauffolgenden Freitag. Lisa erzählte er die Geschichte mit der nächtlichen Observation, bei der er nicht absehen könne, wann und ob er nach Hause komme. So musste er sich mit keinem Wort für das Essen mit Birgit verteidigen. Und er zweifelte nicht daran, dass ihm Lisa die Lüge abnahm, denn schließlich ließ er auch die Squash-Stunde mit seinen Kollegen sausen.

Aus dem Essen beim Italiener wurde eine Einladung zu ihr nach Hause. Es verging kaum ein Tag, ohne dass sie nicht im Büro bei ihm anrief und ihn für gut und gern zehn Minuten von der Arbeit abhielt. Warum auch nicht, hatte er damals arglos gedacht. Dass er im Begriff war, den größten Fehler seines Lebens zu begehen, war ihm nicht in den Sinn gekommen.

»Schnell … Helfen Sie mir …«, drang die Stimme aus den Lautsprechern. Trotz der inneren Aufgewühltheit, die in diesem Augenblick vollständig von ihm Besitz nahm, bemerkte Treidler Lisas hysterischen Tonfall. So hörte sich nur jemand an, der um sein Leben fürchtete.

»Er bedroht mich …« Lisas sonst so sanfte Stimme überschlug sich fast.

Tränen stiegen ihm in die Augen, als er sich vorstellte, wie Lisa diesen Moment durchlebt hatte: Weit aufgerissene Lider zeugten von ihrer Todesangst; die Atmung, nein, der gesamte Körper funktionierte nur noch instinktiv, und das Zittern der Hände war so stark, dass sie kaum den Telefonhörer festhalten konnte.

»Nennen Sie mir bitte Ihren Namen und Adresse, damit wir Ihnen helfen können.« Der Kollege in der Notrufzentrale war hörbar um Ruhe bemüht.

»Lisa Treidler, Ahornweg 8.«

Seine Tränen lösten sich und rollten die Wange herunter. *Helfen können*, dröhnte es in seinem Kopf nach. Dann machten sich die Gedanken selbstständig: Du bist schuld. Du warst nicht da, um ihr helfen zu können. Angewidert schloss Treidler die Lider und kippte den Rest des Wodkas in einem Zug hinunter.

Aus den Lautsprechern drang derweil dieses kurze, surrende Geräusch, vom dem niemand wusste, was es verursacht haben könnte. Es klang, als ob ein schmaler Gegenstand durch die Luft schnellte. Die Ermittler waren damals davon ausgegangen, dass es sich um das dünne Seil oder den Draht gehandelt hatte, mit dem Lisa erdrosselt worden war. Doch die Mordwaffe blieb bis heute verschwunden. Zu dieser Vermutung passte auch der gurgelnde Laut, der gleich darauf folgte. Einen Augenblick später gaben die Lautsprecher nur noch das qualvolle Tuten der unterbrochenen Telefonverbindung wieder. Die Aufzeichnung endete mit einem lauten Knacken.

Obwohl er Amstetters Mini-CD schon seit zwei Tagen besaß, hatte Treidler sich bis jetzt gescheut, die Aufnahme anzuhören. Am ersten Abend hatte er lediglich die silberne Scheibe in ihrer Box betrachtet. Gestern schließlich hatte er die Schublade des CD-Spielers geöffnet. Aber vor dem Einlegen hatte ihn der Mut verlassen. Erst vorhin hatte er sich durchringen können. Jetzt jedoch bereute er, die Aufnahme überhaupt angehört zu haben. Amstetter hatte vermutlich recht: Er war noch nicht bereit dafür.

Plötzlich schreckte er auf, als ob ihn jemand aus dem Schlaf gerissen hätte. Ein Geräusch in der Aufzeichnung … Treidler könnte wetten, dass es nicht dorthin gehörte. Damals, vor Gericht war ihm das Geräusch nicht aufgefallen. Nur ganz leise war es nun zu hören gewesen und nur für den Bruchteil einer Sekunde. Er nahm die Fernbedienung vom Tisch und startete den CD-Spieler erneut.

»Tut, tut ...« Der Kollege meldete sich nach dem zweiten Rufzeichen. »Notrufzentrale Rottweil ...«

»Schnell ... Helfen Sie mir ...«, unterbrach ihn Lisas panische Stimme. »Er bedroht mich ...«

Auf die Frage nach Name und Adresse folgte ihre hastige Antwort. Da – ein kurzes Geräusch, das von ihrem letzten Wort übertönt wurde. Es handelte sich nicht um einen menschlichen Laut. Dies konnte Treidler ausschließen. Doch reichte die Dauer nicht aus, um ihn näher zu bestimmen.

Er drückte auf die Fernbedienung, startete die Aufnahme abermals und spulte bis zu der Stelle vor, an der Lisa ihren Namen und die Adresse sagte. Und da war es wieder: Es begann in dem Augenblick, als sie die Acht für die Hausnummer nannte, und klang für einen winzigen Moment nach. Ein leises Zischen, das sich anhörte, als ob in der Ferne Luft aus einem Ventil strömte.

Mit einem Mal stellten sich seine Nackenhaare auf. Er kannte das Geräusch. Und es gehörte nicht dorthin. Es passte nicht zu diesem Moment, und es passte nicht an diesen Ort. Aber wohin dann?

Statt einer Antwort fielen ihm die von Amstetter beschafften Protokolle ein. Durch die Ermittlungen in Stuttgart hatte Treidler ganz vergessen, dass er neue Unterlagen besaß. Womöglich gab es in den Aussagen der Polizisten, die den Tatort zuerst erreichten, einen Hinweis darauf, was dieses Zischen verursacht haben konnte.

Aber wo zum Teufel lag die Aktenhülle? Fieberhaft durchkämmte er ein halbes Dutzend Stapel Papiere, Mappen und Fotos, die er auf dem Esszimmertisch ausgebreitet hatte. Nichts. Er durchwühlte CDs und Zeitschriften auf der Ablage des Wohnzimmerregals. Ebenfalls nichts. Erst nach einer ganzen Weile entdeckte er die Hülle zusammengerollt zwischen zwei Büchern.

Treidler entnahm ihr die wenigen losen Seiten und ließ sich in den Sessel fallen. Jäh verließ ihn der Mut. Wollte er tatsächlich lesen, wie man ihn bewusstlos in der Küche gefunden hatte? Er versuchte, den bitteren Geschmack hinunterzuschlucken, der sich in seinem Mund ausbreitete. Es wollte nicht gelingen. Er griff nach dem Glas auf dem Wohnzimmertisch und leerte es in einem Zug. Erst nachdem er es erneut randvoll mit Wodka gefüllt hatte, fühlte er sich stark genug.

Auf der ersten Seite prangte ihm »Vernehmungsprotokoll Kriminalpolizei Rottweil« in dicken, gesperrten Lettern entgegen. Direkt darunter, in etwas kleineren Buchstaben, stand: »Mordsache Elisabeth Treidler«.

Obwohl es sich lediglich um die amtliche Bezeichnung dieses Falles handelte, verursachte schon die Überschrift des Protokolls ein beklemmendes Gefühl. Diese Aussage zu lesen würde vermutlich noch mehr von ihm abverlangen als die Aufzeichnung des Notrufes. Sein Herz begann zu rasen.

Hastig zog er das übervolle Glas mit Wodka vom Tisch und verschüttete dabei einen guten Teil. Den Rest kippte er hinunter. Doch die beruhigende Wirkung des Alkohols wollte sich nicht einstellen. Der Wodka brannte lediglich in seiner Speiseröhre und gleich darauf im Magen. Kurzerhand griff er nach der Flasche auf dem Tisch und nahm drei, vier große Schluck daraus. Er wartete, bis sich der Alkoholnebel in seinem Gehirn breitmachte. Eine Art Gleichgültigkeit stellte sich ein. Er begann zu lesen:

DATUM DER VERNEHMUNG:
20. Dezember
ORT DER VERNEHMUNG:
Polizeidirektion Rottweil, Zimmer 403
ANWESENDE ERMITTLER:
KHK Bernhard Winkler, KHK Friedhelm Kleinert
ZEUGEN:
POM Adrian Duffner, PM Lukas Meyer
AUSSAGE:
Beide Zeugen geben zu Protokoll, dass sie in der Nacht vom 19. auf den 20. Dezember in Rottweil auf der Hochbrücktorstraße Streife fuhren, als sie um 23:19 Uhr ein Funkspruch der Leitstelle erreichte. Sie wurden angewiesen, sich schnellstmöglich im Ahornweg 8 einzufinden, da von dort der Notruf einer Elisabeth Treidler ausgelöst wurde. Der Ein-

satz wurde von der Leitstelle als authentisch und offensichtlich gefährlich eingestuft.

Treidler sog scharf die Luft ein und nahm einen weiteren Schluck aus der Wodkaflasche. Als »offensichtlich gefährlich« wurden Einsätze nur dann bezeichnet, wenn die Leitstelle Grund zur Annahme hatte, dass eine lebensbedrohliche Situation vor Ort nicht ausgeschlossen werden konnte. In solchen Situationen sollten sich die Beamten nur mit äußerster Vorsicht nähern und nach eigenem Ermessen von der Schusswaffe Gebrauch machen.

POM Duffner wies eine sofortige Signalfahrt an, und die beiden Beamten erreichten 23:35 Uhr den Ahornweg. Sogleich fiel ihnen das Haus mit der Nummer 8 auf, rechts am Ende der Straße, weil alle Fenster hell erleuchtet waren. PM Meyer stellte das Fahrzeug mit eingeschaltetem Signallicht in der Einfahrt ab, und die Beamten stiegen aus.

Die Zwischenfrage von KHK Winkler, ob den Zeugen beim Einbiegen in den Ahornweg etwas Ungewöhnliches aufgefallen sei, verneinten beide.

Nachdem sie das Fahrzeug verlassen hatten, bemerkten die Beamten, dass die Haustür einen Spalt offen stand. Sie näherten sich mit gezogener, aber gesicherter Waffe dem Hauseingang.

Treidler versuchte, sich die Gesichter der beiden Polizisten in diesem Moment vorzustellen, wie sie mehr ängstlich als abwartend die Umgebung musterten. Er kannte den Polizeimeister Lukas Meyer nicht, doch er vermutete, dass es sich um einen dieser pickelgesichtigen Frischlinge gehandelt hatte. Meist hatten sie ihren Dienst bei der Bereitschaftspolizei ~~erst kürz~~lich abgeschlossen und unternahmen die ersten Schritte im echten Polizeidienst.

Dafür kannte er Polizeiobermeister Duffner um einiges besser. Der freundliche Mittvierziger genoss großes Ansehen unter den Kollegen und bei den Bürgern der Stadt. Mit seiner kräftigen Gesichtsfarbe und dem etwas zu mächtig geratenen Oberlippenbart stellte er den Prototyp des gemütlichen schwäbischen Dorfpolizisten dar. Der Einsatzleiter teilte Duffner gern Neulingen zu, da er über eine endlose Geduld zu verfügen schien. Er bewahrte auch in den gefährlichsten Situationen einen kühlen Kopf und, was noch bemerkenswerter war, er konnte diese Fähigkeit an die Neuen weitergeben. Nur äußerst selten kam er in die Lage, seine Pistole ziehen zu müssen. Duffner sagte immer: »Wer die Waffe benötigt, hat nicht genug nachgedacht, um eine bessere Lösung zu finden.« Doch in dieser Nacht war der Polizeiobermeister offenbar anderer Ansicht gewesen.

Am Eingang waren keine Einbruchsspuren zu erkennen. PM Meyer öffnete die Tür so weit, dass er den Hausflur überblicken konnte, trat aber noch nicht ein. Er rief in den Hausflur, erhielt jedoch keine Antwort.

Auf Anweisung von POM Duffner entsicherten beide ihre Dienstwaffe und luden durch. POM Duffner betrat als Erster das Haus, während PM Meyer das Vorrücken seines Kollegen absicherte.

Beide Beamten kannten die Räumlichkeiten im Haus nicht, sodass sie sich zuerst orientierten. Vom Hauseingang aus erkannten sie linker Hand die Gästetoilette und gegenüber davon eine Art Arbeitszimmer, in dem sich ein Schreibtisch mit Drehstuhl und ein Sofa befanden. Nach diesem Zimmer, auf der gleichen Flurseite, führte eine Holztreppe in den zweiten Stock. Weiter hinten am Flur lagen zwei andere Zimmer. Obwohl auch diese Türen offen standen, konnten sie beide Räume von ihrer derzeitigen Position nicht einsehen.. POM Duffner ging mit gezogener Waffe weiter den Flur voran.

Treidler ließ die Seiten sinken und bedeckte die Lider mit der Hand. Die Aussage der beiden Beamten vermischte sich mit seinen eigenen Erinnerungen an das gemeinsame Haus. Er sah die Astlöcher in der Maserung des Eiche-Parkettbodens, das Gelb der Raufasertapeten, deren Farbe Lisa auch dann noch zu dunkel vorgekommen war, als er fast nur noch Weiß beim Streichen verwendet hatte. Doch es blieb nicht bei den visuellen Eindrücken, sondern er hörte gleichzeitig das Ächzen des Hauses im Wind und nahm dessen Geruch wahr. Mit einem Mal drang das Wachs in seine Nase, das sie Wochen zuvor auf den Parkettboden aufgebracht hatten. Und über allem hing der zarte Duft nach Vanille von den Kerzen, die sie in den Wochen vor Weihnachten täglich anbrannte. Ein Duft, der sich oft auch in ihren Haaren verfing.

Im nächsten Augenblick glaubte Treidler die Anspannung Duffners zu spüren, während er den Flur entlangschlich – nur scheinbar sicher hinter seiner Dienstwaffe, die sich den Weg durch das Halbdunkel suchte.

PM Meyer folgte seinem Vorgesetzten und überprüfte Zimmer eins und zwei. Es befanden sich keine Personen darin.

POM Duffner entschied sich, zusätzlich noch das Wohnzimmer im Erdgeschoss zu untersuchen. Auch dort befand sich niemand. POM Duffner bezeichnete den Zustand des Zimmers als »normal«. Er konnte keinerlei Kampf- oder Einbruchsspuren erkennen.

Auf die Frage von KHK Winkler, warum die beiden Beamten nicht die Küche untersuchten, gab POM Duffner an, dass sie durch die halb offene Tür fast den gesamten Raum einsehen konnten und sie deshalb dort niemanden vermuteten. Er selbst ging zu diesem Zeitpunkt nicht mehr davon aus, dass es sich um einen gefährlichen Einsatz handelte, wie es die Leitstelle gemeldet hatte.

PM Meyer und POM Duffner verständigten sich, den zweiten Stock zu überprüfen und behielten die Waffen schussbereit. KHK Winkler wollte wissen, ob ihnen im Wohnzimmer des Hauses etwas aufgefallen sei. Während POM Duffner verneinte, antwortete PM Meyer: »Zwei angetrunkene Gläser auf dem Wohnzimmertisch, eines davon ein Sektglas.«

POM Duffner betrat die Treppe. Schon auf den ersten Stufen bemerkte er einen schwachen Lichtschein, der unter der Tür eines Zimmers auf der rechten Seite hervortrat. Erneut bekam er auf seinen Ruf keine Antwort und ging weiter.

Das Knarren der dritten und vierten Stufe. Schon immer hatte es ihm das Geräusch unmöglich gemacht, sich nach oben zu schleichen, wenn er nachts von der Arbeit nach Hause kam. Lisa war jedes Mal wach geworden davon, und er hatte ihr am anderen Morgen versprechen müssen, etwas gegen das Knarren der Stufen zu tun. Er hatte die Treppe nie repariert.

POM Duffner öffnete die Tür auf der rechten Seite.

Das erste Zimmer auf der rechten Seite war das Schlafzimmer. Ihr Schlafzimmer. Dort hatten die beiden Beamten Lisa gefunden.

Mit dem nächsten Atemzug roch er das Schlafzimmer, roch Lisa und den unwiderstehlichen Duft ihrer Haut nach etwas Blumigem. Er spürte die Wärme ihres Atems, die Weichheit ihrer Lippen.

»He, Bulle«, hatte sie im Halbschlaf manchmal zärtlich geflüstert, nachdem sie durch das Knarren der Stufen aufgewacht war und wartete, bis er zu ihr ins Bett gekrochen kam. »Bist du endlich bei mir?« Oft war sie schon wieder eingeschlafen, bevor er ihr antworten konnte.

Als einziges Licht brannte rechts neben dem Bett eine umgestürzte Nachttischlampe. Im Raum herrschte ungewöhnliche Unordnung. Die umherliegenden Gegenstände zeugten von einem Kampf. Bäuchlings auf dem Bett lag der leblose Körper einer Frau. Sie war bekleidet mit einem Nachthemd, das nur bis zur Taille reichte. Ihr Slip hing in den Kniekehlen. Gesäß und Beine waren entblößt. In ihrer rechten Hand hielt sie ein schnurloses Telefon. POM Duffner ging davon aus, dass die Frau nicht mehr lebte. Trotzdem versuchte er, am linken Handgelenk einen Puls zu ertasten – ohne Erfolg.

Es war, als ob das Gewicht des Papiers seinen Arm nach unten zog. Treidler starrte ins Nichts, die Blätter entglitten ihm.

Er konnte nicht sagen, wie lange er schon auf dem Sessel kauerte. Er versuchte, sich zusammenzureißen. Schließlich umfasste das Protokoll noch zwei weitere Seiten. Zwei Seiten, deren Inhalt für ihn nicht einfacher werden würde. Duffner und Meyer hatten ihn kurz danach auf dem Boden der Küche gefunden – bewusstlos, aber nahezu unverletzt.

Als er sich aufrichten wollte, fiel sein Blick auf ein Blatt des Protokolls. Aus irgendeinem Grund war es nicht auf dem Boden bei den anderen gelandet, sondern lag auf seinen Oberschenkeln. Treidler blinzelte mühsam, während er versuchte, die verschwommenen Buchstaben zu fixieren. Nur langsam begannen sich Worte zu formen. Die Worte wiederum bildeten Sätze, und Treidler musste den Absatz ein weiteres Mal lesen, um das Ungewöhnliche dahinter zu erkennen. Erneut blieben seine Augen an der gleichen Stelle hängen.

… zwei angetrunkene Gläser auf dem Wohnzimmertisch, eines davon ein Sektglas.

Treidler stutzte und las die letzten Worte ein drittes Mal.

… eines davon ein Sektglas.

Dass es sich um ein Sektglas gehandelt hatte, war bei den Ermittlungen und während der Verhandlung unerwähnt geblieben. Es war stets nur von »Gläsern« die Rede gewesen. Dem Umstand hatte er noch bis vor einem Moment keinerlei Bedeutung beigemessen. Doch diese Information ließ den vermuteten Tatverlauf in einem anderen Licht erscheinen. Niemals hätte Lisa Alkohol getrunken, schließlich erwartete sie ein Kind. Und er selbst hasste Sekt. Wem also gehörte das Glas? Ihrem Mörder? Sehr wahrscheinlich. Das jedoch würde darauf hindeuten, dass sie ihn gekannt haben musste – gut gekannt sogar.

***

»Rufnummer unterdrückt« leuchtete im Display auf. Die Anzeige verhieß nicht Gutes. In neun von zehn Fällen verlangte jemand nach ihr, den Carina Melchior am liebsten vergessen wollte. Sie ließ es zweimal mehr klingeln als nötig und drückte erst dann den Knopf, um das Gespräch entgegenzunehmen. Es wäre sinnlos, sich nicht zu melden. Gottlieb Burghardt würde es den ganzen Abend weiter versuchen.

»Ja«, meldete sie sich schroff und stellte sich auf die abfällige Stimme Burghardts ein, der seit Jahren ihr Vorgesetzter beim Dezernat war.

»Gibt es schon etwas Neues?«, dröhnte es ihr wie befürchtet entgegen.

»Nee«, gab Melchior zurück und lauschte mit einem zufriedenen Gefühl dem unerwartet langen Rauschen in der Leitung.

»Haben Sie denn überhaupt schon etwas unternommen?«

»'ne janze Menge«, antwortete sie in breitestem Berliner Dialekt. Sie wusste genau, dass Burghardt darauf verärgert reagierte. Sein reizbares und zu Wutausbrüchen neigendes Wesen gehörte zu den wenigen Schwächen, die er sich erlaubte.

»Das ist kein verfluchter Berliner Hinterhof.« Prompt schlug ihr seine ungehaltene Reaktion entgegen. »Reißen Sie sich zusammen, sonst –«

»Sonst was?«, unterbrach Melchior ihn amüsiert. »Ziehen Sie mich dann ab?« Bei den Worten stellte sie sich den Gesichtsausdruck des gelfrisierten und dreitagebärtigen Schönlings am anderen Ende der Leitung vor. Der karrieregeile Burghardt presste wahrscheinlich genau in diesem Moment die Lippen zu einem schmalen Strich zusammen, um nicht loszubrüllen. Vermutlich hatte er sich gleich wieder unter Kontrolle. Doch Melchior wollte diesen Augenblick nicht abwarten und drückte das Gespräch kurzerhand weg.

So lange, wie sie sich erhoffte, dauerte Burghardts Entspannungsphase nicht. Das Telefon signalisierte gleich darauf abermals ein ankommendes Gespräch mit unterdrückter Rufnummer.

»Melchior«, polterte ihr Burghardt sofort entgegen, nachdem sie ihn bestimmt ein Dutzend Klingelzeichen lang hatte warten lassen. »Fordern Sie mich nicht heraus.« Er atmete scharf aus, sodass ein pfeifendes Geräusch im Telefon ertönte. »Ja, ich werde Sie abziehen. Allerdings erst, nachdem Sie Ergebnisse geliefert haben. Ich will Resultate sehen und dulde kein Versagen in dieser Angelegenheit. So etwas steht überhaupt nicht zur Debatte. Der Kerl war vor zwei Jahren so gut wie überführt. Man hat ihn schließlich in seiner eigenen Wohnung gefunden, ein Stockwerk unter seiner toten Frau.«

»Es gibt keinerlei Beweise, die für ihn als Täter sprechen«, entgegnete sie. Burghardt würde die Antwort nicht ausreichen, das wusste sie genau.

»Och, wie süß. Haben Sie das selbst herausbekommen, oder hat er es Ihnen gesagt?«, zischte Burghardt ins Telefon. »Das interessiert mich einen Scheißdreck. Haben Sie verstanden? Erfinden Sie etwas, irgendetwas …«

»So wie damals bei der Stasi?«, spottete Melchior. »Ich dachte bisher, dass wir im vereinten Deutschland so nicht arbeiten.«

»Das ist etwas völlig anderes.«

»Und wenn ich mich doch noch weigere?« Melchior legte ihre ganze Entschlossenheit in diese Frage. Gleichwohl fühlte sie ihren Mut weichen, den sie zu Beginn des Gespräches noch verspürt hatte. Doch sie wollte Burghardt unter keinen Umständen merken lassen, dass er am längeren Hebel saß.

»Schon wieder die alte Leier. Hatten wir das nicht bereits geklärt?« Seinen Worten folgte ein abfälliges Grunzen.

»Vielleicht sollte ich mich bei Ihrem Vorgesetzten über Ihre unverschämten Erpressungsversuche beschweren.«

»Lassen Sie sich nicht aufhalten. Darauf hat er bestimmt schon gewartet.«

»Oder vielleicht mache ich das alles publik.« Sie wusste, dass sie kaum eine Chance gegen diesen übermächtigen Gegner hätte, aber sie konnte Burghardt damit drohen. »Da gibt es sicher etliche Zeitungen, die so eine Story sofort aufgreifen würden. Spiegel, Focus und wie die Magazine alle heißen. Die freuen sich immer über so etwas.« Sie räusperte sich. »›Ostdeutsche Polizistin jahrzehntelang von ihrem Vorgesetzten erpresst.‹ Wie würde Ihnen das gefallen, *Herr Gottlieb Burghardt*?«

»Da könnten Sie richtig Pech haben, *Frau Carina Melchior*. Bei uns gibt es keinen Gottlieb Burghardt. Diesen Namen habe ich nie gehört. Wir sind ein seriöses Unternehmen und haben es nicht nötig, jemanden zu erpressen. Auch nicht, um unsere geschäftlichen Ziele zu erreichen.«

So deutlich war es Melchior die ganzen Jahre über nie aufgefallen: Ihr Vorgesetzter meldete sich niemals mit seinem Namen. Gottlieb Burghardt – falls er überhaupt so hieß – handelte zu clever, um sich oder das Dezernat für Interne Ermittlungen in den Verdacht eines Erpressungsversuches zu bringen. Stattdessen sprach er vom »Unternehmen« und nannte ihre Aufträge schlicht »Geschäfte«.

Als ob er ihre Gedanken ahnte, gluckste Burghardt zufrieden. »Und zwingen Sie mich nicht, die Fehltritte Ihrer unsäglichen Vergangenheit aufzuzählen. Da gab es ja genug.«

Mit seinen Vorwürfen kam Melchior plötzlich eine Idee, die sich als so verrückt wie überfällig erwies: Was wäre, wenn sie ihn derart reizte, dass er mehr zugab, als er beabsichtigte? Dann könnte sie seinen Wutausbruch aufnehmen und verfügte so über ein kleines Faustpfand, falls sie aussteigen wollte. Sie drückte den Aufnahmeknopf am Mobiltelefon und versuchte, ihre Stimme so vorwurfsvoll wie möglich klingen zu lassen. »Welche denn? Dass ich mich mit nicht mal zwanzig Jahren habe anwerben lassen?«

»Zum Beispiel.«

»Und dass ich ein Jahr vor der Wende für die Staatssicherheit gearbeitet habe?«

»Vermutlich auch.«

»Glauben Sie tatsächlich, das interessiert heute noch jemanden?«

»Ich weiß nicht. Aber vielleicht interessiert es ja Ihre damaligen Mitschüler, dass *Sie* sie verraten haben.«

Melchior erwiderte nichts. Sie konnte direkt spüren, wie Burghardt das Gesicht zu einem verächtlichen Lächeln verzog. Doch das reichte nicht. Er sollte endlich seine Beherrschung verlieren und Dinge sagen, die er sonst nicht in einem Telefonat von sich geben würde.

Burghardt fuhr fort: »Kennen Sie die übliche Vorgehensweise der Stasi bei republikfeindlichen Handlungen? Nein? Die drei jungen Männer vermutlich schon, die durch Sie für ein Jahr in Hohenschönhausen einsaßen. Und wäre die Wende nicht dazwischengekommen, säßen sie noch immer.« Er machte eine kurze Pause. »Eigentlich hätten Sie damals mitkommen sollen, richtig? Aber Sie konnten nicht wegen Ihres Vaters, dem Stasi-Oberst Friedhelm Melchior. So haben Sie kurzerhand den Fluchtversuch verraten und waren fein aus dem Schneider. Natürlich hat die Stasi dafür gesorgt, dass der Name Melchior nicht an die Öffentlichkeit gelangt ist. Nur in die Akten. Aber nicht alle sind bei der Gauck-Behörde gelandet. Ihre beispielsweise hat den Weg direkt zu mir gefunden.«

Obwohl sie schon lange wusste, dass dem Dezernat ihre Stasi-Akte vorlag, schluckte Melchior.

»Es ist schlicht unglaublich, was die bei der Stasi so alles aufgeschrieben haben. Gewicht, Statur, Konfektionsgröße bis hin zu Ihrer Körbchengröße und einige andere, wie soll ich sagen, ziemlich persönliche Dinge …«

»Sie hätten besser nicht gleich danach mit Lesen aufgehört«, unterbrach ihn Melchior.

Burghardt ließ ein paar Augenblicke verstreichen, ohne dass sie einordnen konnte, was sein plötzliches Schweigen zu bedeuten hatte. »In Ihren Akten steht übrigens auch, dass es einer der jungen Männer nicht geschafft hat.«

Melchior zuckte unwillkürlich zusammen, und echter, fühlbarer Schmerz durchfuhr ihren Körper. Sie hätte diesen Anruf ignorieren sollen. Sie hielt sich mit der Hand den Mund zu, um jeden Laut zu unterdrücken.

Als ob Burghardt ihre Betroffenheit am anderen Ende der Leitung spürte, verlieh er seiner Stimme einen vorwurfsvollen Klang. »Sein Kreuz hängt jetzt am Spreeufer, neben einem Dutzend weiterer. Sie schauen bestimmt nach wie vor weg, wenn Sie dort vorbeigehen. Wie hieß er noch gleich? Lassen Sie mich überlegen: Franco Lindemann? Damals war er noch ein halbes Kind, nicht?«

Das Spreeufer am Reichstag. Sie kannte den Ort nur von Bildern. Auch nach all den Jahren mied sie die Ostseite des Gebäudes, dort, wo die weißen Kreuze hingen. Sie wusste, dass jedes den Namen und das Todesdatum eines Mauerflüchtlings trug. Und für eines der Kreuze gab es nur eine Schuldige: Carina Melchior. Sie zitterte. Und sie verspürte Wut, unbändige Wut auf den Mann am anderen Ende der Leitung. Doch sie wollte die Aufzeichnung des Gespräches nicht umsonst riskiert haben. »Und was kommt als Nächstes? Wen muss ich bespitzeln?«

»Das kann ich Ihnen heute noch nicht beantworten, Frau Melchior.« Burghardt blieb so ruhig, als ob er beim Bäcker gegenüber ein paar Brötchen bestellte. »Aber uns fällt sicher etwas ein. Aus diesem Grund bekomme ich schließlich jeden Monat mein Gehalt überwiesen.«

»Sie verfluchtes Arschloch.«

»Immer wieder gern«, gab er zurück. »Wissen Sie, was mir wirklich am besten an der ganzen Sache gefällt? Was zu Ihnen passt wie die Faust aufs Auge?«

Die nächste Demütigung stand ihr bevor, und Melchior wappnete sich: »Nein. Aber ich fürchte, dass ich Sie nicht darin hindern kann, es mir zu verraten.«

»Ihr Deckname«, prustete Burghardt los. »›IM Tochter‹.«

Melchior nahm sein höhnisches Gelächter nur noch gedämpft wahr. Fast so, als ob sie sich die Ohren zuhielte. Da war es wieder: IM – zwei Buchstaben, die ihr entgegenschlugen wie Faustschläge in die Magengrube. Zwei Buchstaben, die sie für immer daran erinnern würden, dass sie Mitschuld hatte am Verrat der Ideale ihres ehemaligen Heimatlandes.

»Leck mich.« Sie drückte das Gespräch weg. Sie konnte ihm nicht länger zuhören und hoffte nur noch, dass er nicht erneut anrief. Das Telefon in ihrer Hand blieb ruhig. Mit zitternden Fingern stoppte Melchior die Aufnahme.

ELF

Donnerstag, 22. Dezember

Treidler hasste Weihnachten. Wie jeden Morgen in den letzten beiden Wochen erinnerte ihn der mannshohe Weihnachtsbaum im Eingangsbereich der Polizeidirektion daran. Und wie immer wandte er seinen Blick ab, stieg die Treppe hinauf und trat auf den hell erleuchteten Gang, der zu seinem Büro führte. Nach der Fahrt durch die Morgendämmerung blendete das grelle Neonlicht auf dem weißlichen Linoleumboden so stark, dass er die Lider zusammenkneifen musste. Als er die Augen wieder öffnete, sah er ihn.

Obwohl Treidler inzwischen seit ein paar Monaten in der Polizeidirektion ein und aus ging, hatte es der Zufall bisher nicht gewollt, dass er Winkler allein antraf. Jetzt stand der ehemalige Ermittlungsleiter im Mordfall Elisabeth Treidler am Kaffeeautomaten und drückte auf die Tasten. Ansonsten befand sich niemand auf dem Gang. Nicht einmal Borchert, sein aalglatter Schatten. Die plötzliche Gegenwart Winklers überraschte Treidler so sehr, dass er für einen Augenblick nicht wusste, wie er sich verhalten sollte. Warten, bis Winkler in seinem Büro verschwand? Oder ihn ignorieren, als ob nichts geschehen wäre?

Er hätte nicht sagen können, was ihn schließlich davon abhielt, einfach an Winkler vorbeizugehen. Vielleicht lag es an seinem Rasierwasser, das ihm schon während des Prozesses täglich um die Nase geweht war. Oder an seinem geschniegelten Äußeren, das der Ermittlungsleiter jeder Kamera präsentierte, die damals vor ihm aufgetaucht war. Schließlich versprach die gute Publicity, seine Chancen auf die Position des Kommissariatsleiters zu erhöhen. Treidler musterte den etwa gleichaltrigen Hauptkommissar von der Seite. Als er bemerkte, wie schäbig sein dunkler Anzug an diesem Morgen wirkte, wurde ihm bewusst, dass der Mann immer den gleichen trug. Während die Gelfrisur mit den hohen Geheimratsecken glänzte wie eh und je, bildete Treidler sich ein, dass der Bauch seither ein gutes Stück gewachsen war. Auch das schwabbelige Kinn unter dem perfekt gestutzten Dreitagebart schien etwas fülliger zu sein als damals.

Obwohl Winkler ihn bemerkt haben musste, blickte er stur geradeaus und wartete darauf, dass die Maschine den Pappbecher freigab. Als sich Treidler wenige Meter vor ihm befand, verlangsamte er seinen Schritt. Er fühlte das Unbehagen des Mannes und kostete das Gefühl aus, indem er noch langsamer ging. Der Kaffeeautomat schaltete ab, und die letzten Reste des Kaffees tropften herunter. Winkler griff nach dem Becher und führte ihn zum Mund, um daran zu nippen. Es war eine einmalige Gelegenheit. Treidler nahm seine Mütze ab und rempelte Winkler in der Bewegung ganz leicht mit dem Ellenbogen an. Der Stoß reichte aus, und ein guter Teil des heißen Kaffees schwappte auf sein Jackett, das weiße Hemd darunter und die rot gestreifte Krawatte. Sofort breitete sich ein hässlicher dunkler Fleck auf seiner Brust bis hinunter zum Bauchnabel aus.

»Treidler, du verfluchtes Arschloch«, presste Winkler mit wütendem Gesicht hervor, als er den ersten Schreck überwunden hatte.

Er ging einfach weiter.

»Treidler …«

Immer noch reagierte er nicht. Dann hörte er Winklers Schritte hinter sich und spürte seine Hand auf der Schulter.

»Treidler«, schrie Winkler. »Bleib stehen, oder ich tret dir eine.«

Treidler hielt inne und drehte sich um. Er blickte in Winklers gerötetes Gesicht. Die Augenbrauen zuckten nervös und verrieten, dass er seinen Ärger nur schwer kontrollieren konnte. Der Kaffee färbte inzwischen nicht nur den weißen Stoff seines Hemdes dunkel, der Fleck zog sich von der Brusttasche über die Knopfreihe des Jacketts bis hinunter zum Hosenladen. Treidler presste die Lippen aufeinander, um nicht laut loszulachen. Winklers Halsschlagader schwoll an. Er sah aus, als ob er im nächsten Augenblick vor Wut platzen würde.

»Hast du mir nichts zu sagen, Treidler?«, polterte er los.

»Wieso? Sollte ich?«, entgegnete der und versuchte, ein gleichgültiges Gesicht zu machen.

»Bist du blind?« Winkler deutete auf seinen Anzug.

»Ach ja, stimmt. Ist mir zuerst nicht aufgefallen. Du hast da etwas auf deiner Krawatte.« Treidler lächelte spöttisch. »Auch auf deinem Hemd – und auf deinem Jackett. Ja, selbst auf der Hose.« Er spürte, wie sein Lächeln breiter wurde. Ein gutes Gefühl. »Vielleicht solltest du dich umziehen – sieht echt scheiße aus, so mit dem Kaffeefleck im Schritt …«

Winklers Augen funkelten vor Zorn. »Was glaubst du eigentlich, wer du bist, du blöder Wichser? Denkst du tatsächlich, dass du durch deine Klage wieder einer von uns wirst? Einen Scheißdreck wirst du.« Er atmete schwer. »Du hattest doch nur Glück, dass der Richter das Verfahren eingestellt hat. Ich bin mir sicher, dass du kurz zuvor mit Kleinert noch Beweise beiseitegeschafft hast.« Winkler schnaufte ein weiteres Mal, dann hob er den Zeigefinger und brüllte mit einem finsteren Blick: »Diese Sache ist nicht erledigt. Ich werde dich schon noch drankriegen.«

»Lass dich nicht aufhalten«, erwiderte Treidler so nüchtern wie möglich und drehte sich zum Gehen. Im nächsten Augenblick spürte er erneut Winklers Griff auf seiner Schulter und fuhr herum. »Fass mich nicht an, du verfluchtes Arschloch«, entfuhr es ihm. »Sonst –«

»Sonst was, du durchgeknallter Psycho?«, unterbrach ihn Winkler.

»Nenn mich nicht Psycho«, entgegnete Treidler ganz ruhig und fixierte sein Gegenüber. »Denn wenn ich ein Psychopath wäre«, er griff unter seinen Wintermantel und öffnete das Holster, »würde ich meine Knarre nehmen.« Ruckartig zog Treidler seine Pistole hervor und hielt sie vor sich hin. Er drehte die Waffe einige Male in der Hand hin und her und fuhr im gleichen beiläufigen Ton fort: »Ich würde sie durchladen …«, er schob den Schlitten der Pistole zurück, um die erste Patrone in die Kammer zu befördern, »… und dann auf dich zielen.« Seelenruhig richtete Treidler den Lauf auf Winklers Stirn.

»Dir hat man aber schon erklärt, dass eine Waffe zuerst entsichert werden muss«, höhnte der.

Noch bevor er den Satz ganz ausgesprochen hatte, ertönte das charakteristische Klicken. Treidler hatte den Sicherungshebel nach unten geschoben. »So besser?«, erkundigte er sich mit einem spöttischen Blick und spannte den Hahn.

Schlagartig traten Winklers Augen aus ihren Höhlen. Panik trat auf sein Gesicht. »Dazu bist du nicht fähig«, schnaubte er verächtlich.

»Richtig«, entgegnete Treidler schnell und entspannte den Hahn wieder. »Ich bin ja kein Psychopath.« Er sicherte die Pistole und steckte sie betont langsam zurück in das Holster.

Als habe er nur auf diesen Augenblick gewartet, trat Winkler mit grimmiger Miene einen Schritt auf ihn zu. Er schob sein Doppelkinn nach vorne und blickte Treidler herausfordernd an. Sein Puls pochte gegen die Schläfen. Er war jetzt so nah, dass sich ihre Nasenspitzen fast berührten und Treidler den Zigarettenrauch in seinem feuchten Atem riechen konnte. »Dazu bist du doch nur bei Frauen fähig, die sich nicht wehren können.« Er verzog den Mund zu einem gehässigen Lächeln.

In diesem einen Moment brach die aufgestaute Wut von sechs Monaten Untersuchungshaft hervor, die Treidler zuallererst ihm zu verdanken hatte. Er konnte sich nicht daran erinnern, jemals einen Menschen so gehasst zu haben wie Winkler in diesem Augenblick. Sein Herz begann zu rasen. Ohne nochmals darüber nachzudenken, holte er blitzschnell mit dem Kopf aus und schlug ihm mit voller Wucht seine Stirn auf die Nase.

Winklers gellender Schrei durchdrang die morgendliche Ruhe der Polizeidirektion. Er ließ den Pappbecher auf den Boden fallen, und der restliche Kaffee spritzte auf seine Hosenbeine. Mit beiden Händen tastete er nach seiner Nase. Blut schoss aus beiden Nasenlöchern und tropfte auf die befleckte Krawatte und sein Hemd.

»Das hättest du besser nicht tun sollen.« Winklers Stimme klang dumpf. »Ich sorge dafür, dass hier drinnen niemand mehr deine Fresse sehen muss.«

»Leck mich.« Eine Dummheit war der Kopfstoß gewesen. Eine große Dummheit sogar. Aber er fühlte sich großartig. Was kümmerte ihn schon dieser Lackaffe in seinem billigen Anzug? Er konnte sich ja bei Petersen beschweren. Auf eine weitere Zurechtweisung kam es nun wirklich nicht mehr an.

Die Faust kam so schnell, dass Treidler keine Zeit fand, auszuweichen. Sie traf ihn hart an der linken Wange, und für einen Moment wurde ihm schwarz vor Augen.

»Hältst du jetzt deine vorlaute Klappe, Psycho?«, vernahm er Winklers dröhnende Stimme.

Treidlers Zorn steigerte sich ins Unermessliche. Seine Wut war so groß, dass er noch mit geschlossenen Augen auf sein Gegenüber losstürmen wollte. Hinter sich vernahm er eilige Schritte auf dem Linoleumboden. Zwei mächtige Arme umklammerten ihn. Treidler fluchte und versuchte, sich zu befreien. Als Reaktion packten sie noch fester zu.

»Hört auf, ihr beiden«, drang eine Stimme auf ihn ein. »Das bringt doch nichts …«

Treidler blinzelte, um die grellweißen Lichtpunkte auf seiner Netzhaut loszuwerden. Es gelang nicht – aber immerhin ließen die Schmerzen langsam nach.

Mit zusammengekniffenen Augen konnte er vier Streifenbeamte erkennen. Je zwei hielten ihn und Winkler an den Schultern fest. Noch ein paarmal versuchte er, sich aus dem Griff zu winden. Doch die Beamten ließen ihn erst los, als seine Gegenwehr zum Erliegen kam.

Auch die beiden Uniformierten auf der anderen Seite entließen Winkler aus ihrem Haltegriff. Er stieß lautstarke Verwünschungen aus und versuchte, seinen ramponierten Anzug zu richten. Und noch immer rann Blut aus seiner Nase und tropfte auf Hemd und Krawatte. Treidler schaute zu den vier Beamten, die ihn kritisch musterten. Jedes Wort wäre überflüssig gewesen. Stumm trottete er davon und spürte die feindseligen Blicke in seinem Rücken. Er hatte sich längst abgewöhnt, dabei etwas zu empfinden. Es gehörte zu seinem Alltag wie das morgendliche Zähneputzen.

Als er das Blut abgewaschen hatte und hinter dem Schreibtisch saß, spürte er, dass seine linke Gesichtshälfte brannte wie Feuer. Über dem Auge klaffte ein Riss, und unterhalb des Wangenknochens bildete sich eine mächtige Schwellung. Ein Bluterguss zog sich bis fast hinunter zum Kinn und würde bald rot-bläulich schimmern.

Seine Gedanken kreisten schon wieder um das Aussageprotokoll vom Vorabend. Wen hatte Lisa so gut gekannt, dass sie ihn in die Wohnung zu einem Glas Sekt einlud? Mit einem Papiertaschentuch tupfte Treidler sich vorsichtig die verletzte Wange ab. Freilich gab es genügend Freundinnen Lisas, die Sekt tranken. Aber der Mörder musste ein Mann gewesen sein. Davon waren die Ermittler damals ausgegangen. Die Verletzungen und der rekonstruierte Ablauf ließen keine andere Schlussfolgerung zu. Und dass sie Alkohol getrunken haben könnte, schloss er kategorisch aus. Vielleicht sollte er sich ein weiteres Mal die Tatortfotos anschauen. Besonders die drei Stück, die im unteren Stockwerk aufgenommen wurden.

Treidler öffnete die unterste Schreibtischschublade, schob die Wodkaflaschen beiseite und kramte nach der Aktenmappe. Er durchsuchte die Unterlagen nach einer Handvoll Farbausdrucke, die ausnahmsweise nicht von Amstetter stammten. Kleinert, Winklers damaliger Kollege, hatte den Stapel ein paar Tage vor seinem Herzinfarkt im Vernehmungszimmer liegen lassen. Treidler wusste heute noch nicht, ob der Mann es absichtlich getan hatte oder die Fotos tatsächlich vergessen hatte.

»Soll ich etwas Eis bringen?«, riss ihn plötzlich eine Stimme aus den Gedanken. Er blickte auf. Anita Schober stand breitbeinig und mit nervösen roten Flecken im Gesicht vor Treidlers Schreibtisch. Sie schaute besorgt drein. Das Dirndl vom Vortag war einer weißen Rüschenbluse gewichen, die in einem weiten, unmodernen Faltenrock aus abgenutztem Leinen steckte.

»Nein, geht schon, Frau Schober …« Treidler versuchte, die Fotos auf seinem Schreibtisch mit dem Pappdeckel der Mappe abzudecken. Vorsichtig schüttelte er den Kopf und spürte sogleich eine leichte Erschütterung im Kiefer.

»Das ist von heute Nacht …«

Treidler reagierte nicht, sondern machte bedächtige Kaubewegungen. Ein Knacken ließ ihn jäh innehalten.

»Das ist heute Nacht gekommen«, wiederholte Anita Schober. Ihre besorgte Miene war inzwischen einem Gesichtsausdruck gewichen, der ihre Erregung nicht verbergen konnte. Sie wedelte mit einem Stück Papier.

»Das sagten Sie bereits, Frau Schober. Aber was ist es denn?«, warf er ein, bevor sie sich ein drittes Mal wiederholen konnte.

Schober blickte irritiert auf das Papier in ihrer Hand und dann wieder zu Treidler. »Es ist auf Englisch, sieht aber offiziell aus. Taj… Taj… ikistan steht da … und Embassy … Berlin.« Sie reckte ihr Kinn in die Höhe und fügte in einem bestimmenden Tonfall hinzu: »Das ist vermutlich wichtig und hat mit dem Mordfall drüben in Florheim zu tun.«

»Im Moment ist ein recht ungünstiger Zeitpunkt für Mutmaßungen, Frau Schober. Geben Sie das Fax doch einfach mal her.«

Nach einem auffordernden Blick reichte sie Treidler das Blatt und wartete augenfällig auf eine Reaktion. Als er nichts erwiderte, stapfte sie schnaubend davon. Vermutlich wäre sie gern noch etwas länger in die Mordermittlungen involviert gewesen.

Treidler hielt sich abermals die Hand an die linke Wange und schob seinen Unterkiefer hin und her. Zufrieden nahm er zur Kenntnis, dass das Knacken mit jedem Mal nachließ. Er betrachtete den Ausdruck genauer. Der Briefkopf mit einem Wappen, umrahmt von kyrillischen Buchstaben, und die Anschrift »Unter den Linden, Berlin« deuteten in der Tat auf ein Schreiben der tadschikischen Botschaft hin.

Der Absender hatte sich Mühe gemacht. Das Fax bestand aus einigen einleitenden Sätzen sowie einer Tabelle mit zwei Spalten und mehreren Zeilen. Treidlers Englischkenntnisse reichten aus, um zu erkennen, dass er die Antwort auf das Amtshilfeersuchen nach dem Registerauszug des Mordopfers in Händen hielt. Er überflog die Sätze. Erst der Tabelle am Ende der Seite widmete er seine ganze Aufmerksamkeit. Bereits die erste Zeile verriet, dass es sich um die Einträge der Propiska Nummer 154744 handelte.

Wie Melchior schon am Tag des Mordes richtig entziffert hatte, gehörte der Registerauszug zu einem Mann namens Johann Nowak. Treidler fiel auf: Aus dem W in seinem Nachnamen war von Hand ein V gemacht worden. Folglich lautete die korrekte russische Transliteration »Novak« und nicht »Nowak«. Dies jedoch schien Melchiors einziger Übersetzungsfehler gewesen zu sein. Die anderen Daten wie die Adresse in Duschanbe und der Geburtstag stimmten mit den Angaben aus dem sowjetischen Inlandspass überein. In diesem Fall brachte der Registerauszug aus Tadschikistan nichts, was sie nicht schon wussten.

Als er die Tabelle ein zweites Mal überflog, stutzte Treidler. Erst hatte er Novaks Geburtsort, den Melchior im Pass nicht entziffern konnte, schlicht keine Bedeutung beigemessen. Aber jetzt sprang ihm das Wort förmlich entgegen. Und zuerst wollte er nicht glauben, was dort, in der vorletzten Tabellenzeile stand: »Place of Birth – Florheim, Germany«.

Demnach war der Tote am 12. Dezember 1923 in Florheim geboren. In dem Ort, wo ihn jemand fast neunzig Jahre später durch einen aufgesetzten Kopfschuss ermordete. Eine Verwechslung war ausgeschlossen. Es gab nur ein Florheim in Deutschland, das hatten sie schon recherchiert.

Mit der Theorie des Auftragsmordes jedoch lag Melchior ganz offensichtlich falsch. Der Geburtsort des Toten ließ den Fall schlagartig in einem völlig anderen Licht erscheinen. Er hielt nichts weniger in den Händen als das fehlende Puzzlestück, das den alten Mann endlich mit Florheim in Verbindung brachte. Und gleichzeitig schon fast den Beweis dafür, dass der Mord nichts mit der russischen Mafia zu tun haben konnte. Eine Wendung, mit der Treidler kaum noch gerechnet hatte.

»Warum ist hier draußen Kaffee auf dem Boden?«, kündigte sich Melchior schon von Weitem an.

Er blickte auf und blinzelte seine Kollegin an, die mit ihrer kurzen Lederjacke in der Tür stand. Trotz Wollmütze, Schal und Handschuhen zitterte sie am ganzen Körper. »Sie sollten sich eine Winterjacke kaufen, dann wäre Ihnen nicht so kalt.«

»Was, in Gottes Namen, haben Sie mit Ihrem Gesicht gemacht?«, stieß Melchior aus.

Wenn seine linke Wange nicht so geschmerzt hätte, hätte er in Anbetracht der schlagartigen Veränderung ihres Gesichtsausdruckes laut losgelacht. So jedoch begleitete seine Antwort lediglich ein gequältes Lächeln. »Sagen wir mal, es gab heute Morgen schon eine Meinungsverschiedenheit.«

»Sie haben Meinungsverschiedenheiten?« Ihre Stimme hatte einen spöttischen Tonfall angenommen. »Das ist mir neu. Mit wem denn?«

»Falls es Ihnen die Schober noch nicht erzählt hat, fragen Sie am besten Winkler.«

»Wer ist Winkler?«

»Ein kleines, dickes Arschloch, das mit einer blutenden Nase und einem riesigen Kaffeefleck auf dem Anzug herumläuft.«

»Ach, den meinen Sie.«

»Haben Sie ihn gesehen?«, fragte Treidler überrascht.

»Das war nur ein Scherz.« Sie trat an seinen Schreibtisch und reckte den Kopf. »Was haben Sie denn da?«

»Ein Fax.«

»Nein, das meinte ich nicht. Die Fotos darunter … das sind doch Tatortfotos.«

Erschrocken blickte Treidler auf die Tischplatte und bemerkte, dass drei der Ausdrucke unter dem Pappdeckel der Ermittlungsakte hervorragten. Unbewusst musste er die Mappe mit dem Ellenbogen verschoben haben. Auch der Kopf des Aussageprotokolls mit der Überschrift ragte hervor.

»Das geht Sie gar nichts an«, beeilte er sich zu sagen und schaute Melchior vorwurfsvoll an. »Ich hab Ihnen schon ein paarmal gesagt, dass Sie sich um Ihren eigenen Scheiß kümmern sollen.«

Statt einer Antwort hob Melchior missbilligend die Augenbrauen.

Treidler schob die Unterlagen zusammen und verstaute die Mappe wieder in der Schreibtischschublade. Doch er wusste genau, dass es bereits zu spät war. Sie hatte den Namen Elisabeth Treidler schon gelesen.

»Ist ja gut, Kollege. Ich wollte Ihnen keinesfalls zu nahe treten.«

»Sind Sie aber.«

»Mann, Treidler, ich habe mich dafür entschuldigt. Was soll ich sonst noch tun? Asche auf mein Haupt streuen?«

»Tun Sie, was Sie nicht lassen können. Solange es Ihr Kram ist, hab ich keinesfalls was dagegen. Ich schnüffle Ihnen auch nicht hinterher.«

»Jetzt machen Sie aber mal einen Punkt. Ich habe Ihnen nicht hinterhergeschnüffelt.« Melchior drehte auf dem Absatz um und ging zu ihrem Platz. Sie zog die Lederjacke aus und schleuderte sie derart heftig auf die Tischplatte, dass die Computertastatur mit einem lauten Poltern herunterfiel und wie an einem Gummiseil weiter am Kabel baumelte. Anstatt sie aufzuheben, trat sie wieder vor Treidlers Schreibtisch. »Was haben Sie da?«, fragte sie und zeigte auf das Dokument mit dem Wappen und den kyrillischen Buchstaben.

»Ein Fax. Hab ich doch schon gesagt«, gab er zurück und versuchte, so beiläufig wie möglich zu klingen.

»Danke, Kollege, fast wäre ich selbst darauf gekommen. Aber ich wollte keine Auskunft der Kategorie Binsenweisheit.« Sie stemmte ihre Fäuste in die Hüften. »Ich warte.«

Immer noch wütend auf seine eigene Unachtsamkeit entgegnete Treidler: »Die Antwort der tadschikischen Botschaft.«

»Ja und?«

»Unser Mann heißt Johann Novak.«

»Das wissen wir bereits.«

Treidler verkniff sich einen Kommentar zum korrigierten W im Nachnamen. »Sie hatten recht. Novak kommt aus einer der ehemaligen Sowjetrepubliken. Jedoch ist er nicht dort geboren.«

»Machen Sie es nicht so spannend, Treidler.«

»Sein Geburtsort ist …«, begann er und kostete einen Augenblick seinen Wissensvorsprung aus, »… wie soll ich sagen … äußerst interessant.«

»Ja …?«

»Er ist in Florheim geboren.«

Statt zumindest etwas verblüfft auf seine Aussage zu reagieren, überraschte ihn Melchior mit einer Feststellung, auf die er selbst schon längst hätte kommen können. »Ja dann, dann muss es auch einen deutschen Registereintrag zu dem Namen geben.«

ZWÖLF

Treidler betrachtete Melchior verstohlen von der Seite, als sie sich auf die Tischplatte ihres Schreibtisches setzte und den Telefonhörer von der Gabel fischte. Nachdem sie gewählt hatte, bat sie Anita Schober, eine Verbindung mit dem Einwohnermeldeamt in Florheim herzustellen. Doch statt auf das Gespräch zu warten, zeigte sich ein enttäuschter Ausdruck auf ihrem Gesicht.

»Im Sekretariat sagen sie, dass es in Florheim kein Einwohnermeldeamt gibt«, wandte sie sich an Treidler, nachdem sie aufgelegt hatte.

»Na, wenn es die Schober sagt, dann wird es wohl so sein.«

»Wieso lassen Sie nicht Ihre blöden Kommentare und sagen mir, wo die Geburtsregister aufbewahrt werden. Oder werden die hier auf dem Land irgendwann einfach weggeworfen?«

»Rathaus.«

»Und woher krieg ich die Nummer?«

»Telefonbuch?« Ihre endlose Fragerei begann ihm schon wieder auf die Nerven zu gehen.

Melchior marschierte um den Schreibtisch herum, startete ihren Computer und hob die Tastatur vom Boden auf. Wenig später nahm sie ihr Mobiltelefon zur Hand und wählte eine Nummer. Auch dieses Gespräch beendete sie viel zu schnell und mit dem gleichen ernüchterten Gesichtsausdruck.

»Was ist?«, fragte Treidler. »Ist das Florheimer Rathaus schon in den Weihnachtsferien?«

»Das nicht. Aber sie geben am Telefon keine Auskunft. Ich soll eine Anfrage per Fax schicken. Oder, falls es schnell gehen muss, persönlich und mit einem Ausweis vorbeikommen.«

»Dann machen wir jetzt genau das.« Er stand von seinem Schreibtisch auf, während Melchior einfach sitzen blieb. »Was ist, Kollegin? Wollen Sie nicht mit?«

Im Gegensatz zu den Tagen zuvor hatte es in der Nacht aufgehört zu schneien. Die Kreisstraße nach Florheim war inzwischen so weit geräumt, dass die morgendliche Sonne ausreichte, um die übrig gebliebene Schneedecke anzutauen. Bald würde das Weiß einem dunkelbraunen Matsch weichen. Im Moment jedoch konnte Treidler am Steuer die gleißende Helligkeit kaum ertragen. Melchior schützte ihre Augen hinter dosendeckelgroßen Brillengläsern, während er versuchte, mit zusammengekniffenen Lidern der Sonne zu trotzen.

Florheim gehörte zu jenen Dörfern im Schwarzwald, die ihre bäuerliche Geschichte nie würden leugnen können. Es gab selten ein Haus, das nicht über ein Nebengebäude mit einem Scheunentor verfügte. Und dies nahm meist die Hälfte der Fassade ein. Doch auch hier lohnte sich der landwirtschaftliche Erwerb kaum noch, und so waren etliche der Scheunen und Ställe ungenutzt. Gleichwohl bewahrten die meisten Gebäude ihren Urzustand. Auf manchen Grundstücken schien die Zeit stehen geblieben zu sein. Traktoren, Arbeitsgeräte und ausgetrocknete Misthaufen würden nur noch einen kleinen Impuls benötigen, um aufs Neue ihre einstige Aufgabe zu erfüllen.

Die beiden Kommissare passierten das Bushaltehäuschen, in dem Novak am Montagmorgen aufgefunden worden war. Die Absperrung war schon lange wieder entfernt worden, und auf den ersten Blick erinnerte kaum etwas an die Mordtat. Nur wer genau hinsah, erkannte die Reste der roten Sprayfarbe auf dem dreckigen Schnee, mit der die Spurensicherung einzelne Bereiche markiert hatte. Obwohl die Temperatur unter dem Gefrierpunkt lag, wartete eine ältere, dunkel gekleidete Frau außerhalb des Wartehäuschens auf den Bus. Wie einen Schutzschild hielt sie ihren fast quadratischen Bastkorb vor sich hin und stierte auf die Sitzbank im Innenraum. Treidler konnte sich gut vorstellen, was der Frau in diesem Augenblick durch den Kopf ging. Und vermutlich nicht nur ihr. Niemand im Ort würde sich so schnell daran gewöhnen, dass an dieser Stelle eine Leiche gefunden worden war.

Zwei Querstraßen weiter brachte er den Mercedes vor einem dreistöckigen, ungewöhnlich großen Gebäude zum Stehen. Treidler stieg aus und zögerte einen Moment. Er konnte sich beim besten Willen nicht vorstellen, dass die Gemeindeverwaltung von

Florheim solch ein Bauwerk für gerade mal achthundert Einwohner benötigte.

Das Gebäude wirkte wie ein Fremdkörper in der Straße. Es war völlig überdimensioniert, und die zitronengelbe Fassade mit den weißen Fensterfriesen stand in scharfem Kontrast zu den eher schmucklosen Bauernhäusern der näheren Umgebung. Die Aufschrift »Rathaus« oberhalb der mächtigen Holztür ließ jedoch jeden Zweifel verfliegen, ob sie vor dem richtigen Haus standen.

Sie betraten das Gebäude über einige Marmorstufen und fanden sich in einem unerwartet großen Vorraum wieder. Es roch nach frischer Farbe. Hie und da zeugten Abdeckplanen und Kreppband davon, dass bis vor Kurzem noch Handwerker gearbeitet hatten. Vor dem Treppenhaus zeigten eine Handvoll Schilder in verschiedene Richtungen. Allerdings trug nur eines eine Aufschrift. »Bürgerbüro« stand in weißen Lettern auf braunem Grund, und der Pfeil wies zur ersten Tür im Vorraum.

An der Tür klebte ein Papierschild. Die hingekritzelten Worte »Bin gleich wieder da« ließen Treidler aufstöhnen.

»Dann warten wir eben, bis jemand da ist«, schlug Melchior mit einem Achselzucken vor.

Treidler drückte die Klinke und lächelte: Wider Erwarten ließ sich die Tür öffnen, und er trat ein. Melchior folgte ihm.

Ein kitschiger Plastikweihnachtsbaum von der Größe einer Topfpflanze blinkte auf dem halbhohen Tresen, der das Zimmer in zwei Bereiche teilte. Einen kleineren Teil für Bürger, die die Dienste der Gemeindeverwaltung in Anspruch nehmen wollten, sowie den größeren mit nur einem Arbeitsplatz vor einer übervollen Regalreihe. Direkt neben dem Schreibtisch aus modernem Ahornholz hingen an bunten Bändern Dutzende rote und weiße Glaskugeln von der Decke. Hinter dem Computerbildschirm saß eine Frau mittleren Alters und löffelte einen Joghurt. Mehr als ein bonbonfarbenes Oberteil konnte Treidler von ihrer Kleidung nicht erkennen. Fast schon geschmacklos empfand er das viel zu auffällig geschminkte Gesicht unter den halblangen blonden Haaren. Am meisten irritierte ihn jedoch das dominante Kirschrot ihrer wulstigen Lippen, das sich an den Fingernägeln wiederholte.

»Morgen«, grüßte Treidler knapp und trat an den Tresen.

»Können Sie denn nicht lesen?«, fuhr ihn die Frau mit einem ärgerlichen Gesichtsausdruck an.

»Doch, aber wir haben es eilig.«

»Das sagen alle …« Unbeeindruckt tauchte sie den Löffel in den Joghurtbecher.

»Aber nur wir sind die Polizei.« Treidler hielt seinen Dienstausweis hoch und versuchte sich an einem Lächeln.

Die Frau ließ augenblicklich den Löffel los, als ob sie sich die Finger daran verbrannt hätte. Mit großen Augen blickte sie zu Treidler. »Ist es … ist es wegen dem Mord?«

»Möglicherweise«, gab er knapp zurück. »Aber vielleicht kommen Sie erst mal näher. Dann müssen wir nicht so schreien.«

»Natürlich.« Schnell stellte sie den Joghurt ab. Der Becher kippte um, und der Inhalt ergoss sich auf die Tischplatte. Wie abwesend blickte sie dem Joghurt nach und stand dann auf, ohne sich weiter um ihr Malheur zu kümmern. Etwas zu umständlich zog sie ihr Kleid glatt und kam schließlich mit kurzen Trippelschritten auf die beiden Kommissare zu.

»Ich bin Hauptkommissar Wolfgang Treidler von der Kriminalpolizei Rottweil«, begann er. »Und das ist meine Kollegin Carina Melchior. Wir –«

»Welchen Dienstgrad hat Ihre Kollegin?«, unterbrach ihn die Frau und klimperte ein paarmal mit den Augenlidern.

»Was?« Treidler blickte sie verwirrt an.

»Sie haben mir nur *Ihren* Dienstgrad genannt«, gab sie mit einem unschuldigen Gesichtsausdruck zurück. »Aber nicht den Ihrer Kollegin.«

»Ich bin Hauptkommissar«, erklärte Melchior.

»Und wie ist Ihr Name, Frau …«, fragte Treidler

»… Markwart. MM.«

»MM?« Treidler hob die Augenbrauen.

»MM – ja. Martina Markwart. Mein Kurzzeichen, wie der Sekt.« Sie kicherte, verstummte jedoch jäh, als sie bemerkte, dass weder Treidler noch Melchior auf die Anspielung reagierten.

»Gut, Frau Markwart …«

»Sie ist auch Hauptkommissar?«, unterbrach Markwart ihn ein

weiteres Mal und schaute zwischen den beiden Kommissaren hin und her. »Und wer hat das Sagen?«

»Ich«, gab Treidler knapp zurück und setzte einen finsteren Blick auf. Wenn das so weiterging, würde ihn die Frau noch um den Verstand bringen.

»Und ich auch.« Melchior verzog den Mund zu einem Lächeln.

»Sie natürlich ein bisschen mehr«, fügte Treidler mit einem Seitenblick auf Melchior hinzu. Dann schaute er wieder zu Markwart. »Haben wir jetzt alles geklärt und können fortfahren? Oder wollen Sie noch den Ausweis meiner Kollegin sehen?«

Sie schüttelte den Kopf.

»Gut. Dann steht unserer Anfrage ja nichts mehr im Wege.« Treidler musterte die Frau kritisch. Als er den Eindruck hatte, dass sie ihn nicht nochmals unterbrechen würde, fuhr er fort: »Wir wollen einen Auszug aus den Geburtsregistern. Welche Angaben benötigen Sie dafür?«

»Geburtsjahr und Name«, erklärte Markwart in geschäftsmäßigem Tonfall.

»Novak, Johann Novak. Der Mann ist am 12. Dezember 1923 geboren.«

»Hier in Florheim?«

»Nein, in Buxtehude!«, rief Treidler aus. »Natürlich hier in Florheim. Wären wir sonst wohl hier?«

»Das ist kein Grund, so zu schreien«, entgegnete sie in beleidigtem Tonfall.

»Nein, natürlich nicht«, gab Treidler zurück. Gerade noch konnte er sich die Frage verkneifen, ob sie mit Geburtsnamen Schober hieß. Mit Ausnahme der Körperfülle erinnerte ihn so gut wie alles an die Schreibkraft aus dem Sekretariat.

»Welches Jahr sagten Sie noch mal?«, fragte Markwart ohne ihn anzuschauen.

»Neun-zehn-hun-dert-drei-und-zwan…«, antwortete Melchior.

»Die sind unten im Archiv«, kam Markwarts Antwort wie aus der Pistole geschossen.

Treidler atmete hörbar aus und wollte schon einen bissigen

Kommentar abgeben. Melchior kam ihm zuvor. »Dann lassen Sie uns doch einfach zusammen ins Archiv gehen.«

Die beiden folgten Martina Markwart durch den Vorraum und über das riesige Treppenhaus ins Untergeschoss. Treidler konnte sich des Eindrucks nicht erwehren, dass entweder die Handwerker noch nicht bis hierher gekommen waren, oder die Gemeinde nicht über genügend finanzielle Mittel verfügte, um auch dieses Stockwerk zu renovieren. Der Fußboden bestand aus blankem Betonestrich, und an vielen Stellen bröckelte der Putz von den Wänden. Zwei nackte Glühbirnen an der ebenfalls unverputzten Decke verströmten ein schummriges Licht, das kaum fünf Meter weit reichte. Rechts und links gingen Türen ab, die allesamt eine unansehnliche graue Farbschicht bedeckte. Nur wenige davon sahen aus, als wären sie die letzten Monate geöffnet worden.

Als Treidler schon nicht mehr daran glaubte, das Archiv hier unten zu finden, drückte Marktwart die vorletzte Tür auf der rechten Seite auf. Modriger Geruch schlug ihnen entgegen. Sie tastete nach dem Lichtschalter, und sogleich blinzelte eine Reihe Neonröhren auf, die alles und jeden in ein gleißendes Licht tauchte. Nach der schummrigen Beleuchtung im Flur war die Helligkeit fast unerträglich. Treidler benötigte einige Momente, um den zehn mal zehn Meter großen Raum vollständig zu erfassen.

Neben einem kleineren Tisch an der Tür erstreckten sich etwa ein Dutzend Regalreihen, in deren Fächern sich zahllose Ordner und Pappkartons türmten. Staub und Schmutz bedeckten den Fußboden, der wie im Flur aus blankem Beton bestand. Als Treidler genauer hinsah, konnte er zwischen den Regalreihen grünliche Stockflecke auf den spärlich bemalten Wänden ausmachen. Zweifelsohne verursachte der Schimmel den penetranten Modergeruch. Zu dem Mief gesellte sich eine eisige Kälte. Der Kellerraum wirkte abstoßend. Niemand würde sich hier freiwillig länger als notwendig aufhalten.

»Sie müssen wissen, wir haben nicht genügend Geld, um hier unten ein Klimagerät zu installieren. Obwohl es die Landesvorschrift verlangt.« Markwart schien der Zustand des Archivs peinlich.

»Frau Markwart«, begann Melchior, »uns interessiert Ihre Landesvorschrift nicht im Geringsten. Von mir aus können alle Ihre Kellerräume so aussehen wie dieser hier. Wir benötigen nur den Registerauszug eines Johann Novak aus dem Jahre 1923.«

»Das ist nicht so einfach.«

»Das war ja nicht anders zu erwarten.« Treidler schüttelte missmutig den Kopf.

Markwart blickte ihn vorwurfsvoll an, konnte sich aber offenbar gerade noch einen Kommentar verkneifen.

»Dort auf der linken Seite lagern in den Kartons die ganz alten Register. Seit sechzehnhundert- oder siebzehnhundert-irgendwas. Das sind die frühesten Eintragungen, die wir haben. Die nächste Regalreihe beginnt mit dem Jahr 1800 oder später. So genau weiß das niemand hier. Das zwanzigste Jahrhundert sollte in der vierten Regalreihe, etwa im hinteren Drittel, beginnen. Vielleicht starten Sie dort mit Ihrer Suche. Erst ab dem Jahr 1960 werden die Register oben aufbewahrt.«

Treidler wechselte einen raschen Blick mit Melchior. Er konnte im ersten Moment nicht glauben, was die gute Frau Markwart mit den kirschroten Lippen in einem kleinen Nebensatz erwähnt hatte: Sollten sie *selbst* in diesem verfluchten Keller nach den Registerauszügen suchen?

»Was ist?«, fragte Markwart mit einem unschuldigen Blick. »Ich muss nach oben. Das Bürgerbüro darf nicht unbesetzt sein.«

Im Gegensatz zu ihr war sich Treidler sicher, dass es niemandem auffiel, wenn der Zettel an der Tür des Bürgerbüros noch ein paar Minuten länger hing. Doch er behielt seine Meinung für sich und beließ es bei einem eisigen Blick.

»Sie können auch eine Anfrage auf dem offiziellen Amtsweg stellen«, sagte Markwart säuerlich, als ob sie Treidlers unausgesprochenen Vorwurf erraten hätte. »Anfragen bearbeite ich, sobald wir genügend Zeit haben. Nach den Weihnachtsferien.«

Treidler konnte sich nicht vorstellen, dass fehlende Zeit im Rathaus von Florheim ein größeres Problem darstellte. Aber falls sie heute noch die Geburtsregister des Dorfes einsehen wollten, mussten sie selbst Hand anlegen. Ergeben hob er die Augenbrauen und nickte Melchior zu.

Als ob Markwart nur darauf gewartet hatte, trat sie auf den Gang und ließ die Tür von außen in das Schloss fallen. Fast schien es, als ob durch die geschlossene Tür die Raumtemperatur noch weiter sank. In ihrer Lederjacke zitterte Melchior am ganzen Körper. Sie schloss die Knopfreihe bis hoch zum Kragen und schüttelte sich. Treidler sah die weißen Wölkchen, wenn sie ausatmete. Auch er bekam allmählich klamme Hände und versuchte, sie mit seinem Atem zu wärmen.

»Verdammte Kälte.« Melchior machte sich daran, die Pappkartons in den Regalreihen zu begutachten.

Er folgte ihr widerwillig. Spätestens jetzt bereute er, Melchior in das Rathaus nach Florheim begleitet zu haben.

Gegen alle Erwartung fanden sie schnell die Stelle, an der die Registerauszüge des zwanzigsten Jahrhunderts aufbewahrt wurden. Das Ablagesystem war leicht zu durchschauen. Jedes Jahr bestand aus einer bestimmten Anzahl von Kartons. Zwar fehlten Etiketten, allerdings standen die Kartons innerhalb eines Regalfaches chronologisch sortiert. In ihnen wiederum stapelten sich die Aktenhefter der einzelnen Monate, beginnend mit dem Januar. Manche Monate umfassten mehrere Hefter, für andere waren gar keine Hefter angelegt worden. Treidler nahm an, dass es zu diesen Monaten keine Änderungen in den Registern des Standesamtes gegeben hatte. Neben den chronologischen Eintragungen lagerten in den Regalen einige mit ›STAMM‹ gekennzeichnete Kartons. Sie enthielten die Stammrollen der Personen, die im jeweiligen Jahr geboren worden waren. Und um die zugehörige Stammrolle zu finden, benötigten sie lediglich die Ranglistennummer aus dem Geburtsregister.

Melchior fand den Karton für das Jahr 1923 und arbeitete sich bis zum Dezember vor. Sie zog die entsprechende Mappe heraus und hielt sie triumphierend hoch.

Jede der Registerseiten bestand aus vier Abschnitten. Jeweils einer für Geburt, Taufe, Heirat und Tod. Für den zwölften Tag des Monats gab es in der Abteilung für Geburten nur einen Vermerk, der in altdeutscher Schrift verfasst war. Sie benötigten etwas länger, um die verschlungenen Buchstaben zu entziffern:

Johann Eugen Novak, in Florheim
Rangliste: 127/1923
Sohn des Eugen Friedrich Novak, geb. 13. März 1898 in Florheim, Bauer und Metzger, katholischen Glaubens
Rangliste: 47/1898
Sohn der Martha Hedwig Novak, geb. am 3. Mai 1902 in Florheim als Martha Hedwig Rottler, Hausfrau, katholischen Glaubens
Rangliste: 66/1902

Die Angaben in Novaks tadschikischer Propiska schienen also zumindest in Bezug auf Geburtstag und -ort mit den deutschen Registereintragungen übereinzustimmen. Der Tote mit dem sowjetischen Inlandspass war im Dezember 1923 in Florheim geboren.

Treidler stieß einen leisen Pfiff aus und notierte sich Johann Novaks Ranglistennummer und die seiner Eltern. Er legte die Mappe zurück und schob den Pappkarton wieder nach hinten. Jetzt fehlte nur noch seine Stammrolle mit der Nummer 127/1923. Melchior entdeckte das Dokument in einem der nächsten Kartons. Und die blass gewordene Tinte darauf verkündete Ungeheuerliches.

***

Als kleiner Junge hast du die Wochenenden im Benthaler Kloster geliebt, aber nun fürchtest du sie. Denn am Wochenende haben die Mönche Aufsicht und nicht die Lehrer.

Jeden Samstagabend beaufsichtigt der dicke Bruder Geronimus das Duschen der Schüler, die noch im Internat sind. Wie aus dem Nichts kriecht schon vormittags eine beklemmende Angst in dir hoch und breitet sich den Tag über weiter aus, bis sie jede Faser deines Körpers eingenommen hat. Am Abend gehst du deinem Martyrium entgegen. Eine dunkle Steintreppe führt hinunter in den Keller, vorbei an stinkenden Klokabinen, zu einem Bereich mit zwei Reihen Waschbecken in der Mitte. Gräuliche Fliesen bedecken Boden und Wände bis hoch zur Decke. Es gibt keine Fenster, und trotz zweier riesenhafter Heizkörper herrscht auch im Sommer nur wenig mehr als Kühlschranktemperatur. Neben dem Waschraum liegt der Umkleideraum für die Duschen. Völlig verwitterte Holzbänke stehen in Reih und Glied vor grünlichen Schränken, deren Türen verschlossen sind. Es gibt weder Haken noch Ablageflächen. Und wenn du beim Ausziehen deine Kleidung oder das Handtuch nicht ständig festhältst, landet alles auf dem nassen, dreckigen Boden. An die Umkleide schließt sich der Duschsaal mit zwei Dutzend Brausen an. Auch in diesem Raum reichen die gräulichen Fliesen bis hoch zur Decke. Durch die Feuchtigkeit löst sich von dort der Putz in großen Fladen ab, vermischt sich mit dem Duschwasser und verstopft die Abflüsse.

Der Duschsaal ist nur über einen Durchgang zu erreichen, der keine Tür hat. Direkt auf der Schwelle, auf einem roten Plastik-Klappstuhl, sitzt Bruder Geronimus. Seine leuchtend blauen Augen, mit denen er alles um sich herum aufzusaugen scheint, wirst du nie vergessen. Seine enorme Leibesfülle nimmt nahezu den gesamten Türrahmen ein, sodass es unmöglich ist, an ihm vorbeizukommen, ohne ihn dabei zu berühren. Zugleich kann er von dieser Position aus den ganzen Duschsaal überblicken.

Naiv, wie du bist, denkst du zuerst, dass das alles so sein muss. Schließlich will Geronimus nur, dass niemand Schweinereien im Duschsaal anstellt. Das jedenfalls sagt er immer. Nur seine Reinlichkeitskontrolle kommt dir eigenartig vor. Denn ohne nachzuschauen, ob man sich sauber gewaschen hat, lässt der dicke Mönch niemanden zurück in den Umkleideraum. Mit jedem Mal findest du seine Berührungen unangenehmer. Doch du hast keine Chance, ihnen zu entkommen. Er ist so dick und so stark, dass er nur eine Hand braucht, um dich festzuhalten. Und dann spürst du die dicken Finger seiner anderen Hand zwischen deinen Schenkeln.

Eines Tages nimmst du allen Mut zusammen. Du schlägst mit der flachen Hand zu und triffst Bruder Geronimus mitten ins Gesicht. Die Anerkennung der anderen im Duschsaal ist dir für einen Moment gewiss. Doch du hättest es besser nicht tun sollen.

Bruder Geronimus zieht dich hinunter auf seinen Schoß, greift sich den Abspritzschlauch vom Boden und schlägt damit minutenlang auf dein entblößtes Gesäß. Zuerst flehst du ihn an aufzuhören, aber bald schon schreist du wie am Spieß. Schließlich hast du nicht einmal mehr Kraft, um zu schreien und wimmerst leise vor dich hin. Unermüdlich teilt Geronimus weiter Schläge aus. Erst als du blutest, hält er inne und wirft dich auf den Boden. Seit diesem Tag lässt du die Berührungen geschehen. Du schließt die Augen, während du dich an ihm vorbeizwängst, um den Umkleideraum zu erreichen. Und wartest einfach, bis alles vorbei ist.

Es gibt Tage, an denen fragst du dich, wer dich aus dieser Hölle befreien soll. Es dauert lange, sehr lange, bist du erkennst, dass niemand kommen wird. Und an allem hat nur deine verfluchte Schwester Schuld. Doch es ist zu spät. Du hättest es viel früher tun sollen. Am besten noch, bevor der krabbelnde Quälgeist geboren wurde.

DREIZEHN

Johann Novak war am 17. Februar 1956 gestorben. So jedenfalls stand es in seiner Stammrolle.

»Was soll das?«, hörte Treidler Melchiors überraschte Stimme, bevor er den Registereintrag ganz erfasst hatte.

Er riss seinen Blick von dem Dokument los. »Was schauen Sie mich so an?«, gab er mit einem Schulterzucken zurück. »Mich wundert bei diesem Fall schon lange nichts mehr. Es ist wie bei einer Fata Morgana. Kaum denkt man, der Lösung ein Stück näher gekommen zu sein, stellt sich heraus, dass alle bisherigen Ermittlungsergebnisse nur Trugbilder sind.«

»Hier fehlt der Ort«, rief Melchior aus.

»Welcher Ort?«

»Der Ort, an dem Novak gestorben sein soll. In der Regel wird dies in der Stammrolle neben dem Todesdatum vermerkt. Und hier steht nichts.« Melchior tippte mit dem Zeigefinger auf die leere Zeile unterhalb seines Registereintrages.

Treidler dachte für einen Moment darüber nach, warum der Todesort fehlen könnte. Doch schon allein die Tatsache, dass ihre Leiche vom Montag seit über fünfzig Jahren tot sein sollte, hemmte jeden vernünftigen Gedanken. »Haben Sie noch die Telefonnummer vom Rathaus hier?«

»Wieso?« Melchior hob erstaunt den Kopf.

»Sie können auch gern hoch zu der Wuchtbrumme laufen und sie fragen, warum hier kein Todesort eingetragen ist.« Er verzog sein Gesicht zu einer Grimasse. »Also, was ist – wissen Sie die Nummer nun oder nicht?«

»Mein Telefon hat eine Wahlwiederholung.«

»Gut. Rufen Sie an.«

»Glauben Sie nicht, dass es besser wäre, wenn Sie sich mal ein eigenes Handy besorgen?«

»Ich habe ein eigenes.«

»Sieht aber nicht so aus. Wo ist es denn?«

»Zu Hause.«

Melchior quittierte seine Antwort mit einem Kopfschütteln. Sie drückte die Taste für die Wahlwiederholung und reichte das Telefon weiter.

»Jetzt, Frau Markwart«, begann Treidler, als am anderen Ende nach dem dritten Klingeln abgehoben wurde. »Wir sind's, die Kommissare aus Ihrem Keller.« Aus den Augenwinkeln erkannte er, wie sich Melchior das Lachen nur schwer verkneifen konnte.

Aus dem Handy schlug ihm Schweigen entgegen, und er entschloss sich weiterzureden, bevor Martina Markwart ihre Überraschung überwunden hatte. »Wir benötigen Hilfe. Erlaubt es Ihre Zeit, uns hier unten ein paar Fragen zu beantworten?« Treidler interpretierte das Grunzen am anderen Ende der Leitung als ein »Ja« und beendete das Gespräch, ehe sie es sich anders überlegen konnte.

Es dauerte nicht lange, bis er auf der Treppe und anschließend im Gang Schritte vernahm. Wenig später stand Markwart mit unübersehbar gereiztem Gesichtsausdruck in der Tür. Nur ihr schneller Atem hielt sie davon ab, die beiden Kommissare sofort anzufahren.

»Danke, dass Sie nochmals Ihre kostbare Zeit für uns opfern.« Mit einer nun seinerseits aufgesetzten Unschuldsmiene kam Treidler allen Vorwürfen Markwarts zuvor. »Aber wir können uns keinen Reim darauf machen, warum bei dieser Eintragung hier die Angabe des Todesortes fehlt.«

»Das hätten Sie mich auch am Telefon fragen können«, polterte sie, nachdem ihr Blick ein paarmal zwischen ihm, Melchior und der Stammrolle hin- und hergewandert war.

»Ja, hätte ich«, entgegnete Treidler mit liebenswürdiger Stimme und fügte dann mit scharfem Tonfall hinzu: »Hab ich aber nicht. Also, wie sieht es aus? Warum steht hier kein Todesort?«

Markwart schrak zusammen. »Man wird es damals halt nicht gewusst haben.«

»Man wird es damals halt nicht gewusst haben?«, wiederholte Treidler. »Geht das auch etwas genauer?« Nicht mehr lange, und er würde der Frau an den Hals springen und die Antworten aus ihr herauswürgen.

»Wenn Sie darauf bestehen, Herr Hauptkommissar.« Sie hob

die Achseln. »Die Angaben zum Tod einer Person stammen in der Regel aus dem Totenschein. Sofern dort nicht steht, wo derjenige verstorben ist, fehlt dies natürlich auch in seiner Stammrolle.«

»Natürlich«, kommentierte Treidler spöttisch.

»Und das ist im Grunde nur dann der Fall, wenn die Person für tot erklärt wurde, obwohl es keine Leiche gibt.«

»Für tot erklärt?«, echote Melchior. »Das kann doch frühestens geschehen, wenn jemand schon fünf Jahre vermisst oder verschollen war.«

»Zehn Jahre«, verbesserte Markwart. »Sie müssen wissen, eine offizielle Todeserklärung ist Voraussetzung für viele Amtshandlungen und, ganz nebenbei, auch für einige Versicherungsleistungen. Wann die Todeserklärung ausgestellt wird, hängt ausschließlich von den Umständen ab, unter denen die Person verschwand. Ein Verschollener, mit dem wir es hier gewiss zu tun haben, kann erst nach zehn Jahren für tot erklärt werden.« Sie machte eine kleine Pause und fragte dann: »Welches Todesdatum ist denn in seiner Stammrolle eingetragen?«

»Irgendwann im Februar 1956«, erwiderte Treidler.

»Dann gilt die Person seit 1945 oder früher als vermisst. Genauer kann man das nicht sagen, die Frist beginnt erst mit dem Jahresende. Daran schließt sich noch eine mindestens sechswöchige Aufgebotsfrist an.« Sie setzte ab und schien kurz nachzudenken. »Wenn Sie mich fragen, handelt es sich um einen Soldaten, der nicht aus dem Krieg zurückgekommen ist. Seine Angehörigen haben ihn zehn Jahre später für tot erklären lassen. Da gibt es bei uns einige Fälle.« Sie reckte das Kinn. »War's das?«

Treidler nickte, und Markwart entschwand so schnell, wie sie gekommen war.

»Für tot erklärt«, murmelte er vor sich hin.

»Und falls er kein Soldat war?«, fragte Melchior.

»Kein Soldat?«

»Ich meine, wenn er aus einem anderen Grund vermisst wurde. Nicht jeder, der um 1945 vermisst wurde, muss zwingend auf den Krieg zurückzuführen sein.«

»Und wie wollen Sie das herausfinden?«

Melchior hob die Achseln. »Das weiß ich selbst noch nicht.«

»Aber ich vielleicht«, rief Treidler aus. »Seit 1945 oder früher, hat die Markwart gesagt, sei er vermisst worden?«

Melchior nickte. »Auf was wollen Sie hinaus?«

»Wenn Novak erst nach Kriegsende als vermisst gemeldet wurde, hätten wir eine reelle Chance, Aufzeichnungen darüber zu finden.«

»Wer soll die damals verfasst haben?«

»Die französischen Truppen haben irgendwann im April 1945 die Gegend um Rottweil besetzt.« Er fuhr sich über das unrasierte Kinn. »Florheim gehörte zur französischen Besatzungszone. Und die Franzosen haben in jedem noch so winzigen Dorf eine kleine Einheit Militärpolizei als Ordnungshüter zurückgelassen.«

»Und die haben Berichte geschrieben«, vervollständigte Melchior seinen Gedanken.

»Richtig«, sagte Treidler. »Allerdings könnten die Franzosen ihre Papiere genauso gut mitgenommen, vernichtet oder nach Freudenstadt gebracht haben. Dort war damals der Sitz der französischen Militärregierung.«

Melchior begann zu schmunzeln.

»Was ist daran so lustig?«, fragte Treidler.

»Vielleicht nichts. Aber ich habe vorhin schon französische Dokumente gesehen.«

»Wo?«

»Da vorne in den Pappkartons der letzten Regalreihe.«

Treidler rieb sich die Hände. »Dann mal los, Frau Kollegin. Am besten, wir beginnen mit genau diesen Kartons. Wenn es bei Johann Novaks Todeserklärung schon keine Leiche gab, finden wir vielleicht eine Spur von ihm in den Hinterlassenschaften der französischen Militärpolizei.«

»Da gibt es nur ein kleines Problem«, sagte Melchior mit zerknirschter Miene.

»Welches?«

»Ich kann nur ein paar Worte Französisch.«

»Das macht nichts«, entgegnete Treidler und lächelte. »Sie sind für das Russische zuständig – ich für das Französische. Mal schauen, was ich nach neun Jahren Schulfranzösisch noch so draufhabe.«

Freilich dauerte es eine kleine Ewigkeit, bis Treidler und Melchior mit dem Ablagesystem der französischen Militärpolizei zurechtkamen. Sie mussten sich durch eingerissene Unterlagen wälzen, deren einzige Daseinsberechtigung das Konservieren von Staub zu sein schien. Die ausgebleichte Schrift auf dem vergilbten Papier zu entziffern, stellte Treidler vor eine ungleich größere Herausforderung als die Übersetzung der französischen Wörter. Immerhin hatten die Militärpolizisten eine Schreibmaschine mit lateinischen Buchstaben benutzt. So entfiel zumindest das leidige Rätseln um die altdeutschen Lettern.

Für das Jahr 1945 förderten sie schließlich zwei oder drei Dutzend Aktenhefter zutage, deren frühester Eintrag tatsächlich aus dem April stammte. Meist befassten sich die Papiere mit der Gefangennahme versprengter Wehrmachtssoldaten oder lokaler Nazi-Größen sowie Waffenfunden.

Als Treidler schon nicht mehr daran glaubte, etwas zu finden, das sie weiterbringen könnte, fielen ihm zwei fast identische Dokumente auf. Im ersten Augenblick dachte er, dass es sich um ein Original mit zugehörigem Durchschlag handelte. Dann erkannte er, dass sich das Datum auf den Papieren unterschied. Aber es waren die Worte »pièce de monnaie en argent«, die ihn schließlich davon überzeugten, dass die Berichte mit ihrem Fall in Verbindung standen.

Er rief Melchior zu sich und fasste den Inhalt, so gut er konnte, für sie zusammen. »Hier steht, dass am 12. und einen Tag später, am 13. Juli, zwei junge Männer aus Florheim tot aufgefunden wurden: Manfred Kopfler und Egon Barreis. Beides Zivilisten, und beide kamen durch einen Kopfschuss zu Tode.« Er konnte förmlich sehen, wie Melchior versuchte, die Informationen einzuordnen. »Interessant ist allerdings, dass die Leichen neben dem Kopfschuss noch eine weitere Gemeinsamkeit aufwiesen: eine silberne Münze im Mund.«

»Treffer.« Melchior schnalzte mit der Zunge. »Gab es danach Ermittlungen der Militärpolizei?«

Treidler blätterte die Seiten nochmals durch. »Nein, die Leichen wurden noch am gleichen Tag den Familien übergeben.«

»Ich notiere mir die Namen der beiden. Vielleicht lebt noch jemand aus den Familien.«

»Das wird nicht nötig sein. Wir nehmen den ganzen Aktenordner mit, und zwar im Original.« Er rollte die Mappe zusammen und steckte sie in die Manteltasche. »Zwei tote Männer, etwa genauso alt wie Novak damals gewesen sein muss. Und er selbst verschwindet ungefähr zur gleichen Zeit. Das wäre schon ein, wie soll ich sagen ... ein unverschämter Zufall.«

»Und an solche Zufälle glaube ich nicht.«

»Ich auch nicht. Aber wenn Sie etwas aufschreiben wollen, dann die Namen von Novaks Familienmitgliedern. Brüder, Schwestern und so weiter. Die finden wir über die Stammrollen der Eltern. Hier sind die Nummern.« Er reicht ihr den Zettel mit den Ranglistennummern, die er sich vorhin notiert hatte.

Während Melchior die Stammrollen von Novaks Eltern ausfindig machte, warf Treidler erneut einen Blick in den Aktenhefter der französischen Militärpolizei. Doch bald musste er sich eingestehen, dass sein Schulfranzösisch nicht ausreichte, um alle Details zu erfassen. Er musste die Berichte übersetzen lassen.

Als Melchior wieder auftauchte, wedelte sie mit einem Zettel. »Beide Eltern sind tot – schon seit 1946. Vermutlich ein Unfall, denn es ist das gleiche Todesdatum und Oppenau als Todesort eingetragen. Aber Johann Novak hatte einen Bruder, und wir haben Glück. Laut Stammrolle lebt er noch. Sein Name ist Anton Novak. Hier ist seine Adresse; er wohnt wohl nach wie vor in Florheim.«

»Dann muss er es gewesen sein, der ihn damals für tot erklären ließ«, sagte Treidler.

»Wie kommen Sie darauf?«

Er zuckte mit den Schultern. »Wenn das Datum von Johann Novaks Todeserklärung nach dem Tod seiner Eltern liegt, bleibt dafür nur noch der Bruder übrig.«

Melchior nickte. »Dann wird es höchste Zeit, dass wir dem alten Herrn einen Besuch abstatten: Köhlerweg 8.«

Das bäuerliche Anwesen mit der Nummer 8 am steilen Köhlerweg unterschied sich kaum von den Nachbarhäusern. Es wirkte etwas größer als die anderen und bedurfte einer Renovierung. Stellenweise blätterte der Putz von den Wänden, und die ehemals dunklen Balken des Fachwerkes waren von Wind und Wetter ausgebleicht. Die Farbe der Fensterläden, Tore und Verkleidungen ließ sich nur erahnen. Auf dem Dach türmten sich die Schneemassen derart, dass die nächste Dachlawine nur eine Frage der Zeit war. Die Äste der Bäume im Vorgarten bogen sich unter der außergewöhnlichen Schneelast, die dieser Winter bisher zurückgelassen hatte.

Treidler überlegte einen Moment, ob er wenden sollte, um den Mercedes den Berg hinunterrollen zu lassen, falls der nachher nicht anspringen wollte. Doch auf der anderen Straßenseite lag der Schnee halbhoch, und so fand sich keine Möglichkeit, das Auto abzustellen. Kurzerhand steuerte er mit den rechten Rädern in eine schmale Einbuchtung neben dem Vorgarten und stellte den Mercedes nach wenigen Metern ab. Das Heck ragte zwar in die Straße hinein, doch er war sich sicher, dass er den Mercedes notfalls auch im Rückwärtsgang zum Laufen bringen würde. Und falls alle Stricke rissen, war da immer noch Melchior, die das Fahrzeug anschieben konnte. Er hatte Mühe, ein Schmunzeln zu unterdrücken, als er sich Melchior vorstellte, wie sie mit ihren Halbschuhen den Mercedes aus dem Schnee schob.

Der Köhlerweg verfügte weder über einen Gehsteig noch über ein Bankett. Direkt von der Straße führte ein schmaler, von kahlen Büschen und Gestrüpp gesäumter Weg zur Eingangstür. Früher einmal sollte das Gartentor vermutlich fremde Besucher vom Zutritt auf das Grundstück abhalten. Jetzt jedoch hingen die verwitterten Holzlatten schräg an den Angeln. Es sah aus, als ob das Gatter jahrelang nicht benutzt worden war. Auch für den Schnee dahinter fühlte sich offensichtlich niemand verantwortlich; der Höhe nach zu urteilen, schon seit Tagen nicht. Doch obwohl es auf den ersten Blick nicht den Anschein hatte, wohnte in dem Anwesen jemand. Durch die Seitenscheibe seines Mercedes konnte Treidler im knöcheltiefen Schnee Fußspuren ausmachen, die bis zur Tür und zurück führten.

Als er aussteigen wollte, sah er aus den Augenwinkeln, dass Melchior in einer dunkelblauen Plastiktüte kramte. Darauf prangte in goldenen Lettern ein bekanntes Modelabel, das er schon allein wegen der hohen Preise mied.

»Was haben Sie da?«, fragte er und versuchte, einen Blick auf den Inhalt zu erhaschen. Er konnte sich nicht daran erinnern, die Tüte gesehen zu haben, als sie vorhin ins Auto gestiegen war.

Statt einer Antwort förderte Melchior ein Paar dunkelbraune Wildlederstiefel zutage.

»Sind die neu?« Treidler schaute ihr zu, wie sie die Stiefel hin und her drehte und sie dabei kritisch beäugte.

»Wie finden Sie die?«

Er zuckte mit den Schultern. »Ehrlich gesagt, sind mir Ihre Schuhe herzlich egal. Hauptsache, Sie sind bald mit dem Anziehen fertig.«

»Hab ich nicht anders erwartet.« Melchior öffnete die Schnürsenkel ihrer Halbschuhe und zog sie aus. »Wissen Sie eigentlich, warum Pandabären Handstand machen, wenn sie pinkeln?«

»Nein.« Treidler warf einen Blick auf seine Armbanduhr.

»Aber ich. Ich hab's nachgeschlagen …«, fuhr sie fort und zog den ersten Stiefel über.

»Und?«

»Sie machen sich damit größer, als sie sind.«

»Ach ja?«, gab er zurück.

»Das ist so ein Brunftritual …«

»Was Sie nicht sagen …« Betont gelangweilt inspizierte er seine Fingernägel.

»… bei männlichen Tieren.«

Treidler verzog die Mundwinkel zu einem schiefen Lächeln. Immerhin war er es gewesen, der zuerst von pinkelnden Pandabären im Handstand erzählt hatte.

Inzwischen hatte Melchior auch ihren zweiten Stiefel zugeschnürt. Sie strich sich eine widerspenstige Strähne hinter das Ohr und lächelte ihn zuckersüß an. »Ich bin dann so weit.«

Sie stiegen aus, nicht ohne dass Treidler dies mit einem launischen »Endlich« kommentierte. Er stapfte im knöcheltiefen Schnee voraus, während Melchior dicht hinter ihm folgte. Aus den Augenwinkeln erkannte er, dass sie stets darauf achtete, in seine Fußspuren zu treten.

An der Haustür gab es keine Klingel. Treidler machte sich mit der Faust bemerkbar, zuerst vorsichtig, dann – als Dachlawinen ausblieben – um einiges kräftiger. Obwohl das Türblatt im Rahmen wackelte und einen unüberhörbaren Krach verursachte, kam keine Antwort. »Hallo, ist jemand zu Hause?«, rief er schließlich und hämmerte erneut mit den Fäusten auf die Tür ein.

»Wer isch do?«, krächzte die Stimme eines älteren Mannes aus dem Innern.

»Kriminalpolizei Rottweil«, kam Melchior Treidler zuvor. »Bitte öffnen Sie die Tür. Wir müssen etwas mit Ihnen bereden.«

»An Scheißdregg werd e!«, schnarrte es durch die verschlossene Tür.

»Was?« Melchior benötigte einen Moment, um ihre Verwirrung zu überwinden. »Falls Sie uns nicht die Tür öffnen, müssen wir Sie vorladen, Herr Novak.«

»Ganged zom Deifl!« In der Stimme schwang mehr Sturheit denn Gleichgültigkeit mit.

»Was hat er gesagt?« Melchior blickte Treidler völlig perplex an.

»So was Ähnliches wie der Russe in Stuttgart.«

»Ich glaube, der Mann hat einige Vorbehalte gegen uns.«

»Was Sie nicht sagen.« Treidler schüttelte den Kopf und fluchte leise vor sich hin. Richtung Tür brüllte er dann: »Verflucht noch mal, sind Sie taub? Hier ist die Polizei aus Rottweil. Und wenn Sie die Tür nicht in zehn Sekunden aufmachen, trete ich sie ein. Ist das bei Ihnen angekommen?«

Erneut herrschte absolute Stille. Treidler rechnete schon damit, dass seine Drohung keine Wirkung zeigte, als unerwartet ein leises Klappern aus dem Haus drang. Dann schlurften Schritte über Holzdielen und jemand machte sich am Schloss zu schaffen. Einen Moment später ging die Tür auf. Sogleich schlug Treidler der Geruch von Alter und Krankheit entgegen. Es roch nach Medizin, Desinfektionsmitteln und Kräutern, die er nicht einordnen konnte.

Er blickte in das von Runzeln und Falten übersäte Gesicht eines Mannes um die achtzig, dessen Kinn und Nase weit hervorstanden. Zwei hellgraue Augen, die tief in den Höhlen lagen, musterten ihn geringschätzig. Nur wenige graue Strähnen bedeckten die Halbglatze des Mannes. Wie einzelne Bündel hing der Rest seiner Haare auf beiden Seiten bis fast zur Schulter. Anton Novak trug über seinem braun-beigefarbenen Rollkragenpullover voll heller Tierhaare einen dunkelblauen Kittel. Flecken in allen Formen und Farben zeugten davon, dass er die Schürze schon seit Tagen tragen musste. Nahezu übergangslos pflanzten sich einige hellgraue Dreckspritzer auf der schwarzen Arbeitshose fort, die er darunter trug. Barfuß, in verschlissenen Filzpantoffeln stand der Mann leicht nach vorn gebeugt. Mit Fingern dick wie Bockwürste umschloss seine schaufelartige Pranke den Griff eines Weidenstocks, der sich unter seinem Gewicht verbog. Treidler schob die groben Hände auf die jahrelange schwere Arbeit auf dem Hof. Trotz der schiefen Körperhaltung umgab Anton Novak etwas Starkes, Standhaftes, als ob ihn nichts erschüttern könnte. In seinem Gesicht zeigte sich eine Mischung von Argwohn und Unwillen. Und für einen Augenblick dachte Treidler darüber nach, ob er sich für seine Drohung entschuldigen sollte.

»Was isch? Kann ich nit mol in Ruh a Bier trinka, ohne dass d'Polizei Türa ei'tritt?«, polterte der alte Mann los. Treidler verwarf sofort jeden Gedanken an eine Entschuldigung.

»Herr Novak, Anton Novak?« Melchior versuchte, ihn mit einer Handbewegung zu beruhigen. »Dürfen wir reinkommen?«

»Nein.« Seine knappe Antwort ließ keinen Spielraum für Interpretation.

Melchior hob die Augenbrauen. »Es wäre aber besser …«

»Nein!«

»Wenn Sie nicht wollen«, entgegnete Melchior. Sie schien einen Moment lang nicht zu wissen, was sie sagen sollte. Schließlich fügte sie hinzu: »Wir müssen Ihnen eine traurige Nachricht überbringen …«

»Pah – was kenned *ihr* mir scho überbringa?«, fuhr Anton Novak ihr ein weiteres Mal über den Mund. Er nuschelte so stark, dass er die Hälfte der Silben verschluckte. »Dass der Tote mei Bruder isch? Glaubed ihr vielleicht, ich brauch noch so viela Jahr zwei u'fähige Rottweiler Polizista, um des z'wissa?« Die wirren Haare wirbelten im Takt seiner hastigen Kopfbewegungen und entblößten den unbehaarten Teil des Schädels. »Des«, er spuckte das Wort förmlich aus, »des woiss ich scho seit Medig.«

»Er weiß schon seit Montag, dass der Tote sein Bruder ist. Der Rest ist nicht so wichtig«, übersetzte Treidler, als er Melchiors verdutzten Gesichtsausdruck bemerkte.

»Von wem wissen Sie das?«, fragte sie.

»Ihr sind d'Polizei. Findet's 'raus.«

»Das schon.« Treidler nickte. »Aber wir sind keine Hellseher. Also, von wem wissen Sie es?«

Anton Novak blickte ein paarmal zwischen den beiden Kommissaren hin und her. »Des woiss doch jeder im Dorf.«

Damit wandte er sich ab und wollte die Tür zuschlagen. Treidler konnte gerade noch seinen Fuß dazwischenstellen. »Was soll das?«, knurrte er.

Der Alte reckte sein Kinn. »Ich will mei Ruh'.«

»Herr Novak …« Melchior versuchte es erneut mit sanftem Zureden. »Wir haben einen Mord aufzuklären – den Mord an Ihrem Bruder. Da können wir Sie nicht einfach in Ruhe lassen. Verstehen Sie das?«

»Nein. Früher, äls no Zeit war, hond ihr euch au nit d'rum kümmert. Jetzt isch z'spät. Für mi isch der Johann scho seit über fuffz'g Jahr tot. Ich will von alledem nix mei wissa. *Können Sie das verstehen?*«

Treidler hatte Mühe, die Worte des Alten für Melchior zu übersetzen.

»Das tut mir aufrichtig leid für Sie«, gab Melchior zurück. »Aber mein Kollege und ich waren 1945 noch nicht einmal geboren. Ich muss mir Ihre Vorwürfe nicht anhören.«

»Schwätz bloß koi Scheiß an mi nah, Mädle!«

»Mir platzt gleich der Kragen«, mischte sich Treidler ein und erntete prompt einen vorwurfsvollen Blick von Melchior. Trotzdem fuhr er im gleichen aggressiven Tonfall fort: »Ich habe meine Zeit nicht gestohlen, und Ihre Befindlichkeiten gegenüber der damaligen Rottweiler Polizei interessieren mich einen Scheißdreck. Wir haben lediglich ein paar Fragen.«

Anton Novak beäugte ihn feindselig. Hinter seiner Stirn schien es zu arbeiten. »Ich blieb hier standa, ihr dort«, brummte er schließlich. »Los, frag – und nimm verdammt no mol doin Fuß aus meiner Tür.«

Treidler seufzte. »Wann haben Sie Ihren Bruder das letzte Mal gesehen?«

»Am achtzehnta Juli fünfavierzig«, gab Novak wie aus der Pistole geschossen zurück.

»Am 18. Juli 1945? Woher wissen Sie das so genau? Das ist weit über sechzig Jahre her.«

»Ich woiss es ebba.«

Treidler mochte diese verfluchten Sturköpfe vom Dorf nicht. »Haben Sie irgendwann später von ihm gehört?«

»Nein.«

»Sonst wer?«

»Sonst wer was?«

»Ob jemand anderes von ihm gehört hat? Vielleicht Ihre Eltern oder irgendwer im Dorf?«

»Frag doch die.« Die Miene Novaks verdüsterte sich. »Und lass meine Eltern do raus.«

»Wir wissen, dass Ihre Eltern früh gestorben sind«, erklärte Melchior. »Aber ...«

»Ihr?« Die Lippen des alten Mannes bebten. »Ihr wissed doch gar nix.«

»Dann erzählen Sie es uns«, forderte Melchior.

»Nein.«

Treidler atmete aus. »Wo waren Sie in der Nacht von Sonntag auf Montag?«

»Hier.«

»Gibt es dafür Zeugen?«

»Nein, Herr Kommissar.« Anton Novak zog eine abfällige Grimasse. »Mei Frau isch verreist.«

»Was?« Treidler meinte, sich verhört zu haben. »Sie sind verheiratet?«

»Nein.« Novak stieß ein verächtliches Grunzen aus. »Deshalb gibt's au koine Zeuga.« Ein weiteres Mal verfinsterte sich sein Blick. »Ich han koi Frau – no nie g'habt. Au koi Familie. Als meine Eltern nimme wared, hod Zeit g'fehlt. Jetzt wohn ich hier allei mit meina beida Katza. Suscht no ebbes?«

»Herr Novak.« Treidler blickte den Alten streng an und erklärte mit nachdrücklicher Stimme: »Bei mir verstärkt sich so langsam der Eindruck, dass Sie uns etwas verschweigen. Und ich habe da auch so eine Ahnung, warum.«

»Pah – seit wenn hätt denn d'Rottweiler Polizei a Ahnung? Des wär vollkomma neu«, blaffte Novak zurück. Für einen winzigen Moment blickte er auf den Boden. Die Tür schlug schneller ins Schloss, als Treidler reagieren konnte.

Melchior erschreckte sich durch den Knall derart, dass sie zusammenzuckte. »Was hat er gesagt? Ich habe von den letzten beiden Sätzen überhaupt nichts verstanden. Und außerdem – was für eine Ahnung haben Sie denn?«

»Keine.« Treidler hob die Achseln. »Ich wollte den Alten bloß provozieren. Denn allein die Erkenntnis, dass Johann Novak noch gelebt hat, obwohl er für tot erklärt worden war, bringt uns kaum weiter.«

»Hat wohl nicht geklappt.«

»Wär ich nie draufgekommen.« Treidler drehte sich um und stapfte in Richtung des Mercedes davon.

Melchior rief ihm nach: »Was ist, wenn er einfach nur die Wahrheit sagt?«

»Man merkt, dass Sie nicht von hier sind«, gab Treidler zurück, ohne sich umzudrehen. »Niemand sagt in diesem Scheißkaff nur die Wahrheit.«

»Dann suchen wir uns eben jemanden, der die Wahrheit kennt.«

Treidler hatte das Gartentor erreicht. »Gute Idee, Frau Kollegin. Nur fällt mir derzeit niemand ...« Mitten in der Bewegung hielt er inne. Natürlich gab es in Florheim genau so jemanden. Ob die Person immer die Wahrheit sprach, konnte er nicht mit Gewissheit sagen. Viel wichtiger war, dass sie die Wahrheit kannte.

VIERZEHN

Sie weiß alles, was jemals bei uns vorgefallen ist, hallten die Worte des dicken Wirtes aus dem »Löwen« in Treidlers Kopf wider. Mit einem Mal war er sich sicher: Wenn jemand die Wahrheit kannte, dann diese Frau. Er machte Melchior ein Zeichen, ihm zu folgen.

»Was haben Sie vor? Wohin fahren wir?«, erkundigte sich Melchior, nachdem sie ihn am Gartentor eingeholt hatte.

»Sie wollten doch zu jemandem, der die Wahrheit kennt.«

»Und wer soll das sein?«

»Die alte Edda, ihres Zeichens die wandelnde Dorfchronik von Florheim, um die Worte des Löwenwirtes zu benutzen.«

»Die schrullige Alte mit dem Sommerkleid?« Melchior hob zweifelnd die Augenbrauen. »Sind Sie sicher?«

Er nickte. »Lassen Sie sich von der Schober die Adresse geben.«

Melchior eilte ihm hinterher. »Und Sie?«

Treidler öffnete die Fahrzeugtür seines Mercedes und antwortete mit einem breiten Grinsen: »Aufgabenteilung. Sie telefonieren und ich fahre. Einverstanden?«

Während er einstieg, zog Melchior ihr Mobiltelefon aus der Tasche und wählte die Nummer der Zentrale. Aus dem Fahrzeug heraus konnte Treidler erkennen, dass das Gespräch zustande kam. Kaum eine Minute später nahm sie auf dem Beifahrersitz Platz und verkündete: »Bergstraße 58. Wissen Sie, wo das ist?«

Statt einer Antwort drehte Treidler den Zündschlüssel um. Wider Erwarten sprang der Motor sofort an. Er wendete auf der schmalen Fahrbahn und steuerte den Mercedes Richtung Dorfmitte, um anschließend die Straße zum gegenüberliegenden Ortsausgang zu nehmen.

Auf den Dächern der Bauernhäuser beiderseits der Bergstraße glänzte der Schnee wie Silber. Als sie die Hausnummer 50 erreichten, rückten die Häuser weiter auseinander und erlaubten einen Blick auf die verschneite Landschaft dahinter. Nadelwälder und Wiesen wechselten sich ab und wirkten in der Sonne wie die Kulisse für ein Wintermärchen. Sie passierten ein größeres Gehöft, dessen Gemäuer und Weiden unter den Schneemassen wie erstarrt lagen. Kein Mensch, kein Tier zeigte sich auf dem Anwesen.

»Muss wohl ein Aussiedlerhof sein«, sagte Treidler, als sie das Ortsschild erreichten und immer noch kein Gebäude mit der Nummer 58 zu sehen war.

Als gut einen Kilometer weiter die ersten Häuser des nächsten Dorfes am Horizont auftauchten, wendete er den Mercedes und fuhr mit verminderter Geschwindigkeit zurück nach Florheim. Kurze Zeit später entdeckte er auf der linken Seite einen schmalen, schlecht geräumten Weg, der vielleicht zweihundert Meter weit bis hinauf zum Rand des Waldes führte.

Etwas zu spät lenkte Treidler auf den Weg ein und konnte gerade noch verhindern, dass das Heck des Mercedes ausbrach und auf einen Schneehaufen prallte. Freilich reichte das Schlingern des Fahrzeuges aus, dass Melchior auf dem Beifahrersitz erschrocken die Luft einsog.

»Entspannen Sie sich, Melchior. Ich habe ein paar Sandsäcke im Kofferraum.« Seit mehr als zwei Jahren fuhr er die Säcke nun schon mit sich herum. Das Gewicht hatte er damals wegen Lisa in den Kofferraum gelegt, nachdem sie sich geweigert hatte, im Winter bei eisglatten Straßen mit dem Mercedes zu fahren.

»Treidler«, schrie Melchior plötzlich. »Passen Sie doch auf!«

Erschrocken fuhr er hoch und konnte nur mit entschlossenem Gegenlenken den Mercedes vor dem Hineinschlittern in den Straßengraben bewahren. Sofort begann das Fahrzeug zu schleudern, sodass er alle Mühe hatte, es wieder unter Kontrolle zu bringen. Schließlich gelang es ihm, und er atmete erleichtert durch.

»Was soll das?«, rief Melchior aus und hielt sich immer noch mit beiden Händen am Türgriff fest.

»Was soll schon sein?«, hielt er ihr in der gleichen Lautstärke entgegen. »Nichts.«

»Das sehe ich.« Allmählich entkrampften sich Melchiors Gesichtszüge wieder.

»Lassen Sie mich in Ruhe«, blaffte Treidler.

»Das mache ich. Aber nur, wenn ich nicht danebensitzen muss, während Sie Auto fahren.«

»Tun Sie, was Sie nicht lassen können.«

»Das haben Sie heute Morgen schon gesagt.«

»Ja klar, ich habe es auch schon heute Morgen so gemeint.« Er bremste hart und brachte den Mercedes auf der freigeräumten Stelle vor einem kleinen, einstöckigen Holzhäuschen mit weinroten Fensterläden zum Stehen. Es sah aus wie das Gartenhaus seiner Großmutter im städtischen Schrebergarten. Der First des Daches reichte nur wenig über die unterste Astreihe der mächtigen Bäume, die direkt dahinter in den Himmel ragten. Nur eine dünne Rauchfahne, die fast senkrecht auf dem Kamin stand, zeugte davon, dass trotz der abgeschiedenen Lage jemand hier wohnte.

»Mann, Treidler, was ist nur los mit Ihnen? Vor was laufen Sie davon?«

Er hob die Achseln. »Vor dem, wovor alle davonlaufen.«

»Und was soll das sein?«

Er drehte den Zündschlüssel um und wartete, bis der Motor zur Ruhe gekommen war. Dann wandte er den Kopf zu Melchior und sah in ihre dunklen Augen. »Die Vergangenheit? Das Leben? Die Zukunft? Suchen Sie sich etwas aus.«

»Sparen Sie sich Ihre Ironie. Sie können nicht ewig davonlaufen …«

»Vielleicht nicht. Aber ich brauche gewiss niemanden, der mir das sagt. Ich komme ganz gut allein zurecht.« Treidler stieg aus und schlug die Fahrertür zu. Die Karosserie des 190er-Mercedes schwankte in den Federn hin und her. »Sie kümmern sich um Ihren Scheiß und ich mich um meinen. Da haben gerade *Sie* noch genug zu tun.«

Auch Melchior war inzwischen ausgestiegen. »Was wollen Sie denn damit andeuten?«

»Hören Sie doch auf mit Ihrem moralischen Getue. Aus welchem Grund wird eine Hauptkommissarin aus der Hauptstadt in ein Kaff wie Rottweil versetzt? Der Hauptgewinn der Lotterie auf dem letzten Polizeiball wird es wohl nicht gewesen sein. Also, was ist das Päckchen, das Sie tragen müssen?«

Melchior wandte sich ab und antwortete nicht. Sollte sie ihn doch mit Missachtung strafen. Er wollte kein Mitgefühl, schon gar nicht von ihr.

Die Haustür ging auf, noch bevor Treidler überhaupt die Klingel gedrückt hatte.

»Wollen Sie zu mir oder zu meinem Mann?« Die alte Edda blinzelte ihn von unten herauf an. Ihr silbergraues Haar war perfekt frisiert. Zu ihrer hellen Bluse trug sie einen blau-grün karierten Faltenrock. An einer goldenen Kette um ihren Hals baumelte eine Brille mit spitz zulaufenden Gläsern. Trotz ihres Alters, sie musste weit jenseits der achtzig sein, hatte sie ihre Augen mit himmelblauem Lidschatten und Wimperntusche geschminkt. Sie lächelte und entblößte unter den hellrot bemalten Lippen zwei unnatürlich weiß schimmernde Zahnreihen. Schließlich sagte sie in dieser singenden Stimme, die Treidler schon bei ihrer letzten Begegnung aufgefallen war: »Er ist nämlich noch bei der Arbeit.«

Treidler stutzte. Er wusste vom Löwenwirt und ihren eigenen Nachforschungen, dass Edda Broghammers Mann seit Mitte der siebziger Jahre nicht mehr lebte. Er war für einen Moment sprachlos.

»Das macht nichts, Frau Broghammer. Dürfen wir trotzdem reinkommen?«, sagte Melchior.

Vielleicht war es doch nicht so schlecht, eine Kollegin dabeizuhaben.

Eddas Augen zuckten nervös hin und her. »Nein«, gab sie zurück. »Ich kann Sie leider nicht hereinbitten. Mein Mann mag es nicht, wenn überraschend Besuch kommt.«

»Sie haben gerade gesagt, dass er noch bei der Arbeit ist«, bemerkte Treidler.

Edda legte ihre Stirn in Falten. Nach kurzem Überlegen nickte sie und machte eine einladende Handbewegung. »Na gut. Aber nur für ein paar Minuten. Übermorgen ist Heiligabend, und ich muss noch viel vorbereiten.«

»Danke.« Treidler trat über die Türschwelle und fand sich im offenbar einzigen Raum des Erdgeschosses wieder. Es gab keinen Flur und keine anderen Türen. Lediglich rechts von ihm führte eine schmale Treppe in das Dachgeschoss. Den größten Platz im Zimmer nahm ein mächtiges Bücherregal ein. Es teilte den Raum etwa in der Mitte, wobei die linke Seite mit der Küchenzeile zusätzlich als Esszimmer und der andere Teil als Wohnzimmer diente. Er machte einen Schritt auf das Regal zu, damit Melchior ebenfalls Platz fand, um einzutreten. Der dunkle Mosaikparkettboden knarrte unter seinen Füßen, und eine Mischung aus Kohlgeruch und Zwiebeldünsten stieg ihm in die Nase.

Sofort fiel Treidler die strenge Genauigkeit auf, mit der die wenigen Möbelstücke arrangiert worden waren. Sogar die Stühle im Esszimmer standen parallel zur Kante des Tisches, der liebevoll für zwei Personen eingedeckt war. Doch nicht nur die Inneneinrichtung präsentierte sich wie auf einem Reißbrett, auch die Dekoration und die Bilderrahmen an der Wand schienen millimetergenau vermessen. Sein Blick blieb am größten der Bilder, einem Hochzeitsfoto in Schwarz-Weiß hängen, das fraglos aus den fünfziger Jahren stammte. Ein ovales Passepartout umrahmte eine strahlende Frau Anfang dreißig mit einem Blumenstrauß in der Hand, die sich an die Schulter eines viel größeren, streng dreinblickenden Mannes mit Hornbrille und Pomadenfrisur schmiegte. Um dieses Bild herum, das wie eine Art Altar das Zentrum der Wohnzimmerwand bildete, hingen weitere Fotos. Zum Teil schon in Farbe zeigten sie das gleiche Paar beim Wandern oder bei Ausflügen, meist neben einem hellen Ford Taunus mit Weißwandreifen. Die Ähnlichkeit von Edda Broghammer mit der jungen Frau auf den Bildern war spätestens auf den Farbfotos nicht zu übersehen. Neuere Fotos, die sie im Alter zeigten, gab es nicht.

In den Bücherregalen mussten wohl Hunderte Bücher stehen, und alle hatten eines gemeinsam: Obwohl sie akkurat aufgerichtet im Regal ruhten, boten sie ein beklagenswertes Bild. Sie sahen aus wie Bestseller, die seit Jahren in der Stadtbücherei durch Dutzende Hände gewandert waren. Treidler überflog die Titel. Größtenteils handelte es sich um Reiseberichte aus Südeuropa, meist Italien, aber auch aus Asien und Amerika. Manche davon gab es gleich zweimal: als deutsche und als fremdsprachige Ausgabe.

»Wissen Sie, mein Mann und ich haben selten Besuch. Wir sind gern allein«, erklärte Edda.

Treidler deutete mit dem Kinn zum Bücherregal. »Waren Sie dort überall?«

»Wie bitte? Sie müssen etwas lauter reden.« Edda lächelte unsicher. »Ich höre in letzter Zeit etwas schlecht. Man wird älter …«

»Waren Sie dort schon überall?«, wiederholte Treidler lauter.

»Nein, dazu fehlt meinem Mann das Geld. Er ist Studienrat in Rottweil.« Sie blickte rasch um sich. »Aber sobald er Oberstudienrat ist, werden wir uns wohl das eine oder andere leisten können.« Ihre Stimme hatte einen verschwörerischen Tonfall angenommen.

Treidler nickte.

Edda hielt sich ihre Brille vor die Augen, um einen flüchtigen Blick auf die wuchtige Standuhr aus Nussbaum zu werfen, die einen guten Teil der gegenüberliegenden Wand einnahm. »Es ist schon fast halb eins. Er müsste bald kommen. Ich würde Ihnen gern drüben am Esszimmertisch einen Tee anbieten. Doch ich habe bereits für das Mittagessen gedeckt. Aber wenn Sie wollen, können Sie später wiederkommen, sobald er da ist. Sie müssen wissen, er mag keine Überraschungen.«

»Das wird nicht nötig sein, Frau Broghammer«, sagte Melchior. »Ich bin sicher, dass auch Sie uns weiterhelfen können.«

»Ich habe Sie schon einmal gesehen. Waren Sie eine seiner Schülerinnen? Sie sprechen keinen Dialekt. Mein Mann sagt immer, dass nur die Menschen Erfolg haben, die eine anständige Aussprache pflegen.«

Melchior schüttelte lange den Kopf. Treidler konnte sich des Eindrucks nicht erwehren, dass sie Mühe hatte, die richtigen Worte zu finden. Schließlich erklärte sie mit sanfter, fast trauriger Stimme: »Nein, Frau Broghammer, wir sind von der Polizei. Das ist mein Kollege, Hauptkommissar Treidler, und ich bin Hauptkommissarin Melchior.«

Die Miene der alten Frau verdüsterte sich schlagartig. »Polizei, sagten Sie?« Sie hielt sich kurz die Hand vor ihren Mund. »Ist in der Schule etwas vorgefallen? Wieder ein Fahrraddiebstahl?« Sie atmete erleichtert aus und fügte hinzu: »Es ist immer dasselbe …«

Es brauchte keine weiteren Worte mehr, um Edda Broghammers Verhalten zu verstehen. Noch nie war Treidler einem Menschen begegnet, bei dem sich eine Altersdemenz so ausgeprägt zeigte.

»Nein.« Melchior schüttelte abermals den Kopf. »Wir sind nicht wegen Ihrem Mann hier.«

»Warum denn dann?« Edda blickte irritiert zwischen den beiden Kommissaren hin und her.

»Man hat uns erzählt, dass Sie viel über Florheim wissen«, begann Treidler. »Wir würden gern ein wenig mehr erfahren.« Er suchte nach einer Reaktion auf dem Gesicht der alten Frau. Sie antwortete mit einem seligen Lächeln, das alles zwischen Unverständnis und Stolz bedeuten konnte.

»Welches Jahr?«, fragte sie.

Treidler war so überrascht von ihrer Reaktion, dass er einen Augenblick brauchte, um die Jahreszahl zu nennen. »1945.«

»1945«, wiederholte sie mit reglosem Gesichtsausdruck. »Der Winter war kalt. Extrem kalt sogar. Die Ernte im Jahr zuvor hatte schlechte Erträge gebracht, und die Vorräte im Dorf neigten sich schon Anfang Februar dem Ende zu. Viele Männer waren immer noch im Krieg und konnten weder bei der Saat noch Ernte dabei sein.« Sie klang jetzt beinahe wie ein Automat, der mit dem Nennen der Jahreszahl gestartet wurde und dann sein Programm abspulte. »Im März gab es Luftangriffe auf die Flak, oben auf der Zimmerner Höhe. Bis Mitte April haben ständig versprengte Landser aus dem Westen Florheim erreicht. Andere Soldaten mit Lastwagen haben sie aufgesammelt.«

Edda starrte einen Moment vor sich hin. »Bevor die abrückten, hat ihr Anführer gesagt, dass auf Befehl Himmlers bis zum letzten Blutstropfen gekämpft werden muss. Und alle männlichen Dorfbewohner, die man mit einer weißen Flagge erwischte, würden sofort erschossen.« Sie stockte ein weiteres Mal. Es hatte den Anschein, als ob sie gedanklich eine Seite umblätterte. »Einen Tag später, am 19. April, sind die Franzosen von Königsfeld über den Tannberg herunter ins Dorf gekommen. Zuerst haben wir uns gefreut, dass der Krieg vorbei war. Aber die fremden Soldaten haben auf alles und jeden geschossen. Erst Stunden später hat sich der Bürgermeister getraut, ein weißes Leintuch rauszuhängen, und dann hat auch das Schießen aufgehört …«

»Wir interessieren uns mehr für die Familie Novak aus dem Köhlerweg 8«, unterbrach Treidler ihren Redefluss.

Edda schluckte, fuhr dann aber im gleichen mechanischen Tonfall fort: »Novak, ja, die Familie kenne ich. Eines der Schicksale jener Zeit. Der Johann ist im Juli spurlos verschwunden. Im Dorf hat man sich erzählt, er wär von den Franzosen ins Lager nach Baden-Baden gebracht worden. Weil er ein Nazi sei und Verbindungen zur Gestapo gehabt haben soll. Ein halbes Jahr später sind seine Eltern nach Baden-Baden gefahren, um ihn dort zu suchen. Beide sind bei einem Verkehrsunfall gestorben. Der Postbus, der sie zum Lager bringen sollte, hatte einen Reifenplatzer und ist oberhalb von Oppenau eine Klippe hinuntergestürzt.«

»Sie sagten, eines der Schicksale. Und die anderen?«, erkundigte sich Melchior.

»Kurz zuvor hat es schon zwei Tote bei uns im Dorf gegeben. Beides junge Kerle, so um die zwanzig. Damals haben alle geglaubt, dass die Franzosen damit zu tun hätten.«

»Haben Sie das auch geglaubt?«

Edda schüttelte den Kopf. »Und mein Schwiegervater hat es ebenfalls nicht geglaubt. Auch er war Lehrer in Rottweil und der Einzige, der im Dorf Französisch gesprochen hat. Die Eltern der Toten haben ihn gebeten, der *Sûreté* einen Brief zu schreiben. Tage später suchte er den französischen Kommandanten sogar im Nebenzimmer des ›Löwen‹ auf. Die Familien wollten wissen, ob die Franzosen wegen der beiden Todesfälle etwas unternehmen würden.«

»Und, haben die was unternommen?«

»Nein«, gab sie zurück. »Sie haben ihn nach Hause geschickt. Er solle sich nicht in ihre Angelegenheiten einmischen, haben sie ihm gesagt. Aber er hatte nicht den Eindruck, dass die Franzosen für den Tod der beiden jungen Männer verantwortlich waren. Und später …« Edda hielt inne.

»Was war später?«, fragte Melchior.

»Später?«, wiederholte sie leise. »Nichts. Er hat sich nicht mehr um die Sache gekümmert.«

»Warum denn nicht?«

»Ein paar Leute aus dem Dorf haben ihm gedroht, weil … na, weil sie gedacht haben, er spioniert für die Franzosen.« Edda schaute wieder auf die Standuhr. Treidler meinte, in ihrem Gesichtsausdruck Nervosität zu erkennen. »Sie müssen jetzt wirklich gehen«, sagte sie, und ihre Hände begannen ganz leicht zu zittern.

»Mein Mann kommt gleich. Und er mag keinen überraschenden Besuch.«

»Das sagten Sie bereits, Frau Broghammer«, entgegnete Treidler. »Nur noch eine Frage, und wir gehen wieder: Wo waren Sie in der Nacht von Sonntag auf Montag, sagen wir so zwischen ein Uhr und vier Uhr?«

Erst zuckten ihre Mundwinkel, dann verschwand das sanfte Lächeln und auf der Stirn erschienen zwei tiefe senkrechte Falten. Sie sah jetzt aus, als hätte Treidler sie nach der Ausdehnung des Universums gefragt.

Edda antwortete nicht.

»Frau Broghammer – bitte, es ist wichtig für unsere Ermittlungen«, versuchte es Treidler nochmals.

»Ich … ich weiß es nicht mehr«, stammelte sie kraftlos und stierte auf den gedeckten Mittagstisch.

Ich weiß es nicht mehr. Nach den detailreichen Schilderungen kam diese Antwort unerwartet. Aber Edda schien es nie überwunden zu haben, dass sie ihren Mann so früh verloren hatte. Sie verdrängte die Tatsache bis heute und lebte in den siebziger Jahren weiter, als er noch am Leben gewesen war. Hinzu kam ihre fortgeschrittene Demenz. Es schien ihm nicht ungewöhnlich, dass ihre Erinnerungen an weit zurückliegende Ereignisse völlig intakt waren, während die neueren im Nirgendwo versanken. Ein paar Jahrzehnte spielten dabei keine Rolle. Treidler blickte zu Melchior, die kaum merklich mit dem Kopf nickte.

»Dürfen wir die Tage nochmals vorbeikommen, falls wir weitere Fragen haben, Frau Broghammer?« Melchior versuchte offensichtlich, ihre Stimme so gleichgültig wie möglich klingen zu lassen.

Die alte Edda nickte geistesabwesend. Sie hörte nicht mehr auf mit Nicken, auch nicht, als die beiden sich von ihr verabschiedeten und ins Freie traten.

»Mir fällt da noch was ein.«

Treidler hatte das Auto fast erreicht. Er drehte sich um, als er Eddas Stimme hörte.

»Und das wäre?« Melchior ging ein paar Schritte auf die alte Frau zu, die ihnen gefolgt war.

»Die Soldaten mit den Lastwagen, die sich in Florheim aufgehalten haben, einen Tag, bevor die Franzosen kamen …«

»Was ist mit denen?«

»Das waren keine normalen Soldaten.« Sie schüttelte den Kopf. »Diese Männer haben schwarze Uniformen angehabt. Die haben zur SS gehört, da bin ich mir sicher.«

Melchior horchte auf und schob ihr Kinn nach vorne.

»Ihr Anführer hatte noch nicht mal etwas Offizielles an, keine Uniform oder so etwas. Nur einen langen, dunklen Ledermantel.«

Gestapo, fuhr es Treidler durch den Kopf.

»Jedenfalls haben die den Frieder am Kastanienbaum vor dem ›Löwen‹ aufgehängt.« Eddas Gesicht zeigte keinerlei Regung.

»Welchen Frieder?«, fragte Treidler.

»Na, den Friedrich Merkle. Der war etwas älter und schon Soldat. Er hat immer mit dem Johann und den anderen beiden zusammengesteckt, dem Kopfler Manfred und dem Jungen vom Bäcker Barreis.«

FÜNFZEHN

Merkle, Kopfler, Barreis, Novak. Auf der Rückfahrt in die Polizeidirektion ließ Treidler in Gedanken noch einmal die Namen Revue passieren, die er heute im Zusammenhang mit dem Mordfall gehört hatte.

Friedrich Merkle war ein Soldat aus Florheim gewesen. Kurz vor Kriegsende war er von der Gestapo erhängt worden. Dann Manfred Kopfler und Egon Barreis, die bald darauf unter mysteriösen Umständen in Florheim Opfer von Morden geworden waren. Schließlich der Vierte im Bunde: Johann Novak. Er starb vermutlich auf die gleiche Weise, allerdings mehr als sechs Jahrzehnte später. Läge zwischen den Morden nicht eine halbe Ewigkeit, so würde Treidler einiges darauf wetten, dass es sich um einund denselben Mörder handelte. Doch nach all der Zeit kam ihm das nicht besonders überzeugend vor. Selbst wenn der Täter damals erst fünfzehn Jahre alt gewesen war, dann wäre er heute weit über achtzig. Ein Alter, indem man für gewöhnlich nicht mehr mordet. Doch es musste einen Zusammenhang geben. Nur welchen?

»Wie hört sich das an?«, riss ihn Melchior aus seinen Gedanken.

Erst jetzt fiel Treidler auf, dass seit ihrer Abfahrt niemand ein Wort gesprochen hatte. Inzwischen befanden sie sich schon in dem kurvigen Waldstück, wenige Kilometer vor Rottweil. An den Stellen, wo die Sonne wegen der Bäume die Fahrbahn nicht erreichte, überzog eine schmierige Schneedecke die Kreisstraße. Dazwischen tauchten immer wieder Bereiche mit nassem und vollständig abgetrocknetem Asphalt auf. Treidler ging etwas vom Gas und massierte sich den Kiefer, der bei schnellen Bewegungen immer noch ein leises Knacken von sich gab. Auch die Schwellung unter dem Auge würde erst in ein paar Tagen zurückgehen.

»Anton Novak«, fuhr Melchior fort, »erfährt durch Edda, dass sein Bruder noch am Leben und nach Florheim zurückgekehrt ist. Das hat er vorhin selbst zugegeben. Jetzt fürchtet er, dass Johann nach all den Jahren einen Teil des Hofes von ihm einfordern könnte.«

»Erbstreitigkeiten?«, erwiderte Treidler und runzelte die Stirn. »Die beiden sind über achtzig. In diesem Alter streitet man sich nicht mehr um ein Erbe, sondern denkt daran, wem man sein Eigentum vererbt.«

»Das mag schon sein. Doch wissen wir, wie der Alte tickt? Womöglich hat er nur seinen persönlichen Besitzstand im Sinn und will den Bruder loswerden? Verrückt genug scheint er ja allemal zu sein.«

»Vielleicht. Aber reden Sie mal weiter …«

»Wie gesagt, unser Anton will nichts mehr mit seinem Bruder zu tun haben und sieht ihn sogar als Konkurrenten um das Erbe. Er hat schließlich all die Jahre den Hof ohne Johann durchgebracht. Und zack – bringt er ihn um.«

Treidler schüttelte den Kopf. »Und warum stopft er ihm dann eine Münze in den Mund?«

Melchior hob die Achseln. »Vielleicht um den Verdacht nicht auf sich zu lenken. Er ahmt den einzigen Modus Operandi nach, den er kennt.«

»So, so, Modus Operandi …«

»Das nennt sich nun mal so, Treidler«, gab sie mit einem schwachen Lächeln zurück. »Die Todesfälle galten damals schon als mysteriös und sind bis heute nicht aufgeklärt. Das könnte ihn noch mehr angeregt haben. Wir wissen nicht, wie der Alte …«

»… tickt«, nickte Treidler. »Ich weiß nicht.«

»Warum nicht?«

»Weil die Theorie nicht schlüssig ist. Außer dem Motiv passt da überhaupt nichts. Und dieses Motiv ist für mich ziemlich an den Haaren herbeigezogen.« Er sah ein paar Krähen nach, die ihre Kreise tief über der weißen Landschaft zogen. »Außerdem gibt es da noch die Mordwaffe, eine Luger. Wie kommt der Alte an die Armeepistole? Hat er sie während des Krieges einfach irgendwo gefunden und behalten? Über sechzig Jahre lang?«

Melchior überlegte einen Augenblick und zuckte dann mit den Schultern. »Sie haben recht. Aber im Moment fällt mir auch nichts Besseres ein.«

In einer Rechtskurve flackerte plötzlich ein Blaulicht durch die Bäume. Sofort bremste Treidler. Der Mercedes reagierte mit einem leichten Schlingern, kam aber sogleich wieder zur Ruhe. Wahrscheinlich ein Verkehrsunfall. Und nach kaum hundert Metern tauchte auch schon ein Streifenwagen mit rotierendem Blaulicht auf der linken Straßenseite auf. Etwas abseits davon, die Front an einem mächtigen Tannenstamm zur Hälfte eingedrückt, hing ein roter Kleinwagen mit der Hinterachse im Straßengraben. Leichter Rauch quoll unter der Motorhaube hervor. Die rechte Fahrspur blockierte ein Krankenwagen. Davor knieten zwei Sanitäter in gelben Warnwesten neben einer Person auf einer Trage. Einer von ihnen hielt eine Infusionsflasche hoch, während der andere mit dem Verletzten sprach.

Treidler näherte sich langsam dem Unfallort. Kurz vor dem Polizeifahrzeug kam er zum Stehen und kurbelte die Seitenscheibe herunter. Mit einem Wink rief er einen der Beamten zu sich, der mit missmutiger Miene und betont gemächlich neben die Fahrertür trat.

»Können Sie uns kurz durchlassen?«, fragte Treidler.

Statt eine Antwort zu erhalten, starrte Treidler in ein erschrockenes Gesicht. Offenbar hatte der Beamte ihn jetzt erst erkannt. Es dauerte nochmals ein paar Augenblicke, dann stammelte er: »In zwei oder … äh, drei … Minuten … zuerst äh … zuerst Aufnahmen machen … von den anderen … äh, Fahrzeugen.«

Treidler legte den Leerlauf ein und zog die Handbremse an.

»Sie scheinen einen ziemlichen Eindruck bei den Kollegen der Schutzpolizei hinterlassen zu haben«, meinte Melchior, als der Mann sich außer Hörweite befand.

»Wundert Sie das?«

Melchior reagierte erst nicht, und Treidler vermied es, sie direkt anzublicken.

Schließlich fragte sie: »War wohl ziemlich hart?«

»Was?«

»Die Zeit in der Untersuchungshaft.«

»Was glauben Sie denn?«

Erneut breitete sich Schweigen im Wagen aus, bis Treidler sagte: »Am schlimmsten waren die ersten Wochen. Zuerst dachte ich noch, es war ein Versehen und alles wird sich schon regeln – vielleicht schon am nächsten Tag.«

»Aber es hat sich nichts geregelt?«

Treidler nickte und schaute zu Boden. Schmutziges Schmelzwasser hatte sich in den Vertiefungen der Fußmatte gesammelt. »Weder am nächsten noch an irgendeinem anderen Tag. Und bald sind aus den Tagen Wochen geworden. Auch nach dem ersten Monat war ich immer noch überzeugt, dass jeder neue Tag der letzte im Gefängnis sein müsste. Jeden Morgen hab ich ein Blatt von dem beschissenen Kalender abgerissen. Und so ist Monat um Monat vorbeigegangen, ohne dass etwas geschehen ist. Später hab ich nur noch gehofft, dass es irgendwann aufhört. Ein verfluchtes halbes Jahr musste ich darauf warten. Länger konnten sie mich nicht mehr festhalten.«

Der Streifenwagen vor ihnen an der Unfallstelle fuhr ein paar Meter zurück, um die Fahrbahn freizumachen.

»Doch erst nach der Entlassung ist mir alles so richtig klar geworden. Sechs Monate sind eine verdammt lange Zeit, wenn man weg vom Fenster ist. Es gibt kaum jemanden unter den Kollegen, der auf dich wartet und danach noch etwas mit dir zu tun haben will.«

Treidler legte den ersten Gang ein, löste die Handbremse und ließ die Kupplung langsam kommen. »Dann ist da die Sache mit dem Geld. Als suspendierter Beamter erhält man kein Gehalt. Kein Gehalt bedeutet aber auch, dass keine Raten mehr gezahlt werden. Und diese verfluchten Arschlöcher von der Bank haben sich noch nie für die Menschen hinter den Kreditverträgen interessiert. Am Ende war das Haus weg.«

Langsam setzte sich der Mercedes in Bewegung. Nach wenigen Metern erreichten sie die Sanitäter, die immer noch neben dem Verletzten knieten. An dieser Stelle verengte sich die Fahrbahn derart, dass Treidler im Auto hören konnte, wie einer der beiden, ein etwas fülliger Mann mit Vollbart und dunklem Lockenkopf, beruhigend auf die Person einredete. Gleichzeitig presste er dem Verletzten eine Beatmungsmaske auf Mund und Nase. Mit der anderen Hand hantierte der Sanitäter in einer zylindrischen blauen Tasche am Boden. Sofort erklang das charakteristische Zischen von austretendem Gas. Treidler spürte im nächsten Augenblick, wie sich ihm die Nackenhaare sträubten, und mit einem Mal wusste er, wo er das Geräusch zuletzt gehört hatte. Er stieg auf die Bremsen und brachte das Fahrzeug abrupt neben dem Krankenwagen zum Stehen.

»Was ist los?«, rief Melchior aus.

»Das Geräusch.«

»Welches Geräusch?«

»Es hörte sich an wie …« Treidler sprach nicht weiter, sondern schaltete den Motor ab und lauschte.

»Wie hörte es sich an?«, erkundigte sich Melchior.

»Hat Ihr Handy eine Aufnahmefunktion?«, fragte er.

»Wieso?« Sie tastete ihre Jacke ab und sah ihn erwartungsvoll an.

»Fragen Sie nicht andauernd blödes Zeug, sondern geben mir einfach eine Antwort.«

»Sie können mich mal.« Melchior hielt abrupt inne und wandte ihren Blick ab.

Treidler verdrehte die Augen. »Da eben, das Zischen der Sauerstoffflasche. Ich will dieses Geräusch aufnehmen.«

»Warum?« Sie starrte weiterhin zur Seitenscheibe hinaus.

»Verflucht noch mal, tun Sie es einfach.«

Melchior drehte sich zu ihm und funkelte ihn wütend an. »Nein!«

Eingebildete Zicke. Treidler presste die Lippen fest aufeinander. Zum ersten Mal hasste er es, sich nicht unter Kontrolle zu haben. »Ich brauche es für den Fall.«

»*Den* Fall?«

»Lisas Fall.«

»Lisa wie Elisabeth Treidler? Ihre Frau?«

Er nickte. »Es gibt so ein ähnliches Geräusch auf der Aufzeichnung ihres Notrufes.«

»Sie wollen damit einen Vergleich der Tonfrequenzen machen lassen? Haben Sie denn eine Kopie der Aufnahme?«

Treidler nickte wieder.

»Sie machen diesen Job nur noch aus einem Grund: um den Mord an Ihrer Frau aufzuklären. Das dachte ich heute Morgen schon, als ich die Bilder auf Ihrem Schreibtisch gesehen habe.«

»Und wenn schon? Was ist daran so verwerflich?«, gab Treidler zurück. Er spürte, dass er heftig blinzelte. »Ich habe unsere Ermittlungen zu keiner Zeit behindert.«

»Das stimmt. Trotzdem kann man Sie deswegen rausschmeißen. Einfach so.« Sie schnippte mit den Fingern.

Er zuckte mit den Achseln. »Glauben Sie wirklich, das interessiert mich noch? In meiner Situation gibt es nicht mehr viel zu verlieren.«

Melchior atmete ein paarmal tief durch und stierte vor sich hin. Schließlich erklärte sie mit sachlicher Stimme: »Ja, hat es. Mein Handy hat eine Aufnahmefunktion.« Ein Schmunzeln erhellte ihr Gesicht. »Aber ich mache das besser selbst. Bei Ihrer Abneigung für moderne Kommunikationsmittel können wir uns dann wenigstens sicher sein, dass die Aufnahme auch auf dem Gerät landet.«

»Danke.« Erleichtert nickte er Melchior zu. »Sie haben was gut bei mir.«

Sie stiegen aus und näherten sich der Unfallstelle. Jetzt, von Nahem, erkannte Treidler, dass es sich bei der Person auf der Trage um einen Mann handelte. Er war bei Bewusstsein. Seine Stirn überzogen tiefe Schrammen, und aus einer Wunde am Kopf drang Blut. Mit weit aufgerissenen Augen musterte der Verletzte die beiden Ankömmlinge. Mehr konnte Treidler von dem Gesicht des Mannes nicht sehen. Der Rest verschwand hinter der mächtigen Hand des Sanitäters mit den schwarzen Locken. Er presste dem Verletzten die Atemmaske auf den Mund. Zwischen seinen behaarten Fingern führte ein durchsichtiger Schlauch zu der Tasche am Boden und endete am Ventil einer weißen Sauerstoffflasche.

Auch der Sanitäter schaute sie für einen Moment erstaunt an, wandte sich aber sogleich wieder dem Mann auf der Trage zu. Treidler gab Melchior ein Zeichen. Sie startete die Aufnahmefunktion ihres Mobiltelefons. Als hätten sie es abgesprochen, öffnete der Mann vom Rettungsdienst im nächsten Moment das Ventil an der Sauerstoffflasche. Und schon beim ersten Ton gab es keinen Zweifel mehr, dass es dieses Zischen war, das er auf der Aufnahme von Lisas Notruf gehört hatte.

»Diese Flasche mit dem Sauerstoff, wo kann man so eine hier in der Gegend kaufen?«, fragte er den dunklen Lockenkopf.

»Wer will das wissen?«, gab der Angesprochene zurück. Seine tiefe, fast gurrende Stimme hätte zu seiner fülligen Erscheinung mit dem runden Gesicht und dem Vollbart nicht passender sein können.

Treidler zückte seinen Ausweis und hielt ihn dem Sanitäter unter die Nase.

»Sehen Sie nicht, dass wir beschäftigt sind?«, erwiderte der Mann nach einem kurzen Blick auf den Ausweis.

»Natürlich sehe ich das. Aber ich habe nur diese eine Frage und störe Sie danach nicht mehr.«

Der Sanitäter seufzte kurz und stellte das Ventil ab. »Kaufen, sagten Sie?«, wiederholte er mit dröhnendem Bass. »Das weiß ich nicht. Ich habe das Beatmungsgerät nicht angeschafft. Es gehört zur Ausstattung des Rettungswagens.«

Treidler nickte. »Und was ist, wenn die Flasche leer ist?«

»Das ist bereits Ihre zweite Frage.«

»Richtig. Dann hab ich wohl gelogen«, entgegnete Treidler bissig.

»Wenn Sie uns anschließend unsere Arbeit machen lassen …« Der Sanitäter zuckte mit den Achseln. »Es gibt nur einen Händler hier in der Nähe, der alle Arten von Gasflaschen wieder auffüllt. Das ist das ZtG.«

»ZtG?«

»Das Zentrum für technische Gase in Rottweil, draußen an der Saline.«

»Na also«, entgegnete Treidler. »Und schon sind Sie uns los.«

Bevor Treidler sein Büro in der Polizeidirektion aufsuchte, machte er einen Abstecher ins Sekretariat, um nachzufragen, ob in ihrer Abwesenheit jemand angerufen hatte. Beide Sekretärinnen saßen hinter ihrem Schreibtisch und blickten auf, als sie ihn bemerkten. Er ahnte sofort, dass etwas nicht stimmte.

Während Ursula Lohrmann sich gleich wieder um ihre Arbeit kümmerte, sprang Anita Schober wie von der Tarantel gestochen auf.

»Das sind Sie ja endlich. Ich bin extra noch geblieben, um es Ihnen sofort zu sagen. Es ist sehr wichtig.« Sie atmete hastig, und Treidler fürchtete schon, sie könnte hyperventilieren. Doch schneller als er dachte, brachte sie ihre Atemfrequenz unter Kontrolle und fügte mit einem Seitenblick auf ihre Kollegin hinzu: »Man kann ja nie wissen, ob Sie es gleich erfahren.«

»Was ist es denn?«

»Hab ich das noch nicht gesagt? Oh Gott, es ist ja so wichtig«, stammelte sie.

»Das hatten wir schon, Frau Schober. Aber was ist denn so wichtig?«

»Der Kriminalrat Petersen ... Er will Sie sofort sprechen, sobald Sie zurück sind.«

Treidler hob die Augenbrauen, ließ sich aber ansonsten nichts anmerken. »Ist das alles?«

Zögerlich nickte Schober.

Schon heute Morgen hatte er damit gerechnet, dass Winkler ihn anschwärzen würde. Er ließ eine verdutzte Anita Schober stehen und machte sich auf den Weg zu Petersens Büro.

Die Sekretärin im Vorzimmer bat ihn, etwas zu warten, da der Kriminalrat im Moment ein wichtiges Telefonat führe. Treidler seufzte und nahm auf einem der Besucherstühle Platz. Es sollte noch eine geschlagene Viertelstunde dauern, bis Petersen sein Telefonat beendete und er endlich eintreten konnte.

Der »Graue« stand hinter dem Schreibtisch. Entgegen seiner sonstigen Gepflogenheit, machte er sich nicht die Mühe, seine schlechte Laune zu verbergen. Die Haut in seinem Gesicht leuchtete krebsrot und bildete einen starken Kontrast zu den silbergrauen Haaren.

Seine eisblauen Augen fixierten Treidler, und noch bevor dieser die Tür hinter sich geschlossen hatte, brüllte Petersen schon los: »Was zum Teufel ist in Sie gefahren? Was sollte das heute Morgen mit Winkler? Nennen Sie mir nur einen Grund, warum ich Sie nicht sofort nach Hause schicken soll. Nur einen ...« Drohend hielt der »Graue« den Zeigefinger hoch, um seine Aussage zu bekräftigen. Offenbar bemerkte er nicht, wie dabei seine Hand vor Empörung zitterte.

Einen Augenblick lang dachte Treidler darüber nach, wie er sein Verhalten rechtfertigen könnte.

Doch Petersen lieferte die Antwort auf seine eigene Frage gleich mit: »Mann, Treidler, Sie haben Glück, dass ich Sie die nächsten Tage brauche.«

Treidler starrte auf den Boden. Was interessierte ihn schon Petersen, was interessierte ihn schon Winkler? Dieser verfluchte Schweinehund verdiente noch weitaus Schlimmeres. Und falls sich ihm nochmals eine so gute Gelegenheit wie diesen Morgen am Kaffeeautomat bot, dann würde er ganz genauso handeln. Seit der Unterhaltung mit Amstetter vor zwei Tagen wusste er, dass Winkler maßgeblichen Anteil daran hatte, dass er die Untersuchungshaft und den Prozess über sich ergehen lassen musste. Und das nur, weil er auf den Posten des Kommissariatsleiters scharf war. Doch sagen konnte er das Petersen natürlich nicht. Noch nicht. Er benötigte Beweise. Und um die Beweise zu finden, brauchte er diesen Job. Mindestens so lange, bis er Lisas Mörder hatte. So einfach war das.

»Sie wissen sicherlich, wie man Sie bei uns in der Polizeidirektion nennt.«

Diesmal setzte Treidler an, um etwas zu entgegnen, doch Petersen fuhr ihm über den Mund: »Das war keine Frage, sondern eine Feststellung. Die Kollegen nennen Sie ›den Psycho‹. Und wissen Sie was, Treidler?« Er machte eine auffordernden Geste.

»Wollen Sie darauf eine Antwort?«

»Nein!« Petersen kniff die Augen zusammen. »Ich erkenne in Ihrem Verhalten nicht einen einzigen Anhaltspunkt, der dagegen spricht.«

Treidler starrte an Petersen vorbei, hinaus zum Fenster. Durch die Sonneneinstrahlung schmolz der Frost auf der Jalousie. Schmutzige Wassertropfen lösten sich und zerplatzten mit einem leisen Platsch auf dem metallenen Fenstersims.

»Das war das allerletzte Mal. Falls ich Sie noch einmal zu mir rufen muss, nehme ich Ihnen Dienstwaffe und Ausweis ab. Danach können Sie sich einen neuen Arbeitsplatz suchen, und ich sorge persönlich dafür, dass Sie sich nicht noch einmal bei der Polizei einklagen können. Ist das angekommen?«

Auch diese Worte ließ Treidler an sich abprallen. Sie interessierten ihn genauso wenig wie alle anderen zuvor.

Der Blick des »Grauen« wurde noch eine Spur strenger. Jeden Augenblick konnte er wieder aufbrausen. Doch stattdessen fragte Petersen in einem etwas sachlichen Tonfall: »Was haben Sie inzwischen in der Mordsache Novak unternommen?«

Treidler riss den Blick von den Wassertropfen los. Mit einem Schulterzucken erwiderte er: »Die letzte Viertelstunde überhaupt nichts. Ich habe da draußen gewartet, bis Sie endlich fertig telefoniert hatten. Und seitdem erzählen Sie mir, was ich zukünftig besser unterlassen soll.«

Petersen schnappte nach Luft. »Mann, Treidler, hauen Sie bloß ab und bringen Sie mir schleunigst diesen Mörder. Sonst vergesse ich mich noch.«

Die Aufforderung war sicher nicht ernst gemeint, dennoch wandte Treidler sich um und ging zur Tür.

»Warten Sie.« Rasch kam Petersen um den Schreibtisch herum, blieb vor ihm stehen und musterte ihn von oben bis unten. »Was soll ich nur mit Ihnen anstellen, Treidler? Sie benehmen sich wie der sprichwörtliche Elefant im Porzellanladen.«

Treidler spürte, dass die Entrüstung Petersens allmählich nachließ. Könnte es daran liegen, dass er ihn womöglich doch mehr schätzte, als er zugeben wollte?

»Ich könnte Sie ein weiteres Mal suspendieren.«

»Könnten Sie. Werden Sie aber nicht«, gab Treidler ungerührt zurück.

»Was macht Sie da so sicher?«

»Sie haben es vorhin selbst gesagt.«

»Was?«

»Dass Sie mich brauchen.«

»Das heißt nicht, dass Sie hier tun und lassen können, was Sie wollen. Es gibt Regeln bei uns, die Sie einhalten müssen, auch wenn es Ihnen schwerfällt.«

»Winkler ist doch nur ein verfluchtes Arschloch. Der will mich nur fertigmachen.«

Der »Graue« atmete scharf aus. »Treidler, es ist es nicht mein Problem, wenn Sie den letzten Rest Ihres Lebens vor die Wand fahren. Aber machen Sie es nicht hier, bei mir in meiner Abteilung. Sie können gehen.«

Als Treidler sein Büro betrat, fand er es verlassen vor. Melchiors Computer war ausgeschaltet, und ihre Lederjacke hing nicht an der Garderobe. Schon wollte er sie wegen der Handy-Aufnahme anrufen, als er zwei verschiedenfarbige Klebezettel an seinem Computermonitor entdeckte. Der gelbe stammte zweifellos von Ursula Lohrmann.

Freitag 10 Uhr: Begräbnis Johann Novak

Ein Termin, den er durchaus wahrnehmen sollte. Weitaus mehr interessierte ihn allerdings der pinkfarbene Zettel direkt daneben. Die Handschrift kannte er nicht.

Musste kurzfristig weg, Wohnung anschauen …
Komme um sieben bei Ihnen vorbei, wegen der Aufnahme.
Carina Melchior

SECHZEHN

Heute ist es wieder so weit: Latein. Die Benthaler Schulregel verlangt es von dir. Jede Woche muss an zwei Tagen Latein gelernt werden – auch jetzt noch, Jahre später. Du musst schnell machen, denn später hast du einen Termin. Zum Lernen in deiner Wohnung verwendest du einen alten Tisch mit geneigter Platte. Du kannst auf einer Schulbank besser lernen als an einem Schreibtisch. Die Schulbank stammt vom Rottweiler Flohmarkt. Sie hat ihre besten Zeiten längst hinter sich gelassen. Doch vom Kauf haben dich auch die zahllosen Risse nicht abgehalten, die sich über das dunkle Holz ziehen.

Der Lichtschein der Kerze auf der Ablagefläche reicht kaum über die kleine Tischplatte hinaus. Nur bis zu dem winzigen Sitzplatz, auf den du dich zum Lernen gezwängt hast. Deine Knie stoßen fast am Boden an, und mit den Ellenbogen kannst du nur dann die Tischplatte erreichen, wenn du deinen Rücken krümmst. Dabei bist du so leise wie möglich, damit niemand bemerkt, wie deine Stimme mit jedem Wort tiefer wird.

Dann nimmst du die handtellergroße Maske zur Hand, die neben dir auf der Sitzbank liegt. Es ist die gleiche, wie sie für Beatmungen in Krankenhäusern verwendet wird. Du presst die Maske auf Mund und Nase und öffnest das Ventil am Schlauch. Deine Atemgeräusche übertönen kaum das Zischen des Gases. Nach ein paar Sekunden legst du das Mundstück beiseite. Du musst nicht mehr flüstern, deine Stimme klingt plötzlich wieder wie die eines Engels.

Jetzt kannst du weiterlernen und schiebst den kleinen abgegriffenen Karton Stück für Stück nach rechts. Jedes Mal deckst du ein wenig mehr vom darunterliegenden Blatt auf. Du musst dich beeilen. Auf dem Stapel vor dir liegen noch viele Blätter, die du zu lernen hast. Schließlich soll etwas Besonderes, etwas Großes aus dir werden. Auf der Seite stehen Dutzende Zeilen mit lateinischen Verben, die in jeder Spalte eine Person weiter konjugiert werden.

»Präsens – *laudo, laudas, laudat.*« Sicher zählst du die Verben in der Einzahl auf, um dann in den Plural zu wechseln. *»Laudamus, laudatis, laudant.«* Es folgen die Verbformen für das Imperfekt, das Perfekt und die beiden Futur-Tempora. Ein Kinderspiel.

In der darunterliegenden Zeile beginnt das nächste Verb, und du wiederholst die Prozedur, bis das Seitenende erreicht ist. Jetzt erst darfst du das oberste Blatt umgedreht auf einen zweiten Stapel legen. Bei den letzten Worten bemerkst du, dass deine Engelsstimme nachlässt und eine hässliche Männerstimme zum Vorschein kommt. Du drückst dir für ein paar Sekunden die Maske aufs Gesicht. Nach zwei, drei tiefen Atemzügen ist deine Engelsstimme wieder da.

»*Trahere*, Präsens – *traho, trahis, trahit, trahimus, trahitis, trahunt.* Imperfekt – *trahebam, trahebas, trahebat, trahebamus, trahebatis, trahebant.* Perfekt …« Du stockst. Mit den Fingern trommelst du auf die Tischplatte, während du in deinem Gedächtnis nach der richtigen Verbform suchst. Es hilft nichts. Die Stille breitet sich weiter aus. Bald wird sie die Engelsstimme mitnehmen.

Erneut greifst du nach der Atemmaske und lässt das Helium auf dich einwirken. Diesmal dauert es wesentlich länger, bis du das Ventil abdrehst und das Zischen verstummt. Wieder klopfst du ein paarmal auf die Tischplatte. Schließlich schiebst du das Blatt nach rechts und deckst die Spalte auf: *traxi.*

Sekundenlang starrst du auf das Wort, dann beginnst du zu lachen. Zuerst nur zögerlich und leise, dann immer lauter. »*Traxi* wie Taxi«, sagst du und lachst weiter, immer weiter, bis dir das Lachen im Hals stecken bleibt. Die Engelsstimme ist verschwunden.

Abermals atmest du das Helium ein. Keine Angst, sagst du dir. »Er wird dich dafür nicht schlagen, nur zurechtweisen. Ein Wort darf falsch sein. Erst beim zweiten Wort fasst er dich an. Schnell legst du die Blätter vom zweiten Stapel wieder vor dich hin, schiebst den Karton auf die linke obere Zeile und beginnst: »*Accendere*, Präsens – *accendo, accendis, accendit, accendimus, accenditis, accendunt.* Imperfekt – …«

***

Kurz nach sieben Uhr klingelte es an der Haustür. Treidler drückte sofort auf den Summer.

Er öffnete die Wohnungstür und wartete, bis Melchior die Treppen erklommen hatte.

»Hallo, Kollege«, begrüßte sie ihn. »Das hat schon fast etwas von einem konspirativen Treffen. Finden Sie nicht auch?« Statt der dunkelbraunen Lederjacke trug sie einen halblangen schneeweißen Steppmantel mit Pelzbesatz an Kapuze und Ärmeln.

»Sind Sie hierher gelaufen?«, fragte er.

»Wie kommen Sie darauf?«

»Ihre neuen Winterstiefel sind voller Schnee.«

»Oh, Entschuldigung, das tut mir leid. Ich mache Ihnen jetzt sicher den Boden nass.«

»Nein, kein Problem. Aber woher wissen Sie überhaupt, wo ich wohne?«

»Die Schober hat mir Ihre Adresse gegeben.«

»Die Schober? Dann weiß morgen jeder in der Polizeidirektion, dass Sie heute Abend bei mir waren.«

Sie zuckte mit den Schultern. »Soll ich deswegen wieder gehen?«

»Natürlich nicht.« Er antwortete eine Spur zu hastig.

Melchior schlüpfte aus ihrem Steppmantel. Darunter kam ein schlichter lilafarbener Rollkragenpullover zum Vorschein, der in Verbindung mit der eng anliegenden Jeanshose ihre Figur in angenehm natürlicher Weise betonte. Jetzt erst bemerkte Treidler ihre offenen Haare. So hatte er sie noch nie gesehen. Sie besaß wunderschöne, seidene Haare und wirkte ohne Haarknoten noch mädchenhafter als sonst.

Melchior musste aufgefallen sein, dass sein Blick etwas zu lange an ihr hängen blieb, denn sie lächelte verlegen und drückte ihm den Mantel in die Hand.

Er deutete zur Wohnzimmercouch.

Melchior nahm Platz, schlug die Beine übereinander und schaute sich um. »Sie sind einer der wenigen Männer, die zwei Tage vor Heiligabend schon Geschenke gekauft haben.« Sie schaute zum Regal, wo in der obersten Reihe ein kleines, mit rotem Weihnachtspapier umwickeltes Päckchen lag.

Treidler folgte ihrem Blick und schüttelte jäh den Kopf. »Nein, das ist von Lisa.«

»Oh, wie dumm von mir«, entfuhr es ihr.

»Ich habe es nie ausgepackt.«

»Tut mir leid, dass ich davon angefangen habe.«

»Das muss Ihnen nicht leidtun. Sie konnten es ja nicht wissen. Wer bewahrt schon Weihnachtsgeschenke zwei Jahre lang unausgepackt auf?«

Für einen kurzen Moment breitete sich Schweigen aus. »Wollen Sie es gleich hören?«, fragte Melchior schließlich.

»Was hören?« Treidler legte den Mantel über einen der Sessel und nahm ihr gegenüber auf dem anderen Platz.

»Na, die Aufnahme«, antwortete Melchior.

»Ach so, die Aufnahme. Ja, natürlich«, beeilte sich Treidler zu sagen.

Melchior fischte ihr Mobiltelefon aus der Hosentasche und drückte ein paar Tasten, bis ein Rauschen aus dem kleinen Gerät drang. Wenig später ertönte ein Zischlaut, der in einem leisen Säuseln endete. Das war der Augenblick, in dem der Sanitäter das Ventil der Sauerstoffflasche geschlossen hatte. Ein paar Sekunden später erklang Treidlers eigene Stimme, und die Aufnahme brach ab.

»Und?«, fragte sie.

»Das Öffnen des Ventils. Genau dieses Geräusch ist auch auf dem Notruf zu hören.«

»Kann ich mir Ihre Aufzeichnung anhören?« In Melchiors Stimme schwang Unsicherheit.

Treidler zögerte. Nicht, weil er sich zu schwach fühlte, um die Aufnahme ein weiteres Mal anzuhören. Aber dieser Notruf war etwas Intimes, wie die letzte Umarmung, der letzte Kuss Lisas. Ihn jetzt Melchior vorzuspielen, kam ihm beinahe vor wie Verrat an seiner toten Frau.

Melchior schien seine Unentschlossenheit zu bemerken. »Sie müssen nicht, wenn Sie nicht wollen.«

»Doch, doch. Es ist schon in Ordnung. Der ganze Gerichtsaal hat es damals gehört.«

Treidler stand auf und schaltete den CD-Spieler im Wohnzimmerregal ein. Noch immer lag Amstetters Mini-CD im Gerät.

Erneut zögerte er einen Moment, startete dann aber die Aufnahme. Sofort nahm ihn wieder Lisas hysterischer Tonfall gefangen, und er spürte förmlich ihre Todesangst. Ohne sich zu rühren wartete er, bis die Stelle kam, an der Lisa nach ihrer Adresse gefragt wurde. Er drückte auf die Stopp-Taste. »Hören Sie genau hin und achten Sie auf das Hintergrundgeräusch, während sie die 8, die Hausnummer nennt. Es klingt nur für einen Moment nach.«

Er startete die Aufnahme wieder. Für einen winzigen Augenblick erklang ein leises Zischen, das sich anhörte, als ob weit entfernt Luft ausströmte. Doch die Ähnlichkeit mit dem Ventilgeräusch der Sauerstoffflasche war unüberhörbar.

»Und, haben Sie es erkannt?« Treidler stoppte den CD-Spieler.

»Ja.« Melchior schob sich nach vorne auf die Sesselkante. »Das ist ziemlich eindeutig. Aber sind da nicht zwei verschiedene Geräusche zu hören?«

»Was meinen Sie damit?«

»Ich weiß nicht recht. Das erste Zischen ist klar. Es ist das Ventil einer Gasflasche, die abgedreht wird. Aber ganz kurz war da noch ein anderer Zischlaut. Fast so, als ob jemand ausatmet, nur heller.«

Treidler startete die Aufnahme erneut. Melchior hatte richtig gehört. Sobald er wusste, worauf er achten sollte, konnte auch Treidler zwei verschiedene Geräusche heraushören. »Sie haben recht. Es ist ein menschliches Geräusch, ein kurzes Ausatmen oder Stöhnen.«

»Eher ein Piepsen wie bei Comic-Figuren. Die reden doch oft mit so hohen Stimmen.«

Er wiegte ein paarmal den Kopf hin und her. »Sie meinen so etwas wie Mickymaus-Stimmen?«

Melchior zuckte mit den Achseln. »Vermutlich nennt man das so.«

»Morgen gehe ich noch mal zu Amstetter und frage ihn, ob er die Geräusche weiter isolieren kann.«

»Hat er Ihnen die ganzen Unterlagen zu dem Fall besorgt?«

»Ich weiß nicht, ob ich Ihnen das beantworten sollte.« Treidler hob unsicher die Schultern.

Melchior winkte ab. »Er kann die Datei von meinem Telefon haben. Sobald er die Geräusche isoliert hat, ist es relativ einfach, einen Frequenzvergleich anzustellen. Ich maile sie ihm morgen früh gleich zu.«

»Zumailen?« Treidler schaute auf. »Warum nicht? Allerdings möchte ich noch eine Kopie für mich machen. Am besten nehme ich das Geräusch mit dem Mikrofon von Ihrem Mobiltelefon ab. Mein alter Kassettenrekorder sollte das noch hinbekommen.«

»Haben Sie kein Kabel, um die Aufnahme direkt auf den Computer zu überspielen?« Sie drehte das Gerät, sodass er den winzigen Anschluss erkennen konnte.

Treidler trat neben Melchior und bückte sich vor, um die winzige Buchse zu begutachten. Mit einem Mal war er ihr so nah, dass er erschrak. Er schloss die Augen und genoss für ein paar Atemzüge den leichten Duft ihrer Haare nach Orangenblüte.

Sie räusperte sich verlegen und fragte: »Kann ich etwas zu trinken haben?«

»Natürlich.« Schnell richtete Treidler sich auf. »Was wollen Sie? Ich habe Bier, Wein …«

»Und Wodka«, warf Melchior ein und deutete auf den Boden, wo unter der Couch der Hals seiner Schnapsflasche hervorragte.

»Die muss ich wohl beim Aufräumen vergessen haben. Sie ist leer.« Er spürte, wie sein Gesicht heiß wurde.

»Wie sieht es mit ganz normalem Mineralwasser aus? Das hat keine Kalorien.«

»Keine Kalorien.« Treidler schmunzelte. »Darauf hätte ich selbst kommen können.«

»Und? Haben Sie welches?«

»Im Keller. Ich mache zuerst die Aufnahme mit dem Rekorder und besorge Ihnen anschließend das Mineralwasser. Einverstanden?«

»Klar.« Melchior nickte.

Treidler kramte nach einer Kassette und stellte das Gerät samt Mikrofon auf den Couchtisch. »Wenn Sie so weit sind, halten Sie bitte das Mikrofon hier direkt vor Ihren Lautsprecher am Telefon. Ich starte dann die Aufnahme. Hoffen wir, dass die Kiste noch funktioniert.«

»Wieso komme ich mir plötzlich vor wie in den achtziger Jahren? Jetzt fehlt nur noch, dass auf dieser Kassette Discomusik ist.«

»Ich habe nie Discomusik gehört. Das war nur für die Mädels.«

»Verstehe, Sie waren bestimmt einer der harten Jungs. So mit Rockerjacke und langen Haaren.«

»Schon möglich«, entgegnete Treidler und dachte an seine schwarze Lederjacke mit den weißen Einsätzen an den Ärmeln. Er blinzelte durch das Sichtfenster der Kassettenlade. »Auf dem Band steht ›AC/DC – Highway to Hell‹. Da könnte tatsächlich Rockmusik auf dem Band sein. Hab ich früher viel gehört. Wollen Sie auch mal?«

Melchior schmunzelte ebenfalls. »Ich glaube, das war vor meiner Zeit.«

»Sie geben mir das Gefühl, dass ich alt bin«, gab er zurück. »Sie sind doch bestimmt auch schon fünfunddreißig.«

»Schön wär's. Ich bin bald vierzig«, sagte sie. »Aber in meiner Jugend habe ich kaum Musik aus dem Westen gehört und Hardrock schon gar nicht. Bei meinem Elternhaus kein Wunder. Auch lange Haare waren bei Männern tabu. Spätestens, wenn sie studieren wollten, kam die Mähne ab. Sonst galt man als subversives Objekt und hat keinen Studienplatz bekommen.« Sie lächelte ihn verschmitzt an.

»Was ist?«

»Ich stelle mir gerade den KHK Wolfgang Treidler als subversives Objekt vor.«

»Und, wie mache ich mich?«

Melchior lachte auf. »Einfach klasse. Fehlt nur noch die schwarze Lederjacke und die langen Haare …«

»Und Cowboystiefel«, ergänzte Treidler.

Melchiors Lachen war so ansteckend und hinreißend, dass er nicht anders konnte als mitzulachen. Ihre dunkelbraunen Augen strahlten ihn an, und mit einem Mal kam ihm das Leben so unbeschwert vor wie seit Jahren nicht mehr. Mehrmals mussten sie die Aufnahme abbrechen und neu starten, weil einer von ihnen dazwischenkicherte. Erst nach einer ganzen Weile hatten sie es geschafft, und Treidler machte sich auf den Weg in den Keller, um das Mineralwasser zu holen. Vor der Treppe war es ihm, als hörte er ganz leise einen dieser neumodischen Klingeltöne. Doch sogleich verwarf er den Gedanken wieder. Er musste sich verhört haben, sein Telefon klang anders. Rasch stieg er die Treppen hinunter.

Es dauerte etwas länger, bis er im Keller zwischen Unmengen von Leergut die Kiste mit dem Mineralwasser entdeckte. Immerhin befanden sich noch ein paar Flaschen darin. Es wurde höchste Zeit, statt des Alkohols etwas Vernünftiges zum Trinken zu kaufen. Er wischte den Staub von zwei Plastikflaschen und ging wieder nach oben.

Auf dem letzten Treppenabsatz drang Melchiors gedämpfte Stimme an sein Ohr. Treidler blieb kurz stehen. Mit wem zum Teufel sprach sie da? Er trat in den Flur der Wohnung und erst jetzt realisierte er, dass sie mit jemandem telefonierte.

»Er ist sauber«, sagte Melchior gerade.

Treidler blieb vor der angelehnten Wohnzimmertür stehen.

»Wie ich schon gesagt habe, ich werde überhaupt nichts mehr unternehmen.« Der Ärger in Melchiors Stimme war nicht zu überhören. »Ich habe es satt, Ihren Spitzel zu spielen. Suchen Sie sich jemand anderen.« Einen Augenblick herrschte Stille, dann folgte ein unterdrückter Fluch.

Mit einem Ruck schob er die Wohnzimmertür auf und trat mit den Wasserflaschen in den Raum. »Wer ist sauber?«, fragte er laut. Er vermochte nicht zu sagen, ob er den richtigen Tonfall getroffen hatte.

Erschrocken fuhr Melchior herum. »Ich habe Sie gar nicht kommen gehört.«

»Dafür habe *ich* einiges gehört. Für wen wollen Sie nicht mehr den Spitzel spielen? Und wen bespitzeln Sie überhaupt?«

»Wie lange stehen Sie schon dort?«

»Lange genug.«

Melchior ließ ihr Telefon sinken. Ihre Gesichtszüge waren starr. »Ich bin nicht die Person, für die Sie mich halten.« Sie sprach mit einer kraftlosen Stimme, wie er sie noch nie hatte reden hören.

Treidler schluckte. Wen zum Teufel hatte er da vor sich? Welches Spiel wurde mit ihm gespielt?

»Ich arbeite für das Dezernat für Interne Ermittlungen. Wir wurden davon in Kenntnis gesetzt, dass Sie Beweismittel unterschlagen haben.«

Stumm starrte Treidler seine Kollegin an. Wie konnte er sich nur so in einem Menschen getäuscht haben? Eben noch hatte sie angefangen, ihm mehr zu bedeuten, als er jemals zugeben würde. Und jetzt dieser Schlag ins Gesicht. Er ärgerte sich über seine eigene Schwäche.

»Treidler, reden Sie doch mit mir.«

Ihre Bitte prallte an ihm ab wie an einer Wand. Er schaute ein paarmal zwischen den Plastikflaschen in seinen Händen hin und her, dann wieder zu ihr. Mit einem Mal fand er alles an ihr widerwärtig. Ihre dunklen Augen, ihre Lippen und vor allem ihr Gesichtsausdruck, der plötzlich nicht mehr entschlossen, sondern arrogant wirkte.

»Es ist nicht so, wie Sie denken.«

»So? Wie ist es dann?«, platzte es aus ihm heraus. Er spürte, dass er kurz davor war, die Beherrschung zu verlieren. Das Mineralwasser in den Flaschen schäumte mit jeder seiner wütenden Handbewegungen weiter auf.

»Ich halte Sie nicht für den Mörder Ihrer Frau. Und deswegen stelle ich meine Ermittlungen gegen Sie ein. Genau das habe ich meinem Chef gerade gesagt.«

»… stelle ich meine Ermittlungen gegen Sie ein …«, wiederholte er. Er ließ die Wasserflaschen fallen. Mit einem lauten Knall schlugen sie auf dem Fußboden auf und kullerten umher. »Muss ich mich jetzt dafür bei Ihnen bedanken?«

»Nein.«

»Sie arbeiten für die Interne?« Treidler versuchte, seine Stimme ruhig zu halten, doch es gelang ihm nicht. Erst allmählich begriff er die ganze Bedeutung ihrer Rechtfertigung. »Und *ich* bin das beschissene Ziel Ihres … Ihres Schnüffelvereins.«

Statt etwas darauf zu erwidern, fingerte Melchior nervös an ihrem Telefon herum und schob es schließlich in die Hosentasche.

»Wie weit gehen Sie für Ihre Ermittlungen?« Er spuckte ihr die Worte förmlich ins Gesicht. »Steigen Sie dafür auch mit der Zielperson ins Bett? Dann hätte ich wohl was verpasst …«

»Sie sind ein verfluchtes Arschloch, Treidler. Sie haben doch keine Ahnung, wie das läuft.«

»Ich hab keine Ahnung?« Treidler stieß ein bitteres Lachen aus. »Nein, *Sie* haben keine Ahnung. Es mag zwar schwer sein, mit mir auszukommen. Aber es ist für mich auch keine einfache Zeit. Doch Sie, Sie müssen das nicht tun. Sie haben etwas, das ich nicht habe, nämlich eine Wahl.«

»Nein, Treidler, das habe ich nicht. Ich habe keine Wahl – noch nie gehabt.«

»Das gibt Ihnen noch lange nicht das Recht, mit den Gefühlen Ihrer Mitmenschen zu spielen. Es ist einfach widerlich, seine Kollegen zu bespitzeln. Aber vermutlich ist das für Sie ja selbstverständlich.«

»Was soll das heißen?«

»Drüben in der DDR war so was bestimmt an der Tagesordnung.«

Sie vergrub ihr Gesicht in den Händen. Ihre Schultern sanken zusammen. Ein unterdrücktes Schluchzen war zu hören, und irgendwie tat ihm Melchior plötzlich leid.

Sie ist eine verfluchte Schnüfflerin. Sie wird dich weiter reinlegen. Du musst sie loswerden. Je früher, desto besser. »Ich glaube, es ist besser, Sie gehen jetzt«, sagte er leise.

Melchior reagierte nicht.

»Gehen Sie jetzt«, forderte Treidler lauter und zeigte zur Wohnzimmertür.

Wortlos stand sie auf und zog ihren Mantel von der Sessellehne. Sie hielt einen Moment inne und suchte seinen Blick. Es schien ihm, als ob sie auf eine Reaktion hoffte. Doch wie das schäumende Wasser in den Plastikflaschen hatte auch sein Zorn kaum nachgelassen. Er presste die Lippen aufeinander und wandte seinen Kopf ab. Als er Sekunden später wieder zu dem Sessel schaute, war sie verschwunden. Es herrschte Stille, fast vollkommene Stille. Nur die Plastikflaschen auf dem Fußboden schwankten noch immer im Takt des aufgewühlten Mineralwassers.

Sein Körper schrie förmlich nach Alkohol. Treidler suchte die Küche ab und fand eine angetrunkene Wodkaflasche. Er drehte den Deckel auf und ließ sich auf die Couch fallen. Obwohl Melchior schon Minuten zuvor gegangen war, lag noch der zarte Duft nach Orangenblüten in der Luft. Er schloss die Augen und ließ das vage Gefühl ihrer Nähe auf sich einwirken. Erst dann nahm er einen tiefen Schluck. Sofort breitete sich der scharfe Geschmack des Wodkas in seiner Kehle aus und verdrängte den letzten Rest ihres Geruches.

Er schaute auf. Sein altertümlicher Kassettenrekorder stand immer noch auf dem Wohnzimmertisch. Der klobige schwarze Kasten hatte ihn die halbe Jugend und noch viele Jahre danach begleitet. Zuerst für Radioaufnahmen, später für das Überspielen von Langspielplatten. Wie viel Zeit war seither vergangen? Zwanzig Jahre? Es kam ihm vor wie eine halbe Ewigkeit. Er besaß Dutzende von Kassetten wie diese hier – AC/DC. Überlebte Musik tatsächlich so viele Jahre auf einem Band? Er drückte die Play-Taste, doch sie ließ sich nicht hinunterdrücken. Erst jetzt bemerkte er, dass der rote Aufnahmeknopf nicht vollständig herausgesprungen war. Offensichtlich hatte das Drücken der Stopptaste vorhin die Arretierung nicht ganz gelöst, und seither nahm das Gerät auf.

Treidler drückte wahllos mehrere Tasten gleichzeitig, bis der Aufnahmeknopf mit einem lauten Klicken heraussprang. Er spulte die Kassette bis zum Anfang zurück und startete das Gerät. Zuerst hörte er seine eigene Stimme, wie er Melchior bat, die Datei auf ihrem Mobiltelefon abzuspielen. Ein paarmal unterbrach Gekicher die Aufzeichnung. Schließlich drang das Ventilgeräusch aus den Lautsprechern. Dann folgte Stühlerücken, Schritte auf Teppich und das Öffnen der Tür. Das musste der Augenblick gewesen sein, als er das Zimmer verlassen hatte, um im Keller das Mineralwasser zu holen.

Einige Sekunden später erklang das neumodische Klingeln von Melchiors Mobiltelefon, das mit jedem Mal lauter wurde.

Grußlos, jedoch mit der frostigen Feststellung: »Das ist ein denkbar schlechter Zeitpunkt«, hatte sie das Telefongespräch nach dem fünften Rufton entgegengenommen. Es folgte eine kurze Pause, der sich drei Verneinungen anschlossen, wovon jede ungehaltener klang als die vorhergehende. Die anschließende Pause dauerte wesentlich länger, bis Melchior sagte: »Nein, die Ermittlungen sind für mich hiermit beendet.« Sogar noch auf der Aufnahme bemerkte Treidler, dass ihr die Aussage nicht leichtgefallen sein konnte. Dennoch wiederholte sie mit fester Stimme: »Nein, es gibt nichts mehr zu ermitteln, begreifen Sie doch endlich.«

Pause.

»Lassen Sie endlich meine Vergangenheit aus dem Spiel. Das ist über zwanzig Jahre her.«

Pause.

»Bald kommt der Tag, an dem sich niemand mehr dafür interessiert. In diesem Fall haben Sie nichts mehr gegen mich in der Hand. Aber vielleicht habe ich dann etwas …«

Pause.

»Tun Sie …«

Pause.

»Ja, tun Sie einfach, was Sie nicht lassen können. Auch ein zweiter Ermittler wird nichts anderes herausfinden. Er ist sauber.«

Es folgte der Teil des Gespräches, den Treidler schon von der Tür aus mitbekommen hatte. Er schaltete den Rekorder ab.

Zurück blieb das merkwürdige Gefühl, eine Woche lang von der eigenen Kollegin bespitzelt und belauscht worden zu sein. Trotz allem, Melchiors Aussage von vorhin hatte der Wahrheit entsprochen. Sie sollte ihn des Mordes an seiner Frau überführen, hielt ihn aber inzwischen ganz offensichtlich für unschuldig. Es war ein schwacher Trost. Zumal es jemanden geben musste, der die Ermittlungen gegen ihn veranlasst und die Geschichte mit den unterschlagenen Beweismitteln in Umlauf gebracht hatte. Und Treidler ahnte auch schon, wer.

Gleichzeitig nagte ein anderes Gefühl an ihm, das er nicht mehr loswurde: Offenbar spitzelte seine neue Kollegin nicht freiwillig. Und das war es, was Melchior gemeint haben musste, als sie sagte, sie habe keine Wahl.

SIEBZEHN

Freitag, 23. Dezember

Ein unbeschreiblicher Krach riss Treidler aus dem Schlaf. Er wollte die Augen öffnen und die Lärmquelle ausfindig machen. Gleißende Helligkeit sorgte dafür, dass es ihm nicht gelang. Er kniff die Lider zusammen und bedeckte sie mit der Hand. Im nächsten Moment begannen hämmernde Kopfschmerzen, und der faule Gestank von Alkohol drang in seine Nase. Er wusste nicht, wo er sich befand, und mit geschlossenen Augen konnte er es auch nicht in Erfahrung bringen. Aus schmalen Sehschlitzen erfasste er vier schwache Leuchtziffern: null neun null sechs.

Der Schmerz auf seiner Netzhaut ließ nach. Obwohl das Hämmern im Kopf noch weiter zunahm, begannen die ersten Denkprozesse abzulaufen: Leuchtziffern, Uhr, Radiowecker, Schlafzimmer. Er holte aus und schlug mit voller Wucht neben sich. Mit einem lauten Poltern fiel der Radiowecker vom Nachttisch. Schlagartig hörte der Krach auf und machte den Geräuschen der Straße Platz, die nur gedämpft an sein Ohr drangen.

Vollkommen bekleidet mit Jeans und T-Shirt lag er auf dem Bett. Selbst die Schuhe trug er noch. Erneut schloss er die Augen und versuchte, durch kräftiges Massieren der Stirn die Kopfschmerzen zu vertreiben. Es half nicht. Dagegen förderte sein Gehirn jetzt die ersten Erinnerungsfetzen an den gestrigen Abend zutage.

Melchior war nicht als seine neue Partnerin nach Rottweil versetzt worden, sondern um ihn zu bespitzeln. Sie wollten ihm immer noch den Mord an seiner Frau anhängen. Sogar Beweismittel sollte er unterschlagen haben. Genau das hatte Winkler gestern schon am Kaffeeautomaten behauptet. Treidler brauchte nur noch eins und eins zusammenzuzählen, um ihn als Quelle dieser Unterstellung zu identifizieren. Fraglos setzte der Mann alles daran, ihn für immer loszuwerden. Doch so schnell gab er nicht auf. Dieser geschniegelte Möchtegern-Kommissariatsleiter würde seinen Unmut bald zu spüren bekommen. Und was danach kam, interessierte Treidler so wenig wie ein Haufen Kuhscheiße auf einer Florheimer Weide.

Verflucht – Novaks Beerdigung. Ihm blieb keine Stunde mehr. Zu rasch richtete sich Treidler auf und konnte gerade noch einen Schwindelanfall abwenden. Er blieb eine Zeit lang auf der Bettkante sitzen, bis er sich stark genug fühlte, um gefahrlos aufzustehen. Mit zitternden Beinen schlurfte er Richtung Badezimmer.

Wie die Wodkaflasche in das Waschbecken kam, konnte er sich beim besten Willen nicht erklären. Jedenfalls schwamm das Überbleibsel seines gestrigen Alkoholexzesses in einer trüben, seichten Brühe. Der Kommissar fischte die Flasche heraus, stellte sie auf den Beckenrand und ließ das Wasser ab. Unvermittelt erklang aus dem Schlafzimmer abermals Musik. Treidler zuckte zusammen. Offenbar war der Radiowecker durch die Snooze-Funktion erneut losgegangen. Er erschrak jedoch nicht ob der Lautstärke, sondern wegen des Musikstückes, das der Radiosender spielte: Es war Lisas Lied.

Mit einem Schlag brachen all die Erinnerungen an sie hervor. Ihr erster Kinobesuch. »Barfuss« – Till Schweigers tragisch-komischer Liebesfilm. Ein Film, den er sich zuerst überhaupt nicht hatte anschauen wollen. Dann die Eisdiele danach, wo sie noch beim Bestellen so viel über den Film lachen musste, dass der Mann hinter der Theke schon ungeduldig wurde. Zwei Kugeln Pistazie. Vor lauter Lachen aß sie so langsam, dass das Eis zu schmelzen begann und an der Waffel heruntertropfte. Auch der Kuss im Auto, ihre weichen Lippen schmeckten nach Pistazie. Lisa war ihm plötzlich so nah, dass er sie spüren, sie riechen konnte. Er stellte sich vor, dass sie nur wenige Meter weiter im Bett lag, noch zu träge, um aufzustehen. Manchmal hatte sie als Nachthemd eines seiner ausrangierten T-Shirts an, die an den Schultern zu weit, aber viel zu kurz waren.

Treidler hatte versucht, an alles Mögliche zu denken, seit sie nicht mehr war. Eine kurze Zeit war ihm die Ablenkung gelungen. Doch dann begannen die bohrenden Fragen, die ihn fast um den Verstand brachten. Warum nur hatte er sich an diesem Abend auf Birgit eingelassen? Warum kam er zu spät? Wann endlich hörte dieser Schmerz auf? Es fiel so unendlich schwer, ohne sie zu sein, etwas anderes zuzulassen. Er nahm die Wodkaflasche vom Beckenrand und schleuderte sie mit voller Wucht auf den Fliesenboden. Sie zerbrach in tausend Stücke. Er sackte auf die Knie, ließ sich nach vorne fallen und spürte die Scherben, die in seine Unterarme und Hände schnitten. Alles war jetzt egal – selbst die winzigen Glassplitter, die sich in die Stirn bohrten, als er seinen Kopf unter den Armen vergrub.

Er wusste nicht, wie lange er so verharrt hatte. Ein brennender Schmerz in seinem Gesicht holte ihn in das Hier und Jetzt zurück. Treidler fuhr auf und wischte sich die Augen frei. Die Sonne warf aufdringlich ihre Strahlen durch das kleine Fenster. Die Glassplitter auf dem Fliesenboden reflektierten das Licht und verteilten es als winzige, helle Punkte im Badezimmer.

Er setzte sich auf den Boden und lehnte seinen Oberkörper an die Badewanne. Er wollte nicht nach Florheim fahren, er wollte nicht zu der Beerdigung. Und am wenigstens wollte er Melchior sehen. Doch es gab keine Alternative, wenn er sich nicht die Pistole in den Mund stecken wollte.

Im Schlafzimmer dudelte seichter Discofox, bis sich der Wecker nach einer Weile von allein abschaltete. Und in der Stille, die plötzlich über allem lag, fasste Treidler einen Entschluss. Er musste sich beschäftigen, sich ablenken, um nicht erneut in dieses tiefe Loch zu fallen. Er würde nach Florheim fahren und sich die Leute auf Novaks Beerdigung genauer anschauen.

Trotz des sonnigen und fast warmen Wetters fanden sich auf dem Florheimer Friedhof nur wenige Menschen zu Johann Novaks Begräbnis ein.

Neben dem Geistlichen in einer schlichten schwarzen Soutane und zwei halbwüchsigen, desinteressiert dreinschauenden Ministranten zählte Treidler nur sechs weitere Personen. Zwei jüngere, sehr korrekt und dunkel gekleidete Männer hielten sich dezent im Hintergrund. Zweifellos gehörten sie dem Beerdigungsinstitut an und warteten darauf, den Sarg aus hellem Holz hinunterzulassen.

Das Grab mit dem schlichten Holzkreuz lag abgelegen am äußersten Ende des Friedhofes. Lediglich ein kleines Blumengesteck mit weißen Nelken schmückte die Ruhestätte. Ansonsten gab es weder Kränze noch Blumen. Kein Wunder – hatte sich Johann Novak doch mehr als sechzig Jahre nicht mehr in seinem Heimatdorf blicken lassen.

Etwas abseits des Holzkreuzes stand Anton Novak. Er hielt den Kopf geneigt und starrte vor sich hin. Der unbeholfen wirkende Mann trug einen viel zu kleinen dunkelblauen Anzug und ein helles Hemd mit zerknittertem Kragen. Das Auffallendste an ihm war die völlig unpassende Krawatte in einem schreienden grünroten Farbmix, der eher zu einer Fastnachtsveranstaltung gepasst hätte. Seine grauen, strähnigen Haare, die bei ihrem Besuch noch wirr heruntergehangen hatten, klebten mit einer dicken Schicht Pomade über seiner Halbglatze. Nur die Spitzen bewegten sich leicht, sobald der böige Wind aufflaute. Mit hängenden Schultern und regungsloser Miene verfolgte er die Grabrede des Dorfpfarrers.

Zwei etwa gleichaltrige Frauen, die Treidler noch nie zuvor gesehen hatte, umrahmten Edda Broghammer. Links von ihr stützte sich eine korpulente, weißhaarige Frau mit ihren fleischigen Händen auf einen Rollator, der unter ihrem Gewicht zusammenzubrechen drohte. Ihr Wollmantel mit Pelzbesatz an Kragen und Ärmeln war in die Jahre gekommen und schnürte sie besonders an Oberkörper und Hüfte ein. Treidler vermutete, dass die oberen beiden Knöpfe keine tiefen Atemzüge aushielten und deshalb offen standen. Unter dem Mantelstoff in einer undefinierbaren Farbe ragten ihre Beine hervor. Sie steckten in cremefarbenen Strümpfen. Das Nylon spannte sich über die unförmigen Waden wie eine Wurstpelle und würde vermutlich nicht mehr lange dem Druck der Fleischmassen standhalten. Das Gesicht der Frau wirkte dagegen klein und unscheinbar. Mit einem leidvollen Blick hing sie an den Lippen des Dorfpfarrers.

Halb verdeckt hinter der massigen Frau stand Edda Broghammer. Die Falten und Furchen auf ihrem Gesicht traten an diesem Morgen stärker hervor, als Treidler von der letzten Begegnung in Erinnerung hatte. Sie verliehen ihrem Antlitz müde und zugleich traurige Züge. Aber vielleicht entstand dieser Eindruck auch nur durch die tief stehende Sonne, und er bildete sich ihre Niedergeschlagenheit ein.

Auf Eddas rechter Seite verfolgte eine zierliche Frau mit schmalen Augen die Trauerfeier. Als Einzige der drei trug sie unter ihrem moosgrünen Filzmantel kein Kleid, sondern einen hellgrauen Hosenanzug. Die braunrote Farbe des maskulinen Kurzhaarschnittes wirkte bereits von Weitem unecht. Ihr resoluter Gesichtsausdruck ließ darauf schließen, dass sie mit ihren Gedanken woanders war. Obwohl Edda die Frau mit den kurzen Haaren nahezu einen Kopf überragte, wirke sie neben ihr wie ein zerbrechliches Mädchen. Beide hielten sich an den Händen. Treidler schloss daraus, dass sie eine enge Freundschaft verband.

Als die Dunkelhaarige Treidlers Blick bemerkte, ließ sie schnell Edda los und richtete ihren Oberkörper ein wenig auf. Dabei lag in ihren Augen etwas, das Treidler stutzig werden ließ. Noch war es ungreifbar und flüchtig wie schnelle Schatten. Aber seine Erfahrung sagte ihm, dass hinter der kleinen Frau mehr steckte, als sie den Anschein erwecken wollte.

Im Laufe der Jahre hatte er sie alle gesehen: die Gesichter, die etwas verbergen wollten. Am einfachsten machten es ihm die ängstlichen Menschen. Sie konnten keinen Blickkontakt aufnehmen oder senkten zu schnell ihre Augen. Andere versuchten, ihre Geheimnisse hinter einem dümmlichen oder überraschten Gesichtsausdruck zu verstecken. Auch das half nicht lange. Und schließlich gab es eben jenes starke, überheblich dreinschauende Gesicht, das durch pure Herablassung versuchte, ihn abzulenken. Und genau so jemanden sah er in ihr.

Aber die Tatsache allein, *dass* die Frau im grünen Mantel etwas verbarg, brachte ihn nicht weiter. Er musste wissen, was es war. Und dazu musste er mit ihr reden, und zwar bevor sie wieder zu Hause war.

Wenig später senkten die Männer vom Beerdigungsinstitut den Sarg ins Grab hinab. Treidler musterte den Pfarrer, der seinen Blick über die Trauergäste schweifen ließ und bei Anton Novak innehielt. Er trat auf ihn zu und schüttelte ihm die Hand. Dabei murmelte er ein paar Worte, und es schien, als ob ihn noch etwas davon abhielt, zu gehen. Erst nachdem ihm Novak etwas zugesteckt hatte, eilten er und die beiden Ministranten davon. Novak folgte mit kurzen, stampfenden Schritten hinunter zum Ausgang.

Inzwischen setzten sich auch die alten Damen in Bewegung. Mit dem Rollator dauerte es eine gute Weile, bis sie den Weg hinter sich gebracht hatten. Treidler wartete noch und machte sich erst auf den Weg, nachdem die drei sich außerhalb der Friedhofsmauern befanden.

Bevor er das schmiedeeiserne Gittertor am Ausgang erreichte, fuhr ein Taxi heran. Treidler beschleunigte seine Schritte. Die Beifahrertür schwang auf, und die Frau mit dem Rollator ließ sich von der Dunkelhaarigen beim Einsteigen helfen. Anschließend wechselte sie ein paar Worte mit dem Taxifahrer. Nachdem die Gehhilfe im Kofferraum lag, fuhr das Taxi ohne sie und Edda davon.

»Guten Tag, die Damen«, keuchte Treidler, als er die beiden Frauen eingeholt hatte. Durch das schnelle Gehen war er etwas außer Atem geraten.

»Mit wem haben wir das Vergnügen?«, wollte die Dunkelhaarige wissen.

»Mein Name ist Treidler, Hauptkommissar Treidler.« Er zog seinen Ausweis hervor.

»Sie kommen mir bekannt vor, junger Mann«, entgegnete Edda und blickte zu ihm auf. Ihre Augen leuchteten und wurden größer.

»Ich weiß, Frau Broghammer. Wir kennen uns schon. Aber diesmal würde ich gern mit Ihrer Begleiterin sprechen.« Er warf der Dunkelhaarigen einen Blick zu.

»Felber, Gerlinde Felber ist mein Name.« Ihre Stimme klang energisch, und der feste Händedruck wollte so gar nicht zu ihrer zierlichen Statur passen. »Was wollen Sie von uns?« Gerlinde Felber musterte Treidler mit krauser Stirn.

»Ich muss Ihnen einige Fragen stellen.«

»Das passiert nicht oft, dass jemand etwas von mir wissen möchte.« Felber deutete ein Lächeln an.

»In welchem Verhältnis standen Sie zu dem Toten?« Treidler blieb ernst.

»In welchem Verhältnis?« Sie wiederholte die Frage langsam und eine Spur zu deutlich. »In keinem natürlich.«

»Tatsächlich?« Treidler hob die Augenbrauen. »Warum besuchen Sie dann sein Begräbnis?«

»Wissen Sie, Herr Kommissar, in meinem Alter hat man nicht mehr viel Gelegenheit, aus dem Haus zu kommen …«

»… und aus Langeweile vertreiben Sie sich die Zeit mit Beerdigungen?«

»Warum nicht?«

»Weil das nicht besonders glaubwürdig klingt, Frau Felber. Sie sollten sich eine bessere Antwort einfallen lassen.«

»Hören Sie mal. Ich kann zu so vielen Beerdigungen gehen, wie ich will.«

»Natürlich können Sie das«, gab er zurück. »Aber in diesem Fall müssen Sie sich auch solche Fragen von mir gefallen lassen.«

»Sie haben mir bisher nur eine Frage gestellt. Und die habe ich Ihnen wahrheitsgemäß beantwortet.«

Nur ganz leicht zuckten ihre Mundwinkel, und Treidler spürte, dass sie log. »Wo waren Sie am Montagmorgen, so gegen drei Uhr früh?«

Für einen winzigen Augenblick flackerte Anspannung über ihr Gesicht. Dann hatte sie sich wieder unter Kontrolle und reckte angriffslustig das Kinn. »Warum wollen Sie das überhaupt wissen? Wessen verdächtigen Sie mich?«

»Hören Sie, Frau Felber, ich habe eine, sagen wir, schwierige Nacht hinter mir und keinerlei Interesse, Ihnen jede meiner Fragen zu erklären. Also, wo waren Sie?«

Die Dunkelhaarige ließ ihren Blick von seinem Kopf bis hinunter zu den Füßen und wieder zurückwandern. Scharf sog sie Luft ein. »Junger Mann – wollen Sie mich allen Ernstes hier verhören?« Ihr Lächeln wirkte zwanghaft.

»Befragen«, korrigierte Treidler.

»Ich muss Ihnen nicht antworten, das weiß ich.«

»Auch ich weiß das. Aber sonst werden Sie mich auf die Wache begleiten müssen.« Spätestens jetzt würde die Frau ja wohl kooperieren.

Gerlinde Felber zog ein mürrisches Gesicht. »Kein Problem.

Ich habe heute Nachmittag nichts vor. Kann ich mich zuvor noch umziehen? Ich wohne gleich da vorne. Dann können wir sofort gehen.« Sie deutete auf ein kleineres, frisch renoviertes Bauernhaus, kaum zweihundert Meter entfernt.

»Natürlich können Sie das. Aber ich werde Sie begleiten.« Treidler versuchte, seinen Tonfall so höflich wie möglich zu halten.

»Ich auch«, sagte Edda. Ein zufriedenes Lächeln lag um ihren Mund. Die Aussicht auf den kurzen Spaziergang bereitete ihr sichtlich Freude.

Wenig später erreichten sie den halbhohen Jägerzaun, der nahezu das gesamte Grundstück umschloss. Nur rechts vom Gartentor unterbrach ein kleinerer Holzschuppen mit rotem Ziegeldach die Umzäunung. Offensichtlich hatte er in früheren Zeiten als Unterstellplatz für einen Traktor gedient. Direkt davor, auf der hausabgewandten Seite, schmolzen ein paar kümmerliche Schneereste auf einer Sitzbank, deren Lehne nicht mehr existierte. Auch die anderen Holzlatten machten nicht den Eindruck, als ob sie diesen Winter überstehen würden.

»Soll ich mit hineinkommen, Gerlinde?«, fragte Edda.

»Nein, du wartest hier bei dem Herrn Kommissar. Ich bin gleich zurück.«

Mit einem Blick aus den Augenwinkeln wollte sich Treidler vergewissern, ob er Gerlinde Felber trauen konnte. Doch sie hatte sich bereits zum Gehen umgewandt, und so ließ er es dabei bewenden. Mit festen Schritten entfernte sie sich und verschwand im Haus.

Hoffentlich hatte er keinen Fehler begangen.

***

Gegen elf Uhr suchte Melchior Amstetters Büro auf. Den Papierstapeln auf seinem Schreibtisch nach zu urteilen, saß er bereits seit Dienstbeginn da, um sich durch irgendwelche Unterlagen zu wälzen.

»Hallo, Frau Kollegin«, begrüßte er sie und blickte auf. Offensichtlich freute er sich über die unerwartete Abwechslung. »Mal wieder auf Spurensuche? Ich habe heute leider keine kyrillischen Texte für Sie.«

»Morgen, Herr Amstetter«, entgegnete sie und deutete ein Lächeln an. »Aber deswegen bin ich auch nicht hier.«

»Weswegen dann?«

»Treidler hat mich gebeten, Ihnen die Datei von der Aufzeichnung eines Geräusches zu geben.«

»Wolfes?« Amstetter hob zweifelnd die Augenbrauen.

Melchior nickte. »Gestern auf der Rückfahrt haben wir so ein Geräusch aufgenommen, vom Ventil einer Gasflasche.«

»Ah …« Er machte einen zerstreuten Eindruck.

»Eigentlich wollte er heute noch vorbeikommen und Sie bitten, es mit einem anderen Geräusch zu vergleichen.«

»Mit welchem anderen Geräusch?«

»Auf dem Notruf seiner Frau ist ein ähnliches Geräusch. Das muss isoliert werden. Anschließend können Sie einen Frequenzvergleich durchführen.«

»So, so, einen Frequenzvergleich …«, wiederholte er.

»Ja, natürlich, einen Frequenzvergleich. Oder geht das mit Ihrer Ausrüstung nicht?«

»Klar geht das.« Amstetter nickte. »Er wollte also noch vorbeikommen. Wann denn?«

»Das hat er nicht gesagt.«

Er hielt den Kopf schief. »Was haben Sie eigentlich mit Lisas Fall zu tun?«

»Ich wollte Treidler ein wenig unterstützen«, gab sie leise zurück. Nach dem gestrigen Abend würden sich ihr wohl kaum noch viele Chancen bieten, sein Vertrauen zurückzugewinnen. Sie musste ihn davon überzeugen, dass sie alle Ermittlungen eingestellt hatte. »Falls er meine Hilfe überhaupt noch will.«

»Warum sollte er Ihre Hilfe nicht wollen?«

»Sagen wir es mal so: Wir hatten gestern Abend eine Meinungsverschiedenheit.«

»Gestern Abend? Waren Sie da noch im Dienst?«

»Nein, ich war kurz bei ihm zu Hause.«

»Ach ja? Bei ihm zu Hause?«, wiederholte er lang gezogen, als hätte sie etwas völlig Abwegiges gesagt.

Allmählich ging Melchior die phlegmatische Fragerei Amstetters auf die Nerven. »Wollen Sie die Datei nun überspielen oder nicht?«

»Klar.« Er nickte wie in Zeitlupe. »Aber dazu brauche ich das Notebook und ein Überspielkabel. Warten Sie bitte hier?« Behäbig erhob sich Amstetter von seinem Stuhl und schlurfte davon.

Melchior schaute ihm nach, wie er im hinteren Teil des Zimmers verschwand. Sie schüttelte den Kopf ob so viel Gemächlichkeit. Schließlich blieb ihr Blick an den Papierstapeln auf seinem Schreibtisch hängen: Eingangsrechnungen.

Die meisten Menschen waren davon überzeugt, dass die Arbeit von Kriminaltechnikern eine schlecht bezahlte, aber dafür umso spannendere Tätigkeit darstellte. Sie irrten alle. Zumindest was die Spannung anbetraf. Oft bestand selbst die Spurensicherung lediglich aus langweiligen und ermüdenden Verwaltungstätigkeiten, ähnlich dem Tagesgeschäft einer Amtsstube. Und bei dieser Arbeitsgeschwindigkeit benötigte Amstetter gewiss zwei weitere Tage, um sich durchzuarbeiten. Sie konnte sich ein schadenfrohes Grinsen nicht verkneifen.

Unter einem der oberen Blätter schaute ein bunter Briefkopf hervor. Sie hätte nicht sagen können, was sie dazu brachte, aber das Firmenlogo aus den drei Buchstaben ›ZtG‹ weckte mit einem Mal ihr Interesse. »Was ich Sie schon immer fragen wollte«, rief sie Amstetter nach, um in Erfahrung zu bringen, wo er sich im Moment befand.

»Fragen Sie …«, war weit entfernt seine Stimme zu hören. Es folgte ein Rascheln, das aus einem der Nebenzimmer zu kommen schien. Melchior schob die Blätter beiseite und überflog die Rechnung mit dem bunten Briefkopf, die nur drei Positionen umfasste:

02 x 80 l FL MED-O
04 x 40 l FL ARG-CO_2
12 x 01 l FL HE

»Wieso nennt Treidler Sie eigentlich ›Ernie‹?« Sie versuchte, gleichgültig zu klingen.

»Kennen Sie die ›Sesamstraße‹?«

»Natürlich. Aber der Lange hieß doch Bert.«

»Genau deswegen.« Die Stimme kam näher, Amstetter befand sich auf dem Rückweg.

»Klingt nach Treidlers Idee.«

»Daran kann ich mich nicht erinnern.«

Sie zuckte zusammen und fuhr herum. Amstetter stand direkt hinter ihr. »Aber schon möglich«, ergänzte er in einem viel leiseren Tonfall.

Wenn er nicht vor ihr stehen würde, könnte allein seine Stimme sie glauben machen, er wäre noch viel weiter entfernt. Hoffentlich hörte er nicht, wie laut ihr Herz pochte.

»Denken Sie wirklich, ich bin blöd?«, fuhr Amstetter sie an. »Jemanden in ein Gespräch zu verwickeln, um jeden Augenblick informiert zu sein, wo sich derjenige im Zimmer aufhält? Das ist ein ziemlich alter Hut.«

»Wie kommen Sie darauf, dass ich Sie in ein Gespräch verwickeln wollte? Mich interessiert nur, wie Treidler auf ihren Spitznamen kommt.«

»Wer sind Sie? Warum schnüffeln Sie in meinen Unterlagen herum? Das sind nur Rechnungen der Kriminaltechnik. Die gehen Sie nun wirklich gar nichts an.«

»Es tut mir leid. Das war nicht mit Absicht.«

»Wie kann man denn unabsichtlich in einem Papierstapel herumschnüffeln?«

»Das bringt der Beruf so mit sich.« Je länger sie redete, desto sicherer fühlte sie sich. Allmählich beruhigte sich ihr Herzschlag.

Misstrauisch musterte Amstetter sie. Offenbar gab er sich mit ihrer Antwort zufrieden, denn schließlich nickte er. »Gut, Frau Kollegin. Wo haben Sie die Aufnahme abgespeichert?«

ACHTZEHN

Das Laub des letzten Herbstes stob blitzartig auseinander. Unmöglich konnte der schwache Wind die Ursache dafür gewesen sein. Dann ein scharfer Knall. Kleine Steinchen und bunte Blätter wirbelten auf. Einen halben Meter vor Treidler war etwas in den Boden eingeschlagen.

Er fuhr herum. Im rechten oberen Fenster des Bauernhauses glänzte ein längliches Stück Metall in der Sonne – ein Gewehr. Dünner Rauch stieg aus der Mündung auf. Dahinter, im Halbdunkel, ein Gesicht – Gerlinde Felbers Gesicht.

»Hauen Sie ab! Sofort!«, schrie sie hinunter und legte erneut an. »Ich habe absichtlich danebengeschossen. Die Nächste trifft. Garantiert.«

Ohne weiter nachzudenken, umklammerte Treidler Edda an ihrer schmalen Taille und zog sie unsanft mit sich in den Schutz des Holzschuppens.

»Alles okay bei Ihnen?«, brachte er schwer atmend hervor und musterte Edda.

Die nickte erschrocken. Sie schien unverletzt.

Er presste sich mit dem Rücken an die Bretterwand und schob sich auf die Ecke des Schuppens zu. »Hören Sie damit auf, Frau Felber«, schrie Treidler. »Ich kann nicht einfach gehen.«

Erneut vernahm er den Einschlag eines Geschosses, bevor er den Schussknall hörte. Diesmal traf die Kugel den Eckpfosten des Schuppens und riss ein faustgroßes Stück aus dem Holz.

»Wir können Ihnen helfen, egal, was geschehen ist!«, brüllte er weiter.

»Ihr verfluchten schwäbischen Trottel aus Rottweil. Ihr hattet über sechzig Jahre Zeit zu helfen.«

Treidler tastete nach seiner Waffe. »Sechzig Jahre – wofür?«, rief er hoch, um weiter Zeit zu gewinnen. Verflucht – seine Pistole befand sich nicht an ihrem Platz. Nicht einmal das Holster hatte er umgebunden.

»Wen interessiert das jetzt noch?« Felber sprach schnell. Zum ersten Mal meinte er, so etwas wie Unsicherheit in ihrer Stimme zu erkennen.

»Mich interessiert das.«

»Blödsinn. Versuchen Sie nicht, mich für dumm zu verkaufen.«

Am besten, er beschäftigte sie mit Fragen. So würde sie wenigstens nicht weiterschießen. »Es liegt mir fern, Sie für dumm zu verkaufen, Frau Felber. Aber was hätten wir denn Ihrer Meinung nach die ganzen Jahre tun sollen?«

»Ich habe mich selbst darum gekümmert.«

»Um was haben Sie sich gekümmert?« Treidler kramte in den Taschen nach seinem Mobiltelefon.

»Um den Verräter.«

»Scheiße«, fluchte Treidler leise, als er bemerkte, dass auch das Handy zu Hause lag.

»So etwas sagt man nicht«, flüsterte Edda. Es war das erste Mal, dass sie sich überhaupt rührte, seit sie hinter dem Schuppen in Deckung gegangen waren.

»Ich habe mein Telefon nicht dabei.«

»Das ist kein Grund, so zu fluchen«, entgegnete sie und blickte mit gespielter Strenge zu ihm hoch.

»Tut mir ehrlich leid, Frau Broghammer. Aber ohne Telefon gehen mir so langsam die Ideen aus.«

»Sie haben recht.« Edda schob den Schnee von der Sitzbank. »Sieht so aus, als ob es etwas länger dauern könnte.« Sie zog ein Taschentuch aus ihrer Manteltasche, entfaltete es und setzte sich darauf.

»Was Sie nicht sagen …« Treidler traute seinen Augen nicht, als er sie seelenruhig dort sitzen sah.

»Übrigens trage ich immer eines bei mir.« Edda kramte in ihrer Handtasche und präsentierte ein Mobiltelefon von der Größe eines Taschenbuches. »Man weiß ja nie, was so passiert. Soll ich jemanden für Sie anrufen?«

»Nein«, stieß er aus und starrte auf das Gerät mit den daumennagelgroßen, farbigen Tasten. »Geben Sie es einfach mir.«

Unsicher blickte sie zu Treidler, dann auf das Telefon, um schließlich wieder zu ihm hochzusehen.

»Bitte«, sagte Treidler.

Sie nickte und reichte ihm das Telefon.

Treidler wählte die Nummer der Zentrale und forderte den Einsatz eines bewaffneten Spezialeinsatzkommandos an. Anschließend gab er Edda das Telefon zurück.

Rottweil hatte keine eigene SEK-Gruppe. Sie würden eine gute Viertelstunde warten müssen, bis die Einheit aus Villingen eintraf. Mit dem Ärmel säuberte Treidler oberflächlich die Sitzbank neben Edda und nahm Platz.

»Was machen wir jetzt?«, fragte sie.

»Wir warten, bis meine Kollegen kommen und Ihre Freundin festnehmen.«

»Dann bleibe ich auch hier. Mein Mann hat am letzten Nachmittag vor den Ferien immer Lehrerkonferenz. Er kommt nicht vor vier nach Hause. Und vielleicht brauchen Sie ja das Telefon nochmals.«

Mit einem Seitenblick stellte Treidler fest, dass sie ihre Worte keinesfalls scherzhaft gemeint hatte. Sie hielt ihre Handtasche vor den Bauch und presste die Lippen zusammen. Edda schien sich auf eine längere Zeit auf der Sitzbank einzustellen.

»Was meinte Frau Felber damit, dass sie sich selbst um den Verräter gekümmert hat?«, fragte er nach einer Weile. »Hat sie von Johann Novak gesprochen?«

»Natürlich.« Ihre Antwort klang, als ob sie nicht verstanden hätte, dass er damit Felber des Mordes beschuldigte.

»Woher wusste sie denn, dass er in Florheim ist?«, fragte Treidler.

»Von mir.«

»Wann haben Sie es ihr erzählt?«

»Am Sonntagabend. Mein Mann war bereits im Bett, da hat er plötzlich vor meiner Tür gestanden. Ich hab den Johann zuerst gar nicht erkannt. Er hat schrecklich ausgesehen. So ausgemergelt – richtig krank. Ich dachte schon, der bricht mir gleich zusammen, und wollte den Krankenwagen rufen. Doch er wollte sich nicht helfen lassen und hat mich stattdessen gebeten, Gerlinde anzurufen.«

»Warum ist Johann Novak denn ausgerechnet zu Ihnen gekommen?«

»Er hatte ja keine Ahnung, wo Gerlinde wohnt. Er war ja so lange weg. Und das Haus, in dem sie aufgewachsen ist, das ist schon vor vielen Jahren abgebrannt.«

»Und Novak hat bei Ihnen geklingelt, weil er gewusst hat, dass Sie beide Freundinnen waren?«

Edda nickte. »Schon seit unserer Schulzeit.«

»Ist Frau Felber denn ebenfalls zu Ihnen nach Hause gekommen?«

»Nein. Wissen Sie, mein Mann mag es nicht, wenn überraschend Besuch kommt.«

»Novak und Felber haben sich dann verabredet …«, sagte Treidler und versuchte sich vorzustellen, warum Novak sie nach so langer Zeit sehen wollte.

»Ja, Gerlinde wollte unbedingt, dass der Johann zur großen Linde kommt.«

»Zu welcher Linde?«

»Der riesige Baum beim ›Löwen‹.«

»Aber da steht kein Baum.«

»Inzwischen ist er gefällt worden. Um Platz zu machen für dieses hässliche Bushaltehäuschen. Eine wahre Schandtat.«

Allmählich fügte sich das Bild zusammen. Jedes Puzzleteil, so unpassend es in den letzten Tagen noch erschienen war, fand seinen Platz. Nur Gerlinde Felbers Motiv fehlte noch. »Was ist damals eigentlich passiert?«

»Damals?«, echote Edda. »Sie meinen, als der Johann verschwunden ist?«

»Ja. Können Sie sich noch daran erinnern, was in diesem Sommer nach dem Krieg geschehen ist?«

»Natürlich kann ich mich daran erinnern, Herr Kommissar.« Edda schüttelte den Kopf, als ob sie seine Frage völlig abwegig fände. »Ich mag zwar alt sein, doch ich bin nicht so vergesslich, wie Sie vielleicht denken.«

»Gut, dann erzählen Sie es mir doch einfach.« Treidler nickte ihr auffordernd zu.

»Der Johann und seine Freunde haben damals öfters ein Besäufnis abgehalten. Meistens haben sie dem Löwenwirt den Schnaps geklaut.« Sie lachte kurz auf. »Er konnte sie ja nicht anzeigen, weil er den Schnaps überhaupt nicht besitzen durfte. Der war ja schwarz gebrannt …«

»Wer waren Novaks Freunde?«, unterbrach Treidler.

»Na, der Egon und der Manfred.«

»Manfred Kopfler und Egon Barreis?« Treidler fragte nur zur Sicherheit. Es mussten die beiden anderen Mordopfer gewesen sein.

»Ja, die drei und der Merkle waren immer zusammen. Bis der Frieder zur Wehrmacht musste.«

»Friedrich Merkle, der erhängte Wehrmachtsoldat …«

Wieder nickte Edda. »Ein paar Tage, bevor die Franzosen kamen, ist er plötzlich wieder im Dorf aufgetaucht. Von seiner Einheit in Stuttgart desertiert, hat mir die Gerlinde später erzählt. Das hat sie aber auch erst von Frieders Vater gehört.« Sie seufzte. »Sie hat ihn ja so geliebt.«

»Wen? Den Friedrich?« Allmählich schälte sich Felbers Motiv heraus.

»Natürlich den Frieder. Die anderen drei waren richtige Saufköpfe und haben sich nur für den schnellen … na, wie soll ich es ausdrücken? Für den schnellen Spaß interessiert. Ja, Spaß ist wohl das richtige Wort.«

»Und was zum Teufel wollte Novak letzten Sonntagabend von Gerlinde?«

»Sie sollen doch nicht fluchen«, entrüstete sich Edda und bedachte ihn mit einem strengen Blick.

»Tut mir leid, aber manchmal rutscht mir das so heraus. Ich werde versuchen, mich zu bessern. Ehrlich.«

Sofort veränderten sich Edda Gesichtszüge, und sie lächelte wieder. »Er wollte sich wohl entschuldigen bei ihr.«

»Für was?«

»Weil er doch mit den anderen zusammen den Frieder an die SS verraten hat. Die sind nämlich am nächsten Morgen mit Lastwagen gekommen und …«

»… haben ihn aufgehängt.« Es gab keine Zweifel mehr. Auch Felbers Motiv stand jetzt fest.

»Ja, an der großen Linde beim ›Löwen‹. Die haben ihm ein Pappschild um den Hals gehängt, da stand drauf: ›Verräter‹.«

»Wie auf der Münze in Novaks Mund.« Treidler rief sich das

Gekritzel auf der Rückseite des Fünf-Reichsmark-Stücks in Erinnerung. »Dann hat die Gerlinde Manfred Kopfler und Egon Barreis erschossen. Sie hat vermutlich noch immer eine alte Wehrmachtspistole. Novak bekam es mit der Angst zu tun. Er ist nach Russland geflüchtet, weil er nicht zugeben wollte, dass er seinen Freund an die SS verraten hat.«

Edda musste nicht weiterreden. Rache als Motiv war beileibe nichts Ungewöhnliches. Doch Johann Novak hatte wohl nicht damit gerechnet, dass Gerlinde Felber ihren Hass so lange mit sich herumtrug. Oder vielleicht doch? Hatte er womöglich genau mit dieser Reaktion gerechnet, als er am Ende seines Lebens reinen Tisch machen wollte und nach Florheim zurückgekehrt war? Die Antwort darauf würde wohl für immer sein Geheimnis bleiben.

»Warum hat sich niemand um die beiden Morde gekümmert?«, fragte er Edda, die ihre Tasche inzwischen so fest umklammerte, dass das Weiß ihrer Knöchel hervortrat.

»1945? Sie müssen wissen, das war ein gesetzloser Sommer.« Niedergeschlagenheit schwang in ihren Worten. »Damals sind so viele Leichen in der Gegend herumgelegen, da ist es auf zwei mehr nicht angekommen. Niemand hat die Toten gezählt.«

»Sie hätten es später melden können.«

Vehement schüttelte Edda den Kopf. »Gerlinde hat immer gesagt, die beiden hätten den Tod verdient. Sie hat mir einmal einen Brief vom Frieder gezeigt, in dem er ihr seine Liebe gestanden hat. Er hat noch in seiner Tasche gesteckt, als sie ihn an der Linde aufgehängt haben.«

Treidler nickte. Es war vermutlich sinnlos zu fragen, was Edda am Montagmorgen in aller Frühe am Tatort gewollt hatte. Sie hatte sich schon bei ihrem letzten Besuch nicht daran erinnern können. Allerdings wusste sie seit Jahren, dass ihre Freundin zwei Morde verübt hatte.

»Warum haben Sie uns das nicht schon gestern erzählt?«

Edda neigte den Kopf und schaute über den Rand ihrer Brille. »Junger Mann«, antwortete sie mit einem Lächeln. »Sie wollen mich wohl auf den Arm nehmen. Wir haben uns doch gerade eben erst kennengelernt.«

Bevor Treidler etwas erwidern konnte, ertönten in der Ferne die Signalhörner mehrerer Polizeifahrzeuge. Sie kamen rasch näher. Er schaute auf die menschenleere Straße und wunderte sich, warum es noch keine Schaulustigen gab. Aber vermutlich lag das Bauernhaus am Friedhof so abgelegen, dass niemand die beiden Schüsse vorhin gehört hatte.

Sekunden später preschten eine Handvoll Fahrzeuge um die Ecke und kamen mit quietschenden Reifen am Straßenrand zum Stehen. Treidler blickte wieder zu Edda, die mehr interessiert als erschrocken dem Geschehen folgte.

Ein knappes Dutzend dunkel gekleideter Männer mit Skimasken sammelte sich schon hinter einem Lieferwagen. Die verdunkelten Seiten- und Heckscheiben des unscheinbar wirkenden Transporters sorgten dafür, dass niemand ins Fahrzeuginnere schauen konnte. Die Einsatzkräfte hatten schwere ballistische Westen übergezogen und trugen olivgrüne Helme mit Gehörschutz. Mit Präzisionsgewehren positionierten sich einige der Männer im Gelände um das Haus. Auf ihrem Rücken prangten handtellergroße gelbe Buchstaben, die ihre Zugehörigkeit zum SEK verkündeten. Sekunden später konnte Treidler nur noch einen Schützen ausmachen. Der Rest der Männer schien auf den ersten Blick unbewaffnet, führte sicherlich aber Pistolen mit sich. Ein Beamter trug einen leichten Rammbock auf dem Rücken, ein anderer eine Aluminiumleiter. Niemand sagte ein Wort. Nur ihre leisen Schritte waren auf dem Asphalt zu hören.

Plötzlich zerriss ein Schuss die Luft. Der Knall klang viel dumpfer als zuvor. Keiner der Männer reagierte. Offenbar war der Schuss im Haus abgefeuert worden. Mit einer schrecklichen Vorahnung schaute Treidler zu Edda. Unendlich traurige Augen erwiderten seinen Blick. Jedes Wort war unnötig. Beide wussten, was geschehen war: Gerlinde Felber hatte sich selbst gerichtet.

»He, Treidler«, vernahm er da eine Stimme, auf deren Klang er liebend gern verzichtet hätte. Treidler blinzelte in die Sonne. Breitbeinig, in Anzug und Krawatte stand Winkler vor ihm. Selbst mit der verbundenen Nase und dem geschwollenen Auge wirkte er herablassend. »Petersen hat mich zum Aufräumen hierhergeschickt.«

»Aufräumen?« Treidler glaubte, sich verhört zu haben. Ruckartig stand er auf.

Sofort wich Winkler einen Schritt zurück.

»Geh mir bloß aus der Sonne, du Arschloch.« Er wandte sich an Edda und streckte ihr die Hand entgegen. »Kommen Sie, Frau Broghammer. Ich fahre Sie nach Hause.«

Inzwischen hatte sich halb Florheim hinter der Absperrung vor Gerlinde Felbers Haus versammelt. Er entdeckte Elvira Flaig und ihren Mann, der noch immer das grün-weiß karierte Flanellhemd trug wie bei der Befragung seines Sohnes. Neben ihm stand der Handwerker aus dem »Löwen«, der offensichtlich seinen Rohrbruch repariert und genügend Zeit zum Gaffen hatte.

Treidler bahnte für sich und Edda einen Weg durch die Menschenmenge. Ohne sich nochmals umzudrehen, erreichten sie seinen Mercedes vor dem Friedhof. Für einen kurzen Moment überlegte er, ob er Eddas Geschichte Glauben schenken konnte. Ihre Demenz war schon weit vorgeschritten. Doch er verwarf die Zweifel sofort wieder. Die Angaben waren zu präzise, als dass sie sich das alles ausgedacht haben könnte.

Nach einer schweigsamen Fahrt stoppte Treidler vor dem Holzhäuschen mit den weinroten Fensterläden. Er ließ den Motor laufen, stieg aus und begleitete sie bis zur Tür.

Er hatte keine Ahnung, was er ihr zum Abschied sagen sollte. »Und wie werden Sie Ihren Abend verbringen?«, fragte er schließlich.

»Mein Mann und ich spielen Offiziersskat. Das machen wir freitagabends immer.« Sie lächelte ihn höflich an.

»Dann wünsche ich viel Spaß dabei«, sagte er schnell. »Ich muss jetzt zurück nach Rottweil.«

»Frohe Weihnachten, Herr Kommissar.« Edda strahlte.

»Ja – Ihnen auch, Frau Broghammer«, erwiderte Treidler mit einem gezwungenen Lächeln und schaute ihr nach, bis sich die Tür hinter ihr schloss. Ein wenig beneidete er die alte Frau um die Scheinwelt, die sie sich geschaffen hatte. Vermutlich spürte sie nicht einmal, dass es da niemanden mehr gab in ihrem Leben. Ihr Weihnachtsfest würde einfacher werden als das seine.

Auf der Rückfahrt zur Polizeidirektion passierte Treidler die Unfallstelle vom Vortag. Das kurze Gespräch mit dem Sanitäter kam ihm in den Sinn, der behauptete, dass es nur einen Händler im Umkreis gab, der Gasflaschen auffüllte. Es konnte nicht schaden, ihn zu besuchen, zumal er kein Interesse verspürte, den Nachmittag über mit Melchior ein Büro zu teilen.

Der Firmenname fiel ihm nicht mehr ein. Er konnte sich nur noch daran erinnern, dass der Mann das Wort »Saline« benutzt hatte. Das sollte reichen. Die Saline bezeichnete ein kleineres Industriegebiet im Süden Rottweils. Und dort würde er das Unternehmen schon finden.

Der gesuchte Betrieb entpuppte sich als eine schmuddelige Tankstelle mit angeschlossenem Gasverkauf. An den beiden Zapfsäulen staute sich eine Handvoll Fahrzeuge, die vor den Weihnachtsfeiertagen noch tanken wollten. Nach einem Blick auf die Tankuhr stellte Treidler fest, dass auch sein Benzin nicht mehr weit reichen würde. Doch in Anbetracht der beiden Fahrzeugschlangen verzichtete er darauf.

Im Gegensatz zur Tankstelle war das Zentrum für technische Gase nebenan an diesem Nachmittag wenig besucht, und so konnte Treidler direkt vor der Eingangstür parken. Links vom Gebäude stand eine niedrige, aus rostigen Drahtmatten und Wellblech erbaute Hütte. Das Schönste an dem Schuppen stellte ein weißes Firmenschild dar, das die drei farbigen Lettern ›ZtG‹ als Abkürzung des Firmennamens zeigte. Durch das Gitter erkannte Treidler Dutzende Gasflaschen in verschiedenen Größen und Farben.

Der kleine Verkaufsraum mit rotbraunen Bodenfliesen verfügte nur über eine spartanische Einrichtung. Sie bestand gerade mal aus einem grauen Schreibtisch mit Bürostuhl und einem Regalbrett, das sich unter zahllosen Ordnern bog. Hinter dem Schreibtisch saß ein Junge von vielleicht sechzehn oder siebzehn Jahren, der es mit der Reinlichkeit seiner Arbeitskleidung augenscheinlich nicht so ernst nahm. Die langen Haare versuchte er unter einer dunklen Schildkappe mit dem Werbeaufdruck einer lokalen Zeitung zu verbergen. Während er irgendwelche Zahlen vor sich hin murmelte, glitten Geldscheine durch seine schmutzigen Hände. Nach jedem zweiten Schein leckte er die Fingerkuppen und präsentierte dabei ungeniert dicke schwarze Ränder unter den Nägeln. Offenbar war er damit beschäftigt, die tägliche Abrechnung fertigzustellen.

»Sie wollen aber kein Gas mehr, oder?«, brummte er ohne aufzuschauen. »Wir schließen nämlich gleich.«

»Nein«, entgegnete Treidler. »Ich bin von der Kriminalpolizei Rottweil.« Er verzichtete darauf, seinen Dienstausweis vorzuzeigen.

»Kriminalpolizei?« Der Junge hielt abrupt mit der Zählerei inne. Neugierig hob er sein pickeliges Gesicht. »Was wollen Sie?«, fragte er und wandte sich sogleich wieder den Geldscheinen zu. »Ich habe um drei Feierabend, und morgen ist Heiligabend.«

Treidler seufzte. Er hatte nicht den Hauch einer Idee, was er hier draußen überhaupt wollte. »Wie viele Kunden haben Sie so – sagen wir im Monat?«, erkundigte er sich schließlich.

»Keine Ahnung«, lautete die knappe Antwort.

»Gibt es keine Kundenliste?«

»Nicht direkt. Aber schauen Sie auf die Reihe hinter mir. Da stehen über zwanzig Aktenordner – für jeden Tag einer. Und jeder davon ist voll mit Gasverkäufen.« Er schaute ein weiteres Mal auf und deutete ein Lächeln an. »Sogar Ihre Kollegen kaufen bei uns.«

»Das müssen Hunderte sein …«, stieß Treidler aus.

»Vermutlich ja.« Das Grinsen breitete sich über das gesamte Gesicht des Jungen aus.

Es würde Wochen, wenn nicht gar Monate dauern, alle Adressen darin zu überprüfen. Außerdem war er auf sich allein gestellt und wusste immer noch nicht, nach was er suchen sollte. Treidler musste sich eingestehen, dass die Spur hier in einer Sackgasse endete. »Gut.« Er räusperte sich verlegen. »Meine Kollegen werden sich bei Ihnen melden.« Er griff nach einer Visitenkarte auf dem Schreibtisch und betrachtete sie. »Hat das etwas Besonderes zu bedeuten?«

»Was?«

»Die unterschiedlichen Farben der drei Anfangsbuchstaben im Firmennamen.«

»Die Karten hat der Chef gemacht.«

»Keine Idee?«

Der Junge zuckte mit den Schultern. »Gasflaschen haben unterschiedliche Farben je nach Inhalt. Grün steht für Stickstoff, Blau für Sauerstoff und so weiter. Vielleicht hat er das damit gemeint.«

Treidler nickte. »Ich nehme die hier mal mit.« Damit wandte er sich zum Gehen und ließ einen verdutzt dreinschauenden Angestellten zurück.

Die Uhr im Wagen zeigte Viertel vor drei. Was konnte er noch tun? Den Bericht zum Mordfall Novak schreiben? Nein, im Büro träfe er nur Melchior an. Und das wollte er sich heute nicht mehr zumuten. Vor dem Prozess war er oft an den Freitagnachmittagen zum Schießtraining gegangen. Vielleicht war es keine gute Idee, nach all den Jahren einfach mal wieder dort aufzukreuzen. Doch je länger er darüber nachdachte, desto mehr Gefallen fand er daran. So konnte er immerhin Melchior bis nach Weihnachten aus dem Weg gehen. Und sofern sie noch einen Hauch Anstand besaß, hatte sie nach den Feiertagen ein Versetzungsgesuch eingereicht.

Seine Pistole lag noch zu Hause, und so fuhr Treidler an seiner Wohnung vorbei. Es dauerte eine ganze Weile, bis er sie unter dem Bett in einem Haufen Kleidungsstücke fand. Vermutlich müsste er die Waffe sofort abgeben, falls jemand auf der Dienststelle von diesem Aufbewahrungsort erfuhr. Er schwor sich, zukünftig besser darauf aufzupassen. Bevor er das Haus verließ, steckte er noch das Handy ein. Er wollte nicht schon wieder in einer brenzligen Situation ohne Telefon dastehen.

Nach einem Umweg über den Autoschalter des nahen McDonalds und zwei Hamburgern während der Fahrt steuerte Treidler auf den Innenhof der Polizeidirektion. Ausgerechnet Winklers Parkplatz, der dem Eingang zur Schießanlage am nächsten lag, war frei. Kurzerhand stellte Treidler den Mercedes dort ab, schnappte sich Pistole und Mobiltelefon vom Beifahrersitz und schlenderte der eisernen Eingangstür entgegen. Eine Betontreppe führte in das Kellergeschoss, das sich nicht nur unter dem gesamten Gebäude, sondern bis zur anliegenden Straße ausbreitete. Treidler trat in die Zugangsschleuse, klingelte und zog eine Grimasse in Richtung Kamera. Es dauerte ungewöhnlich lange, bis endlich der Summer ertönte und der Zugang freigegeben wurde. Aber vielleicht bildete er sich das nur ein.

Zwei Streifenpolizisten, die mit einer unecht wirkenden Waffe hantierten, musterten ihn einen Augenblick zu lange. Die Räumlichkeiten hatten sich seit seinem letzten Besuch vor über zwei Jahren völlig verändert. Es gab keine separaten Bahnen mit Abschussplatz mehr, sondern ein großer Schießplatz breitete sich rechtwinklig zum Eingang aus. Auch mit dem Geruch des Raumes stimmte etwas nicht. Früher hatte es nach Schießpulver und Waffenöl gerochen. Heute jedoch nahm er lediglich einen unbestimmten Plastikgestank wahr. Vermutlich stammte er von dem neu verlegten Fußbodenbelag aus schwarzem Noppenmuster.

Nicht verändert hingegen hatte sich Bergmeier. Der Beamte, der seit bestimmt zehn Jahren über die Schießanlage wachte, musterte mürrisch wie eh und je den Ankömmling. Dabei hielt er seinen Kopf schief, blickte über den Brillenrand und trug Treidler in eine Liste vor sich ein. Obwohl es auf der Schießanlage fast so sauber wie in einem Operationssaal zuging, konnte sich Treidler nicht daran erinnern, Bergmeier jemals ohne blauen Arbeitskittel gesehen zu haben. Die lange Dienstzeit im Keller der Polizeidirektion hatte Spuren in seinem Gesicht hinterlassen. Trotz des jüngeren Alters war seine Haut faltig und erschien im Neonlicht grob und weiß wie eine Wand.

»Servus, Bergmeier«, begrüßte Treidler ihn. »Lange nicht gesehen. Meidest du immer noch das Sonnenlicht?«

»Selten so gelacht«, entgegnete Bergmeier. »Was zum Teufel führt dich hierher?« Er versuchte, ein überraschtes Gesicht zu ziehen, obwohl er Treidler schon vorhin in der Schleuse erkannt haben musste.

»Nach was sieht's denn aus?«, gab Treidler zurück.

»Kannst du überhaupt noch schießen?«

»Deine Pappscheiben werde ich schon noch treffen.«

»Wir haben hier keine Pappscheiben mehr.« Bergmeier schob seine Brille zurecht.

»Was dann? Schießt die Polizei jetzt auf Fernseher?«

»Nicht ganz. Aber das Schießtraining hat sich in den letzten zwei Jahren ziemlich verändert. Aus dem Scheibenschießen ist ein digitalisiertes, lageorientiertes Training geworden.«

»Digitalisiertes was …?«

»Digitalisiertes, lageorientiertes Training«, wiederholte Bergmeier bemüht.

»Und zu was soll das gut sein?«

»Damit kannst du nicht nur deine Treffsicherheit erhöhen, sondern auch die Handhabung der Waffe in unterschiedlichen Situationen trainieren.«

»Ah so.«

»Dazu wurde die Schießanlage vollkommen umgebaut«, sagte Bergmeier. In seiner Stimme schwang unüberhörbarer Stolz mit. »Jetzt werden digitale Videosequenzen auf eine Leinwand projiziert. Der trainierende Beamte entscheidet spontan, ob der Einsatz der Schusswaffe rechtlich zulässig ist oder die Sachlage nicht auch anders zu lösen wäre. Alles interaktiv, versteht sich …«

»Interaktiv, natürlich.«

»Um die Lagetrainings noch realistischer zu gestalten, kann auch der nächtliche Einsatz mit einer Taschenlampe digital simuliert werden. Der Lampenstrahl erhellt die Videosequenz dann punktuell.«

»Hört sich richtig gut an«, entgegnete Treidler mit einem spöttischen Unterton. »Aber ich habe meine Taschenlampe nicht dabei – nur die Pistole. Und ich will keine Löcher in deine Leinwand schießen.«

»Du kannst sogar den Einsatz von Pfefferspray digital üben«, fuhr Bergmeier unbeirrt fort. »Das Gegenüber auf der Leinwand reagiert dann in Echtzeit und infrarot gesteuert auf deine Aktionen.«

Mit Pfefferspray hätte er den Russen in Stuttgart wohl kaum dazu gebracht, Melchior loszulassen. Ihn damit zu bewerfen, wäre gewiss eine schlechte Idee gewesen. »Kann ich trotzdem mit der Pistole auf irgendwelche Scheiben schießen?«, fragte Treidler.

Bergmeier hob missbilligend die Augenbrauen. »Für die Dinosaurier unter den Polizeibeamten gibt es noch eine Schießbahn drüben im alten Lagerraum. Aber das kann ich dir nicht als Schießtraining vermerken. Du musst viermal pro Jahr hier auf der Raumschießanlage üben. Oder hast du die Dienstanweisung nicht gelesen?«

»Dienstanweisung?« Treidler musste lachen. »Nein, die haben sie mir in der U-Haft nicht zugestellt.«

»Wie viele Magazine willst du?« Bergmeier ging nicht auf Treidlers Scherz ein.

»Drei.«

Bergmeier nickte, drehte sich um und ging zum Tresor. Er entnahm die gewünschte Anzahl Magazine und schob sie über den Tresen. Treidler unterschrieb für die Munition. Im Nebenraum legte er seine Waffe auf den Abschussplatz und drückte den Knopf, um die Halterung für die Zielscheibe heranzuholen. Er montierte eine neue Pappscheibe und fuhr die Halterung auf zehn Meter. Nachdem die Ohrenschützer an ihrem Platz saßen, visierte er die Scheibe an und feuerte fünf Schüsse ab.

Treidler holte die Zielscheibe zu sich heran und stellte zufrieden fest, dass alle fünf Schüsse getroffen hatten, vier davon sogar ins Schwarze. Nach dem unerwarteten Erfolg kam ihm in den Sinn, zu testen, wie weit er gehen konnte. Schließlich hatte er seit zwei Jahren an keinem Schießtraining mehr teilgenommen. Mit einer neuen Pappscheibe ausgestattet, fuhr er die Halterung auf zwölf Meter.

Er schoss dreimal. Bevor er ein viertes Mal abdrücken konnte, machte sich mit einem Vibrieren das Mobiltelefon in seiner Brusttasche bemerkbar. Er stieß einen Fluch aus. Er würde einfach so lange warten, bis es von allein aufhörte. Doch der Anrufer gab nicht auf. An ein Zielen war nicht mehr zu denken. Treidler sicherte die Pistole und legte sie vor sich ab. Das Display zeigte eine Mobilfunknummer, die er nicht kannte. Vielleicht sollte er das Telefon einfach ausschalten. Schließlich schob er einen der Ohrschützer beiseite und nahm widerwillig das Gespräch entgegen.

»Treidler?«, drang Melchiors Stimme aus dem Telefon, bevor er sich melden konnte.

Beinahe hätte er die Verbindung wieder unterbrochen. Doch Melchior klang aufgeregter als sonst, und so entgegnete er nur: »Den Anruf hätten Sie sich sparen können. Es interessiert mich nicht, was Sie zu sagen haben.«

»Vergessen Sie doch mal für einen Augenblick den gestrigen Abend, okay? Ich will mich nicht erneut bei Ihnen entschuldigen.« Sie zögerte kurz. »Vermutlich ist mein Verhalten ohnehin unentschuldbar.«

»Wem sagen Sie das«, entgegnete er. »Aber welchen Teil von ›interessiert mich nicht‹ haben Sie nicht verstanden?«

»Legen Sie nicht auf, Treidler«, bat sie.

Statt etwas darauf zu erwidern, drückte Treidler den Knopf, um die Zielscheibe erneut heranzuholen.

»Wenn Sie nicht mit mir sprechen wollen, kann ich nichts dagegen tun. Aber bitte lassen Sie mich ausreden.«

»Sie reden doch schon andauernd.« Das Geräusch der herannahenden Halterung für die Zielscheibe schwoll an.

»Ich war heute Morgen bei Amstetter im Büro, und da ist mir ein Rechnungsbeleg aufgefallen. Das Firmenlogo kam mir aus irgendeinem Grund bekannt vor.«

»So? Und was geht mich das an?«

»Das weiß ich nicht. Aber ich habe so eine Ahnung, dass es wichtig sein könnte.«

»Mein Gefühl sagt ganz was anderes …« Die Zielscheibe stoppte direkt vor ihm, und das Geräusch des Motors verstummte mit einem lauten Klacken.

»Ich will doch nur helfen, Treidler.«

»Mache ich auf Sie den Eindruck, als ob ich Ihre Hilfe brauche?«

»Nein, natürlich nicht. Aber ich glaube, dieses Firmenlogo ist im Zusammenhang mit unseren gemeinsamen Ermittlungen aufgetaucht.«

»Mir ist vollkommen egal, was Sie glauben oder nicht. Und vielleicht wissen Sie es noch nicht, aber unsere gemeinsamen Ermittlungen sind seit ein paar Stunden abgeschlossen, der Mord an Johann Novak ist aufgeklärt. Und weitere gemeinsame Ermittlungen wird es mit uns beiden garantiert nicht geben.«

»Abgeschlossen?«, echote Melchior. »Hat es schon eine Festnahme gegeben?«

»Nach Weihnachten können Sie meinen Bericht bei Petersen einsehen. Da steht alles drin.«

»Was für einen völlig verblödeten Unsinn verlangen Sie da von mir? Hören Sie sich manchmal auch selbst zu?«

Mist, er war zu weit gegangen. Doch warum sollte ihn das überhaupt noch interessieren? Sie hatte schließlich sein Vertrauen missbraucht. Es blieb lediglich die Frage, was schwerer wog: reingelegt zu werden oder es nicht bemerkt zu haben. »Denken Sie nur nicht, dass das etwas ändert. Also, was hat es mit diesem Firmenlogo auf sich?«

»Es besteht aus drei Buchstaben: ZtG – großer Zeppelin, kleiner Theodor, großer Gustav«, entgegnete sie.

»ZtG?« Er zog die Visitenkarte aus der Hosentasche. Und tatsächlich, die drei farbigen Lettern bildeten zusammen die Abkürzung ›ZtG‹. »Zentrum für technische Gase in Rottweil, an der Saline 12«, las Treidler von der Karte ab und steckte sie wieder weg. »Und, was sagt Ihnen das?«

»Wenn ich ehrlich bin – überhaupt nichts. Wie gesagt, es ist nur so eine Ahnung.« Ihre Stimme klang zögerlich.

»War's das? Ich habe nämlich Wichtigeres vor, als mich mit Ihnen über Ahnungen zu unterhalten.«

»Ja, Herr Hauptkommissar, das war's«, erwiderte sie trotzig. »Ich werde Sie nicht noch mal belästigen.«

»Oh doch, das werden Sie. Glauben Sie mir das. Sie und Ihr Schnüffelverein geben doch erst Ruhe, wenn ich weg vom Fenster bin.« Ohne auf ihre Reaktion zu warten, beendete er das Gespräch. Treidler steckte das Telefon zurück in die Brusttasche, zog es aber sogleich wieder heraus. Er grinste, als er ihre Rufnummer unter dem Namen »Stasi« abspeicherte. Noch vorhin hätte er es nicht für möglich gehalten, dass es ihm nach ihrem Anruf so viel besser gehen könnte. Er schaltete das Telefon aus.

***

Melchior lauschte dem monotonen Tuten, bis es von allein aufhörte. Dann presste sie den roten Knopf, um das längst beendete Gespräch wegzudrücken. Treidlers Information über das Firmenlogo stellten sie nicht zufrieden. Woher wusste er überhaupt von dem Zentrum für technische Gase an der Saline?

Zentrum für technische Gase ... technische Gase. Melchior rief sich nochmals die einzelnen Zeilen der Rechnung auf Amstetters Schreibtisch in Erinnerung. Und jäh begriff sie, was die kryptischen Bezeichnungen in den Rechnungspositionen bedeuteten. Der Zusammenhang, der sich mit einem Mal vor ihr auftat, war so unerhört wie unglaublich zugleich.

NEUNZEHN

Treidler leerte die restlichen Magazine auf sechs weitere Pappscheiben. Zufrieden stellte er fest, dass seine Treffsicherheit noch nicht unter dem fehlenden Schießtraining litt. Erst ab der letzten Scheibenposition, in zwanzig Meter Abstand, fand keiner der Schüsse mehr ins Schwarze. Ein Umstand, den er eher auf eine beginnende Kurzsichtigkeit schob als auf seine Schießkunst. Zumal kaum einer der Kollegen auf diese Entfernung eine münzgroße Stelle träfe.

Gegen Viertel nach fünf trat er schließlich wieder auf den Innenhof. Mittlerweile hatte sich die Sonne hinter den Horizont gesenkt und machte der Dämmerung Platz. Nur noch letzte goldgelbe bis rötliche Streifen schimmerten über den Dächern im Westen und ließen die vergangenen sonnigen Stunden erahnen. Ohne das wärmende Sonnenlicht konnten sich die angenehmen Temperaturen des Tages nicht lange halten, und sogleich begann Treidler zu frösteln. Er schlug den Kragen des Mantels hoch und beschleunigte seine Schritte, obwohl er keine Eile verspürte, nach Hause zu kommen. Es würde eine kalte Nacht werden.

Von Winklers Auto konnte er weit und breit nichts erkennen. Vermutlich trieb er sich immer noch in Florheim herum. Schade, er hätte sich zu gern ein weiteres Mal mit ihm angelegt. Aber es geschah Winkler recht. Sollte der sich doch bis in die Nacht hinein um den Rest kümmern. Für Treidler war der Fall nach dem Bericht nächste Woche ohnehin erledigt.

Er warf das Mobiltelefon auf den Beifahrersitz, startete den Mercedes und stellte sich hinter zwei Fahrzeugen an der Ausfahrt an.

Der Feierabendverkehr wälzte sich vor ihm vorbei. Vielleicht sollte er eine Pizza Salami bestellen. Sie würde ihm zwar nicht über den beschissenen Abend hinweghelfen, doch wenigstens die Auswirkungen des Alkohols abmildern, den er zweifellos gleich in sich hineinschütten würde. Treidler nahm das Telefon zur Hand und schaltete es ein. Bevor er die Nummer des Pizzadienstes wählen konnte, signalisierte das Gerät mit einem Piepsen fünf Anrufe in Abwesenheit. Alle stammten von »Stasi«. Konnte sie ihn nicht einfach in Ruhe lassen? War er vorhin nicht deutlich genug gewesen? Die Lust auf Pizza verging ihm von einer Sekunde zur anderen. Er drückte die Anruferliste weg und warf das Telefon in die Mittelkonsole.

Es dauerte noch einige Minuten, bis er sich endlich in den Verkehr einfädeln konnte. Und wäre der ältere Mann in seinem bestimmt gleichaltrigen Opel Rekord nicht so freundlich gewesen, ihn hineinzulassen, so stünde er vermutlich immer noch an der Ausfahrt.

Schon neben dem Gebäude der Polizeidirektion, an der nächsten Ampel, musste er von Neuem anhalten. Eine Handvoll Fußgänger wartete darauf, die Straße zu überqueren. Im Halbdunkel entdeckte Treidler unter den Wartenden Amstetter. Merkwürdig, dass er Ernie noch nicht in der Stadt getroffen hatte. Sonst wären sie vielleicht schon mal ein Bier trinken gegangen. Egal – genau das würde er jetzt nachholen.

Treidler hupte und zog die Aufmerksamkeit der Fußgänger auf sich. Gleichzeitig drehten sich alle Wartenden zu ihm um. Amstetter erkannte ihn und kam zur Beifahrerseite. Er hatte sich dick eingepackt und den Kragen seines Mantels hochgeschlagen. Unter der dunklen Pudelmütze wirkte er viel bleicher als sonst. Seine geröteten Augen zeugten von einem langen Tag hinter einem seiner zahllosen Computermonitore.

Treidler kurbelte die Scheibe auf der rechten Seite herunter. »Und Ernie, hast du heute Abend schon was vor?«, rief er gegen die Kälte und den Verkehrslärm an. »Wir könnten noch ein Feierabendbier trinken.« Die Aussicht, sich nicht allein betrinken zu müssen, begann ihm zu gefallen.

Die Ampel schaltete auf Grün, und die ersten Hupsignale aus der Schlange hinter Treidler ertönten.

Amstetter zögerte und schüttelte den Kopf. »Ich sollte nach meiner Mutter schauen.«

»Komm schon, nur für ein oder zwei Bier. In einer halben Stunde bist du zu Hause. Ich muss nur noch kurz den Wagen tanken.«

Das Hupkonzert der Fahrzeugschlange wurde lauter. Amstetter schaute sich um und nickte dann. »Gut – aber nur für eine halbe Stunde.« Er öffnete die Tür und schwang sich auf den Beifahrersitz.

In der Zwischenzeit zeigte die Ampel wieder Rot. Treidler gab trotzdem Gas und überquerte die Kreuzung. Schließlich wusste jeder Polizist in Rottweil, wo Blitzanlagen den Verkehr überwachten. Und diese Stelle gehörte nicht dazu. Bevor er etwas sagen konnte, machte sich sein Mobiltelefon in der Mittelkonsole mit einem Summen bemerkbar. Treidler schaute kurz auf das Display und gleich wieder auf die Straße. Schon wieder Melchior. Sie gab wohl nie auf.

»Warum gehst du nicht ran?«, fragte Amstetter, als das Gerät nach dem fünften oder sechsten Rufsignal immer noch keine Ruhe gab.

»Weil ich nicht will. Ich schalte das Ding eh gleich aus.«

»Dir ist doch sicherlich bewusst«, sagte Amstetter mit einem Schmunzeln, »dass Mobiltelefone genau dazu da sind.«

»Genau zu was …?«

»Um mobil erreichbar zu sein.« Sein Grinsen wurde noch eine Spur breiter. »Und genau jetzt bist du mobil und erreichbar.«

Schlagartig hörte das Summen auf. »Siehst du?«, sagte Treidler. »Man muss nur lange genug warten, dann lösen sich die meisten Probleme von selbst.«

Es dauerte nur bis zum nächsten Ampelstopp, bis das Telefon erneut loslegte. Abermals ignorierte Treidler nach einem kurzen Blick das ankommende Gespräch.

»Das nervt – nimm ab«, forderte Amstetter.

»Wenn es dich stört, geh doch selbst ran.«

Amstetter fischte das Telefon aus der Mittelkonsole und warf einen Blick aufs Display. »Bestimmt nicht.« Er hielt Treidler das Telefon unter die Nase. »Da ruft gerade die Stasi an. Jedenfalls steht es auf dem Display.«

Jetzt konnte Treidler sich ein Lachen nicht verkneifen. »Das ist sie.«

»Wer sie?«

»Melchior.«

Die Ampel sprang auf Grün. Diesmal musste Treidler den Fahrer vor sich mit einem Hupsignal auffordern, endlich loszufahren.

»Sieht so aus, als ob du ein Kindermädchen an der Hacke hast«, meinte Amstetter.

»Nicht mehr lange. Ich hoffe, dass sie sich nach Weihnachten Richtung Hamburg verpisst hat.«

»Hamburg? Ich dachte, die ist aus Berlin?«

»Das dachte ich auch. Aber in Wirklichkeit gehört sie dem Dezernat für Interne Ermittlungen in Hamburg an.«

»Interne Ermittlungen?« Amstetter stieß einen leisen Pfiff aus. »Aber so etwas habe ich schon vermutet.«

»Was hast du vermutet?«

»Heute Morgen, da war sie ganz komisch. Sie hat mir eine Aufnahme von einem Ventilgeräusch überspielt und gesagt, es sei von dir und ich solle es mit dem Notruf von Lisa damals vergleichen.«

»Ja, das stimmt.« Treidler nickte. »Darum hab ich sie gestern Abend gebeten.« Er dachte einen Moment daran, wie sie versucht hatten, das Geräusch zu überspielen und vor lauter Gekicher ein halbes Dutzend Mal von vorne anfangen mussten. »Hast du schon was rausbekommen?«

Amstetter schüttelte den Kopf.

Treidler konzentrierte sich wieder auf den Verkehr, der zusehends dichter wurde. Immer, wenn er für einen Augenblick dachte, freie Fahrt zu haben, musste er abbremsen, um nicht einen über die Straße hetzenden Fußgänger anzufahren. Es ging nur mühsam voran, und sie standen mehr als sie fuhren. Halb Rottweil schien unterwegs zu sein, um den letzten Abend vor Weihnachten für Einkäufe zu nutzen. Hunderte Menschen, voll bepackt mit Tüten oder Kartons, bevölkerten die Gehwege und verstopften die Straßen.

»Hast du sie auch darum gebeten, in meinen Unterlagen herumzuschnüffeln?«, fragte Amstetter nach einer Weile.

»Nein, natürlich nicht«, antwortete Treidler. Wie kam er bloß auf diesen Gedanken?

»Hat sie aber. Und sie hat sich dabei so blöd angestellt, dass ich es gleich bemerkt habe.«

Sie erreichten die Innenstadt. Mit Lichterketten an Giebeln und Ecken setzten sich die Silhouetten der Bürgerhäuser vom tiefschwarzen Nachthimmel ab. Zahllose Lichter vor und in den Schaufenstern wetteiferten um die Gunst der Kundschaft. Weihnachtsbäume, Kränze, Sterne und andere Lichtquellen glitzerten farbenfroh. Aus Kanaldeckeln und Auspuffrohren strebten Dunstfahnen senkrecht gen Himmel. Wie angestrahlte Säulen reflektierten sie das bunte Licht. In Verbindung mit den Scheinwerfern und Rücklichtern der Autos leuchtete die Stadt beinahe taghell.

In die weihnachtliche Atmosphäre mischten sich eigene Erinnerungsfetzen. Der Geruch von Tannennadeln, Lisas Lachen, der Kerzenschein in ihren Augen. Niemand konnte ihre Lücke füllen. Die Angst vor den Weihnachtstagen und der Einsamkeit war plötzlich ganz nah. Er wollte nicht allein sein, und der Gedanke daran machte ihn wahnsinnig. Vermutlich würde er sich betrinken, und an irgendeinem dieser verfluchten Feiertage ginge der Wodka- und Rotweinvorrat zur Neige.

»Die Interne wirft mir vor, ich hätte Beweismittel unterschlagen«, sagte Treidler, als sie zum wiederholten Mal an einer Kreuzung anstanden.

»Du hast sie nicht unterschlagen, sondern ich habe sie dir besorgt«, erklärte Amstetter nicht ohne Stolz in seiner Stimme.

»Das behältst du besser für dich.«

»Klar, mach ich.« Er nickte schnell. »Sonst bin ich auch noch dran.«

»Das hab ich garantiert Winkler zu verdanken.«

»Was meinst du?«

»Das mit den unterschlagenen Beweismitteln. Er hat mich bei der Internen angeschwärzt.«

»Glaubst du wirklich?«

»Gestern Morgen hat er noch rumgebrüllt, ich und Kleinert hätten Beweise unterschlagen.« Bei dem Gedanken an Winklers blutende Nase machte sich ein zufriedenes Gefühl in ihm breit.

»Als du ihm eine reingehauen hast?«, fragte Amstetter. Es hörte sich an, als ob er die Antwort bereits kannte.

»Erzählt man das so?«

»Die Schober eben …«

»Hätte ich mir ja denken können. Aber es stimmt, ich habe ihm eine reingehauen. Und er mir auch. Mein Kiefer tut jetzt noch weh, wenn ich daran denke.« Treidler machte ein paar vorsichtige Kaubewegungen, nur um festzustellen, dass er eigentlich kaum mehr etwas spürte.

Sie erreichten die Shell-Tankstelle, und Treidler beeilte sich, die Spur zu wechseln, um die Fahrzeugschlange zu passieren. Er stellte den Mercedes vor der Zapfsäule ab und wollte aussteigen, als sich das Telefon in der Mittelkonsole erneut bemerkbar machte. Diesmal kündigte es den Eingang einer SMS an. »Das ist bestimmt schon wieder Melchior.«

Amstetter nahm das Telefon zur Hand und nickte. »Richtig, Wolfes. Eine neue Nachricht von Stasi.«

Treidler hob die Augenbrauen und stieg aus. Er tankte den Wagen und kaufte sich bei einem Angestellten mit einer Weihnachtsmannmütze auf dem Kopf noch zwei Flaschen Wodka.

»Was hältst du davon, wenn wir das Bier bei mir trinken?«, fragte Amstetter, als er wieder im Auto saß. »Wir könnten uns eine Pizza reinschieben.« Er wirkte irgendwie fahrig und sprach schnell.

»Warum so nervös?«, entgegnete Treidler. »Ich bring dich schon noch rechtzeitig nach Hause.«

»Ich lass meine Mutter nur nicht gern warten.« Amstetter rutschte auf dem Sitz hin und her. Er schien sich tatsächlich Sorgen um sie zu machen.

Treidler zögerte kurz, dann nickte er. Was sollte er überhaupt zu Hause? Dort wartete niemand. »Hast du Pizza, oder müssen wir was besorgen?«

»Nein, ich habe ein paar Tiefkühlpizzen da.«

»Aber keine mit Fisch und anderem Meeresgetier, okay?«

»Du magst keine Meerestiere?«

»Ich kann nichts essen, das aussieht wie Würmer und noch dazu Augen hat.«

»Sonst noch was, Wolfes?«, fragte Amstetter mit gespielter Entrüstung.

»Ich hasse Schinken auf der Pizza. Das stinkt nach Schwein.«

»Du bist schlimmer als ein kleines Kind. Aber wir werden in meiner Gefriertruhe schon was Passendes finden.«

»Salami wäre okay«, fügte Treidler grinsend hinzu und startete den Wagen.

»Auch Salami.« Amstetter nickte ergeben. »Das ist der Grund, warum ich dich von Anfang an mochte.«

»Welcher? Weil ich keinen Fisch esse?«

»Nein, weil du sagst, was du denkst«, entgegnete Amstetter mit einer Miene, die Treidler selten zuvor an ihm gesehen hatte. Sein Blick wirkte ernst und konzentriert, so, als könne er nicht lächeln. »Alle anderen behalten ihre Meinung für sich und tun immer so, als würden sie dich mögen, auch wenn sie dich nicht ausstehen können. Aber du, du redest einfach drauflos, wie dir der Mund gewachsen ist. Ich würde einiges dafür geben, wenn ich so sein könnte wie du.«

Wahrscheinlich war Amstetter der Einzige, der so über ihn dachte. Trotzdem konnte Treidler ein Lächeln nicht unterdrücken. Er fädelte sich in den Verkehr ein und steuerte in die entgegengesetzte Richtung, stadtauswärts.

Amstetter dirigierte ihn in eine ruhige Nebenstraße, nicht weit entfernt von der Tankstelle. Auf der rechten Seite reihten sich dreistöckige Wohnblocks aus den sechziger Jahren aneinander. Mit ihren Flachdächern und der unansehnlichen Außenfassade glichen sie sich wie ein Ei dem anderen. An die linke Straßenseite grenzte der Parkplatz einer Behörde, die Treidler nicht kannte.

Er stellte den Wagen auf dem vollkommen leeren Parkplatz ab. »Melchiors Pension ist ganz in der Nähe von hier.« Die beiden stiegen aus. »Wir könnten sie einladen …«

»Das verstehe ich als Drohung«, sagte Amstetter und schloss die Eingangstür zum Wohnblock mit der Hausnummer 4 auf.

Treidler zählte sechs Briefkästen und entdeckte Amstetters Klingel in der mittleren Reihe auf dem Türschild daneben. Der Hausflur präsentierte sich nur wenig einladender als das Haus von außen. Schlichte Fliesen aus hellem, grobem Steinzeug führten zum Treppenaufgang. Lediglich zwei Blumentöpfe mit halb verdorrtem Grünzeug schmückten den Korridor. Direkt neben der

Eingangstür befand sich eine übergroße Pinnwand mit zwei akkurat parallel aufgehängten Papieren. »Hausordnung Blatt eins« und »Hausordnung Blatt zwei«, las Treidler und musste unwillkürlich an seine Wohnung denken. Dort hing neben dem Eingang zusätzlich noch ein rotes Schild, das Ballspielen und Fahrradfahren im Treppenhaus verbot.

Amstetters Wohnung befand sich im zweiten Stock. Vom Flur gingen linker Hand zwei Türen ab. Beide standen offen, dahinter erkannte er Bad und Schlafzimmer. Der Gang endete in einem Raum von etwa acht mal vier Metern, den Amstetter offenbar gleichzeitig als Wohnzimmer und Werkstatt nutzte. Drei Computer surrten auf dem Boden und dem Esszimmertisch vor sich hin. Leere Gehäuse, Bauteile und Werkzeuge aller Art lagen zwischen Tastaturen und Bildschirmen umher. Auf der rechten Seite des Raumes schloss sich eine Kochnische an, deren altmodische Küchenzeile aus dunklem Holzimitat allenfalls drei Meter umfasste. Der Wohnbereich bestand aus einer Reihe Billy-Regalen, vollgestopft mit Büchern und einem Ehrenplatz für den riesigen Flachbildschirm sowie einer Sitzgarnitur mit hellblauem Stoffbezug.

Treidler betrachtete die Vielzahl von Kabeln, Steckern und anderen undefinierbaren Teilen, die aus dem Innern der Computer ragten.

Als Amstetter seinen kritischen Blick bemerkte, erklärte er schmunzelnd: »Das brauche ich alles. Oder hast du daheim etwa keinen Webserver mit Postfach, Firewall und IP-Weiterleitung sowie einen zusätzlichen Rechner für die Videobearbeitung?«

Treidler schüttelte den Kopf und bemühte sich, ernst dreinzuschauen. »Nein. Ich habe nur eine Musikanlage und ein Mobiltelefon.«

»Musik mach ich gleich – und die Pizza auch. Ich muss zuerst nach meiner Mutter schauen. Sie hat starkes Rheuma und kann sich nicht mehr so gut bewegen. Hol dir doch schon mal ein Bier aus dem Kühlschrank. Ich hab Weizenbier und Pils. Such dir was aus. Außerdem gibt's dort auch Cola und Wasser.«

Treidler nickte und versuchte herauszufinden, hinter welcher Tür sich der Kühlschrank verbarg. »Ich wusste gar nicht, dass du bei deiner Mutter wohnst.«

»Tue ich auch nicht«, entgegnete Amstetter. Es hörte sich fast an, als ob ihn Treidler einer Straftat bezichtigt hätte. »Sie wohnt einen Stock unter mir.«

»Kann ich dir etwas helfen?« Treidler öffnete die Tür, die ihm am nächsten lag, und fand dahinter Regalbretter mit Töpfen, Pfannen und Deckeln vor. Beim folgenden Schrank hatte er mehr Glück. Schon am Klang beim Öffnen hörte er die Bierflaschen, als sie aneinanderstießen.

»Nein, geht schon, danke. Außerdem mag sie es nicht, wenn ich jemanden mitbringe. Und den Anblick eines sechzigjährigen, dicken Monsters im Nachthemd will ich dir ersparen«, gab Amstetter zurück.

Treidler entnahm dem spärlich gefüllten Kühlfach eine Bierflasche. »Deine Mutter – heißt sie nicht Amstetter mit Nachnamen?«

Amstetter drehte sich um. »Wie kommst du darauf?« Auf seiner Stirn stand eine tiefe, senkrechte Falte.

»Na, unten an der Tür gibt es nur ein Schild mit dem Namen Amstetter.«

»Ach so. Ja.« Seine Augen huschten ein paarmal hin und her. »Nach der Scheidung hat sie wieder ihren Mädchennamen angenommen.«

»Holzmann, richtig?« Treidler presste den Bügelverschluss zurück, und die Bierflasche öffnete sich mit einem lauten »Plopp«. »Das steht unten auf dem Klingelschild.«

»Wolfes, es wohnen sechs Parteien hier im Haus.«

»Aber es gibt nur zwei Schildchen für den unteren Stock. Und bei dem anderen steht Familie Gerber.«

»Du bist wohl immer im Dienst?«, fragte Amstetter und schaute kurz zur Tür.

Treidler nahm einen tiefen Schluck aus der Flasche und ließ für einen Augenblick den würzigen Geschmack des ungefilterten Biers auf sich wirken. »Das bringt der Beruf so mit sich. Manches fällt mir sofort ins Auge. Ich kann nichts dagegen tun.«

»Das habe ich heute schon einmal gehört, als Melchior bei mir herumgeschnüffelt hat. Scheint wirklich eine Berufskrankheit bei euch zu sein.«

Treidler grinste.

»Ich bin in fünf Minuten wieder da. Du kannst dich ruhig bedienen, falls du noch ein Bier willst. Den Kühlschrank hast du ja inzwischen gefunden.« Damit wandte sich Amstetter zum Gehen, und wenig später hörte Treidler seine Schritte auf der Treppe nach unten eilen.

Er nahm noch ein paar Schlucke aus der Flasche. Treidler hatte in seinem Leben schon Hunderte Wohnungen gesehen, und im Grunde waren sie alle gleich. Meist bestanden die Wohnzimmer aus einer Sitzgarnitur vor einem Wohnzimmerregal mit Fernseher und Videorekorder. Je nach Verdienst der Wohnungsinhaber unterschieden sich die Geräte nur hinsichtlich Größe und Marke. An den Wänden hingen Bilder passend zur Generation, und allerlei Schnickschnack, der sich im Laufe eines Lebens ansammelte, stand mehr oder weniger dekorativ herum. Oft verriet genau dieser Schnickschnack mehr über die Bewohner, als diese ahnten. Alter, Geschlecht, soziale Schicht – all das erzählte ihm eine Wohnung.

Bei Amstetter jedoch gab es weder ein Bild an der Wand noch im Regal, und nirgendwo sah Treidler irgendwelchen Tand, der nur so herumstand und als Staubfänger diente. Selbst in seiner eigenen, überhastet eingerichteten Wohnung befand sich jetzt schon mehr davon. Es war schließlich das, was sein Leben ausmachte – sosehr die Erinnerungen beim Anblick mancher Dinge auch schmerzten.

Er trat näher an das Bücherregal heran. Keine Musikkassetten, keine Schallplatten, sondern nur CDs, die meisten davon selbst gebrannt, stapelten sich in zwei Reihen auf einem Regalbrett. Amstetter hatte die silbernen Scheiben nur mit einem schwarzen Filzstift gekennzeichnet. Treidler blätterte die Hüllen durch und schätzte sich glücklich, wenn er das eine oder andere Wort entziffern konnte. Schließlich entschied er sich für eine CD, deren Aufschrift er als »Manfred Mann« identifizieren konnte.

Nachdem die CD eingelegt und »Manfred Mann's Earth Band« mit »Mighty Quinn« aus den viel zu kleinen Lautsprechern erklang, überflog er die Buchrücken. Die meisten Bücher handelten von Computerzeugs, das er vermutlich nicht einmal richtig aussprechen konnte. Weiter unten entdeckte er einige Taschenbücher und Comics. Ansonsten gab es noch ein Regalfach mit dicken Wälzern, die sich allesamt als der jeweils letzte Band verschiedener Nachschlagewerke herausstellten. Vielleicht gehörte Amstetter zu jenen skurrilen Sammlern, die nie in Bücher schauten, sondern sie nur im Regal stehen hatten.

Treidler kippte den Rest des Bieres hinunter und holte sich eine neue Flasche aus dem Kühlschrank. Von der CD erklangen die klaren Töne von »Blinded By The Light«, und so langsam machte sich bei ihm der Hunger bemerkbar. Seine Armbanduhr zeigte kurz nach sieben. Amstetter befand sich schon bald eine halbe Stunde bei seiner Mutter.

Sollte er nach ihm schauen? Oder sich besser um die Pizzas kümmern? Treidler stellte die Bierflasche ab und begann, die Schränke nach einem verkleideten Gefrierschrank zu durchsuchen: nichts. Nicht einmal der Kühlschrank hatte ein Eisfach. Amstetter besaß zwar viel Elektronik, aber keine Kühltruhe – zumindest nicht in der Wohnung. Kurzerhand ging Treidler zur Wohnungstür und schaute nach draußen auf den Treppenabsatz. Bis auf einen schwachen Lichtschein aus dem Stock unterhalb lag alles im Dunkeln.

Er lauschte. Kein Geräusch – im ganzen Haus herrschte vollkommene Stille, als ob die Bewohner ausgeflogen wären. Lediglich ferner Straßenlärm drang an sein Ohr. Später hätte er nicht sagen können, warum er nicht einfach in die Wohnung zurück zu seinem Bier gegangen war. Doch stattdessen fand er sich auf der Treppe wieder und schlich leise die Stufen nach unten, dem Lichtschein entgegen.

ZWANZIG

Das Licht im Zimmer reicht gerade einmal aus, um den fahlen Schatten des Kreuzes bis auf die nahe Wand zu werfen. Nur bis zur vergilbten Tapete – nicht weiter. Die Tischdecke über der Obstkiste aus Pappelholz reflektiert noch etwas Licht. Wie die Tapete an der Wand, so ist auch sie übersät mit gelblichen Flecken. Das schlichte Tischchen ist das einzige Möbelstück in dem Raum. Wie bei einem Altar hast du eine Kerze und das altertümlich anmutende Kruzifix daraufgestellt. Dir ist völlig egal, dass Kerzenhalter und Kreuz eine klebrige Schicht bedeckt.

Das Zischen von Gas durchbricht die Stille. Deine Atemzüge unter der Maske hören sich an, als ob du zu wenig Luft bekommst. Als das Zischen verstummt, kniest du dich nieder und die Engelsstimme dringt aus dir: »Herr, erhöre mein Gebet … Christus, erhöre mein Gebet.« Du trägst deine Kapuze tief ins Gesicht gezogen, und eine weite weiße Kutte sorgt dafür, dass niemand von deinem Körper etwas erkennen kann. Mit Ausnahme der Hände, die du zum Gebet gefaltet hast.

Du löst deine Hände und lässt sie in deinen Schoss wandern. Du schiebst mit der rechten Hand die Kutte noch oben und entblößt dein erigiertes Glied. Die andere Hand öffnet das Ventil an der Maske, und deine Atemgeräusche vermischen sich mit dem Zischen des Gases. Sekundenlang hebt und senkt sich dein Rücken unter dem Einfluss des Heliums. Das Zischen verstummt genauso schnell, wie es begonnen hat. Doch dein Atem wird danach nicht ruhiger, sondern heftiger.

»Herr, erbarme dich … Christus, erbarme dich.« Mit einer Hand umschließt du das feste, helle Stück Fleisch in deinem Schoß. Du kannst dein heftiges Stöhnen nicht mehr zurückhalten. Mit den rhythmischen Bewegungen der Hand verkündest du mit deiner Engelsstimme: »Herr, erbarme dich unser … Christus, erbarme dich unser …«

Allmählich werden deine Bewegungen schneller, und du reibst härter. »Herr, erlöse uns … Christus, erlöse uns …«

Dein Stöhnen erreicht einen Punkt, an dem es keine Steigerung mehr gibt, und Sekunden später treffen stoßweise neue Spritzer auf Tapete und Deckchen.

***

Erneut brach der Verbindungsaufbau nach dem zwölften Wählton ab. Das Besetztzeichen tutete schmerzhaft in Melchiors Ohr. Wieso nahm Treidler nicht ab? Er hatte doch sein Telefon dabei und eingeschaltet. Sonst würde das Rufzeichen nicht ertönen. Zum x-ten Mal verwünschte sie die Sturheit ihres Kollegen. Falls er überhaupt noch ihr Kollege war. Vermutlich ignorierte er die Anrufe nur, weil im Display ihre Telefonnummer erschien.

Nein, sie konnte sich nicht irren. Die Schlussfolgerung lag auf der Hand. *Mickymaus-Stimmen* hatte Treidler die piepsigen Stimmen genannt. Und er hatte recht: In Zeichentrickfilmen gab es oft Figuren, die so sprachen. Donald Duck oder Goofy hießen sie. Daher stammte vermutlich auch die Bezeichnung. Und manche Menschen versuchten, diese Stimmen durch das Einatmen von Helium aus Luftballons nachzuahmen.

Seit Treidler vorhin den Firmennamen »Zentrum für technische Gase« hatte fallen lassen, begriff sie, was die kryptischen Zeilen auf der Rechnung in Amstetters Büro tatsächlich bedeuteten. Untereinander standen dort drei gelieferte Gasfüllungen mit Menge, Größe und Sorte. »MED-0« bedeutete medizinischer Sauerstoff, »ARG-CO_2« lautete die Abkürzung für ein Schweißgas und »HE« bedeutete eben Helium.

Zwar wusste Melchior, dass Helium in der Kriminaltechnik durchaus Verwendung fand, aber in Verbindung mit der winzigen Flaschengröße von nur einem Liter und der hohen Stückzahl, sprang ihr diese Position förmlich ins Auge. Besonders im Vergleich zu den anderen mit vierzig und achtzig Litern großen Gebinden und der viel geringeren Stückzahl.

Eine Ein-Liter-Heliumflasche war nicht viel größer als eine Mineralwasserflasche. Nicht allzu schwer und bequem zu tragen. Und von da an war es nur noch ein kleiner Schritt bis zur Frage: Was zum Teufel wollte Amstetter mit zwölf tragbaren Ein-Liter-

Heliumflaschen? Es gab nur eine Antwort darauf. Er musste die piepsige Stimme auf dem Band sein.

Sie stellte das Handy so ein, dass die Rufnummer beim nächsten Anruf unterdrückt wurde. Doch Treidler nahm auch dieses Mal nicht ab, und sie hoffte, dass er wenigstens die SMS nicht ignorierte.

Ob sie an seiner Stelle anders reagieren würde? Die unangenehme Antwort lautete: Nein – jeder hätte in seiner Situation genau so reagiert. *Sie* war schließlich diejenige, die ihn getäuscht hatte, die ihn hintergangen hatte. Und einmal mehr hasste sie diesen verfluchten Job.

Fieberhaft suchte Melchior einen Weg, Treidler von ihrem Verdacht gegen Amstetter zu unterrichten – heute noch, jetzt gleich. Vielleicht lag sie falsch. Vielleicht irrte sie sich und befand sich auf dem besten Weg, sich lächerlich zu machen. Aber einmal in ihrem Leben sollte es nicht so kommen, dass sie jemanden bespitzelte und sich nicht mehr darum kümmerte, was danach geschah, wenn ihr Auftrag beendet war. Seit Franco an der Grenze erschossen worden war, bestimmten der Verrat und das Untertauchen ihr Dasein. Natürlich könnte sie abermals allem Möglichen die Schuld daran geben – den Umständen, ihrem Vater, dem Zufall. Bisher hatte das auch hervorragend geklappt – nur diesmal nicht.

Als sie vorhin Treidler und Amstetter vom Bürofenster aus hatte wegfahren sehen, spürte sie, dass da mehr war als in den Aufträgen zuvor. Er war nicht einfach nur eine Zielperson. Sie konnte und durfte ihn nicht dieser Gefahr aussetzen.

Wo zum Teufel, wollten die beiden hin? Es gab nur drei Möglichkeiten: in eine Kneipe, zu Treidler oder zu Amstetter. Im ersten Fall wäre Treidler in Sicherheit – zumindest vorerst. Den zweiten Fall schloss sie aus. Sie konnte sich nicht vorstellen, dass er heute einen Kollegen mit zu sich nach Hause einladen würde, nicht nach ihrem Besuch gestern Abend. Blieb nur die dritte Möglichkeit übrig.

Aber wo wohnte Amstetter? Wen konnte sie um diese Uhrzeit noch fragen? Nicht nur das Sekretariat, nahezu das gesamte Gebäude der Polizeidirektion lag verwaist da und erwachte vermutlich erst wieder im neuen Jahr aus der weihnachtlichen Starre. Der Kriminaldauerdienst mit Winkler als Leiter befand sich noch immer in Florheim. Das vierköpfige Team wurde nicht vor zwanzig Uhr zurückerwartet. Anita Schober fiel ihr ein, die gestern Treidlers Adresse ohne Umschweife herausgerückt hatte. Sie hatte noch mit ihrer einfachen Telefonnummer geprahlt: viermal die Vier und einmal die Fünf.

Melchior wählte die Nummer. Nach dem dritten Klingeln hob Anita Schober tatsächlich ab.

»Das ist aber eine Überraschung, Frau Kommissarin«, begann sie sogleich. »Haben Sie immer noch keinen Dienstschluss? Ja klar, Sie müssen sicherlich noch arbeiten, wegen der Festnahme in Florheim, richtig?«

»Nein, Frau Schober, es geht um …« Sie kam nicht weiter.

»Wie das der Hauptkommissar Treidler wieder im Alleingang gelöst hat – einfach fabelhaft.« Schober redete einfach drauflos, als ob sie den Einwand nicht gehört hatte.

Melchior versuchte nochmals, den Redeschwall der Frau zu unterbrechen. »Ja, natürlich. Aber ich brauche die Adresse von Herrn Amstetter …«

»*Unserem* Herrn Amstetter von der Kriminaltechnik?«, fragte Schober nach einem kurzen Zögern.

Melchior bereute, dass die Frage diesen winzigen Spielraum der Interpretation bot. »Ja, natürlich. Die Adresse, bitte. Es ist wichtig.«

»Lienbergstraße 4 in Rottweil. Aber warum? Was ist denn so wichtig?«

Ohne auf die Frage einzugehen, beendete Melchior mit einem »Danke« das Gespräch. Sie war einen Schritt weiter.

Doch die Ernüchterung folgte auf dem Fuße. Auf die Männer der Schutzpolizei konnte sie genauso wenig zurückgreifen wie auf den Kriminaldauerdienst. Auch dort befanden sich die meisten Beamten schon im Weihnachtsurlaub. Im Moment verfügte die Einsatzzentrale lediglich über zwei Streifenwagen, die sich allerdings kilometerweit entfernt befanden. Und bei dem Verkehr könnte es sich eine gute Weile hinziehen, bis die Beamten die Polizeidirektion oder die Lienbergstraße erreichten. Zwei weitere Teams waren in Bereitschaft, aber auch deren Rückkehr vermochte der Einsatzleiter nur ungefähr zu bestimmen. Es würde mindestens eine halbe Stunde dauern – zu lange, um zu warten. Dann eben mit dem Taxi.

Doch nach einem Blick durch das Fenster verwarf Melchior diesen Gedanken sofort wieder. Hunderte Autos schoben sich Stoßstange an Stoßstange über die winterlichen Straßen. Vermutlich wartete sie länger auf ein Taxi als auf die Kollegen der Bereitschaft.

Es blieb nur noch eine Möglichkeit: Sie musste laufen. Drei Kilometer – etwas mehr als eine Viertelstunde, schätzte sie. Melchior hastete die Treppen hinunter und trat vor die Tür der Polizeidirektion.

Eiseskälte schlug ihr entgegen. Sie zog ihre Mütze tiefer ins Gesicht, schaute sich kurz um und rannte los.

***

Die Tür auf der rechten Seite des Treppenabsatzes, direkt unter Amstetters Wohnung, trug das Namensschild »M. Holzmann«. Sie lag nur angelehnt im Rahmen, und aus der Wohnung dahinter drang ein Lichtschein. Treidler drückte die Tür vorsichtig auf. Mit einem leisen Quietschen schwang sie nach innen.

Ein künstlicher Geruch, den er zuerst nicht einzuordnen vermochte, schlug ihm entgegen. Ganz kurz, vielleicht für die Dauer eines Herzschlages, erfasste ihn das Gefühl, als ob ihn jemand aus dem Dunkel heraus anstarrte. Doch sofort verschwand der Eindruck wieder. Lösungsmittel, der Geruch stammte von Lösungsmittel. Oder frischer Farbe.

»Ernie …?«, flüsterte er und tat einen Schritt in den unbeleuchteten Flur. Leise knarrte der Holzboden unter ihm. Er lauschte abermals: nichts.

Auf der linken Flurseite lösten sich die Umrisse zweier Türen aus dem Dunkel. Offensichtlich besaßen die übereinanderliegenden Wohnungen den gleichen Grundriss. Auch hier endete der Flur in einem weiteren Zimmer. Im Gegensatz zu Amstetters Wohnung lag dieser Raum jedoch hinter einer geschlossenen

Tür. Kerzenlicht flackerte durch einen schmalen Ausschnitt undurchsichtigen Glases. Vermutlich der Lichtschein, den er draußen auf dem Hausflur schon bemerkt hatte. Treidler fand den Lichtschalter und drückte ihn. Es blieb dunkel. Instinktiv tastete er nach seiner Waffe. Die Pistole steckte dort, wo sie hingehörte.

»Ernie …«, rief er nur wenig lauter. »Wo bist du?«

Keine Antwort. Treidler tastete sich weiter auf die gegenüberliegende Tür zu. Allmählich gewöhnten sich seine Augen an das Halbdunkel. Er erkannte eine Garderobe, den Schirmständer, dann das Schuhregal und ein Schlüsselbrett – alles genau dort, wo er es erwartete. Und trotzdem stimmte etwas nicht. Es gab nur die Möbel. Ein Flur ohne Kleidung an der Garderobe, ohne Schuhe im Schuhschrank und ohne Schlüssel am Brett.

Erneut rief Treidler nach Amstetter und erhielt keine Antwort. Mit ein paar Schritten erreichte er die Tür zum Wohnzimmer und drückte sie auf. In dem Raum war es nur wenig heller als im Flur. Sein Blick fiel auf ein niedriges rundes Tischchen mit einer flackernden Kerze. Mit der Rückenlehne zu ihm standen rechts und links davon zwei dunkelgrüne, wuchtige Stoffsessel. Die Möbelstücke sahen aus, als ob sie seit Jahrzehnten nicht bewegt worden waren.

Kein anderes Möbelstück stand in dem Raum, kein Bild, kein Teppich. Lediglich an der gegenüberliegenden Wand hing ein mannshoher Spiegel. In ihm spiegelte sich eine Gestalt mit blonden Haaren, die in einem der Sessel saß.

Es war, als ob sein Herz aussetzte und der Verstand sich weigerte zu begreifen, was die Augen sahen. Treidler wusste nur, dass diese seltsame Regungslosigkeit dort nicht hätte sein dürfen.

***

Trotz der tief ins Gesicht gezogenen Wollmütze spürte Melchior schon nach wenigen Minuten die Kälte an Nase und Wangen. Wie Feuer brannte die eisige Luft bei jedem Atemzug in Hals und Lunge. Dutzende Menschen drängten sich auf den Bürgersteigen, Kinderwagen versperrten den Weg. Eis und Schnee hatten die Gehwege in wahre Rutschbahnen verwandelt und erschwerten das Vorankommen zusätzlich. Häufig glitt sie mit den Füßen aus und konnte sich gerade noch auf den Beinen halten. Stellenweise gab es überhaupt keinen geräumten Weg, und so musste sie über halbhohe Schneeruder auf die Straße ausweichen. Oft sank sie dabei knöcheltief ein. Schnee drang in ihre Schuhe, und bald sorgte die Anstrengung dafür, dass das Herz in ihrer Brust wie verrückt raste. Einige Male erntete sie wütendes Hupen, als Autofahrer sie mit ihrer dunklen Kleidung erst im letzten Augenblick auf der Fahrbahn bemerkten.

An jeder Kreuzung musste Melchior sich neu orientieren. Auch nach einer Woche, die sie inzwischen in Rottweil wohnte, ähnelten sich die Gassen und Straßen immer noch sehr. Besonders jetzt am Abend, wenn die Stadt im glitzernden Licht ganz anders aussah als noch tagsüber. Lediglich der alles überragende Kapellenturm, der mit orangefarbenem Licht angestrahlt wurde, bot eine gewisse Orientierungshilfe. Grob folgte sie der Richtung, in der sie ihre Pension vermutete. Nicht nur einmal musste sie wieder umkehren und einen neuen Weg einschlagen, weil sich dieser als Sackgasse oder grundsätzlich falsch erwies.

Weiter stadtauswärts ließ der Verkehr nach, und es gab kaum noch geräumte Gehwege. Vergeblich hielt sie Ausschau nach der Leuchtreklame der Shell-Tankstelle. Obwohl sie bereits seit einer Viertelstunde unterwegs war, hatte sie vermutlich nicht einmal die Hälfte der Strecke hinter sich gebracht.

Mit einem Mal sahen die Gebäude und Straßen vollkommen anders aus als noch zuvor. Dies lag nicht nur an der kaum vorhandenen Beleuchtung, die lediglich aus einer schaukelnden Straßenlaterne hoch über der Kreuzung bestand. Der schwache gelbliche Schein tauchte alles in ein fremdartiges Licht. Nach dem hellen und bunten weihnachtlichen Glanz der Innenstadt eine schier unerträgliche Veränderung. Statt alter, hübscher Bürgerhäuser säumten nun hässliche Wohnblöcke die Straße auf der rechten Seite. Linker Hand, hinter einem halbhohen Gebüsch, breitete sich eine dunkle Fabrikanlage aus. Die dreispurige Fahrbahn geradeaus führte zur Stadt hinaus. Zwei Wegweiser zeigten zu Zielen, die sie nicht kannte. Etwas weiter dahinter, schon fast in der Dunkelheit, verkündete ein gelbes Ortsschild das Ende der Stadt.

Melchior verlangsamte ihren Gang und hielt an der nächsten Kreuzung schließlich ganz an. Sie hatte sich erneut verlaufen. Doch diesmal war es schlimmer. Sie hatte nicht die geringste Ahnung, wo in Rottweil sie sich befand.

Melchior verfluchte ihre Voreiligkeit. Sie hätte doch besser auf die Streifenwagen warten sollen. Bald eine halbe Stunde irrte sie inzwischen schon durch die Straßen. Mit den Kollegen der Schutzpolizei wäre sie vermutlich schon längst bei Amstetters Wohnung.

Dann sah sie das Taxi. Es näherte sich von der dreispurigen Ausfallstraße, um über die Kreuzung Richtung Innenstadt weiterzufahren. Ohne nachzudenken sprang Melchior auf die Fahrbahn und riss beide Arme hoch. Das Taxi bremste stark, kam auf der schneebedeckten Straße ins Schleudern und schob sich seitwärts auf sie zu. Ein Hinterrad schlug am Bordstein an und drehte den Wagen wieder in Fahrtrichtung. Immerhin hatte der Aufprall die Geschwindigkeit zusätzlich vermindert. Gleichwohl schlitterte das Taxi weiterhin in ihre Richtung. Aus zehn Metern Entfernung konnte sie den fluchenden Fahrer erkennen, der versuchte, sein Fahrzeug unter Kontrolle zu bringen. Doch auf alle Bremsversuche reagierte es mit wildem Schlingern. Der beigefarbene Mercedes näherte sich unaufhaltsam.

Melchior hielt sich die Hände schützend vor das Gesicht. Sie ging in die Knie. Wie von selbst spannte sich jeder Muskel in ihrem Körper. Noch eine oder zwei Sekunden und sie würde beiseitespringen. Ihr Herzschlag beschleunigte sich. Erneut bremste der Fahrer. Und aus irgendeinem Grund schlingerte der Wagen diesmal nur leicht. Wie in Zeitlupe rutschte das Taxi vorwärts und kam kaum einen Meter vor ihren Knien zum Stehen. Melchior ließ die Arme sinken.

Es dauerte nur einen kurzen Augenblick, und der Fahrer riss die Tür auf. Lauthals schrie er los: »Sind Sie eigentlich vollkommen verrückt? Ich hätte Sie glatt überfahren können.« Der Schreck stand ihm ins Gesicht geschrieben. Seine semmelblonden Haare und das helle, fast weiße Gesicht bildeten einen scharfen Kontrast zu dem dunklen Schal, den er nur locker um seinen Hals gebunden hatte.

Melchior wartete, bis ihr Herzschlag sich etwas beruhigte. Immer noch ging ihr Atem viel zu schnell. Sie hielt eine Hand hoch, um den Mann zu beschwichtigen, und kramte mit der anderen in ihrer Jackentasche. Schließlich förderte sie ihren Dienstausweis zutage und hielt ihn dem verdutzten Fahrer vor das Gesicht. »Kriminalpolizei Rottweil«, keuchte sie, setzte ab und holte tief Luft. »Sie bringen mich jetzt in die Lienbergstraße 4.«

EINUNDZWANZIG

Seltsam unnatürlich posierte die weibliche Gestalt mit den langen blonden Haaren auf dem Sessel. Sie trug einen grau-weiß karierten Hosenanzug mit Schlag und Schulterpolstern. Die auffällig rot geschminkten Lippen in dem kindlich wirkenden Gesicht formten ein stummes O. Treidler trat um den Sessel herum. Sofort begriff er, warum das Spiegelbild so steif, so ungelenk wirkte. Bei der Gestalt handelte es sich nicht um einen Menschen, sondern um eine lebensgroße Puppe – um eine Gummipuppe aus dem Erotikversand. Jemand hatte sie geschminkt, ihr eine Perücke angezogen und sie gekleidet wie in den frühen achtziger Jahren.

Wo zum Teufel war Amstetter abgeblieben und wo seine Mutter? Im Flur bemerkte Treidler jetzt einen unruhigen Lichtschein, der unter einer der Türen flackerte. Woher kam plötzlich dieses Licht? Er ging wieder zurück in den Flur und überlegte für einen Augenblick, ob er einfach in den Raum eintreten konnte. Vielleicht lag Amstetters Mutter dahinter? Schließlich klopfte er. Als auch nach dem zweiten Mal niemand antwortete, drückte er vorsichtig die Klinke nach unten. Fast von selbst schwang das Türblatt nach innen.

Wie in Korridor und Wohnzimmer, so war auch dieser Raum so gut wie leer. Die Einrichtung bestand aus einer altertümlichen Schulbank sowie einer Obstkiste mit Deckchen, auf der eine Kerze brannte. Oberhalb davon an der gelblich gestrichenen Wand hing ein Kruzifix. Links neben dem Holzkreuz klebten einige Zeitungsausschnitte. Treidler trat näher heran und überflog die Schlagzeilen.

»Der Junge mit der Engelsstimme verzaubert Tausende.«

»Weihnachtskonzert der Benthaler Klosterspatzen übertrifft alle Erwartungen.«

»Katholische Kirche schaut jahrelang weg.«

»Kindesmissbrauch im Kloster Benthal.«

»Anklage gegen Mönch wegen Kindesmissbrauchs.«

»Kloster Benthal bietet Missbrauchsopfern fünftausend Euro Schadensersatz.«

Die beiden ersten Artikel umfassten nur wenige Zeilen und gehörten zu den ältesten. Sie berichteten von einer Radioübertragung, in deren Mittelpunkt ein neunjähriger Junge stand. Seine außergewöhnliche Stimme hatte damals die Zuhörer eines Weihnachtskonzertes in ihren Bann geschlagen. Einer der Berichte sprach gar von der Geburt eines neuen Kinderstars, der Heintje in nichts nachstehe.

Die nächsten Ausschnitte stammten alle von lokalen Tageszeitungen. Sie deckten Dutzende Missbrauchsfälle aus den achtziger Jahren auf, die in einem bayrischen Kloster namens Benthal stattgefunden hatten. Der letzte Bericht eines großen Nachrichtenmagazins handelte von den Bemühungen der katholischen Kirche und des Klosters, die Betroffenen von damals zu entschädigen. Dieser Artikel war erst vor wenigen Jahren erschienen.

Nur ganz leise, fast lautlos drang ein Geräusch an sein Ohr. Er fuhr er herum. Doch schon im nächsten Augenblick schnellte eine Pistole auf ihn zu. Sie tauchte so blitzartig aus dem Nichts auf, dass er nicht reagieren konnte.

Hart traf ihn das Metall der Waffe an der Schläfe. Sein Kopf kippte in den Nacken. Schmerz explodierte auf der linken Gesichtshälfte. Dutzende Lichtblitze tanzten auf seiner Netzhaut. Seine Beine knickten ein, er fand sich auf den Knien wieder. Treidler erfasste einen Schatten über sich. Um den Schwindel unter Kontrolle zu bringen, schloss er für einen Moment die Augen. Er blinzelte, eine Gestalt löste sich aus dem Nebel. Sie trug einen weiten weißen Umhang und hatte die Kapuze tief ins Gesicht gezogen. Auf Höhe der Brust baumelte etwas Dunkles, aus dem ein Schlauch ragte. Für einen Moment beugte sich die Gestalt über ihn. Ein weiterer Schlag traf ihn und Treidler wurde schwarz vor Augen.

***

Langsam, fast gemächlich, glitt das Taxi durch die Rottweiler Straßen. Es hatte wieder angefangen zu schneien, und der Fahrer schien mit jeder Schneeflocke seine Geschwindigkeit weiter zu verringern. Offenbar saß ihm der Schreck noch in den Gliedern. Immer wieder schielte er auf den Beifahrersitz. Melchior konnte sich des Eindrucks nicht erwehren, dass er sich vergewissern wollte, ob sie immer noch dort saß und sich nicht als Gespenst entpuppte.

Glücklicherweise befanden sie sich außerhalb der Innenstadt, und der restliche Verkehr spielte kaum noch eine Rolle. Melchior blickte ins Schneetreiben und dachte darüber nach, was sie bei Amstetter erwarten würde.

»Da vorne, das ist die Lienbergstraße«, sagte der Taxifahrer und brachte sein Fahrzeug auf dem Seitenstreifen zum Stehen. »Es ist eine Einbahnstraße. Wollen Sie hier aussteigen und den Rest laufen, oder soll ich um den Block fahren?«

Melchior blickte auf und suchte die kaum beleuchtete Straße ab. Nur wenige Fahrzeuge parkten am Straßenrand, und keines davon sah wie Treidlers Mercedes aus. Schon wollte sie den Taxifahrer anweisen, sie doch zu Treidlers Wohnung zu bringen. Da erkannte sie fast am Ende der Straße auf einem verlassenen Parkplatz den dunkelblauen 190er-Mercedes.

»Fahren Sie bis vor zu dem Parkplatz.« Melchior deutete durch die Frontscheibe.

»Wie? Entgegen der Einbahnstraße?« Der Taxifahrer blickte sie an, als ob er nicht richtig verstanden hätte.

»Ja, fahren Sie. Soll ich Ihnen meinen Dienstausweis nochmals zeigen?«

»Nein, ist schon gut.« Der Mann legte den Gang ein und fuhr langsam an.

***

Treidler riss die Augen auf. Stumm glotzte ihn die Gummipuppe auf dem einen Sessel an. Auf dem anderen Sessel erwiderte eine Gestalt mit schreckensbleichem Gesicht seinen Blick. Er musterte den Körper, der sich im Spiegel abzeichnete. Die Hände waren gefaltet wie zum Gebet und gefesselt mit einem dünnen Draht. Die Person riss den Mund weit auf, und die Augen stierten ihn mit unnatürlicher Größe an. Schwellungen an Lippen und Wange ließen das Gesicht wie eine aufgedunsene Totenmaske wirken.

Ein Drahtseil umschlang den Hals der Gestalt, als ob es dort eingebrannt worden wäre. Sein Herz setzte für einen Moment aus. Die wirren dunkelblonden Haare, der dunkle Bartschatten über Kinn und Wangen – er war es selbst, den er dort sah.

Treidler versuchte, seine Muskeln zu mobilisieren. Er streckte einige Male die Finger aus und ballte dann abrupt seine Hände so fest zu Fäusten, dass die Knöchel weiß hervortraten. Dann setzte sein Herzschlag wieder ein. Mit einem Kribbeln ließ das Taubheitsgefühl allmählich nach, und er spürte das Blut bis in seine Fingerspitzen vordringen.

»Schön, dass du wach bist. Ich hab vorhin wohl etwas zu stark zugeschlagen.«

Die Stimme direkt hinter ihm klang vertraut. Amstetter, fuhr es Treidler durch den Sinn. Im Spiegel konnte er niemanden erkennen. Er versuchte, den Kopf zu drehen, aber das Drahtseil um seinen Hals stoppte sofort alle Bemühungen. »Hilf mir«, röchelte er. »Ernie, mach mich los …«

»Oh, das tut mir leid.« Eine Gestalt in einem weißen Umhang trat in das Sichtfeld des Spiegels. Die Kapuze hing herunter, und Treidler erkannte einen dunklen Lockenkopf und schließlich Amstetters Gesichtszüge. Als er sich nach vorne bückte, kam auf seinem Rücken ein Tragegurt mit einer grauen Gasflasche von der Größe einer Colaflasche zum Vorschein.

Mit einer Hand werkelte Amstetter an Treidlers Hals herum, und schnell ließ der Druck auf seine Gurgel nach. Der Draht spannte nicht mehr. Mit einem schweren Atemzug füllten sich seine Lungen. Doch statt ihn ganz zu befreien, trat Amstetter in seinem idiotischen Umhang einen Schritt zurück und richtete eine Pistole auf ihn.

»Was soll das?« Treidler versuchte, seinen Kopf zu drehen.

»Du weißt es immer noch nicht.« Amstetters dunkle Augen huschten hin und her, als ob sie nicht stillstehen könnten. Das andere Zimmer, die Zeitungsausschnitte. Was hatte er mit dem Missbrauchsfällen in dem Kloster zu tun?

»Was weiß ich nicht?« Treidler war nun ehrlich irritiert. »Mach mich endlich los, verflucht.« Er beugte sich nach vorne, um aufzustehen.

»Nein«, rief Amstetter schnell und spannte den Hahn der Pistole. »Du bleibst genau da sitzen. Der Draht ist zwar lose, doch ich werde nicht zögern, dir eine Kugel zu verpassen, falls du versuchst aufzustehen. Und damit du es gleich weißt, deine Dienstwaffe hab ich dir auch schon abgenommen.«

»Mann, Ernie, was soll der Scheiß? Willst du mich auf den Arm nehmen?« Das Kerzenlicht flackerte auf und ließ Schatten über das Gesicht der Gummipuppe tanzen. Jedes Haar der blonden Perücke saß perfekt. Sie musste erst vor Kurzem gekämmt worden sein. Treidler schluckte und spürte, dass sein Unbehagen wuchs. Dennoch versuchte er es mit einem Scherz. »Du hättest mir auch anders sagen können, dass du keine Salamipizza hast.«

»Nie gehabt. Ich bin Vegetarier. Außerdem gibt es bei mir nicht einmal einen Gefrierschrank.«

»Wir sind auch nicht zum Pizzaessen hier …«

Amstetter nickte und ließ die Pistole weiter auf Treidlers Kopf gerichtet.

»Wessen Wohnung ist das eigentlich? Wer ist denn dieser M. Holzmann, dessen Name da an der Türklingel steht?«

»Marta Holzmann. Eine alte Frau.«

»Wo ist sie?«

Amstetter entsicherte seine Pistole. »Tot.« Die Antwort kam über seine Lippen, als ob sie nichts zu bedeuten hätte.

»Hast du sie getötet?« Treidler wurde bewusst, dass Amstetter nicht der war, für den er ihn die ganzen Jahre über gehalten hatte.

»Nein, sie ist einfach so gestorben. Eines Morgens hat es im Treppenhaus nach Verwesung gerochen. Es kam direkt aus der Wohnung. Aber da war sie schon Wochen tot.«

»Und wo ist die Leiche jetzt?«

Amstetter zuckte mit den Achseln. »Vermutlich schon längst verrottet.«

»Verrottet ...?«

»In die Biotonnen vor dem Haus passt mehr, als du denkst. Das sind Zweihundert-Liter-Kübel. Bereits nach zwei Abholterminen war sie entsorgt.«

»Du hast ihre Leiche einfach in der Biotonne ... entsorgt und anschließend die Wohnung übernommen ...?« Treidler wollte nicht glauben, was Amstetter ihm da erzählte.

»Na und? Schließlich ist ihr Tod wochenlang niemandem aufgefallen. Und außerdem hab ich die Wohnung renoviert. Es hat bestialisch gestunken.«

»Und das soll niemandem aufgefallen sein?«

»Nein.« Amstetter schüttelte den Kopf. »Ihre Rente, die Miete und all das andere Zeugs läuft nach wie vor über ihr Bankkonto.«

»Du bist verrückt – vollkommen verrückt.«

»Sag so was nicht. Ich bin nicht verrückt.«

»Natürlich. Oder wie würdest du das Schminken und Anziehen dieser Gummipuppe neben mir in einer fremden Wohnung sonst bezeichnen?«

Amstetter schnappte nach Luft. »Rede nicht so über sie, du Ignorant.«

»Wieso? Wer soll das sein?«

»Sie hilft mir. Sie hilft mir darüber hinweg, dass mich alle viel zu früh allein gelassen haben.« Über sein bleiches Gesicht huschte ein seliges Lächeln. »Manchmal setze ich mich neben sie, in den Sessel, und wir reden miteinander.«

»Du sprichst mit dieser idiotischen Gummipuppe?«

»Ich hab gesagt, du sollst nicht so über sie reden.« Amstetter holte aus, und der Pistolenlauf traf Treidler mitten im Gesicht.

Er schrie vor Schmerz auf. Sofort breitete sich eine warme, metallisch schmeckende Flüssigkeit in seinem Mund aus. Ein Hustenanfall schüttelte ihn, und er spuckte die klebrige Masse aus. Blut rann ihm über Lippen und Kinn. In langen schwarzen Fäden tropfte es auf das T-Shirt. Verzweifelt klammerte er sich an das zerschundene Gesicht im Spiegel. Sein Gesicht. Nicht noch einmal wollte er das Bewusstsein verlieren.

»Was willst du von mir?«, fragte er. Selbst in seinen Ohren klang seine Stimme brüchig.

»Wie wäre es mit ein wenig Respekt und ein wenig Anerkennung, dass ich dich befreit habe.«

»Befreit? Von was denn?« Noch immer klangen seine Worte wie weit entfernt.

»Ich fürchte, die Wahrheit wird nicht so einfach sein.« Wirr stierte Amstetter in den Spiegel und suchte Treidlers Blick.

Die Kutte, die Gasflasche, der Draht um seinen Hals. Treidler wusste genau, wie sich Draht anhörte, wenn er durch die Luft schnellte. Ein surrendes Geräusch machte sich in seinem Kopf breit und wiederholte sich andauernd. Es machte ihn wahnsinnig. »Lisa …?«, murmelte er heiser.

Amstetter nickte mitleidslos.

»Was hast du getan, du verfluchtes Schwein? Du warst es, du hast sie getötet.« Treidler ballte die Fäuste, bäumte sich auf. Doch mit einem Mal wollte er nicht mehr wissen, was Amstetter zu sagen hatte. Er sank zurück und schloss die Augen. Sei still. Sag es nicht. Sag nicht, was du befürchtest.

»Es hätte ja gereicht, die Brut in ihrem Bauch zu vernichten. Aber du bist zu früh nach Hause gekommen. Ich musste dich niederschlagen. Ich hab mir diesen Tag ausgesucht, weil ich dachte, dass du die Nacht über mit deiner Ex rummachst.« Er hob die Schultern, und es schien, als ob er um Verzeihung bitten wollte. »Versteh doch, ich hatte keine andere Wahl – die Zeit hat einfach nicht gereicht.«

»Warum … warum nur?« Treidler blickte in den Spiegel und sah in Amstetters Gesicht. In das Gesicht eines Mannes, den er bis vor wenigen Minuten noch als seinen besten Freund bezeichnet hätte. Aber auch in ein Gesicht, dass ihm mit einem Mal so fremd vorkam. Doch selbst in dieser wirren Verkleidung erkannte er immer noch den Arbeitskollegen, dem er vertraut hatte. Es schien, als ob Amstetter in einer anderen Welt lebte. Einer Welt, die auch sein Äußeres veränderte. Seine Wangen waren eingefallen, und die dunklen Augen traten aus dem leichenblassen Gesicht hervor wie schwarze Murmeln. Blaue Äderchen schimmerten unter der dünnen Haut an Wange und Lidern. War er das Missbrauchsopfer? War er der Junge mit der Engelsstimme?

»Dieser verfluchte Quälgeist hätte ihre ganze Liebe in Anspruch genommen. Sie hätte nichts mehr für dich empfunden. Verlass dich drauf, ich weiß, von was ich rede. Auch mir ist es früher einmal so ergangen. Aber ich hab dafür gesorgt, dass es nicht noch einmal geschieht. Ich habe dich von dieser Last befreit. Jetzt bleiben wir Freunde – für alle Zeiten.«

»Freunde?« Treidler spuckte das Wort förmlich in den Spiegel – in Amstetters Gesicht. »Ich schwör dir: Ich bring dich um, sobald ich hier loskomme …«

Amstetter reagierte nicht auf Treidlers Drohung. Mit ruhiger Stimme fuhr er fort: »Sie hier«, er deutete mit dem Kinn zu der Puppe, »wird immer für mich da sein. Sie hört mir zu und wird nie jemand anderen haben. So wie du zukünftig auch.«

»Damit kommst du nicht davon …«

»Natürlich.« Amstetter stieß ein hässliches Lachen aus. Verachtung schwang in seiner Stimme mit, als er weitersprach: »Ich bin gut, viel zu gut für ein paar Kriminalpolizisten aus der schwäbischen Provinz.«

»Ich habe mich vorhin getäuscht. Du bist nicht verrückt, sondern einfach nur krank …«

Wie zum Beweis steigerte sich das Lachen Amstetters ins Manische.

»Sie werden dich kriegen …«

Schlagartig verstummte Amstetter. Es war, als ob er nur auf diesen Augenblick gewartet hatte. »Wer denn? Deine kleine Stasi-Schlampe? Ihr scheint euch ja inzwischen richtig zu mögen.«

Treidler antwortete nicht. Warum zum Teufel brachte er Melchior ins Spiel? Was hatte er mit ihr vor?

»Der werde ich es auch noch besorgen. Sie weiß zwar nicht allzu viel, aber dennoch könnte ihre Schnüffelei … sagen wir … eine Art Risikofaktor für mich darstellen. Ich kalkuliere das mit zwei bis zweieinhalb Prozent ein – und das ist eindeutig zu viel.«

»Lass Melchior aus dem Spiel. Sie hat nichts damit zu tun.« Treidler versuchte, das Kinn zu reckten.

»Sie hat bereits etwas damit zu tun. Ich hab vorhin ihre SMS gelesen. Sie wollte dich warnen.« Amstetter ließ seinen Worten erneut dieses hässliche Lachen folgen.

***

Melchior trat vor den Kühler des Mercedes und legte eine Hand auf die Motorhaube. Das Blech strahlte noch etwas Wärme ab. Nicht viel, aber trotz der tiefen Temperaturen spürbar. Allzu lange konnte der Wagen noch nicht hier stehen. Vermutlich nicht länger als eine halbe Stunde. Sie überprüfte die Türen – alle waren verschlossen. Durch eine der Seitenscheiben spähte sie ins Innere. Dort sah es aus wie immer. Lediglich auf dem Rücksitz, inmitten des Unrats, lagen zwei volle Wodkaflaschen. Schon wollte sie wieder gehen, als sie das ausgeschaltete Mobiltelefon in der Mittelkonsole entdeckte. Dieser verfluchte Ignorant. Mit aller Kraft trat sie gegen einen der Reifen. Treidler hatte ihre SMS überhaupt nicht gelesen.

Sie wandte sich um. Halbhohe Hainbuchenhecken säumten den schneebedeckten Gehweg auf der anderen Straßenseite. Eine eisige Böe ließ die wenigen verdorrten Blätter an den kahlen Zweigen erzittern. Kleine Schneeflocken stoben auf und wirbelten umher. Melchior begann zu frösteln und hielt den Kragen der Jacke zusammen.

Nach wenigen Augenblicken legte sich der Wind. Sie ließ ihren Blick über die Fassade des Hauses mit der Nummer vier wandern. Nur eines der Fenster, ganz links im zweiten Stock, war hell. Alles andere lag im Dunkeln. Doch nein – im Fenster direkt unterhalb flackerte Kerzenlicht.

Schnell hatte sie die Straße überquert und Amstetters Türschild gefunden. Zweiter Stock. Das passte zu dem beleuchteten Fenster. Sollte sie einfach klingeln? Unter welchem Vorwand würde Amstetter öffnen und sie hereinlassen? Rasch schob sie ihre Bedenken beiseite. Es blieb keine Zeit für Zögern, keine Zeit, darüber nachzudenken, was sie stattdessen tun könnte. Zur Not würde ihr schon etwas einfallen. Sie drückte die Klingel und lauschte.

Niemand öffnete. Erneut drückte Melchior den Knopf – diesmal deutlich länger. Abermals tat sich nichts. Als ob niemand zu Hause wäre oder die Klingel nicht zur beleuchteten Wohnung im zweiten Stock gehörte. Unvermittelt kam ihr Treidler in den Sinn, der in Stuttgart ungeniert alle Klingeln des Mietshauses in der Mozartstraße gedrückt hatte, um einen Bewohner dazu zu bringen, den Türöffner zu betätigen.

Sie drückte wahllos alle sechs Knöpfe und wartete. Sekunden später ging die Türsprechanlage an, und ein älterer Mann mit übertrieben lauter Stimme meldete sich. Bereits bei dem Wort »Kriminalpolizei« betätigte er ohne weitere Nachfrage den Türöffner.

Melchior eilte den Gang entlang, an einer weit geöffneten Wohnungstür vorbei und hastete die Treppe hinauf in den zweiten Stock. Die Tür zu Amstetters Wohnung war nur angelehnt. Aus dem Inneren drang leise Rockmusik an ihr Ohr. Melchior klingelte und wartete kurz, bis sie eintrat.

»Treidler«, rief sie und lauschte.

Niemand antwortete.

»Treidler, sind Sie hier?« Sie ging auf das erleuchtete Zimmer am Ende des Flurs zu. Von dort kam auch die Musik. Doch irgendetwas stimmte nicht. Warum antwortete niemand auf ihr Rufen? Sie verlangsamte ihren Schritt. »Verflucht noch mal, ist überhaupt jemand hier?«, stieß sie aus und zog die Waffe.

Keine Antwort.

An der Türschwelle hielt sie inne, schob ihren Kopf nach vorne und spähte in den Raum: Regale, Bücher, Polstermöbel – nichts Bedrohliches. Die gewöhnliche Zimmereinrichtung in Verbindung mit der Musik beruhigte ihren Pulsschlag. Sie steckte die Pistole weg und trat in den Raum. In der Küche standen zwei angetrunkene Bierflaschen, eine davon halb voll. Auf dem Esszimmertisch surrten leise zwei Computer. Schon wollte sie sich mit einem der Rechner näher beschäftigen, als sie über einer Stuhllehne Treidlers dunklen Wollmantel entdeckte. Im ersten Augenblick wusste sie nicht, ob sie erleichtert darüber sein sollte oder nicht. Treidler war hier. Sie musste ihn nur noch finden.

Melchior verließ die Wohnung wieder. Sie klingelte und klopfte an der gegenüberliegenden Tür. »Kriminalpolizei Rottweil. Machen Sie auf.«

Sekunden später drang aus dem Inneren ein sonderbares quietschendes Geräusch. Es dauerte einige Zeit, bis sich die Tür zuerst einen Spalt und dann ganz öffnete. Ein lang gezogenes Ächzen drang aus dem leeren Flur. Schließlich schob sich aus dem Halbdunkel ein Rollstuhl in den Türrahmen. Darauf saß ein älterer Mann mit schneeweißen Haaren. Sein wirrer Bart überzog einen großen Teil des faltigen Gesichts. Mit bleichen Augen blickte er Melchior von unten herauf an und rief ihr mit dröhnender Stimme entgegen: »Ja?«

»Mein Name ist Carina Melchior. Ich bin von der Kriminalpolizei Rottweil. Wissen Sie, wo sich der Herr Amstetter von gegenüber aufhält?«

»Bitte?« Der Alte schrie jetzt fast.

»Wo ist der Herr Amstetter?«, wiederholte Melchior lauter und schneller.

Immer noch schien er nicht verstanden zu haben. Statt einer Antwort lächelte der Mann und entblößte dabei seinen zahnlosen Mund. Schließlich fragte er, jetzt wieder in gemäßigter Lautstärke: »Waren Sie das, die vorhin bei mir geklingelt hat?«

»Ja.« Melchior nickte und versuchte, dabei so ruhig wie möglich zu bleiben.

»Ah …«

»Was ist jetzt? Wissen Sie, wo der Herr Amstetter von gegenüber ist?«

Melchior konnte erkennen, wie es hinter der zerfurchten Stirn zu arbeiten begann. Offensichtlich war die Frage endlich bei ihm angekommen. Doch der Mann schüttelte den Kopf und lächelte abermals.

Sie hob die Augenbrauen. »Wer wohnt sonst noch hier im Haus?«, fragte sie.

»Wissen Sie«, sagte der Alte. »Ich höre schlecht und komme nur noch selten aus meiner Wohnung.«

Melchior wiederholte jedes Wort ihrer Frage einzeln und laut: »Wer … wohnt … sonst … noch … hier … im … Haus?«

»Ah …« Der Alte hob das Kinn, um zu signalisieren, dass er verstanden hatte. »Im oberen Stock wohnen zwei junge Paare. Die machen manchmal Krach, wenn sie abends heimkommen. Aber meistens höre ich sie nicht. Ich lege mich früh schlafen. Dann da drüben der nette Herr Amstetter.« Er lächelte kurz. »Er grüßt immer, sobald er mich sieht. Unten wohnt noch die Frau Holzmann.« Sein Gesicht verdüsterte sich etwas. »Aber die hab ich schon lange nicht mehr gesehen. Und die Wohnung daneben …« Er zuckte mit den Schultern. »Weiß ich nicht. Ich komm selten hier raus. Das letzte Mal, als ich im Sommer unten war, hat sie leer gestanden.«

Das flackernde Licht in der Wohnung im Erdgeschoss. Die offen stehende Tür. Vorhin hatte sie sich nichts dabei gedacht. Langsam und deutlich formulierte sie ihre Frage: »Die … leere … Wohnung … auf … welcher … Seite … liegt … die?«

»Rechts unten, wenn Sie zur Haustür hereinkommen«, sagte der Alte schnell.

Das passte nicht. Es war die Tür auf der linken Seite, die vorhin offen gestanden hatte. Auch das Kerzenlicht kam aus einem Fenster links des Hauseinganges. Schnell bedankte sie sich bei dem alten Mann im Rollstuhl und machte sich auf den Weg die Treppe hinunter. Auf der letzten Stufe hielt sie für einen Moment inne. Die Tür auf der linken Seite stand noch immer offen. Und im Gegensatz zur rechten Wohnung gab es auf dem Boden davor eine Fußmatte. Auch das Klingelschild trug einen Namen, den sie als »M. Holzmann« identifizierte.

Melchior näherte sich vorsichtig dem linken Eingang. Aus dem Zimmer am Ende des Flurs drang schwaches Kerzenlicht. Der Rest der Wohnung lag im Halbdunkel. Undeutlich nahm Melchior zwei Männer wahr, die sich unterhielten. Sie klangen so dumpf, dass sie nicht verstehen konnte, über was die beiden redeten. Bald jedoch schälte sich eine kraftlose, aber vertraute Stimme heraus: Treidler.

Mittlerweile hatten sich Melchiors Augen an das Halbdunkel gewöhnt. Der Flur stand bis auf ein paar Möbelstücke leer. Sie schlich weiter, und die Stimmen aus dem Zimmer vor ihr wurden deutlicher.

»Lass Melchior aus dem Spiel. Sie hat nichts damit zu tun«,

drang Treidlers Aufforderung an ihr Ohr. Mit ihm stimmte etwas nicht. Seine Stimme klang zu brüchig, zu leise – er musste verletzt sein. Ihr Herz schlug mit einem Mal so laut, dass sie meinte, den Widerhall von den Wänden zu hören. Erneut nahm sie die Pistole aus dem Holster und zwang sich, ruhig zu atmen.

Sie erreichte die Tür und blieb davor stehen.

»Sie hat bereits etwas damit zu tun.« Es war eindeutig Amstetter, der sprach. »Ich hab vorhin ihre SMS gelesen. Sie wollte dich warnen.« Danach lachte er kurz, ein hohler Laut, der etwas Unheimliches an sich hatte. Ein eisiger Schauer jagte Melchior über den Rücken.

ZWEIUNDZWANZIG

Etwas Metallenes blitzte auf. Treidler fokussierte seinen Blick auf die Stelle im Spiegel. Für eine Sekunde meinte er, ein Gesicht zu sehen. Schemenhaft setzte sich die helle Fläche vom Schwarz des Flurs ab. Als er die Gesichtszüge erfassen wollte, verlor sich das Bild in der Dunkelheit hinter der Tür. Augenblicke später vernahm er den charakteristischen Laut, der beim Durchladen einer Pistole entstand. Unendliche Male hatte er es gehört. Doch nie hätte er sich vorstellen können, jemals so glücklich darüber zu sein. Das Geräusch stammte eindeutig von einer HK P2000 – der Dienstwaffe der baden-württembergischen Polizei.

»Nehmen Sie die Waffe herunter, Amstetter.« Scharf drang Melchiors Stimme in den Raum und wurde von den kahlen Wänden zurückgeworfen.

Treidler riss den Kopf herum und stellte sich schon auf den Schmerz an seinem Hals ein. Doch er blieb aus. Der Draht lag nicht allzu fest. Er hob die Augen zum Spiegel und versuchte, Melchior auszumachen. Niemand war zu sehen. Sie hielt sich geschickt im Dunkel des Flurs.

»Schau an, schau an …« Amstetter rührte sich nicht. Seine Waffe zeigte immer noch auf Treidlers Kopf. »Wir haben Besuch bekommen. Ich glaube, so viele Leute waren schon seit Jahren nicht mehr in dieser Wohnung. Aber wo ist sie denn, unsere kleine Stasi-Schlampe? Soll ich etwa suchen?«

Melchior trat in das flackernde Licht der Kerze. Der Lauf ihrer Waffe zeigte auf Amstetter. Mit ernster, aber ansonsten völlig ausdrucksloser Miene schaute sie ihn an. Doch sie war nicht so ruhig, wie es auf den ersten Blick schien. Noch im Spiegel konnte Treidler das leichte Zittern ihrer Hände sehen.

»Guten Tag, Frau Melchior.« Amstetter drehte ihr den Kopf zu, ohne die Waffe zu bewegen. »Wie geht es Ihnen? Wollen Sie an unserem Männerabend teilnehmen?«

Melchior antwortete nicht.

»Ich glaube nicht, dass ich Sie eingeladen habe«, fuhr Amstetter fort. »Aber wenn Sie schon mal da sind – mich interessiert brennend, wie Sie auf mich gekommen sind.«

»Ich kenne sonst niemanden, der Ein-Liter-Heliumflaschen kauft und diese anschließend in einem verdammten Rucksack mit sich herumträgt.« Sie deutete mit dem Kinn auf Amstetters Rücken. »Oder? Das ist doch eine der Flaschen?«

Treidler konnte in Amstetters Gesicht keine Reaktion auf ihre Frage erkennen. »Die Rechnungen heute Morgen?« Lediglich sein Tonfall deutete Überraschung an.

Melchior nickte. »Die Verbindung zu der piepsigen Stimme auf Lisa Treidlers Notruf war nicht mehr schwer zu ziehen. Aber warum haben Sie die Aufnahme überhaupt an Treidler weitergegeben? Niemand hätte je einen Zusammenhang erkannt.«

Amstetter hob die Achseln, und das erste Mal, seit Melchior im Raum war, sah Treidler in seinem Gesicht eine wenn auch kaum merkliche Reaktion: Seine Mundwinkel zuckten. »Es ist der einzige Fehler, der mir unterlaufen ist. Alles sollte perfekt sein. Aber es gab etwas, das mich störte.«

»Tatsächlich?«

»Ich hatte zur Tatzeit kein Alibi.«

»Und was hat das mit dem Notruf zu tun?«

»Seit Monaten wollte er von mir die Aufzeichnung. Mir kam die Idee, den Header der Datei so zu manipulieren, dass eine frühere Uhrzeit ausgegeben wird.«

Die Squash-Stunde, fuhr es Treidler durch den Kopf. Erst jetzt bemerkte er, dass er laut gesprochen hatte. »Sie … sie geht meist bis elf.«

Amstetter wandte sich ihm zu. »Wenn Lisas Notruf vor elf bei der Zentrale eingegangen wäre, hätte ich keine Möglichkeit gehabt, zur Tatzeit bei dir zu Hause zu sein. Alle im Squash Court konnten bezeugen, dass ich erst um elf gegangen bin. Nie wärst du auf die Idee gekommen, mich zu verdächtigen. Und wer interessiert sich schon für die Uhrzeit, die in einem Protokoll steht, wenn es eine offizielle Zeit aus dem Telefonnetz gibt.«

»Ich … ich habe dich nie verdächtigt.«

»Wie schon gesagt …« Amstetter wandte sich wieder an Melchior. »Alles sollte perfekt sein.«

»Das nennt man wohl … Pech.« Melchior lächelte schief.

»Ich konnte nicht damit rechnen, dass Sie mir das Wasser reichen können.«

»Irgendwann macht jeder den entscheidenden Fehler. Mit Ihrer verfluchten Arroganz haben Sie sich das selbst zuzuschreiben.«

»Danke für die Belehrung, Frau Melchior. Aber wir sollten jetzt besser unser kleines Problem lösen.«

»So, welches denn …?«

»Das hier.« Amstetter deutete mit der Pistole auf Treidlers Kopf. »Ich denke, wir können von einer klassischen Patt-Situation sprechen.«

Unruhig zuckten Melchiors Augen. »Davon würde ich nicht ausgehen.« Wie zum Beweis ihrer Entschlossenheit spannte sie den Hahn ihrer Pistole. »Waffe runter – sofort.«

Treidler meinte, einen Anflug von Nervosität in ihrer Stimme auszumachen.

Amstetter schaute ein paarmal unschlüssig zwischen seiner Waffe und Melchior hin und her. Schließlich trat ein überheblicher Zug auf sein Gesicht. »Meistens überschätzen sich Menschen bei der Beurteilung ihrer Fähigkeiten. Sie beispielsweise sind nicht in der Lage, auf mich zu schießen.«

»Tatsächlich?«, entgegnete Melchior. Sie hielt den Lauf etwas nach rechts und drückte ab.

Treidler fuhr zusammen. Der Schussknall hallte in seinem Kopf nach und ließ ein dumpfes Sirren zurück.

Sofort richtete sie die Waffe wieder auf Amstetter.

Ein leises Zischen löste das Sirren in seinen Ohren ab. Luft entwich. Melchior hatte die Puppe auf dem Sessel getroffen. Die Gestalt fiel schnell in sich zusammen, und das Gesicht verwandelte sich binnen Augenblicken zu einem unansehnlichen Schrumpfkopf. Die blonde Perücke sank nach unten und blieb auf einer Armlehne liegen. Der grau-weiß karierte Hosenanzug sah mit einem Mal aus wie ein Haufen Altpapier.

Zeitgleich mit Amstetters qualvollem Aufstöhnen vernahm er Melchiors Befehl: »Werfen Sie sofort die Waffe auf den Boden und schieben Sie sie mit den Füßen zu mir herüber.«

Es schien, als ob seine Kollegin mit dem Schuss auf die Gummipuppe auch Amstetter getroffen hatte. Wie das schnell schrumpelnde Knäuel aus Gummi sank auch er zusammen. Einen Moment später hörte Treidler das Geräusch seiner Pistole, als sie auf den Boden aufschlug.

»Herschieben«, befahl Melchior. Ihre Stimme klang jetzt fest und sicher.

Treidler konnte sich des Eindrucks nicht erwehren, dass durch ihren Schuss auf die Puppe auch alle Energie Amstetters Körper verlassen hatte. Kraftlos gab er der Pistole einen Stoß mit dem Fuß. Nach kaum zwei Metern, noch außer Reichweite für Melchior, blieb sie liegen.

»Und jetzt? Wollen Sie auch auf mich schießen, weil Sie nicht an die Waffe auf dem Boden kommen?« Er hielt ihr die Handgelenke hin. »Oder wollen Sie mir vielleicht doch zuerst Handschellen anlegen?«

Melchior trat zwei Schritte nach vorne und kickte die Waffe mit dem Absatz hinter sich. Sie schlug am Türrahmen an und blieb dort liegen. »Nein. Sie lösen jetzt Treidlers Fesseln.«

Amstetter blickte kurz zum Sessel und wieder zurück zu Melchior. »Ich denk gar nicht dran.« Entschlossen steckte er seine Hände in die Kutte.

»Lassen Sie das.« Unüberhörbar schwang jetzt Nervosität in Melchiors Stimme mit. »Ich will Ihre Hände sehen – jetzt gleich.«

Amstetter zog beide Hände hervor. Langsam tastete er seinen Oberkörper ab und ergriff die Maske, die vorne an seiner Kutte herunterbaumelte. Er drückte sie sich ins Gesicht und drehte mit der anderen Hand das Ventil der Heliumflasche auf. Das zischende Geräusch des ausströmenden Gases beherrschte für einen Moment den gesamten Raum. So nah, so intensiv hatte Treidler es noch nie gehört. Ein paar Atemzüge sog Amstetter das Gas ein, dann drehte er das Ventil wieder ab.

Plötzlich sah Treidler den Draht in Amstetters linker Faust. Er hatte nicht bemerkt, wie er dorthin gekommen war. »Achtung, Melchior! Seine Hände!«, schrie er.

Amstetter Arme schnellten nach vorne. Blitzartig entrollte er den Draht zu einer Schlaufe, hielt beide Enden fest und ließ ihn vor seinem Gesicht durch die Luft kreisen. Obwohl das surrende

Geräusch vorhin schon in seinem Kopf hallte, klang es jetzt, als Treidler es tatsächlich hörte, noch unheimlicher. Ein Draht wie dieser musste die Mordwaffe gewesen sein.

»Warum sind Sie so böse?«, drang eine unnatürlich hohe und piepsige Stimme aus Amstetters Mund. Die Wut auf Melchior hatte sein Gesicht zu einer Fratze verzerrt. Die schwarzen Augen traten hervor, und seine Muskeln schienen sich zu verkrampfen. Mit dem rotierenden Draht zwischen den Händen ging er einen Schritt auf Melchior zu. »Sie hätten sie nie erschießen dürfen. Dafür werde ich Sie töten.«

»Bleiben Sie stehen! Sofort!«, schrie Melchior.

Als ob er nicht verstehen wollte, ging Amstetter weiter auf sie zu. Der Draht zwischen seinen Händen surrte kaum zwei Meter vor ihrem Gesicht durch die Luft. In dieser unheimlichen Situation, fern jeder Logik, erreichte der Ton eine absonderliche Intensität. Wären Treidlers Hände nicht gefesselt gewesen, er hätte sich damit die Ohren zugehalten.

Wieder bellte Melchiors Waffe auf. Treidler fuhr zusammen. Der Knall erfüllte den ganzen Raum. Für einen Moment schien alles stillzustehen. Wie durch einen Schleier sah er Amstetter im Spiegel. Der dürre Körper in der weißen Kutte zuckte unnatürlich, sank in sich zusammen und ging mit einem unterdrückten Schrei zu Boden. Melchior hatte tatsächlich auf ihn geschossen.

Als ob ihn schon jemand von den Fesseln befreit hätte, atmete Treidler erleichtert aus. Er suchte ihren Blick im Spiegel, fand ihn und keuchte: »Was ist? Machen Sie mich jetzt los?«

Sie nickte ihm kurz zu. Dann, von einem Moment auf den anderen, veränderte sich ihr Gesichtsausdruck. Ihre dunklen Augen weiteten sich vor Schreck.

Jäh verschwamm Treidlers Sichtfeld und klärte sich nach mehrmaligem Blinzeln. Er benötigte einen weiteren Atemzug, um zu realisieren, was sich im Spiegel abspielte: Amstetter hatte sich aufgerafft und ging weiter auf Melchior zu, als ob nichts geschehen wäre. Das surrende Geräusch ertönte erneut, und Amstetters heliumgeschwängerte Stimme piepste: »Keine Angst, es wird nicht wehtun …«

Abermals blitzte Mündungsfeuer auf, ein Schuss explodierte,

und Amstetters Schulter wurde herumgerissen. Er schrie auf. Doch der Wahnsinn musste die Kontrolle über sein Denken und Handeln übernommen haben, denn die Wirkung des Treffers währte nur kurz. Er wandte sich erneut zu Melchior. Das Surren des Drahtseils verstummte schlagartig, und mit einem Satz sprang er auf sie zu. Als von Amstetter nur noch ein Teil im Spiegel zu sehen war, wusste Treidler, dass für einen weiteren Schuss keine Zeit mehr blieb. Gleich darauf vernahm er das Poltern ihrer Waffe am Boden, und ein eigenartiges Keuchen erklang hinter ihm.

Das Letzte, was Treidler im Spiegel erkennen konnte, war die riesige Schlaufe, die wie ein Lasso durch die Luft wirbelte. Mit beiden Händen versuchte Melchior, den Draht von ihrem Hals fernzuhalten.

»Treidler«, schrie sie. Es folgte ein gurgelnder Laut, als ob ihr etwas die Luft abschnürte. Dann verschwand auch sie aus seinem Blickfeld.

Treidler wollte aufstehen, sich losreißen. Doch wie ein stumpfes Messer schnitt das Metall in seinen Hals. Egal, er musste ihr helfen. Amstetter würde keine Mühe haben, die schmächtige Frau innerhalb kürzester Zeit zu erdrosseln.

»Treidler«, würgte Melchior hervor. Ihre Worte glichen mehr einem Röcheln, das sie in Stößen von sich gab.

Treidler spannte seine Muskeln und drückte sich mit aller Kraft vom Sessel hoch. Wider Erwarten zog sich der Metalldraht um seinen Hals nicht weiter zu. Doch schon beim ersten Schritt fiel er nach vorne und sah die Wand auf sich zukommen. Im letzten Moment konnte er die gefesselten Hände hochreißen und sein Gesicht schützen. Mit Ellenbogen und Handballen traf er auf den Spiegel. Das Geräusch des zerbrechenden Glases nahm ihn vollkommen ein.

Er blieb regungslos liegen und starrte auf die Blutlache, in der Dutzende Splitter funkelten. Rötlicher Nebel legte sich über seine Augen. Widerstandslos nahm er es hin und schaute dem Glitzern zu, bis sich schwarze Watte darüber legte.

Irgendetwas holte ihn zurück in die Realität. Vielleicht war es das Vibrieren des Bodens, sein eigenes leises Stöhnen, oder einfach nur das Gefühl, genau in diesem Moment gebraucht zu werden. Wie aus einer fremden Welt drangen Geräusche an sein Ohr: Schreie, dann Stöhnen und plötzlich überflutete ein Adrenalinschub seinen Körper.

Treidler wälzte sich auf die Seite und zog die Beine an. Seine linke Hand fühlte sich an, als ob Tausende Nadeln darin steckten. So schnell wie möglich musste er diese verfluchten Handfesseln loswerden. Er schaffte es, die Ellenbogen wenigstens so weit anzuwinkeln, dass er seine Hände mit der Drahtfessel vor sich sah.

Der Daumen der linken Hand stand unnatürlich zur Seite. Vermutlich war das Gelenk ausgekugelt oder gar gebrochen. Vorsichtig bewegte Treidler die Hände, versuchte sie auseinanderzudrücken. Doch auf diese Art wurde er den Draht nicht los.

Weit entfernt nahm er Melchiors Röcheln wahr. Es wurde leiser, gleichförmiger und ruhiger – zu ruhig. Ihr Kampf ums Überleben verlor zusehends an Kraft. Sie würde gleich ersticken. Er musste sich beeilen.

Treidler atmete tief durch, schloss die Augen und schlug die Handgelenke mit den Daumen voran auf seine Stirn. Ein brennender Schmerz durchfuhr das Gelenk. Als er die Augen wieder öffnete, tanzten Tausende Lichtpunkte auf seiner Netzhaut. Nur allmählich klärte sich sein Blick. Der gebrochene Daumen stand nicht mehr ab, sondern hing wie ein Fremdkörper zwischen den beiden Handflächen. Durch den eingedrückten Daumensattel verkleinerte sich der Umfang so sehr, dass die Fessel kaum noch spannte. Treidler nahm den Draht zwischen die Zähne und zog ihn hoch. Sekunden später waren seine Hände frei.

Er fasste sich in den Nacken und ertastete einen Holzknebel von der Länge eines Stiftes, der in einer Metallschlaufe steckte. Um seinen Hals lag eine Art Garrotte.

Treidler ertastete den Draht an seinen Füßen. Mit wenigen Handgriffen löste er den Knoten. Keuchend stemmte er sich auf die Knie und erhob sich.

Die weiße Kutte bedeckte einen großen Teil von Melchiors Körper. Sie lag bäuchlings unter Amstetter, der nur halb bekleidet war. Seine beharrten Beine bis hoch zu den Oberschenkeln waren zu sehen. Melchior schlug um sich. Immer wieder traf ein Ellenbogen den Rücken ihres Peinigers. Vor Anstrengung und Erschöpfung hatte sich ihr Gesicht tiefrot gefärbt. Amstetter musste es irgendwie geschafft haben, ihr die Drahtschleife um den Hals zu legen. Nur mit der Hand konnte sie bisher verhindern, dass der dünne Draht ihr in den Hals schnitt. Doch das scharfe Metall hatte eine tiefe Wunde in ihre Handfläche geschnitten. Und es war nur noch eine Frage der Zeit, bis sie ersticken würde. Denn Amstetters Faust umklammerte einen Holzknebel, wie er auch um Treidlers Hals lag – und er drehte den Draht weiter zu.

Der Bodenbelag unter seinen Füßen glitzerte wie Silber. Treidler griff nach einer Glasscherbe, die beinahe aussah wie eine Messerklinge. Doch schon beim ersten Schritt knickte er ein. Seine Beine waren von den Füßen bis hoch zu den Knien taub. Die Fesseln um seine Knöchel hatten dafür gesorgt, dass das Blut nicht richtig zirkulieren konnte.

Mit dem Kribbeln, das seine Beine befiel, wurde ihm bewusst, dass er Melchior nicht mehr hören konnte. Nur noch Amstetters Keuchen drang an sein Ohr. Treidler schob sich auf den Knien vorwärts. Jeder Meter auf den Splittern kostete unendliche Energie. Doch er durfte jetzt nicht aufgeben.

Er erreichte Amstetters nackte Füße, holte aus und stach mit der Glasscherbe zu. Als ob er einen Stein getroffen hätte, zerbrach sie. Lediglich ein daumennagelgroßer Splitter blieb in seiner Haut stecken, und etwas Blut drang aus der Wunde unterhalb seines Knöchels.

Amstetter schrie nicht. Es war, als ob er etwas Lebloses getroffen hatte. Treidler schaute auf, suchte Melchiors Blick. Mit weit aufgerissenen Augen starrte sie zur Seite. Ihre Lippen schimmerten bläulich, und helle Flecken zeigten sich um Mund und Nase. Sie rührte sich nicht.

Treidler stützte sich mit den Armen von Boden ab und warf sich nach vorne. Jetzt war er Amstetter so nahe, dass er ihn mit den Armen erreichen konnte. Treidler ballte die rechte Faust und schlug mit aller Macht zu. Und diesmal verfehlte er sein Ziel nicht. Er traf Amstetter hart hinter dem Ohr. Wie vom Blitz getroffen ließ der die Garrotte los, fasste sich an den Hinterkopf und rutschte von Melchiors Körper zur Seite. Ein lauter Schrei und sein schmerzverzerrtes Gesicht zeugten davon, dass sich die Heliumflasche in seine Rippen bohrte.

Kaum merklich hob und senkte sich Melchiors Brustkorb. Treidler legte die Hand auf ihren Oberkörper. Sie atmete – sie lebte. Fast zu spät wandte er seinen Blick wieder Amstetter zu. Der versuchte inzwischen seine Pistole zu erreichen, die seit Melchiors Fußtritt ganz in der Nähe lag. Treidler packte seine Hand und presste sie unter das Knie. Er richtete sich auf und schlug zu, wieder und immer wieder. Er hätte nicht sagen können, wie viele Male seine Fäuste Amstetters Gesicht trafen. Aufgeplatzte Augenbrauen und geschwollene Wangenknochen zeugten davon, dass vorerst keine Gegenwehr mehr zu erwarten war. Der Mann unter ihm hatte das Bewusstsein verloren. Treidler ließ sich erschöpft zur Seite fallen.

Wie lange lag er auf dem Boden? Die Tür knirschte in den Angeln, und die Kerze flackerte im Luftzug. Er vernahm das Kratzen der Gasflasche auf dem Boden, dann ein beklemmender Schrei: »Amstetter!«

Treidler fuhr auf. Neben ihm bekam Amstetter die Pistole am Türrahmen zu fassen und richtete sie blitzartig auf ihn. Treidler starrte in das schwarze Loch der Mündung, dann in Amstetters Gesicht dahinter. Sein Zeigefinger umschloss den Abzug, es war zu spät. Der eiskalte Stahl der Waffe und das Aufblitzen des Mündungsfeuers würden das Letzte sein, was er sah. Treidler schloss die Augen.

Explosionen drangen an seine Ohren, schnell nacheinander abgefeuerte Schüsse. Er wartete auf die Schmerzen, das Eindringen der Geschosse in seinen Körper. Er hoffte, dass es schnell vorbeiginge. Doch nichts geschah. Abrupt verstummte der Lärm. Nur noch das Klicken eines Abzugsbügels war zu hören. Ähnlich dem Echo eines losgetretenen Steines, der eine Schlucht hinunterstürzte, drang das helle, metallene Geräusch in sein Bewusstsein. Treidler öffnete die Augen.

Mit einem Blick, der wie erstarrt wirkte, saß Melchior an der Wand und betätigte immer wieder den Abzug ihrer Waffe. Amstetters Körper hing rücklings und seltsam verdreht über Treidlers Schienbein. Er regte sich nicht. Ein halbes Dutzend Schüsse hatten die Kutte zerfetzt und seinen Brustkorb getroffen. Blut rann über den weißen Stoff und tropfte zu Boden.

»Melchior«, sagte Treidler leise.

Sie reagierte nicht, sondern drückte weiter immer wieder den Abzugsbügel durch, obwohl das Magazin schon lange leer war.

»Es ist vorbei. Hören Sie auf, Melchior … Es ist vorbei.« Treidler wusste nicht, wie er zu ihr durchdringen konnte.

Das leere Klicken der Waffe wurde langsamer, bis es schließlich ganz erstarb. Nur zögerlich senkte Melchior den Arm, ohne dabei Amstetter aus dem Blick zu lassen. Erst als der Lauf der Waffe am Boden aufschlug, öffnete sich wie von selbst ihre Hand und gab die Pistole frei. Ein tiefer Schnitt zog sich über ihre gesamte Handfläche. Dunkles Blut quoll hervor und färbte ihre Hand und den Pistolenschaft rot.

Treidler setzte sich neben sie und umschlang ihren zitternden Körper. Wortlos lehnte sich Melchior an seine Schulter und schloss die Augen. Für eine Weile genoss er ihre Wärme, ließ den Duft ihrer Haare auf sich wirken. Nur langsam ebbte das Adrenalin in seinem Körper ab.

Im ersten Moment dachte er, dass er sich das Geräusch nur einbildete. Doch, da strömte Gas aus. Dann erstarrte Melchior in seinen Armen. Er riss die Augen auf und sah in ihr panisches Gesicht.

»Es ist nur das Gas.« Treidler versuchte, sie zu beruhigen. »Das Ventil der Flasche hat sich beim Sturz gelockert.« Er beugte sich über Amstetter und kam dabei dem aufgeschwollenen Gesicht ganz nah. Der aufgerissene Mund schien einen stummen Schrei auszustoßen, und für einen Moment war es ihm, als ob die leeren schwarzen Augen jede seiner Bewegungen verfolgten. Doch der Körper lag tot am Boden, es gab in ihm nichts mehr, das leben konnte. Amstetters Herz hatte aufgehört zu schlagen.

Treidler drehte das Ventil der Flasche zu. Mit einem letzten Zischlaut erstarb das Geräusch. »Ist alles okay mit Ihnen?«

Melchior nickte. »Gibt das für Sie einen Sinn?«, fragte sie leise.

»Was meinen Sie?«

»Das alles hier. Die verdammte Wohnung, die Gummipuppe, Amstetters Aufzug mit der Gasflasche und der Kutte …«

»Nichts von dem, was ich heute erlebt habe, ergibt einen Sinn.« Er schaute wieder zu Amstetter. Das viele Blut auf seiner Kutte sah aus wie schwarze Farbe. Noch immer umklammerte eine Faust den Holzknebel der Garrotte. Treidler riss seinen Blick los. Die wuchtigen Stoffsessel standen auf einem Teppich aus glitzernden Glasscherben. Einige Strähnen der blonden Perücke ragten über eine der Armlehnen. Die Gummipuppe und den Hosenanzug konnte er nicht sehen. Lediglich die tanzenden Schatten auf der Wand ließen erahnen, dass beides als dickes Knäuel auf dem Boden davor lag.

Das flackernde Kerzenlicht ließ keine Ruhe in ihm aufkommen. »Wie haben Sie mich eigentlich gefunden?«, fragte er schließlich.

»Die Schober …«

»Ich glaube, ich muss mich bei Ihnen entschuldigen.«

Melchior reagierte nicht.

»Das heißt nicht, dass ich Ihre Spitzelei jemals billigen kann. Aber mir ist klar geworden, dass Sie es gestern Abend nur gut gemeint haben. Und gerade eben haben Sie mir das Leben gerettet.«

»Möglicherweise«, entgegnete sie.

»Dafür sollte ich wohl Danke sagen.«

»Dann sind wir quitt …« Melchior versuchte zu schmunzeln.

»Klar.« Treidler nickte. »Aber jetzt sollten wir besser die Kollegen rufen.«

»Mit ›wir‹ bin wohl ich gemeint.« Melchior kramte nach ihrem Mobiltelefon.

»Nein, ich kann anrufen.«

»Sicher könnten Sie das, werden Sie aber nicht.« Sie drückte eine Taste und hielt sich das Gerät ans Ohr. »Ich hab schließlich das Telefon mit der Wahlwiederholung.«

Epilog

Der Dreikönigstag präsentierte sich annähernd so warm wie der Vorfrühling im Februar. Falls die Temperaturen weiter so schnell stiegen, würden bald die ersten Schneeglöckchen blühen. Schnee gab es allenfalls noch an den Stellen, die ganztags im Schatten lagen.

Lediglich die nächtlichen Temperaturen weit unter dem Gefrierpunkt sorgten dafür, dass niemand an der Jahreszeit zweifeln mochte. Vielleicht war an der Klimaerwärmung doch etwas dran, dachte Treidler, als er in den Fugen der Pflastersteine keinen Schnee mehr entdeckte.

Trotz des Feiertages überquerte er schon kurz vor neun den Vorhof zur Polizeidirektion. Eigentlich hatte er erst am kommenden Montag wieder mit der Arbeit beginnen wollen. Vieles würde im neuen Jahr anders sein als in den letzten Monaten. Der Mord an seiner Frau war aufgeklärt und er rehabilitiert. Niemand konnte mehr an seiner Unschuld zweifeln. Auch Winkler nicht, obwohl Treidler dessen Meinung nicht im Geringsten interessierte.

Hatte ihn früher die sonst so allgegenwärtige Angst vor der Einsamkeit ins Büro getrieben, so war es heute eine nie da gewesene Langeweile. Als sich schließlich noch Anita Schober bei ihm gemeldet hatte und berichtete, vom Kloster Benthal sei ein Fax eingetroffen, hatte er beschlossen, dem Nichtstun ein Ende zu setzen.

Er erreichte den Eingang und betrachtete einen Moment lang sein Spiegelbild in der Glasfläche der Tür. Sofort drängte sich die Erinnerung an den riesigen Spiegel in Amstetters Wohnung in sein Bewusstsein.

Die Quetschung an seinem Hals schimmerte nur noch schwach, und die Wunden an Händen und Unterarmen waren nahezu verheilt. Lediglich Daumen und Ballen seiner linken Hand steckten in einer Gipsschiene.

Als er einen Stock höher das Büro betrat, fiel sein Blick auf

Melchiors leeren Schreibtisch. Nichts zeugte davon, dass vor gar nicht allzu langer Zeit jemand hier gearbeitet hatte. Ihr Telefon fehlte, und der Computermonitor stand nicht mehr an seinem Platz. Eine unbenutzte Steckdosenleiste lag auf der Tischplatte. Die Weihnachtstage hatten sie beide im Krankenhaus verbracht und seither hatten sie sich nicht mehr gesehen. Treidler dachte manchmal, ob er sie einfach anrufen sollte. Schließlich wusste er von Anita Schober, dass Melchior an Silvester zwar das Büro ausgeräumt hatte, aber immer noch in ihrer Frühstückspension in der Rottweiler Innenstadt wohnte.

Auf seinem Schreibtisch entdeckte er das Fax vom Kloster Benthal. Dabei hätte er sich gewünscht, etwas anderes zu finden: einen Zettel, einen Hinweis, irgendetwas von Melchior. Treidler überflog das zweiseitige Schreiben.

Wie er schon vermutet hatte, handelte es sich bei dem Jungen mit der Engelsstimme um Berthold Amstetter, den die eigene Mutter Anfang der achtziger Jahre in das klösterliche Internat Benthal gesteckt hatte. Warum, würde wohl für immer ihr Geheimnis bleiben.

Seit damals galt sie als verschollen. Das hatten Nachforschungen in Amstetters Geburtsort ergeben. Ihr Sohn hatte die darauffolgenden acht Jahre bis zu seiner Volljährigkeit im Klosterinternat verbracht.

Diesen Teil seines Lebens hatte Amstetter immer verschwiegen. Jedenfalls stand nichts davon in seinem Lebenslauf. Niemand hatte sich die Mühe gemacht, die Angaben bei seiner Einstellung nachzuprüfen. Seit einigen Tagen wussten sie, dass nichts davon der Wahrheit entsprach. Wo sich Amstetter die Jahre nach dem Internat tatsächlich aufgehalten hatte, bis er Ende der neunziger Jahre die Stelle als Leiter der Kriminaltechnik antrat, würde kaum zu klären sein.

Die Erkenntnisse über das Kloster Benthal ergaben Schreckliches: Es gehörte zu jenen katholischen Klöstern, die wegen sexuellen Missbrauchsfällen derzeit im Licht der Öffentlichkeit standen.

Über das, was Amstetter dort widerfahren war, konnte Treidler nur Vermutungen anstellen. Die Zeitungsausschnitte, die an der

Wand neben dem Kruzifix geklebt hatten, zeigten einen zu kurzen Abriss seines Lebens.

Die Dielen an der Türschwelle knarrten, und er fuhr herum. Melchior kam ins Büro.

Um ihren Hals trug sie ein hellblaues Seidentuch. Die Ärzte hatten erklärt, dass die Verletzungen an ihrem Hals wahrscheinlich nie ganz verheilen würden. Sie würde ihr Leben lang Narben davontragen.

»Sie haben mich ganz schön erschreckt«, brachte Treidler hervor, obwohl er gern etwas anders gesagt hätte.

»Tut mir leid«, entgegnete sie mit leiser Stimme.

»Was tun Sie denn heute hier? Mit Ihnen habe ich nun wirklich nicht mehr gerechnet.«

»Die Schober hat mich angerufen und von dem Fax erzählt.«

»Mich auch …«

Die beiden schauten sich an, dann räusperte sich Melchior. »Und, ergibt sich etwas Neues aus dem Fax?«

Treidler schüttelte den Kopf. »Nur das, was wir ohnehin schon vermutet haben. Amstetter hat einen Großteil seiner Kindheit in Benthal verbracht. Und was damals im Kloster vor sich gegangen ist, brauche ich Ihnen wohl nicht erzählen.«

Melchior nahm das Fax in die Hand und überflog es. »Wunden können Monster erschaffen.«

»Richtig. Und Amstetter wurden Wunden zugefügt, die nie mehr verheilen konnten. Egal, wie viel Zeit vergangen ist.«

»Wem sagen Sie das. Die meisten Menschen tun das, was sie tun, nur wegen dem, was ihnen passiert ist.«

Erneut schauten sich die beiden eine Zeit lang an, bis Treidler fragte: »Und Sie? Was werden Sie jetzt tun? Gehen Sie zurück nach Berlin oder – nach Hamburg?«

»Mein Vorgesetzter hat bislang bestimmt, was ich zu tun habe. Das ist ein richtiges Scheißgefühl.«

»Dann sollten Sie ihn loswerden. Oder warten, bis er tot ist. Aber das kann eine Weile dauern.« Treidler grinste.

»Ich bin schon dabei, ihn mir vom Hals zu schaffen.«

»Und wie?«

Unerwartet nahm Melchiors Gesicht wieder jenen Ausdruck

an, den er von ihr gewohnt war: energischer Blick und ein überlegenes Lächeln um ihren Mund.

»Was ist?«, fragte Treidler.

»Ich habe meine Versetzung beantragt.« Melchior strich über das Fax.

»Wohin?«

Sie schüttelte lange den Kopf. »Hat Ihnen eigentlich schon jemand gesagt, dass Sie das Feingefühl eines Elefanten besitzen?«

»Hierher nach Rottweil?« Treidler hielt die Luft an und spürte, wie sein Herz schneller schlug.

Sie nickte.

»Welches Kommissariat? Sicher zu Winkler, oder?«, platzte es jetzt aus ihm heraus.

»Nein«, erklärte sie.

»Mensch, Melchior, machen Sie es doch nicht so spannend.«

»Als Ihr Partner. Gleichberechtigt, versteht sich.«

»Versteht sich.« Vermutlich hätte er noch etwas mehr dazu sagen sollen. Doch Gefühle preiszugeben, gehörte nicht gerade zu seinen Stärken.

»Petersen hat bereits ein Wort für mich eingelegt«, fuhr Melchior fort. »Und mein Vorgesetzter im Dezernat für Interne Ermittlung hat seine Zustimmung signalisiert.«

»So schnell?«

»Es gab da so eine, wie soll ich sagen, kompromittierende Aufzeichnung eines seiner Wutausbrüche. Die hab ich ihm vorab zukommen lassen.« Melchior legte das Fax zurück auf Treidlers Schreibtisch.

»Und jetzt?«

»Was – und jetzt?«, fragte sie und machte ein überraschtes Gesicht.

»Sollten wir uns nicht näher kennenlernen? Vielleicht einen Kaffee trinken oder so.«

»Treidler.« Melchior legte den Kopf schief. »Ich weiß doch schon alles über Sie.«

»Ich wusste nicht, dass mein Ruf bis nach Berlin reicht.«

»Kein Ruf.« Sie grinste. »Es steht in Ihrer Akte. Und die hab ich schon vor Monaten gelesen.«

»Verflucht …«, murmelte er leise.

»Bitte?«

»Nichts, ich hab nichts gesagt.«

»Freuen Sie sich wenigstens ein bisschen?«, fragte sie und sah ihn erwartungsvoll an.

»Klar.« Treidler nickte.

»Also, wenn ich nicht wüsste, dass Sie Ihre Freude in einem einzigen Wort ausdrücken können, wäre ich jetzt richtig sauer.«

ENDE

Nachwort

Dieses Buch ist ein Roman – eine frei erfundene Geschichte. Wie viel davon im Bereich des Möglichen liegt, möchte ich meinen Lesern überlassen. Was sich tatsächlich so ähnlich ereignete wie in »Schwarzer Neckar« beschrieben, ist die Besetzung des Schwarzwaldes durch die französischen Truppen im Frühjahr 1945. Wer jedoch versucht ist, ein Dorf namens Florheim oder das Kloster Benthal zu finden, wird enttäuscht werden. Die Orte, die Menschen und deren Vergangenheit sind meiner Phantasie entsprungen.

Ich hoffe, dass auch die Mitarbeiter und Beamten der Polizeidirektion Rottweil ein Nachsehen mit mir haben, da ich vermutlich an einigen Stellen weit über die Stränge geschlagen habe. Ich bin überzeugt, Prügeleien vor dem Kaffeeautomaten finden dort eher selten bis nie statt. Kein Produkt meiner Phantasie ist jedoch die Stadt Rottweil, die älteste und wohl eine der schönsten Städte in Deutschlands Südwesten. Sie ist zwar selten so tief verschneit wie in diesem Roman, aber auf jeden Fall einen Besuch wert.

Ich möchte mich bei den Menschen und Institutionen bedanken, ohne die dieses Buch nie entstanden wäre. Zum einen ist da meine Agentur Editio Dialog und Dr. Michael Wenzel, dem ich es zu verdanken habe, dass sich überhaupt ein Verlag für mein Manuskript interessierte. Dann danke ich dem Emons Verlag, der das Risiko eingegangen ist, diesen Roman zu verlegen. Ein besonderer Dank gilt meiner Lektorin Lisa Kuppler, die immer wieder das Beste aus meiner Geschichte herausholte.

Nicht zuletzt möchte ich meiner Frau Sabine danken, die dieses Projekt zuerst mit Skepsis verfolgte, dann aber umso entschiedener unterstützte.

Falls Ihnen, werte Leser, mein mundfauler Kommissar Wolfgang Treidler und seine Kollegin Carina Melchior gefallen haben, werden Sie den beiden vermutlich bald wieder begegnen. Die nächste Geschichte ist schon in der »Mache« – wie man bei uns im Südwesten sagen würde.

Thilo Scheurer